KB108099

김용섭 선생을 기리며

동학 · 제자들의 추모글 모음

지식산업사

김용섭 선생을 기리며

제1판 1쇄 인쇄 2022. 10. 10.
제1판 1쇄 발행 2022. 10. 20.

지은이 송암김용섭선생 추모문집편찬위원회
펴낸이 김경희
펴낸곳 (주)지식산업사
본사 • 10881, 경기도 파주시 광인사길 53
전화 (031)955-4226~7 팩스 (031)955-4228
서울사무소 • 03044, 서울특별시 종로구 자하문로6길 18-7
전화 (02)734-1978 팩스 (02)720-7900
한글문패 지식산업사
영문문패 www.jisik.co.kr
전자우편 jsp@jisik.co.kr
등록번호 1-363
등록날짜 1969. 5. 8.

책값은 뒤표지에 있습니다.

ISBN 89-423-9108-0 03800

김용섭 선생을 기리며

동학 · 제자들의 추모글 모음

송암김용섭선생 추모문집편찬위원회

지식산업사

연세대 재직 시절(1978년)

명함 사진(연도 미상)

◀ 송암서재에서(정년 퇴임 후, 연도 미상)

▼ 다시듣는 명강의(2015)

▲송암서재 현판(사범대 친구 湖堂 具礼書 글)

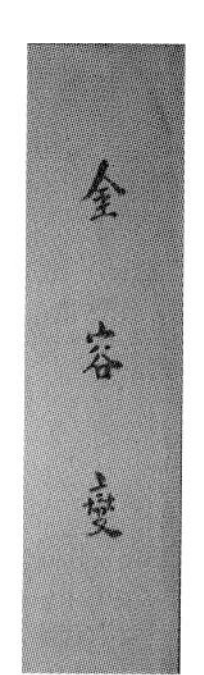

▶연세대 연구실 문의 명패

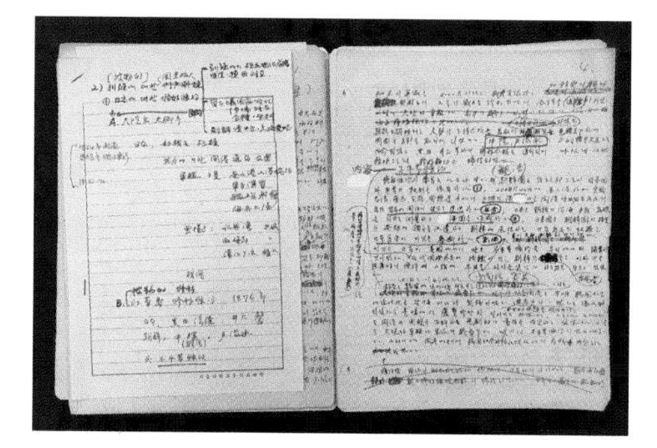

한국근대사 강의 노트

도서인

김용섭 저작집 및 저서

서울사대 시절, 군대 훈련(1954)

전북 고부 전봉준 단(학과 답사, 1981)

제20회 실학공개강좌(연세대 국학연구원, 1987)

연세대 사학과 동료 교수와 함께(1990년 경)

제17회 중앙문화대상 학술상 수상(1991)

능내 다산유적지 답사(1992)

백두산 천지(1999. 8.)

연변 도문해관(1999. 8.)

발해 상경 답사(1999. 8.)

연변 마패마을 발해유적지(1999. 8.)

북한 허종호 조선역사학회 회장과 함께(민족통일대회, 서울, 2002. 8.)

제15회 용재학술상 시상식(연세대 루스채플, 2009. 3.)

요하 답사(의무려산, 2013. 5.)

요하 답사(적봉박물관, 2013. 5.)

연대 문과대 100주년 기념 '다시듣는 명강의'(2015. 4.)

요동 답사(석붕산 고인돌, 2016. 5.)

발인 날(분당메모리 파크, 2020. 10.)

1주기 헌화(2021. 10.)

책머리에

이 책은 송암 김용섭 선생님과 여러 모습으로 인연을 맺었던, 동료, 후학, 제자들이 선생님을 기억하고, 추모하여 쓴 글을 모은 것이다. 선생님이 가신 것은 2020년 10월 20일이다. 이를 슬퍼하던 이들이 2주기 大祥에 맞추어 간행한 것이다.

생전의 선생님은 끝까지 筆을 손에서 놓지 않으셨다. 병석에 있었던 10개월 정도를 제외하고는 마지막까지 저작집 보유편(저작집 10, 해방세대 학자의 역사인식, 역사연구)을 손 보고 계셨다. 그런데 이를 끝내지 못했다. 선생님이 처음 구상한 체제에 따라 초교 정도 보다가 차일피일 미루어졌고, 그만 더 이상 손을 대지 못하셨다. 병석에 계실 때에 이를 몇 사람이 계속 작업을 하였지만, 이 조차도 여의치 않았다.

선생님의 1주기 小祥을 어떻게 하면 좋을까를 두고 2021년 9월 초순, 이경식, 김도형 두 사람이 연락하여 백승철, 김성보, 최윤오, 박평식이 모였다. 중단되었던 저작집 보유편을 완간할 것은 물론, 1주기 추모 문제를 논의하였다. 이때 합의된 것은 다음의 몇 가지였다.

우선, 저작집 보유편은 더 이상의 저작집 간행이 어려울 것이므로 선생님의 글 가운데 저작집 속에 넣지 않았던 초창기의 글들을 더 조사하여 확대하여 편찬하기로 하였다. 이와 더불어 선생님을 추모하는 글이나 사진을 모아 책으로 만들자는 의견에 합치하였다. 추모의 글을 모으기 위해서는 편찬위원회를 좀 더 확대하여 만들기로 하여, 서울대 재직 시절의 제자였던 안병욱과 연대 출신의 이지원을 추가하였다.

한편, 1주기는 코로나 역병이 좀처럼 수그러들지 않고 있으므로, 1주기는 개별적인 참배로 하고, 여러 사람이 모이는 추모 행사는 2주기에 하되, 이 또한 역병 상황을 보기로 하였다. 저작집 보유편과 더불어 추모문집도 이때 맞추어 간행하기로 하였다. 이후 회고와 추모문집을 만들기 위한 편찬위원회를 몇 차례 열면서 이 일들을 추진하였다.

이 책은 선생님의 학문적 성과를 돌아보기 위해 만든 것은 아니다. 선생님과 만나면서 맺은 인연과 일화를 중심으로 엮은 것이다. 때로는 자상하면서도 가혹한 지도를 받은 일부터, 일상적인 일화, 혹은 추모하는 마음을 담은 글들이다. 그래서 편찬위원회는 "송암 김용섭의 학문과 생활 : 후배, 후학의 회고"라는 가제목 아래 개인적 차원의 일화, 학문적 인연 등을 담은 글을 통해 선생님의 학문과 인품을 돌아보고자 하였다.

이런 목적으로 책을 간행하려 하니, 글을 쓰는 사람도 한정될 수밖에 없었다. 그래서 원로 사학자 몇 분과 서울 사대, 문리대 시절의 제자와 연세대 제자를 중심으로 생각나는 사람들에게 원고를 부탁하였다. 그러나 학과나 대학의 동료 교수나 가까웠던 후학, 혹은 제자들 가운데서도 빠뜨린 사람도 있다. 책의 부피를 생각하여 인원을 줄였고, 또 원고의 매수도 제한하였다. 아울러 청탁을 받고서도 글을 쓰지 못한 분들은 글이 아니더라도 대부분 선생님을 추모하는 마음을 표하였다. 이 책에 실린 사람들이 옛날의 '동문연원록' 같은 것은 아니므로, 모두 해량해 줄 것으로 믿는다.

선생님에 대한 기억, 추억은 글 쓴 사람에 따라 다르다. 같은 일이라도 각자의 처지에 따라 다르게 기억될 수도 있다. 따라서 글의 내용이나 사실 여부, 글의 수준이나 형식이 다르지만 글 쓴 사람의 생각이 담긴 것이니 그대로 두었다. 다만 여러 글 속에 표현된 다른 기억들을 잘 맞추어 보면 선생님의 학문 활동이나 사건들이 '조각 맞추기'처럼 맞을 수 있을 것이니, 지금 우리들에게도 새로운 느낌으로 다가올 것이다.

선생님의 학문적 업적이나 한국학계에서의 위상은 몇 마디로 표현하기도 어렵다. 하지만 해방 후 한국사학계의 체계를 수립하는 큰 그림은 선생님에 의해서 비롯되었다고 해도 틀리지 않을 것이다. 그러하니 시세의 변화에 따라 최근 일부의 비판적 검토가 있었던 것도 사실이다. 평소 선생님은 이런 외부의 평가에 소홀하지 않으셨다. 이런 종류의 글들이나 신문 보도는 모두 스크랩으로 꼼꼼하게 모아놓으셨다.

어려운 일이지만, 선생님의 제자들 사이에는 2년 전《한국고대농업사연구》를 간행한 것을 계기로 이를 계승하고 발전시키기 위한 학술회를 연적이 있다. 이 글들은 연세사학회의《학림》46집(2020년 9월)에〈한국 농업사 연구사 동향과 과제–송암 김용섭 교수 농업사 완간 기념〉이라는 특집으로 게재하였다. 하지만 이른바 '송암사학'에 대해서는 좀 더 시간을 두고 객관적으로 검토해야 할 것이다.

다시 한번 글을 내신 분들은 말 할 것도 없고, 글로 표현하지 않았지만 각자의 처지에서 선생님을 떠올리고 그리워하며, 음으로 양으로 도와주신 모든 분께 감사드린다. 전혀 팔리지 않을 줄 알면서도 '송암사학'의 의미를 힘차게 강조하시며 출판해 주신 지식산업사 김경희 사장님께도 고마운 말씀을 드린다. 모든 편찬위원들이 각자의 처지에서 필요한 역할을 감당하였지만, 특히 책 간행에 필요한 원고 수합, 사진 정리 등의 번거로운 일들은 김도형, 김성보 교수, 실무적으로 이를 도와준 연세대 대학원 정윤영 박사생의 수고가 있었음도 밝혀둔다. 또한 여러 사정으로 忌日에 도저히 맞추기 힘든 일을 깔끔하게 완수해준 지식산업사 권민서 씨에게도 고마움을 표한다.

지금 펴내는 이 책이 돌아가신 선생님을 그리워하고, 또한 추모하는 우리들의 마음이 담겨 있고, 그 마음으로 선생님의 편안한 명복이 되었으면 좋겠다. "수양산 그늘이 강동 80리를 덮는다"고 했던가. 지금도 우리는 선생님의 학문적 그늘에서 한 발짝도 더 나가지 못하고 있다. 이런 점에서 이 책으로 선생님의 학문이나 학문 자세를 새롭게 돌아보는 작은 출발이 되기를 바랄 뿐이다. 선생님께서도 이를 기쁘게 여기실 것이다. 아울러 이 추모와 회상의 글 모음이, 물심양면으로 간행까지 걱정해 주신 김현옥 사모님과 유족들에게 위로가 되었으면 한다.

2022년 9월

송암김용섭선생 추모문집편찬위원회

차 례

책머리에 ······································ 16

신용하 ‖ 우리시대 학자의 최고 모범 송암 김용섭 선생 ········ 23
김영호 ‖ 《한국문명의 전환》 초고본을 둘러싼 논의의 기억 ·· 29
김용덕 ‖ 마음으로 통했던 선생님 ······································ 40
김광수 ‖ 선생님··· ······································ 44
이태진 ‖ 세 차례의 만남 ······································ 53
이범직 ‖ 송암 선생님과 인연 ······································ 60
박노욱 ‖ 송암 김용섭 선생님을 추모하면서 ···························· 62
정구복 ‖ 송암 김용섭 교수님의 영전에 올리는 추모사 ········· 70
유선호 ‖ 김용섭 선생님 ······································ 80
이경식 ‖ 선생님 밑에서 역사 공부 ······································ 85
정만조 ‖ 선생님을 추모하며 ······································ 98
김정기 ‖ 중앙정보부에까지 침투한 '경영형부농' ················· 104
서중석 ‖ 50여 년 들려준 말씀과 격려 ································ 110
안병욱 ‖ 김용섭 선생님의 높은 그늘 아래에서! ················· 121
송연옥 ‖ 은사 김용섭 선생님께 드리는 感謝 말씀 ············· 130
강창일 ‖ 올바른 길을 걷도록 가르쳐 주신, 영원한 스승님! 137
김인걸 ‖ 한국 역사학의 길을 넓혀 오신 송암 김용섭 선생 144

안병우 ‖ 송암 선생님과의 소소한 추억 ………………………… 154
김도형 ‖ 선생님의 遺香 ………………………………… 160
박희현 ‖ 한국사연구회 대표간사 시절의 송암 선생님 ……… 171
쓰르조노 유타카 ‖ 그때 그 시절 그 사람 ………………………… 178
가네와카 도시유키 ‖ 〈제비〉와 〈엄마야 누나야〉 ……………… 184
김무진 ‖ 낯선 학문과의 만남 ………………………………… 190
송정수 ‖ 선생님에 대한 기억의 조각들 ………………………… 197
백승철 ‖ 송암서재의 일상을 회상하며 ……………………………… 202
김영 ‖ 조용히 흘러가는 깊은 강물이셨던 선생님 …………… 209
조성윤 ‖ 김용섭 선생님과 답사여행을 떠나다 ……………………… 212
홍성찬 ‖ 송암 선생님 생각 ………………………………… 218
정수복 ‖ 은사 김용섭 교수와 나의 학문 세계 ……………………… 224
김기정 ‖ 역사 시선을 통해 국가 전략을 생각한다 …………… 231
홍순계 ‖ 김용섭 교수님을 그리며 ………………………………… 237
송찬섭 ‖ 몇 가지 평범한 기억들 ………………………………… 242
김돈 ‖ 발해 유적답사 후기 ………………………………… 248
류승렬 ‖ 별처럼 빛나는 선생님과 함께한 행운과 기쁨 ……… 253
서의식 ‖ 師弟의 義理 ………………………………… 263
이병희 ‖ 나의 指南, 김용섭 선생님 ………………………………… 272
김태웅 ‖ 세배와 공부 ………………………………… 279
이윤갑 ‖ 송암 김용섭 선생님을 그리며 ………………………… 287
김용흠 ‖ 역사 연구의 본령을 일깨우신 선생님 ………………… 295
박천우 ‖ 송암 김용섭 선생님을 추모하며 ………………………… 301
박평식 ‖ 아, 아… 선생님 ………………………………… 306
윤정애 ‖ 진정한 학문의 길을 보여주신 선생님을 기리며! … 313
최윤오 ‖ 평생 공부, 그리고 두 명의 스승 ……………………… 317

이인재 ‖ 사자상승(師資相承) ································· 323
오영교 ‖ 나의 잊지 못할 선생님 ································· 329
이지원 ‖ 김용섭 선생님과 방기중 그리고 나 ······················ 335
왕현종 ‖ 조선후기 양안 연구의 초지와 연구사 궤적을 선회하며 347
김성보 ‖ 러시아에 가봐야 하네 ································· 353
도현철 ‖ 선생님을 그리워하며 ································· 357
정호훈 ‖ 조선시기 사상사 연구와 송암 선생님의 가르침 ···· 367
윤덕영 ‖ 김용섭 선생님을 추모하며 ································· 373
이경란 ‖ 두 번의 답사 ································· 377
이상의 ‖ 대원사 계곡의 미소 ································· 384
이은희 ‖ 1981년 김용섭 교수님의 교양 한국사 회고 ········· 390
박종린 ‖ 자넨 뭐 하는 녀석인가? ································· 392
이하나 ‖ 선생님을 두 번 울린 사연 ································· 398
정진아 ‖ 오랜 인연과 기억의 편린 ································· 405
박준형 ‖ 송암 선생님과 고조선을 생각하며 ······················ 411
이현희 ‖ 김용섭 선생님을 생각하며 ································· 417
고태우 ‖ 할아버지 선생님, 김용섭 선생님을 생각하며 ······ 423
오상미 ‖ 선생님의 어린 제자 ································· 427
김윤정 ‖ '손주 제자'의 선생님에 대한 기억 ······················ 435

송암 김용섭 선생 연보 ································· 439

우리시대 학자의 최고 모범 송암 김용섭 선생

신용하*

송암 김용섭 선생님의 제자 김도형 교수로부터 송암 선생의 추념 논문집을 내고 싶다고 간단한 원고 청탁을 받고, 아름다운 전통이 존속하고 있구나 하는 생각에 우선 반가움이 앞섰다.

송암 김용섭 선생은 필자보다 6년 선배이고 소속학과도 달랐으나, 학문적 · 정신적으로는 친근하게 지냈다. 필자가 뒤늦게 학술원에 참가했을 때 소속분과가 달랐음에도 가장 반갑게 맞아준 선배가 송암 선생이었다. 만날 때마다 별도로 같이 앉아서 다정하게 상당히 긴 시간 학문적 토론이나 대화를 나누었다. 필자는 송암 선생을 오직 학술 연구에만 집중하여 전념하는 우리 시대 학자의 최고 모범이라고 존경하면서, 그의 학문하는 자세를 배우려고 노력해 왔다. 그러나 신문기사에도 때때로 분개하여 '잡문'을 쓰는 기질 때문에 필자로서는 도저히 족탈불급이었다.

송암 선생은 중요한 업적을 매우 많이 낸 우리 시대의 걸출한 학자이시다. 그 가운데서 필자도 관심을 가졌던 필자와 관련된 두세 가지

* 서울대학교 사회학과 명예교수, 학술원 회원

점만 생각나는 대로 몇 자 적기로 한다.

조선후기사회와 농업의 자주적 발전동력과 일제식민주의 사관 극복

송암 선생의 학문적 업적은 반드시 학계의 당시 상황과 조건에 관련하켜 고찰할 필요가 있다. 송암 선생의 가장 큰 학문적 업적은 일제의 식민주의 사관에 의한 한국사 해석이 아직도 주류였던 학계에 조선후기 농업사를 연구하여 자주적인 새로운 역사학을 정립하면서 동시에 일제 식민주의사관을 근저에서 대부분 붕괴시킨 것이다. 일제 식민주의 사관 혁파는 이기백 선생과 함께 송암 김용섭 선생이 최선두의 선봉장이었다.

송암 선생이 《조선후기 농업사연구》(2책, 1970)에서 토지대장(양안)·호적대장 등의 실증적 분석을 통하여 양반 신분제도의 해체와 지주·전호(소작인) 관계의 변동을 증명해서 조선후기 농촌과 농업의 역동적 변동을 증명하고 일제의 조선후기사회 '타율성' '정체성'을 주장하는 식민주의 사관을 비판한 것은 학계에 잘 알려져 있다.

그러나 필자의 생각으로는 이와 함께 더 주목할 것이 있다. 그것은 송암 선생이 그의 조선후기 농업연구에서 수전농업의 보급과 함께 '변혁적 농업기술 혁신'과 '생산력 증대'를 치밀하게 실증적으로 연구하여 조선후기 농촌과 농업의 내부 근저에서의 역동적 변혁을 증명한 것이다. 필자는 이 연구는 지금까지 송암 김용섭 선생의 독보적인 업적이며, 매우 중요한 업적이라고 생각한다. 이것은 완전히 새로운 농업사를 개척함과 동시에 일제 식민주의 사관의 '정체성론'과 '타율성론'을 근저에서부터 붕괴시켜 버린 것이라고 생각한다. 송암 선생의 이 연구는 불후의 업적으로 한국사연구사에 영구히 남아 빛날 것이다.

‘경영형부농’설

송암 선생은 양안분석 과정에서 조선 후기에는 ‘경영형 부농’이 존재하여 농업 분야에서 상업적 농업과 농업생산력 증대를 추진했다는 학설을 제기하였다. 이것은 영국의 예온만리(yeomanry) 같은 기업적 차지농이 조선 후기의 농촌사회에도 존재하여 농업부문의 자본주의 맹아의 발생을 주장하는 중요한 학설이었다. 송암 선생의 연구에는 상당히 큰 규모의 소작지를 차지하여 ‘광작’하는 전호(소작농)가 다수 검출되어 있었다. 그러나 이들이 어떤 방식으로 ‘광작’을 경영했는지는 소작면적의 대규모만으로는 아직 알 길이 없었다.

필자도 송암 선생의 자본주의 맹아론 실증에 기뻐서 이를 더 증명해 보려고 같은 시기 농촌사회 자료를 탐색해 보았다. 필자가 찾은 것은 ‘도지권(賭地權)’, 도지제 소작제도였다. 황해도의 재령평야의 궁방전, 기타 전국 평야지대에 지주로부터 차지료를 생산물의 25%의 저율로 납부하고 소작 토지를 빌려서 경영하는 방식이 존재하였다. 그러나 이 도지권 소유자는 농업노동자를 고용하여 이를 기업적으로 경영하지 않고, 다시 영세소작농에게 50%의 고율 소작료로 소작 주어 25%의 차익을 취득하는 중간 지주로 전화하고 있었다. 자료도 부족하고 해서 더이상 연구를 추진하지 못한 채, 송암 선생의 ‘경영형’ 부농을 실증하려는 필자의 노력은 실패하였다. 그 후 필자는 지주제도 연구를 첨가해서 조선후기 농촌의 부농은 ‘지주형 부농’이 주류임을 주장하였다. 농촌에서 비교적 광대한 소유지를 일부 소유지는 머슴을 1~2명 고용하여 자작하고, 일부 소유지는 영세소작농에게 소작 주어 고율소작료를 취득해서 부를 축적한 부농을 가리킨 용어였다. 그러나 그 ‘지주형 부농’의 역사적 역할은 이론적 해석상 ‘경영형부농’에 비할 수 없이 취약하여 보잘것없는 것이었다.

송암 선생의 '경영형 부농'은 '광작'의 형태로 면적 크기에서는 증명이 된 것이다. 앞으로 새 자료의 발굴 또는 출현 때문에 광작 농민들 가운데 기업적 농업경영을 추진한 부농이 얼마든지 나올 수 있다고 본다. 송암 선생의 '경영형 부농'의 이 중요한 가설은 아직도 후학들의 추가 증명을 기다리고 있다고 할 것이다.

'광무개혁'설

송암 선생은 대한제국 시기의 '양전사업'과 '지계사업'을 철저히 분석하여 《한국근대 농업사연구》(1975)를 간행하였다. 걸작이었다. 송암 선생은 이 연구에서 대한제국이 독자적으로 토지조사와 토지등기사업을 전국적으로 실시할 계획을 세우고 일부 실행했음을 잘 증명하였다. 이 연구는 그 후 일제의 토지조사사업의 토지약탈과는 달리 대한제국이 이에 앞서 한국실정에 맞게 관습을 존중하면서 자주적으로 실시한 토지조사사업과 토지등기사업의 연구였다. 송암 선생은 이 사업을 중심으로 '광무개혁'론을 제기하였다.

이 무렵 필자는 《독립협회 연구》(1976)를 간행했는데, 송암 선생이 필자의 책 서평을 쓰면서 이 시기 개혁의 주류를 독립협회로 보지 않고 광무정권으로 보아 이른바 '광무개혁 논쟁'이 있게 되었다. 필자는 대한제국 초기의 개혁은 독립을 주창하면서 의회제도를 설립하여 전제군주제를 입헌군주제로 개혁하고 자주민권 제도를 수립하려고 운동한 독립협회 · 만민공동회 세력이라고 보아 이를 매우 중시하였다.

송암 선생은 독립협회운동보다는 광무정권의 '舊本新參' 정책이 더 자주적 개혁운동이라고 해석하였다. 광무정권의 '구본신참'은 갑오개혁 이전의 '구'를 '본'으로 하고 갑오개혁의 '신'을 참조하여 새 광무정권의 정책방향을 설정했다는 정책 원칙 선포였다. 송암 선생은 '舊'를 '자주적'의 뜻으로 해석하였고 갑오개혁과 독립협회는 외세에 의존성이 있는 개혁운동으로 해석한 것 같았다. 강만길 교수가 광무정권의 상공업부문 정책의 개혁성을 제시하면서 '광무개혁론'을 지지하였다. 결국 역사학계에서 고등학교 교과서 등에 '광무개혁'을 넣게 되어, 송암 선생의 '광무개혁론'은 정설로서 교육과정에 들어가게 되었다.

필자는 대한제국 초기 개혁의 주류는 역시 독립협회 · 만민공동회 세력과 그 운동이었으며, 광무정권의 개혁정책은 송암 선생이 밝힌 양전 · 지계사업 이외에는 상공업부문을 포함해서 실제로는 개혁적인 업적이 별로 없었고, 친러수구파 정권의 고식책 이었다는 생각을 갖고 있다. 대한제국기 광무정권의 모든 정책은 광무 황제와 황실의 부귀 권위의 강화와 수입에 집중되었고, 위기의 시대에 국가와 국민을 지키기 위한 개혁정책은 매우 미흡했다는 것이 필자의 생각이다. 광무정권의 광무개혁과 독립협회 · 만민공동회의 개혁운동의 어느 것이 주류인가를 역사학계는 더 논의할 필요가 있다는 것이 아직도 필자가 갖고 있는 생각이다.

〈고조선문명론〉 찬성

송암 선생이 학술원에 들어간 후, 필자는 정년 퇴임을 한 이후에 한민족의 기원을 탐색하다가 '고조선문명론'을 정립하여 발표하였다. 고조선문명론 정립과정에서 처음부터 몇 번 만날 기회가 있어 토론을 했는데, 뜻밖에 필자의 '고조선문명론'에 크게 찬성하고 격려해 주셨다. 필자의 '고조선문명론'은 기존학계와 완전히 다른 새로운 파라다임이어서 역사학계의 즉각의 찬성은 기대하지 않았었다. 그런데 뜻밖에 송암 선생이 찬성하고 계속 탐구하라고 격려해 주신 것이다. 마음속으로만 "역시 대가는 다르구나"라고 생각하면서도 어디에도 말은 하지 않고, "선생님 한 분만 찬성하시면 저는 만족합니다"고 말씀드렸다.

학술원 사무국에서 핸드폰에 메시지가 도착했다. 인문 · 사회계 3분과 김용섭 회원님이 별세하셨다는 부고였다. 친구로부터도 부음이 전달되었다. 서울대학교병원 영안실에 가보니 송암 선생의 영정사진이 인자한 웃음을 띤 모습으로 꽃 속에 놓여 있었다. 에너지의 마지막 한 방울까지 연구에 소진하시고 영면하신 것이다. 송암 선생은 가셨지만 그가 남긴 참으로 보배로운 연구업적은 한국역사연구에 영구히 남아 빛날 것이다.

《한국문명의 전환》 초고본을 둘러싼 논의의 기억

김영호*

1.

선생께서 총애하셨던 정창렬 교수, 정석종 교수 그리고 선생의 전 저작을 출간하고 있는 김경희 사장 등과 친하게 지내다 보니, 그분들의 학문적 별인 송암 선생을 뵐 기회가 많았다. 교실에서 직접 배울 기회는 없었으나 논문이나 저서를 통하여 그리고 빈번히 찾아뵙고 참으로 많이 배울 수 있었다. 생각하면 망외의 행운이었다.

일본에서 오사카시립대학의 교수로 재직하면서 나의 일본어 선생 역할을 해주신 송연옥 선생과 송암 선생 이야기를 가끔 나누었다. 송 선생은 서울대 유학 시절 선생의 연구실에 책상을 두고 있을 만큼 총애를 받았다. 나중에 도쿄의 아오야마학원대학 교수로 재직하시면서 위안부 문제에 관한 역저를 내셨고, 지금 故강덕상 선생의 '아리랑 도서관' 이사장으로 활약하며 학계의 신뢰를 한 몸에 받는 여류역사학자이다. 어느 땐가 눈물을 글썽이며 말했다.

* 경북대학교 명예교수, 전 산업자원부 장관

"언젠가 부끄럽지 않은 책을 써 선생님을 찾아뵙는 것이 저의 간절한 소망입니다."

송선생의 진정성이 오래 가슴에 남아 울리었다.

하버드 대학에 잠시 가 있을 때 그 대학 교수로 있는 김선주 교수와 몇 차례 만나 식사를 했다. 그녀는 연세대 사학과 출신으로 김용섭 선생의 강의를 여러 과목 들었다고 했다. 어느 만남에서 내가 말했다. "교수 중에도 하버드 대학교수가 되는 게 정말 행운입니다. 그런데 김용섭 선생 제자였던 게 그에 못지않은 행운이라는 것 잊지 마세요." 김 교수는 졸업 후 한 번도 송암 선생을 찾아뵙지 못했다고 했다. 그 다음 해 여름쯤에 그 교수에게서 전화가 왔다. 서울에 왔다고 하면서 온 김에 며칠 후 김 선생을 찾아뵈려고 연락해 두었는데 같이 갔으면 좋겠다는 것이었다. 마침 나는 방일 일정이 겹쳐 같이 안내해 드리지 못했다. 나중에 송암 선생께 물어보니 김 교수가 찾아와 여러 이야기를 나누었다고 하셨다.

정석종 교수가 암으로 서거하기 직전 송암 선생이 대구로 오셔서 함께 작별 문병을 갔던 기억, 정창렬 선생 임종 직전 함께 역시 작별의 문병을 마치고 쓰디쓴 차를 말없이 마셨던 기억, 그 후 선생 자신의 서거로 서울대 병원 장례식장을 찾아뵙던 기억이 겹쳐지고 마치 한꺼번에 일어난 일처럼 연속된다. 모두 꿈결 같다.

송암 선생과 얽힌 일이 꽤 많다. 벌써 오래 전에 성균관대 대동문화연구원에서 주관한, 하버드 옌칭지원 공동연구에 선생과 함께 참여하여 《19세기의 한국사회》(1972)를 출간하였고 1997년 선생의 정년기념논총에 〈해방후 한국자본주의의 연속과 단절〉을 기고하여 안병직 교수의 식민지 근대화론을 비판하였다. 2011년에는 선생의 회고록 《역사의 오솔길을 가면서》의 출간 직전, 오랜만에 정창렬 선생, 김경희 사장과 함께 찾아뵈었을 때 회고록 제목에 관한 토의가 한창이었다. 잠정적으로 《태산에 오솔길을 내며》로 되어 있었다. 나는 굳이 중국의 산 태산을 갖고 올 것 없고 오솔길을 내었는지 안 내었는지는 후인들이 평가할 문제라고 하면서 차라리 '역사의 오솔길을 가면서'가 어떻겠는가 제안했었는데 덜컥 그 안이 받아들여졌다.

2.

그 후 선생의 역저 《한국문명의 전환》에 얽힌 이야기가 잊히지 않는다. 이 책은 정식제목 《동아시아 역사 속의 한국문명의 전환 –충격, 대응, 통합의 문명으로》가 말해주고 있는 것처럼 조선후기 농업사연구에 집중하고 있던 선생으로서는 고대사까지 월경하고 고고학적 성과까지 접목하고 중국사는 물론 동아시아 역사까지 들여다보고 해방 후의 현대사는 물론 구미 근현대사까지 월경하고 농업이 아닌 문명사까지 월경하게 되어 선생으로서는 너무나 모험적 노작이었다. 아울러 본격적인 〈신정 증보판〉을 내실 정도로 고투에 고투를 거듭하신 문제작이었다. 선생의 일반적 집필 자세에서 많이 접하게 되는 신중하고 논리적인 서술방식과는 결이 다른, 선생의 다른 저서에는 잘 쓰지 않는 단계론과 유형론을 펼치는 방식도 마다하지 않고 있다.

한번은 찾아뵈었더니 이 책의 신정 증보 원고의 초고본을 보여주시며 한번 읽고 소감을 말해주지 않겠느냐고 하셨다. 나는 즐겨 그렇게 하겠다고 하고 초고본을 받아 나왔다. 어느 주말 아침 초고를 들고 나의 분당연구실 앞산, 서울대 분당병원 뒷산으로 올라갔다. 아늑한 바위틈에 앉자 푸른 하늘을 안고 읽기 시작했다. 고대 동아시아

문명의 전개를 개관한 후, 고조선문명의 장을 눈여겨보았다. 나는 솔직히 단군조선에 대하여 자신의 견해가 없고 또 앞으로 자신의 견해를 갖도록 독자적으로 연구해볼 생각도 없다. 다만 《삼국사기》보다 《삼국유사》를 좋아하고 신채호의 단재사학에 끌리고 있었던 것이 사실이고, 북한학계의 단군조선 긍정론에 어느 정도 호감을 갖고 있었던 게 사실이었다. 송암 선생은 고고학계의 농경문화와 청동기문명 발굴 연구성과나 중국학계의 요하문명 홍산문화 연구성과를 세심하게 참조하면서, 또 그 방면의 연구자들과 함께 노구를 끌고 요하문명의 현장을 두 차례나 답사하였다. 그리고 고뇌 끝에 '이제는 단군신화를 신화로만 돌릴 수 없게 되었다고 하겠다'는 조심스러운 결론에 도달하였다. 이 결론은 엄청난 모험이고 하나의 사건이 아닐 수 없다. 그것은 한국의 주류 국사학계의 일정한 결별을 의미하는 것이었다.

고조선문명이 중국문명에 접하고 수용하는 과정을 읽으면서 중국문명이 보다 높은 선진문명이면서 강력한 군사력을 동반한 문명이라고 인정한 대목을 눈여겨보았다. 고조선이 중국의 정복전쟁에 크게 패배하면서 이어지는 고조선문명의 붕괴현상이 너무 속절없었다. 가슴 아픈 과정이 눈물이 흘리는 과정으로 이어지고 강물처럼 눈물이 줄줄 흘러내렸다. 아무도 없는 숲속에서 혼자 눈물을 줄줄 흘리며 때로는 소리 내어 엉엉 울며 초고를 읽어 나갔다. 한 달쯤 후에 내가 선생을 찾아뵙고 엉엉 울며 읽었다고 말씀드렸더니, '나도 쓰면서 얼마나 울었는지 몰라요. 그야말로 피눈물을 줄줄 흘리며 써 나갔지요.' 하셨다. 눈물을 흘리며 집필한 초고를 눈물을 줄줄 흘리며 읽어 내려갔던 것이다.

3.

나는 '일연의 《삼국유사》의 고고학적 그리고 문명사적 재건 작업이라는 인상'을 받았습니다. 혹 육당 최남선의 "불함문화론"의 학문적 재건이라는 인상도 받았습니다. 그러자 송암 선생은 "작업을 해나가며 육당 최남선 생각을 참 많이 했습니다. 결국 나는 최남선은 단군조선을 구해 내기 위해서 조선사편수회에 들어간 것으로 받아들였지요. 그 당시 조선사편수회에서 단군조선 사료를 제대로 발굴 분석해 내는 일을 해내기 위해서 자신의 몸을 더럽히는 것은 아무것도 아니라고 판단했던 것이지요. 결국 일연의 생각을 계승 확대한 것은 최남선이 아닐까 생각했지요."라고 했다.

그 뒤 김경희 사장과 함께 찾아뵈었을 때도 비슷한 말씀을 하신 적이 있다. 나는 평소 송암 선생이 일본에 대해서 얼마나 준엄하고 친일에 대하여 얼마나 냉정한지 잘 안다. 내가 와다 하루키[和田春樹] 교수와 손을 잡고 한일병합조약 불법무효 한일 지식인 1천인 공동성명을 밀어붙일 때 격려를 아끼지 않으면서도 줄곧 '일본 지식인을 믿지 말라'고 경계를 촉구하셨던 분이다. 그런 분이 최남선에 대하여 매우 긍정적으로 이해하고 대단하게 평가하여 내심 놀라웠다. 일연–신채호–최남선–김용섭 라인의 형성이라면 과장일까.

나는 사실 개인적으로 언젠가 《친일인명사전》을 만드는데 위원장을 맡아달라는 요청을 받은 적이 있었다. 그때 며칠 동안 말미를 받아 고민한 끝에 최종적으로 간곡히 사양하였다. 그때 나름 사양했던 이유는 요컨대 "나라가 무너졌는데 무력한 개인에게 책임을 묻는 것은 너무 가혹하다. 내가 그런 상황에 놓이면 내가 자신이 없는데 어찌 남을 평가할 수 있겠는가"였던 것 같다. 언젠가 서울대 사회과학대학에서 "일제 때 조선 · 동아의 친일행위를 어떻게 볼 것인가"하는 심포지엄에서 나는 긍정론에 선 적이 있다. “식민지 시대에 신문이 친일적이었나 반일적이었나를 문제 삼는 것은 문제설정이 잘못된 것 같다. 식민지라는 것은 반일적 반식민지적 언론을 허용해 줄 만큼 관대한 지배체제가 아니다. 더구나 일제 식민지체제는 유럽제국의 아세아 아프리카 식민지경영처럼 경제적 이권에 현지 저임금 노동을 착취하는 수준의 경제적 식민지가 아니라 징용과 위안부 같은 인간의 직접 착취시스템과 피지배민족의 역사와 성씨 그리고 언어와 문화까지 몽땅 빼앗는 완전 식민지 체제이다. 식민지를 그렇게 보는 것은 식민지를 모르는 나이브한 시각이다. 따라서 친일적이냐 반일적이냐 하는 시각에서가 아니라 친일적이면서 그래도 한국어로 어느 정도의 틈새를 활용하여 신문을 내는 것이 좋을까, 아니면 아예 그만두고 은둔하고 침묵하고 안 내는 것이 좋을까의 문제가 있을 뿐이다. 그 경우 내 생각에는 그래도 내는 편이 좋다고 생각한다”라는 논리였다. 당시 학생들의 반응은 그렇게 호의적이지만은 아니었다는 기억이다.

나는 친일파도 역사의 희생자라는 포용의 논리를 찾고 있었는지 모른다. 따라서 내가 《한용운 선생 전집》 일을 맡아 일할 때 만해 한용운의 대쪽같은 추종자 김관호 선생께 만해 선생에게서 직접 들었다는 에피소드를 10번도 더 들은 이야기가 있다. “만해 선생은 3.1운동 수일 전 밤중에 담을 넘어 이완용 집을 찾아갔대요. 33인에 이어서 서명하라고 서명하지 않으면 이 거사의 비밀을 지키기 위해 당신을 죽일 수밖에 없다고 칼을 내밀었대요. 이완용은 내가 서명을 하면 33인분들에게 실례가 되고 독립선언의 진정성이 훼손될 터이니 안 하겠다고 끝내 사양했대요.” 만해 선생이 그냥 물러났는데 끝까지 거사 비밀을 지켜 주어 만해 선생이 “이완용도 마음 한구석에 애국심을 숨겨두고 있었다고 평가하곤 했어요." 나는 이 말을 수십 번을 들었던 것 같다.

물론 송암 선생의 육당 최남선 이해론 내지 긍정론은 육당의 조선사편수회에 들어갔던 사정에 한정되는 것이었다. 그런데 육당의 친일시비는 조선사편수회의 위원 수임, 만주 건국대학 교수 부임, 학병권유 연설 등에 걸쳐 있다(홍일식, 《육당연구》, 단기4292 ; 김용직 외 육당연구학회, 《최남선 다시 읽기》, 2009). 그 중 조선사편수회 위원 수임이 대표적인 친일 행위로 지목되고 있고 파장도 가장 컸다. 송암 선생의 육당 재평가 술회는 김경희 사장과 동석 자리에서도 몇 차례 나와 우리끼리 있을 때 따로 화제를 삼기도 했다.

육당은 조선사편수회 회의 석상에서 식민사학자 이마니시 류(今西龍)의 삼국유사 개찬을 망필이라고 비판하고 또한 조선사편수회의 총서발간을 위한 사료총간에 "단군, 기자" 가 제1편에 빠진 것을 지적하고 정편이나 보편을 통해 보완할 것을 주장하기도 하였다. 송암 선생은 육당의 조선사편수회에서 활동한 구체적인 일보다 '불함문화론'을 비롯, 단군 기자조선에 관한 연구업적에 대한 높은 평가에서 나온 것 같다. 더구나 단군조선에 대한 고고학적 연구성과나 중국학계의 기존의 황하문명에 선행하는, 요하문명 혹은 홍산문화의 발굴성과와 홍산문명론이 단군조선에 대한 새로운 전망에 대하여 주류사학계의 입장과 일정하게 거리를 두고 비상한 관심을 기울이고 두 차례나 홍산문화 현장을 답사 조사를 진행하며, 그 과정에 육당의 단군조선론의 의의를 새삼 절감하였던 것이 아닐까 짐작할 뿐이다. 선생의 이러한 입장은 선생의 서거 후 저명한 과학저널 NATURE지 2021년 11월호의 〈삼각교차증명으로 지지되는 범아세아 언어집단의 농업적 확산〉이란 10개 국의 40여 명의 고고학자, 언어학자, 유전학자가 참여한 홍산문화 대형 특집을 내어 터키어 만주어 한국어 일본어 등의 공동조상 원시언어를 농경 언어, 그리고 인구의 결합이동이라는 소위 농경가설로 추적함으로써 그 타당성이 어느 정도 확보된 것 같다. 이런 경위를 한 걸음 더 들어가 홍산문화와 단군조선의 관계, 그리고 최남선의 재평가 문제 등을 구체적으로 여쭈어 보고 싶었으나 그런 기회는 끝내오지 않았다. 다만 이 문제는 선생의 어마어마한 연구상의 고민이 도사려있던 난제였음에 틀림 없었던 것 같다.

이 책에서 송암 선생은 고조선문명이 중국문명 중심으로 수용 통합되어가는 과정을 한민족의 제1차 문명전환으로 보고, 서구문명 수용을 한민족의 제2차 문명전환으로 본다. 그리고 제1차 문명전환을 다시 3단계로 나누어, 제1단계는 고구려 백제 신라의 3국 병렬시기로, 제2단계는 통일신라에서 고려중기 시기로, 제3단계는 고려말기에서 조선중기까지의 시기로 나누어 보고 있다. 여기에서 3국은 "문명이라고는 아무것도 없는 미개한 단계에서 중국 문명을 처음으로 받아들이는 것이 아니라 이미 고대국가를 성립 발전시키고 있었던 고조선이 그 독자적인 알타이어계 문명, 고조선문명의 바탕 위에 이질적인 중국 문명을 받아들이는 것이었으므로 거기에 세워지는 제도는 그만큼 복잡하고 난해하며 그 문명전환은 그만큼 어려웠다."

이러한 제1단계의 이중구조적 성격은 제2단계 그리고 제3단계에서도 기본적으로 재생하고 지속되면서, 앞의 중국 문명과 서양 문명은 더 선진적이고 보다 강력하여 서열적(?) 문명질서가 펼쳐지며 고유한 전통 문명은 동격의 가치로 존중되어야 할 것으로 본다. 가령 중국 문명의 상징으로서의 한문과 고조선문명의 상징으로서의 가림토문자를 계승(?)한 것으로 보이는 세종조의 한글 창제가 동등하게 결합하여 한글 · 한문 통합문명에 도달하였다고 결론 맺고 있다. 비슷하게 농업의 중국식의 경무법과 조선의 고유한 결부법의 조우 상대하게 되었다고 강조한다.

제2차 문명전환과정에서 한국은 여전히 동도서기 혹은 구본신참의 이중구조로 접근하지만, 제1차 문명전환과 유사하게 군사적 폭력을 동반하여 식민주의를 강요하고 있지만, 내재적으로 자유 평등을 본질로 하는 민주주의를 내장하고 있어 한글문화를 주체로 민주주의를 구현하는 것이 중요하다고 강조한다. 한국은 세계의 민주주의 진영과 공산주의 진영의 분열이 분단국가로 귀결되어 분단 한국에서는 제헌헌법 이래 4차례의 헌법개정과정을 경과하면서 경제민주화의 과제를 떠안고 있다고 지적하고 있다.

4.

나는 송암 선생의 한국의 문명전환사의 고조선문명과 중국 문명의 이중구조, 그리고 조선의 전통문화와 서양근대문명의 이중구조적 전개를 두고 이중구조를 통합적으로 파악하기 위한 틀로써 말하자면 일종의 '심청사관'적 관점이 필요하지 않을까에 대하여 말씀을 드렸다.

단재 선생의 유명한 〈낭객의 신년 만필〉에서 조선에 불교가 들어오면 조선의 불교가 되지 않고 불교의 조선이 되어버리고, 유교가 들어오면 조선의 유교가 되지 않고 유교의 조선이 되어버리고, 기독교가 들어오면 조선의 기독교가 아니라 기독교의 조선이 되어버리고, 사회주의가 들어오면 조선의 사회주의가 아니라 사회주의의 조선이 되어버린다고 갈파한 바 있다. 이러한 해석이 집약된 글이 단재 선생의 감동적인 〈조선역사상 일천년래 제1대 사건〉이다. 이 글은 민족주체적 묘청 세력이 사대주의적 김부식 세력에 패배하여 조선이 사대주의 일색이 되어버리는 단선적 입장이다. 이에 비하여 송암 선생은 민족의 고유하고 주체적인 전통의 요소와 압도적인 외래문명의 도입에 의한 이중구조적 전개를 중시한다는 입장이다. 그러나 이중구조가 그대로 존속하여 제각기 따로 노는 것이 아니라 깊은 상호관계를 가지면서 변용된다.

소설가 김훈이 《흑산》이란 소설에서 당시 천주교인들이 모진 박해를 받으면서도 목숨을 바쳐가며 신앙을 살려가는 장엄한 장면과 대비하면서 다산 정약용이 살기 위하여 배교를 하고 마침내 구차하게 살아 그의 형 정약전과 함께 살아서 귀양 가는 장면을 그리고 있다. 그것을 나는 서학과 정다산을 어느 한쪽으로 양자택일적으로 본 결과라고 생각한다. 정다산은 당시 서학의 바다에 깊이 빠졌으나 결국은 헤엄쳐 나와 전생애를 던져 《여유당전서》의 집필에 바쳤다. 마치 심청이 인당수 깊은 바다에 몸을 던졌으나 결국은 살아나와 왕비가 되어 아버지 심봉사의 눈을 띄웠듯이 정다산은 서학의 바다에 빠진 채 그대로 끝나지 않고 기어코 살아나와 인당수에서 익힌 서학의 논리를 살려 중세적 암흑에 갇혀있던 주자학에 새로운 눈을 띄워 동서문명의 회통의 대업을 이루게 되었던 것이다. 따지고 보면 주자 역시 당시 불교유입의 홍수 속에 빠졌던 중국에서 주자가 불교의 논리를 흡수하여 지리멸렬하고 있던 원시유학을 재건한 것이 신유학이라 볼 수 있다. 이러한 해석방법을 잠정적으로 심청사관이라 할 수 없을까.

한국의 문명전환과정에 있어서 각 전환의 최초의 저항과 탐닉 단계를 지나면서 적응 의곡 변용의 과정을 겪게 된다. 불교에서의 원효대사, 유학에 있어서 정다산, 그리고 동학의 최수운 · 최해월, 기독교신학에서의 안병무 · 서남동 등의 민중신학의 정립, 사회주의에 있어서의 여운형의 사회민주주의, 황장엽의 주체사상의 정립 등이 단재 선생의 외세일변도의 입장이나 송암 선생의 이중구조론적 틀을 뛰어넘는, 상호 적응의 성과라고 볼 수 없을까 생각했다. 흑인 음악을 한국적으로 재해석하여 K-팝이 나왔다는 해석도 심청사관적 해석이다. 선생의 한국의 문명전환론에도 고조선의 가림토문자가 세종대의 한글 창제로 이어지고 그것이 서민층과 여성들의 한글 보급으로 이어져 마침내 한문의 바다, 연이은 일본어의 바다, 다시 영어의 바다에서 심청처럼 아슬아슬하게 살아나와 오늘날 세계적인 한류의 시대를 맞이할 전망이 펼쳐지고 있지 않은가.

나는 송암 선생께 한국의 제1차 문명전환사의 고조선문명과 중국문명의 이중구조, 그리고 제2차 문명전환사의 전통문명과 서양근대문명의 이중구조를 전통과 외래문명의 이중구조로 제각기 분리되어 언제까지나 동은 동이요 서는 서라는, 전통은 전통으로, 외래는 외래로 이중구조를 언제까지나 지속하게 할 것이 아니라 양자의 동태적 상호작용으로 전통문화가 변화하고 외래문명이 변용 흡수되는 문명통합의 진통이 되어야 하고 역사상 그러한 과정이 중요하게 재인식되고 앞으로 그러한 통합을 일반화해야 한다는 점에서 이 책을 읽고 일종의 심청사관이 도출되어야 할 것으로 생각했다. 내가 이 원고를 읽은 가장 큰 수확의 하나는 심청사관의 영감을 얻은 것이라고 말씀드렸다.

그 후 두 차례의 독촉 전화를 받고 찾아뵈었더니 이번의 신정증보판은 초판의 내용을 토대로 하는 것인 만큼 기본 틀은 그대로 갖고 갈 수밖에 없어 나의 논평은 반영하지 못할 것 같다고 완곡히 양해를 구하셨었다.

마음으로 통했던 선생님

김용덕*

나는 김용섭 선생으로부터 직접 배운 적은 없다. 처음 그분의 이름을 접한 것은 1960년대 초 〈조선후기 量案의 연구〉라는 주제로 논문을 내기 시작했을 때이다. 읽기도 어렵고 분량도 많고 해서 엄두를 내지 못했지만 특수한 분야를 깊게 연구하는 분이라는 인상이 깊게 새겨졌다. 그 후 1969년 연대 孫寶基 교수께서 公州 石莊里에서 구석기 유물을 발굴하실 때 궁금해서 찾아간 적이 있다. 손 선생께서 나를 처음 보자 김용섭 교수와 본관이 같지 않냐고 물으셔서 잊혀있던 김 선생님을 다시 생각나게 하신 적이 있다. 당시 孫寶基 교수는 서울대 역사교육과에서 김용섭 선생을 가르친 스승 제자 사이란 것을 알게 되었고 두 분 다 고집스럽게 자신의 연구 분야만 파고든 외로운 학자들이라 서로를 깊게 사귀는 분들이라는 생각을 하게 되었다.

1970년을 전후하여 閔斗基 교수가 정력적으로 서울대 문리대에서 동양사를 연구 강의하고 있을 때 민 교수로부터 김용섭 교수의 업적이 일본학계에서도 높게 평가받고 있다는 얘기를 들어서 두 분이 서

* 서울대학교 동양사학과 명예교수, 전 동북아역사재단 이사장

로 통하는 데가 있구나 하고 알게 되었다. 민 선생도 까다로운 골수 학자라는 면에서 김 선생과 통하는 데가 있었을 뿐 아니라, 그것이 다른 인연을 모두 넘어서 두 분의 우정으로 깊어지고 있다는 것을 느꼈다. 두 분은 고향, 학교 등 어느 것도 맺어지는 것이 없는 데도 그랬다.

1980년대 초반 朴英宰 교수가 연대에서 일본사를 가르치고 있을 때는 책을 빌려주고 받으며 박 교수의 연구실을 찾아가기도 하였다. 박 교수의 연구실을 김 선생님께서 놀러 오셔서 자유롭게 사사로운 얘기를 하기도 하였다. 아마 그것이 김 선생님을 개인적으로 만나 뵌 것으로는 처음이었던 것 같다(물론 70년대 김 선생님은 서울대 인문대로 오셨다가 연대로 옮기셨지만 그 대부분을 유학생활로 보내느라 국내에서 김 선생님을 뵐 기회가 없었다). 까다로운 분들이 마음이 열리면 얼마나 따뜻해질 수가 있는가를 민 선생님이나 김 선생님을 통해 느낄 수 있었다.

그 후 내가 역사학회 일을 맡고 있을 때(1999~2000) 학술원에서 한국사 분야의 신입회원 추천 의뢰가 온 적이 있다. 일단 이사회를 열어 추천 방법을 논의하기로 하였다. 그런데 이것이 그렇게 민감한 사안인 줄은 미처 몰랐다. 선배들로부터 여러 가지 조언들을 많이 받았지만, 이 사안은 매우 중요한 것이므로 총회나 평의원회를 열어야 하는 것이 가장 안전한 방식이라는 것이었다. 그러나 지금도 그렇지만 평의원회만 해도 100여 명 가까운 데다, 실제로 정족수를 채우지 못해 대부분 위임장으로 정족수를 채우는 정도였다. 통상 회의 참석자는 20~30명 정도였기 때문에 이렇게 민감한 사안일 경우 일부 회원들이 집단으로 참석하여 회원 총의와 맞지 않는 결정을 할 가능성도 있었다. 그보다도 더 어려운 것은 합의가 안 되어 추천을 못 할 수도 있다는 것이었다. 실제로 몇몇 학회에서는 추천하지 못하고 시간을 허비하고 있다는 것을 알고 있던 참이었다. 우리 학회는 그러지 말고 이사회에서 당당히 결정하자고 제안하였다. 이사들 중에는 이사가 이런 권한이 있는지 상당히 고심하는 분도 있었으나 회장이 설득하였다. 첫째 이사는 역사학회 회원들의 위임을 받아 이사로 취임한 것이기 때문에 여기에 동의하지 않는 분은 기권해도 좋다고 하였다. 둘째 역사학회의 명예상 추천을 못 했다는 아름답지 못한 얘기가 나는 것보다는 이사들이 자신 있게 적어내는 것이 가장 깔끔한 방식이 아니겠는가 하였다. 논의 끝에 이사 한 사람 당 두 분씩을 추천하기로 하였다(학술원에는 복수로 추천해야 받아들이는 원칙이 있었다). 결과는 압도적으로 김용섭 선생이었다. 이사들은 거의 다 비서울대 출신이었고 지역들도 골고루 분포되어 있었던 것으로 기억한다. 김용섭 선생님의 학문적 성취에 대해서도 전공 분야는 달라도 모두 인식하고 있었던 것을 확인할 수 있었다.

문제는 그 다음 단계였다. 제출서류 중에는 본인이 직접 작성하지 않으면 어려운 내용들이 있었는데, 이를 김 선생께서 하시겠느냐는 것이었다. 그 분이 지금까지 살아온 길이나 학문적 흐름이 학술원과는 별로 맞지 않을 것 같았고, 또 본인께서 불쾌하게 여겨 사퇴하겠다고 하면 어쩌나 하는 걱정이 있었다. 그래서 제자 김준석 교수와 방기중 교수에게 대신 작성해 줄 수 없겠냐고 부탁하였다. 서류제출 직전에야 김 선생님께 알린 것으로 들었다. 다행히 김 선생님께서 이 과정을 아시고 학술원 회원 취임을 쾌히 응락하셔서 기쁘게 마무리되었다.

2000년 민두기 선생님이 돌아가시며 장례는 가족 중심으로 간소하게 치렀으면 좋겠다는 마지막 부탁도 있고 하여 그 뜻을 따랐다.

그러나 나중에 소식을 안 동료 후학들이 너무 섭섭해 해서 100일째 되는 날에 추모모임을 가진 적이 있다. 그 자리에 오신 김용섭 선생님이 목메어 우셨던 모습이 눈에 선하다. 그때 "서울대 동양사학과에 책임이 있다"고 하신 말씀이 늘 마음에 얹혀있다. 민 선생님이 아무에게도 하지 않은 말을 김 선생님께는 하셨구나 하는 것을 직감하였다. 두 분은 그렇게 둘도 없는 친구였던 것이다.

민두기 선생님은 많이 뵙고 배운 선생님이셨지만 김용섭 선생님은 별로 뵙지도 않고 직접 배우지도 않았지만 늘 잊지 않고 생각나는 '마음의 선생님'이셨다.

선생님…

김광수[*]

오래전에 선생님께 말씀드렸던 기자(箕子)에 관한 글을 이제야 겨우 마쳤다. 선생님 모시고 마지막으로 다녀 온 요하 홍산지역 답사 후 출간된 답사기행 겸 논집에는 꼭 참여하고자 하였던 글이 선생님 계실 때 끝을 맺지 못하고 또 늦었다. 답사 내내 대학원 다닐 때 선생님께서 하셨던 말씀이 머리에 맴돌았다. '저 넓은 만주 벌판에서 동으로 서로 장쾌하게 말달리던 조상님들의 모습이 눈에 선하다'고 하시면서 '언젠가는 만주에서 단군의 유적이 나타날 거야' 하시던 말씀이 새삼스러웠다. 이번 답사는 저렇듯 소싯적에 구상하셨던 대로 그간의 연구를 고조선에서 매듭을 짓기 위하여 오셨구나 하고 생각하니 그저 숙연해질 뿐이었다. 그런데 그 뜻깊은 마지막 행사에 또 지각을 하고 말았으니 송구스럽기 그지없다.

돌이켜 보면 한평생 한없이 부끄러워 할 일이지만 나는 선생님의 제자가 되기에는 처음부터 너무나도 부족한 사람이었다. 선생님을

---

* 서울대학교 역사교육과 명예교수

처음 뵌 것은 서울대학교 사범대학 역사과 2학년 때이다. 그러나 소문으로는 입학하면서였다. 상급생들 사이에서 선생님 소문이 자자했다. 선배 한 분이 고려대학교에서 석사학위를 받으셨는데 그 논문이 학계에서 큰 반향을 일으키고 있다는 것이다. 그러나 당시 나로서는 그것이 무엇을 의미하는 것인지에는 별 감흥을 갖지 못했다. 그리고 2학년이 되자 선생님이 전임으로 오셨다.

천성이 놀기를 좋아하고 구속받는 것을 싫어하여서인지 언제부터인가 학교생활은 유급만 안 하면 되고 장차 직업도 자영업을 가지리라고 생각하였다. 따라서 대학진학도 주로 합격 가능성과 교양교육적 의미만 따져서 지원한 것이었으며, 대학 생활도 역사과생으로서의 각오는 전혀 없었다. 대학생으로서 나의 자세가 저러하였기 때문에 졸업할 때까지 강의 시간이 아니면 선생님을 마주할 일이 없었다.

다만 제대를 하고 상급학년이 되자 앞날이 걱정되면서 나도 모르게 선생님에게 관심이 가고 있었다. 그 사이 학교에서는 선생님이 직접 오심으로써 학생들 사이에서 선망의 바람이 일었으며 나도 그 안에 있었던 것이었다. 그리고 혹시 훗날 연구자가 된다면 필요할지도 모른다는 생각에서 외국어 공부와 몇몇 강의에는 관심을 가지기도 하였다. 그러나 모두가 일과성의 단상이었으며 그것도 대부분 작심삼일로 끝나는 것이었다.

저렇게 부실하게 학부과정을 지낸 내가 공부를 더 해야 되겠다고 마음먹고 먼 빛으로만 느껴오던 선생님을 직접 뵙게 된 것은 대학을 졸업하고도 2년이 지난 다음이었다. 졸업 후 나름대로 개업을 하고 반년쯤 되었는데 중학교 교사 발령이 났다. 그래도 배운 것이라 한번 해보고 싶었다. 그리고 교사 생활 1년 만에 얻은 결론은 가르치는 직업이 내가 하고자 했던 일보다는 훨씬 마음에 든다는 것과, 내가 남을 가르치기에는 나 자신 아는 것이 너무 없다는 것이었다. 그리고 석사학위를 받고 전임으로 오셨던 선생님 생각이 다시 났다. 기왕에 교육에 종사할 바에야 더 배워야 되겠다는 마음에서 대학원 진학을 결심하게 되었다.

당시 사대 역사과 출신이 서울대 대학원에 진학할 때는 의무발령의 문제가 있어서 학과장의 승인이 있어야 되었다. 그래서 학과장이신 선생님을 찾아뵙게 되었다. 준비는 어느 정도 하였느냐고 물으셔서 많이 하지 못하였다고 말씀드리니 대학원은 스스로 공부하고자 하는 사람이 가는 곳으로 입학도 성적이 우수해야 되지만, 학업에 임함에 연구자로서의 소양이나 자세가 단단히 갖추어야 한다고 하시면서 더 준비하여 다음에 지원하라고 말씀하셨다. 군역기간까지 합하면 이미 동기생보다 4년이나 늦었다. 답답했다. 내가 떨어지면 과에 누를 끼치는 것인지, 그렇지 않다면 교사봉직 2년의 의무기간이 지났으니 승인해 주십사하고 재차 말씀드렸다. 들으시더니 자네를 위해서 조언한 것이지 그렇게 말하면 승인해주지 않을 이유가 없다고 하시면서 날인해 주셨다.

막상 합격하고 몇 시간 수업을 듣고 보니 그제야 겁이 덜컥 났다. 내가 대학원 강의를 듣기에는 너무나도 부족하다는 것을 절감하게 되었던 것이다. 선생님이 하신 말씀의 진의가 무엇인지 생생하게 느껴졌다. 어디서 귀동냥이라도 할까 하고 기웃거려 보았지만 그곳이 문리대라 낯설어서 말 붙이기조차 조심스러웠다. 그러다가 전공 분야와 지도교수가 정해졌다. 사대 교수로서 국사분야에서 대학원 강의를 맡고 계셨던 변태섭 선생님을 지도교수로 모시고 고려기 사회신분사를 전공하기로 하였다. 형식은 갖추어 갔지만 내면적으로는 무엇을 알고 하는 것이 아니었다. 강의는 모두가 학부 때 연습 같은 형태로 이루어져 갔다. 교재가 거의 한문이었기 때문에 독해는 옥편 찾아가며 겨우 버틸 수 있었다. 그러나 그를 이해할 수 있는 역사학 도로서의 소양은 전무한 형편이었다. 학부과정을 허송세월한 것이 뼈저리게 느껴졌다.

이때 나의 마음에 떠오르신 분이 선생님이었다. 마침 내가 대학원에 입학하던 해에 선생님이 문리대로 옮기셔서 가까이에 계셨다. 그간의 명성이나 대학원 지원할 때 준비를 더 철저히 하라고 하시던 말씀 등으로 보아 분명 선생님께 가면 어떤 해결책이 있을 것으로 생각되었다. 그러나 그동안 불성실하였던 나의 자격지심에서 망설여졌다. 선생님 연구실 앞에서 서성거리길 여러 번 하였다. 그러다가 하루는 용기를 내어 들어갔다. 저를 보시더니 예상하지 못한 사람을 보신 듯 의아해 하셨다. 여쭈어볼 게 있어서 왔다고 말씀들이니 무엇이냐고 물으셨다. 나는 긴장이 되어 대뜸 공부는 어떻게 해야 되는가를 여쭈어보러 왔다고 하였다.

한참을 난감한 표정으로 보시더니 말씀하셨다. 대학원생까지 된 사람이 이제와서 그걸 물으면 어떻게 하나. 그것은 대학까지 나온 사람이면 자연히 터득하는 것이지. 그리고 지금도 동학 친구들끼리 교류하면서 알아가는 것이지. 하시면서 바쁘신데 훼방꾼을 만나신 듯 씁쓸해 하는 표정이셨다. 부끄럽고 송구스러운 마음에 어찌할 바를 몰랐다. 그러나 순간 다급한 마음에 대학원 동료들에게 물어보기에는 창피하고 일이 좀 다급하니 제발 물꼬를 터주시기 바란다고 간절히 말씀드렸다. 다시 한참을 말씀이 없으시더니 지도교수와 전공할 시기와 분야를 물어보셨다. 그러시고는 그럼 내가 일러 주는 대로 조금도 차질 없이 하겠느냐고 다짐을 하셨다. 나는 되었구나 하는 마음에 거듭거듭 다짐의 말씀을 드렸다.

그날 선생님께서는 세 권의 책을 적어주셨다. 그리고 하신 말씀이

"학자는 무엇보다도 우선 보아야 할 책을 구할 줄 알아야 해. 나는 그 책 갖고 있어. 그러나 나에게 빌릴 생각은 하지 말고 어떻게 해서든지 구해서 읽어. 그리고 다 읽거든 와. 바쁜데 일없이 시간 뺏는 일은 없도록 해" 하셨다. 나는 얼른 인사를 드리고 나왔다. 한량없이 기뻤다.

적어주신 책은 한국사 입문서와 사학개론, 그리고 법제사 관련 책이었다. 그중 2책은 금서였다. 달포를 쫓아다녀서야 책 구하는 요령도 조금은 터득했고 책도 구했다. 읽어 보았다. 어려웠다. 입문서를 통하여는 학계 선생님들의 연구가 대략 어떠한 것인지, 선생님의 처음 논문, 즉 동학 농민운동 관련 논문이 왜 그리 큰 반향을 일으켰는지 조금은 알 듯 하였으나 나머지는 몇몇 용어가 기억될 뿐 잘 모르겠다고 표현할 수밖에 없는 실정이었다.

어찌되었든 읽기는 하였고 선생님도 뵙고 싶은 마음에 학기말 쯤 찾아 뵈었다. 긴장이 되었다. 그간 읽은 것이 이해가 되느냐고 물으셨다. 한 10퍼센트쯤이라고 말씀드리다가 곧 읽어는 보았는데 솔직히 잘 모르겠다고 말씀드렸다. 그랬더니 이번에는 의외로 빙그레 웃음을 띠시면서, "그래 일단 읽었으면 됐어. 대가들이 평생을 걸려서 연구한 것을 자네가 한두 번 읽고 이해했다면", 하시더니 "일단 내용에 뭐가 있었는가는 알아봤으니 앞으로 공부하면서 되씹어 가며 익혀나가면 되는 거야" 하셨다. 그러고는 다음 과제로 이제까지 나온 한국사 논문을 모두 구해다가 이루어진 순서대로 계통을 세워가며 읽고, 그 다음에는 고려사 관계 기본 사료를 모조리 읽되 그 내용을 읽으라고 하셨다. 그리고 틈나는 대로 시대와 지역을 불문하고 이름있는 중요 연구물을 널리 구해 읽으라 하셨다.

책을 열심히 구해서 방학 내내 읽었다. 조금 읽으니 흐름이 느껴지고 재미가 있었다. 사료 읽기는 어렵고 때로는 땅띔도 못하는 부분이 있었지만 역시 재미는 있었다. 다음 학기가 시작되고 조금 있다가 뵈러 갔더니 어떻게 되었느냐고 물으셨다. 말씀대로 하고 있는데 이제는 강의시간에 들어가기가 두렵지만은 않다고 말씀드리니, '그러면 되었다'고 하신다. 그러시고는 이제는 논문 생각해야지 하시면서 논문제목 잡거든 오라고 하셨다.

정작 논문 제목을 정하자니 막연하였다. 내가 졸업할 즈음해서 학부 졸업 논문이 일시 학사고시로 대치되어서 좋아했는데 그게 아니었다. 물론 나에게 닥친 이 사태가 근본적으로는 나의 성실치 못함에서 온 것이지만 교과과정 상 졸업 논문의 생략도 큰 몫을 하였다고 생각되었다. 다행히도 변 선생님 강의가 계속 고려사 관련 자료를 교재로 하셨고, 어려운 부분을 꼼꼼히 풀이해 주셨기 때문에 자료 파악이 신속하게 이루어져 갔다. 그리고 동정직(同正職)이 눈에 띄었다. 처음에는 산견되는 관련 자료를 일괄하여 정리만 하여도 의미가 있지 않는가 하여 말씀드렸는데 선생님께서는 그것과 관련된 제반 사항을 그 사적 의미에 이르기까지 조근조근 물으셨다. 그럴 때마다 살피고 또 살펴서 논리의 면은 물론 역사적 이해의 면에서도 거듭 보완되어 갔다. 어렴풋이나마 역사학 논문이 무엇을 하는 것인지 알 듯했다.

제출 기한 막바지에 겨우 원고작성을 마치고서 선생님께 뵈었다. 이번에는 더 큰 지적을 하셨다. 목차와 서언을 보시더니 한마디로 다시 쓰라고 하셨다. 편제와 서술이 남의 것을 너무 모방하였다는 것이었다. 급한 마음에 제출 기한이 빠듯함을 말씀드리고 심사 후에 고치면 안 되겠는가 하고 여쭈니 "젊은 사람이 며칠 밤 좀 새우면 어때? 안 되면 다음에 내지" 하시고는 "그냥 제출하면 내가 심사위원장께 심사하지 마시라고 말씀 드리겠어” 하셨다. 어찌나 단호하신지 깜짝 놀라 그날부터 열이틀 밤을 새워 다시 편집하고 그에 따라 부분적으로 다시 기술하였다. 수정된 것을 보시더니 이래야지 하시고는 가보라고 하셨다.

심사 마치고 가 뵈니 논문에 대하여 말씀을 해 주셨다. 그러고는 항시 우리 사학의 정통을 파악하고 새로운 방법론을 모색함에 유의할 것을 말씀하셨다. 그리고 끝으로 자료는 소중히 다루어야 하고, 역사는 구성체로 이해하여야 하며, 논문은 ‘자기 글’을 써야 한다고 말씀해 주셨다. 특히 ‘자기 글’의 함의에 유념할 것을 거듭 말씀하셨다. 내 마음대로 그나마 그간의 일이 완전 낙제는 아니었으며, 그렇다면 나도 선생님의 한국사학에 입문한 것이 아닌가 하는 생각으로 스스로 매듭지었다. 천행이었다. 나는 훌륭한 독선생님을 모신 것이었다. 그날 저녁으로 가락국수를 사주셨다. 참 맛있었다. 참으로 기뻤다.

선생님의 가르치심을 받은 지 어언 1주갑(周甲)이 넘었다. 뵙고 싶은 마음에 선생님께 처음 가르침을 받던 시절의 일들을 돌아보았다. 학부 과정을 몽땅 재교육시켜 주신 셈이었다. 선생님께는 송구스러운 일이었지만 나로서는 하루하루가 즐겁고 새로웠던 때였다. 한참이나 모자란 늦깎이 제자를 저렇게 자상히 깨우쳐 주셨으니 그 고마움 무어라 말로 다할 수가 없다.

석사과정 후로는 공부에 관한 직접 말씀은 줄어들었다. 그러나 생활 속에서의 가르치심은 계속되었다. 뵙는 것 자체가 배우는 것이었다. 선생님의 학문은 접하면 접할수록 어려워서 말씀 나누는 것 자체가 긴장되는 일이었지만, 한편으로는 선생님 뵙는 것이 가장 즐거운 일이었다. 뵙기도 쉬웠다. 늘 그 시간에는 그 자리에 계셨기 때문이다. 다만 선생님 시간을 많이 뺏으면 안 된다는 생각에 조심스러웠을 뿐이었다. 그리고 많은 일에 나를 부르셔서 경험을 갖게 해 주셨다. 그러다가 내가 아둔하여 깨우침이 더디면 넌지시 일러 주시곤 하였다. 또 마지막 학업과정인 박사과정도 선생님 계신 연세대학교에서 손보기 선생님의 지도하에 마칠 수 있도록 주선해 주셨다.

그러나 그 가르치심이 저러함에도 불구하고 그를 심득하지 못하고 체화하지 못하여 매번 하는 일이 늦고 또 모자람이 있었다. 송구스럽기 그지없었다. 능력도 부족하였지만 성격도 분방한데다가 초년의 부실함에서 생긴 결함은 모든 면에서 나를 지진아로 만들었다. 나의 부족함은 쉽게 메꿔지지 않았다. 학업에서도 그랬고 처신함에도 마찬가지였다. 선생님 뜻에 부응하지 못하고 실망을 안겨드린 것이 한두 번이 아니었다. 결국에는 선생님과 함께하였던 마지막 답사를 매듭짓는 글모음에도 늦고 말았다. 답답했다. 참으로 민망했다.

이제 선생님은 가셨다. 그러나 선생님의 학문과 체취는 책으로, 또는 내 마음속 일문으로 남아 있다. 선생님이 남겨주신 귀중한 우리의 자산이다. 비록 나는 지진아이지만 그를 통하여 선생님의 가르치심은 계속 이어지고 있다. 선생님의 가르치심에 좀 더 가까이 닿고자 요즘도 간간이 그를 살피고 음미하여 본다. 그러나 어렵다. 그 끝이 어딘지 모르겠다.

선생님의 한국사는 당신의 마지막 저서인 《농업으로 보는 한국통사》에 집약되었다고 생각된다. 농업을 중심으로 제반 사회현상을 일괄하여 한국의 역사 과정을 설명하시고자 하신 선생님의 구상은 제국주의 사학의 한국관을 비평하기 위한 한국사가 아니었다. 근대화 과정에서 국가적 수난을 거치면서 과제로 남겨졌던 새로운 시대의 새로운 한국역사의 정립이었다. 한국사 연구의 새로운 출발점이다.

선생님은 늘 연구실에 계셨다. 그러나 선생님의 학문은 매우 체험적이었다. 방문교수로 파리대학에 가셨을 때는 중세풍이 남아있는 서유럽 농촌지역을, 그리고 동양사학회 행사 참관으로 항주에 가셨을 때는 양자강 연안을 두루 살펴보셨다. 선생님이 지도하신 학생들 답사 여정도 그러하였다. 그리고 최근에는 80이 넘는 고령에도 마다하시지 않고 잃어버린 강토 만주에를 몇 번씩이나 다녀오셨다.

한번은 선생님께서 갑자기 대한극장을 가자고 하셨다. 선생님도 극장엘 가시는구나 하고 내심 놀랐으나 다녀와서 '그렇구나' 하였다. 그날 본 영화는 당시 유행하던 일제에 항거하는 중국 무도인들에 관한 것으로, 그 가운데서도 가장 정평이 난 영화였다. 선생님은 역시 천생 역사가시구나 하는 생각이 들었다.

가끔 선생님의 엄격하신 연구 생활이 인고의 세월을 보내시는 게 아닌지를 묻는 분이 있었다. 그러나 내가 보기에는 선생님은 세상에서 제일 즐거운 일을 하시고 계셨다. 평소 건강에 크게 유의하셨다. 생전에 구상하신 것을 다하지 못할까 그것이 걱정이셨다.

그간 선생님의 높으신 가르치심으로 경외감만 더하여 갔지만 한편으로는 선생님의 숭고한 학자로서의 삶을 엿볼 수 있어서 즐거웠다. 시작이 늦고 자질이 부족하여 가르치심에 부응하지 못하고 제자로 처신하기에는 선생님께 누가 될까 두려움이 앞서지만 나름대로는 선생님을 기리면서 일러 주신대로 나의 글을 쓰고자 계속 노력하고 있다.

세 차례의 만남

이태진*

김용섭 선생과는 연령상 12세 차이로 사제관계가 될 만하지만, 그런 인연은 생기지 않았다. 그래도 이런저런 인연으로 세 차례의 만남이 있었다.

첫 번째는 학술지 지면을 통해서였다. 1961년 서울대학교 사학과에 입학하여 2학년 겨울방학 때부터 국사 합동연구실을 출입하였다. 조교가 주는 열쇠를 가지고 아침 일찍 나가 청소하고 연구실을 지키는 '조교 보' 역할을 했다. 그때는 학회에서 간행하는 학보를 학부 학생 신분으로 사기 어려운 시절이어서 학보를 보려면 연구실 출입이 불가피했다. 국사연구실 서가에 비치되어 있던 《사학연구》 2호에 실린 선생의 〈전봉준 공초(供招)의 분석〉을 읽은 것이 선생과의 첫 만남이었다.

나는 1965년 졸업과 동시에 국사연구실 조교로 '승진'했다. 한우근 선생께서 내 학부 졸업논문 〈서얼 차대고-첩자(妾子) '한품서용제'의 성립과정을 중심으로-〉를 칭찬하시고 《역사학보》 27집에 바

* 서울대학교 국사학과 명예교수, 학술원 회원, 전 국사편찬위원회 위원장

로 실어주신 덕분이었다. 1967년까지 근 2년간 조교 생활을 하면서 대학원 석사과정을 이수했다. 그 무렵 김용섭 선생께서는 그 유명한 양안(量案) 연구로 학문적 명성을 날로 높이시고 있었다. 그래서 김철준 선생께서 유홍렬 선생 후임으로 사범대학 역사 교육학과에 재직 중이시던 선생을 문리과 대학 사학과로 초청하셨다. 선생께서 부임하실 때 나는 이미 서울대 사학과를 떠나 육군사관학교 군사편찬연구실에 가서 허선도 선생이 주관하시던 《한국군제사–조선전기편–》 편찬에 참여하고 있었다. 그래서 조교로서 김용섭 선생을 교수로 모시는 인연이 생기지 않았다. 다만 1969년에 석사 졸업논문 심사 때 선생께서 한우근 선생과 함께 심사위원이 되시어 첫 대면이 이루어졌다.

그 무렵 나는 군대 가는 문제로 고민하고 있었다. 어릴 때부터 앓은 중이염으로 한쪽 청력이 크게 떨어져 있어서 신체검사를 받으면 무종(戊種)을 받았다. 병종이면 군 복무 면제인데 무종은 재검을 받아야 했다. 육군사관학교 군사편찬연구실에서 함께 일하던 사학과 현역 교관들이 나에게 교관 요원으로 오라고 해서 육군사관학교 지구 병원에서 신체검사를 받았다. 군의관들이 올곧게 해서 무종 불합격 판정을 받았다. 낙담이 이만저만이 아니었다. 1968년에 연령상 병역 연기가 어려워 대구 근처 예비사단에서 다시 신체검사를 받았다. 친구 형님이 신검 군의관이어서 합격을 부탁해서 겨우 을종을 받았다. 군대 가기 위해 안간힘을 썼다. 그해 12월에 '김신조 사건'이 터져 사관학교 교관 요원 후보생들도 논산훈련소 신병 훈련과정을 거쳐 광주 보병학교로 가는 것으로 제도가 일시 바뀌었다. 대한민국 장교 교육 역사상 딱 한 번 있었던 일이다.

사관학교 교관 요원은 석사학위를 받아야 자격이 있었다. 1968년에 신검을 받을 때 석사 논문을 급하게 준비했다. 《한국군제사 – 조선 전기편-》 집필 할당 부분에서 16세기 군역의 포납화(布納化) 과정을 논문 주제로 삼아 급하게 "만들어" 제출했다. 그렇게 서둘러 준비한 논문이 좋은 평가를 받을 수 없었다. 한우근 선생은 지도교수로서 학부 논문보다 못하다고 질책하셨다. 김용섭 선생은 심사위원으로 이 광경을 말없이 지켜보셨다. 몹시 부끄러웠다.

나는 1972년 병역을 마치고 경북대학교에 가 있던 한영국 선배의 도움으로 1973년부터 경북대학교에서 대학교수 생활을 시작하는 행운을 누렸다. 그리고 1977년 봄에 김철준 선생의 부름으로 모교 서울대학교 국사학과로 옮겼다. 김용섭 선생이 서울대학교에서 연세대학교로 옮기셔 그 뒤를 이은 자리였다. 선생님과 직장을 함께 하는 운은 없었던 것 같다. 그런데 부임한 그해 12월에 선생으로부터 연락이 왔다. 한국사연구회 일을 도와달라는 말씀이었다. 선생은 연세대학교에 재직하시면서 1978년 1월부터 1979년 12월까지 한국사연구회 대표 간사를 맡으셨다. 그때 이 학회 운영을 놓고 학계 원로 중진들 간에 묘한 기류가 있어서 서울대학교 재직자로서는 이 학회 일 보는 것이 마음 편하지 않았다. 굳이 말하면 국사학과 원로 선생님들의 눈치를 봐야 하는 처지였다. 그래도 눈을 질끈 감고 연구 간사를 맡았다. 선생과의 두 번째 만남이 이루어졌다. 정창렬(총무) 김태영(연구) 이태진(연구) 박용운(연구) 김광수(편집) 등 5인이 김용섭 대표 간사를 도왔다. 간사회(현 이사회)는 늘 김용섭 선생의 연구실에서 열렸다. 한국사연구회 일로 관악에서 신촌까지 여러 차례 왕래하였다.

선생을 모시고 한국사연구회 일을 한 것 가운데 잊히지 않는 두 가지가 있다. 하나는 《한국사연구입문》을 편찬한 일이다. 일본의 조선사 연구회가 낸 《조선사연구입문》(구판 1966)에 자극받아 수개월

간 편집회의를 거듭하여 출판사에 원고를 넘기고 임기를 마쳤다. 이 책은 임기가 끝난 뒤 1981년에 지식산업사에서 간행되었다. 필자는 1980년 1월부터 이재룡 교수(숭실대)가 학회 대표 간사가 되었을 때 다시 총무간사를 맡아 2년을 더 고생했다. 아마도 《한국사연구입문》 출간 건으로 혼자 새 팀에 잔류하였던 것 같다.

다른 하나는 총무간사 정창렬 교수가 '크리스챤 아카데미 사건'으로 구속되어 구명운동을 벌인 일이다. 이 일로 간사 모두가 수고하였지만, 나는 정창렬 교수와 서울대 사학과 선후배 관계로 동문 선배들을 찾아 연락하는 일이 더 보태져 고생을 더한 처지가 되었다. 출옥하는 날 새벽이었는지, 저녁이었는지 어둠이 드리운 속에서 정 선배의 의연한 모습을 대한 것이 지금도 눈에 선하다. 정 선배는 1년여 옥고 치른 사람답지 않게 흐트러지지 않은 모습이었다. 정창렬 교수는 나보다 사학과 5년 선배지만, '빵빵 군번'으로 군 복무를 마치고 복학하여 내 조교 시절 연구실에서 자주 뵈어서 친숙한 관계였다. 특히 그 연배 선배들과 나, 그리고 정만조, 김두진 교수 연배까지 함께 연사회(硏史會)를 조직하여 세미나 모임을 가지면서 쌓인 정분이 많았다. 일본에서 나온 새 논문들을 필경으로 복제본을 만들어 읽고 토론하던 모임이었다.

세 번째 만남은 대한민국학술원 회원으로서였다. 선생은 2000년 조선 시대 전공자로 학술원 회원이 되시고 나는 한참 뒤 2007년에 근대사 전공자로 피선되었다. 선생은 은퇴 하신 지 오래고 나는 정년 퇴임 2년을 앞둔 때였다. 학술원 인문사회 제3분과 소속의 한국사 전공자로는 이우성 선생, 이기동 교수가 더 있었다. 선생은 그때 건강이 좋지 않으셨다. 정년 퇴임 전후에 생긴 요통이 심해 보행이 어려워 힘들어하시는 모습을 자주 보이셨다. 연희동 자택 근처 연구실을 찾았을 때도 휴식 때 누우실 침대를 옆에 마련해 놓고 계셨다. 그렇게 힘든데도 여러 권의 신간을 내놓으시는 데는 놀랍기만 했다. 근 10여 년을 가까이서 뵈면서 귀한 말씀을 듣는 시간을 가졌다. 학술원 분과 회의는 매월 정기적으로 열렸다.

김용섭 선생의 양안 연구를 중심으로 한 조선 후기 농업사 연구는 당시 학계를 크게 자극하였다. 필자가 학부, 석사과정을 다닐 때인 1964년부터 중요한 연구성과를 연속적으로 발표하여 특히 우리 세대에 주는 자극이 컸다. 나는 1972~73년에 〈사림파의 유향소 복립운동〉을 발표하면서부터 사회사적 고찰에 관심을 가졌다. 조선 초기 신진세력으로서 사림파가 어떤 사회적 여건에서 형성되어 유교적 질서 확립을 추구했는가에 관심을 가졌다. 재지 세력으로서 그들이 농업기술 개발에 노력한 점도 주의 깊게 살폈다. 그러나 조선 전기는 후기처럼 양안과 같은 자료가 없었기 때문에 양안 연구와 같은 구체성이 높은 연구는 불가능했다. 어떻든 새로운 사회정치적 세력의 등장에 경제적 배경으로서 농업기술과의 연계를 모색한 것은 직간접적으로 김용섭 선생의 연구가 자아내는 분위기로부터 영향을 받았던 것을 부인할 수 없다. 1983년에 발표한 〈16세기 연해 지역의 언전(堰田) 개발–척신 정치의 경제적 배경–〉과 〈사림파의 향약 보급 운동–16세기의 경제변동과 관련하여–〉 등이 특히 그런 관심을 많이 담았다. 전자는 중앙 집권세력인 훈신 · 척신들이 권세를 이용한 서남해안 언전 개발에 열중한 것을 살피는 것이었고, 후자는 재지 중소지주층으로서 사림파가 수전 농업의 증산을 위해 천방(川防, 洑) 개발에 노력을 기울인 것을 주목했다. 선생의 연구는 농민 기저층의 동향을 살피는 것이었다면, 나는 지배층의 변화에 관심을 두었다고나 할까.

나의 연구로 감히 선생의 연구에 비견하려는 것은 아니지만, 결과적으로 상통하는 역사상(歷史像) 추구의 면이 없지 않았다. 선생의 연구는 농업사 중심이었다면, 나의 연구는 정치 사회사로 대비될 것 같다. 나의 조선 시대사 연구는 1990년에 〈조선왕조의 유교 정치와 왕권〉을 시작으로 조선 전기에서 후기로 넘어갔다. 1970년대 육군사관학교 재직 시에 허선도 선생이 주관하신 《한국군제사–근세조선 후기편–》의 중앙 군영제 발달 부분을 집필한 것이 후기로의 이동 토대가 되었다. 1985년에 그 집필 부분 원고에 조선 후기 당론서(黨論書) 발달을 추가하여 《조선 후기의 정치와 군영제 변천》(한국연구원)을 출판한 것이 후기로의 이동을 쉽게 하였다. 조선 후기 정치사에서 나는 영조, 정조 시대에 '민국(民國)' 정치이념의 대두를 주목하였다. 영조와 정조는 대민(大民) 곧 사대부의 당파적 전횡을 비판하고 소민(小民) 곧 평민도 나라의 주인이 되는 왕정의 구현을 추구하면서 '민국'이라는 신조어로 새로운 왕정을 표현하였다.

'민국'은 지금까지의 대민 위주의 정치에서 벗어나 소민도 나라의 주인이라는 새로운 시대 인식을 강하게 담아낸 용어였다. 정조가 규장각 각신들 도움을 받아 펴낸 〈오륜행실도〉는 이 관점에서 새롭게 해석되었다. 유교 국가로서 조선왕조는 세종대에 유교적 보편 인륜의 강령으로 〈삼강행실도〉를 간행하였다. 여기에 더하여 16세기에 〈이륜행실도〉가 등장하였다. 이것은 신흥 세력으로 사림파가 저들의 세계에서 붕우와 장유(長幼) 질서 확립을 목표하는 것이었다. 그 후 2세기가 흘러 등장한 〈오륜행실도〉는 곧 두 가지를 합쳐 소민도 왕조 국가의 주체적 담지자로 실천해야 할 윤리 강령으로 제시된 것이었다. 김용섭 선생의 양안을 중심으로 한 조선 후기 농업사 연구는 자영농, 자 · 소작농의 성장을 확인하는 것으로 이는 곧 영, 정조대의 민국 이념이 표출될 수 있었던 경제적 토대로서 두 가지는 상통하는 역사 현상이라고 나는 믿고 있다.

학술원에서 선생은 어느 날 나에게 다음과 같은 일화 아닌 일화를 들려 주었다. 서울대학교 사학과 재직 중에 유네스코 한국위원회 사업으로 영어 한국사 편찬 회의를 할 때였다. 그때 선생은 대한제국의 역사를 한 장으로 독립하여 세울 것을 제안하였는데 참여한 모든 위원이 반대하여 접고 말았다는 얘기였다. 선생께서는 고종 시대 광무(光武) 양안을 분석하여 근대적 농업기반 확립의 새로운 발전적 역사상을 파악하였다. 그것을 근거로 대한제국을 한 장으로 독립시키자는 의견을 내셨던 것인데, 다른 위원들은 모두 대한제국에 대한 인습적인 부정적 편견으로 이를 거부하였다. 선생은 이 무렵 내가 대한제국 재평가에 노력하고 있는 것을 아시고 그 얘기를 굳이 들려 주셨다. 그것이 나에게 남기신 학문적 유언이 될 줄은 몰랐다. 선생의 농업사 연구는 한국사가 여러 방면으로 발전적 해석이 이루어질 수 있는 토대로 오래 활용되리라고 믿는다.

송암 선생님과 인연

이범직[*]

우리 사범대학 역사과 학생은 1960년 4 · 19혁명 후, 5 · 16군사쿠데타가 있었던 해에 대학을 입학하였다. 대한민국 현대사 가운데, 역사와 마주친 우연의 역사학도였다.

1950년 6 · 25전쟁도 경험한 역사학도가 되는 것이었다. 대한민국 역사, 반만년의 역사, 식민지시대를 벗어난 시점, 한국역사의 흐름속에서 역사 연구, 아니 한국역사연구는 어디부터 시작해야 할 것인가, 그리고 현재 우리역사의 위상이 어떠한지를 배워야 하는 애송이 역사학도가 된 것이었다.

그 속에서 송암 김용섭 선생님이 계셨다.

1960년대는 앞서 말한 바 6 · 25전쟁 치유와 혁명의 소용돌이 속에서 식민지시대를 청산하고 광복 후 신생 대한민국이 지켜내야 할

* 건국대학교 사학과 명예교수

과제가 산적한 역사학자의 역사의식을, 세계사와의 접점과 우리들의 의식을 일깨우는 것으로 교육의 전범을 인간 송암 선생은 보이셨다.

선생님께서는 우리들에게 중등학교 역사선생님, 전문 역사학자로 살아 가도록 가르쳐 주셨다. 전통적 한국 유교문화권의 토대와 서양 문물의 충격을 흡수한 20세기의 한국사에서 추구해야 할 역사학 분야에서 교육과 역사 연구과정에서 추구해야 할 문제가 어떠한지를 몸소 하나하나를 가르쳐 주신 것이 선생님이셨다.

선생님과 만남의 행운, 제자와 스승의 인연을 감사할 뿐이다.

송암 김용섭 선생님을 추모하면서

박노욱*

1960년 2월인가 호남선 야간열차를 타고 이른 아침 서울역에 도착하니 날씨도 상당히 추웠을 뿐 아니라 당시 세브란스병원 건너편에는 아직도 파손된 대포 같은 전흔이 그대로 남아 있던 모습이 아직도 생생히 남아 있는데, 벌써 62년이 지났으니 감회가 새롭게 느껴진다. 더구나 재작년에 영면하신 송암 김용섭 선생님의 2주기를 맞아 선생님의 가르침을 회고하고자 하니 너무 벅차기도 하고 그 감회 또한 크다고 하겠다.

입학 후 신입생 오리엔테이션에서 당시 정병조 학생과장님께서, '6 · 25 전날 밤 신혼의 꿈을 꾸던 부부에게 그 청천벽력 같던 비극을 상상할 수 있겠는가?' 하시면서 "인생의 행복은 보장된 것이 아니다"란 말씀이 내 인생의 뇌리에 잠겨 있어 항상 겸허한 자세로 살려고 노력했다고 본다.

김용섭 선생님의 회고록인 《역사의 오솔길을 가면서》(1996 초판 3쇄, 지식산업사)를 읽고 선생님께서는 도저히 범접하기 어려운 '준

* 전 금천고등학교 교사

비된 역사학도'였던 반면에, 저는 '준비 안 된 역사학도'였음을 깨달았다.

변태섭 선생님과 김용섭 선생님 한국사 관련 강의가 재미있고 논리적이고 열정적이어서 한국사 강의를 열심히 청강한 것 같다.

김용섭 선생님과의 첫 상담은 2학년 때인 9월 중순경이다. 삼양동의 '지역사회학교' 활동에 참여하게 되었다. 마포구 용강동인가 약간 언덕에 있는 김 선생님 댁을 찾아뵙고 '동지'적인 관계로 농촌 계몽운동에 함께 하고자 했으나, 이제 '배신감'에 젖어 있으니 진로를 어떻게 하면 좋은가를 상담한 적이 있다. 김 선생님께서는 간결하게 동지란 '추상적인 개념'이라고 하신 것 같다.

김성근 선생님께서 3학년 때가 아닌가 생각되는데, 교수 휴게실에 들렀을 때, 김용섭 선생님에 대해서 말씀하시면서 학문에는 '학운'도 있어야 한다고 하시면서 김 선생님의 '양안의 연구'에 대해 칭찬하신 기억을 지금도 생생히 갖고 있다.

새해에 인사 가는 것이 당시의 사회 풍속이었다. 1년 선배께서 세배가면서 약간의 선물을 들고 갔다가 대단한 꾸중을 들으셨다고 해서 항상 그냥 인사만 다녔다. 그 시대에는 그런대로 수긍되는 점도 있었다.

대학 생활에서 답사도 빼 놓을 수 없는 추억거리다. 1학년 때 고령(1961.10.6)에서 고령군 교육청 내에 산재된 조선시대 탑과 불상, 석등 등을 관찰하고 해인사로 간 것이 같은 날이다(동기 김창경의 일기 도움). 해인사 가는 길옆 계곡에서 백옥 같은 물은, 탄성을 지를 만큼 너무나 아름다워 여관에 도착하자마자 바로 흐르는 계곡물에 발을 씻기도 하였다. 저녁을 먹고 나서 그 맑은 물을 감상하기 위해 누구의 제안인지 기억이 없지만 이신구 선배와 동기인 최정자 씨와 여관의 동북 방향에 있는 계곡에서 달빛 아래 시간 가는 줄 모르고 담소를 나누고 돌아오니 여관 마당에서 캠프파이어가 계속되고 있었다. 이미 김용섭 선생님께서는 캠프파이어에 참여하셨다가 들어가신 후였는데, 나는 몇 번 캠프파이를 돌다가 나도 모르게 "내년에 또 온다"라고 탄성을 질렀던 추억은 그 후 20년 이상 우리 과 친구 모임마다 회자될 정도로 유행어가 되기도 하였다. 나는 내년에 온다는 그 말에 대한 책임을 지기 위하여 거의 20년이 지나 아내와 함께 다시 가보았으나 너무 변화하여 여관은 온데간데도 없고, 또한, 그 흔적도 없을 뿐만 아니라, 그 계곡의 흐르는 물도 그 전의 물과 같지 않았다. 10월 7일 해인사에 대해 스님의 안내 설명이 있는 후에, 《팔만대장경》 판각을 관람하고 그 가운데 한 판각을 탁본하여 이를 지금도 보관하고 있다. 지금은 상상하기 어려운 탁본이었다. 답사 후 제출하는 리포트를 작성하면서 그 팔만 통계가 일치하는 것이 없음을 확인하였다. 이는 漢譯大藏經 가운데 가장 우수한 것으로 평가받는 것은 바로 팔만대장경으로 알려진 高麗大藏經이라고 하겠다. 다음날 창령을 들려 진흥왕척경비를 탁본하기도 하였다.

1964년 답사 일정은 2, 3학년이 김 선생님과 이민호 선생님을 모시고 10월 27일에 여수에서 여객선을 타고 거쳐 충무에서 일박하였다. 충무의 洗兵館을 견학한 것은 10월 29일이었다. 1719년 순천부 소안면 양안(규 14635)에는 洗兵軒의 기재도 보인다. 우선 통영에 있는 삼군수군통제영(초대 통제사 이순신)의 세병관은 당나라 시인 두보의 〈세병마〉라는 시의 '挽河洗兵'에서 나온 말로, 이는 은하수를 끌어와 '병기를 깨끗이 씻는다는 뜻이다. 이순신 사후 1604년에 건립된 지방 관아인 이 세병관은 2002년에 국보로 지정되었다. 마지막 날인 범어사 답사는 그렇게 큰 절이 아니고 다소 고색창연한 모습으로 기억될 뿐이다. 고즈넉하다는 생각이 지금도 생각이 들 뿐이다.

오른쪽 사진은 이민호 선생님 · 김용섭 선생님과 최정자 씨와 본인이 함께 신라시대 석탑인 범어사 삼층 석탑(보물 제250호) 앞에서 찍은 것이다(9.30).

대학 3학년 때에 어느 날 펜으로 쓰신 실학의 개념에 대한 논설의 원고를 저에게 주셔서 읽기도 하였고 선생님의 간행된 논문 별쇄본도 가끔 주셔서 읽도록 해주셨다. 당시 이른바 종강 파티라 해서 학교 앞 중국요리집인가에서 김 선생님과 이 선생님을 모시고 약간의 술을 마시고 즐기면서 친구들이 노래를 부르기도 했다. 이 선생님만이 노래 제목만을 부르셨을 뿐이다. 어떻게 그 상황에서 나왔는지 기억이 없지만 아래 다방에서 김 선생님이 저에게 해주신 말씀은 그 후 제 인생에 한 지표가 되었다고 지나친 말이 아니다. 하지만, 제대로 그 실천을 하지 못한 한을 갖고 산 것이라 해도 할 만하다. 첫째는, 인생을 살아가는 태도나 학문하는 태도는 같다. 둘째는, 잘못된 논문이나 연구도 학문 발전에 필요하다. 이런 말씀이었다. 2학년 때, 국사강독인가 약간 희미하지만, 《조선민정자료-목민편》에서 필사한 것을 자료로 하여 강독을 하셨는데 너무 난해했다고 회상된다. 그 후 그 책을 보아도 해석하기 어려운 데가 많았다. 3학년 때 '한국사회경제사' 시간에 세미나를 하기로 한 것을 잘못 생각하여 30분 이상 발표를 하여 선생님께서 "혼자 다 해버렸네. 누가 하든

되지만" 라고 평을 받기도 하였다. 강의 중에 고등 학교에서 "조선시대 삼정 문란 등으로 백성이 살기 어렵다고 알고 있는데, 농민이 민란을 어떻게 일으킬 수 있었는가."라고 질의했으나 당시 명쾌하게 답은 안 해주신 것으로 생각된다.

졸업 논문을 쓰기 위해서인가 확실하지는 않지만, 선생님 연구실까지 이용할 수 있도록 배려하셔 그 연구실에서 《조선왕조실록》을 열람하여 〈李朝 後期의 納粟政策〉이란 졸업논문(재필사하여 보관) 논문 심사에서 선생님께서 다른 별말씀이 없으셨고 '光海君'에서 잘못 쓴 '軍'의 오기를 지적하셨다. 이와 같은 학문과 제자 사랑하는 열정은, 과 친구가 사대 교지에 졸업 논문을 게재한다는 말씀을 드렸더니 지방에 있는 그 학우를 찾아가 선생님 말씀을 전하라고 하셔서 내려가 같이 올라오기도 했다. 무엇보다도 선생님의 학문 자세는 물론 제자 교육에 대한 깊은 사랑은, 고교 동창인 양해웅이 1년 늦게 입학하였는데 선생님께서 강의 중에 "강의할 의욕이 없다."라고 말씀하신 것을 전해 들었을 때 청천벽력 같은 놀라움과 한탄을 하게 되었고 이후 내 마음속에 그 말씀을 간직하고 살고 있다. 자신의 노력이 부족하고 공부를 열심히 하지 못하여 한 친구와 함께 대학원 시험에 불합격한 것에 대하여 선생님께서 그렇게 표현하신 것이다. 당시 선생님은 갓 30대 초반이었으니 얼마나 학문에 대한 강한 열정과 오롯한 제자 사랑이 깊었는가를 이에서 느낄 수 있다.

그 후 모 대학원에 입학하였으나 소기의 석사 논문을 제출하지 못하였다. 기본적으로 본인이 연구를 제대로 못 한데 있지만, 선생님의 대작인 '양안 연구'에 압도되어 그런 논문을 상상하기도 어려웠다. 그 방법론 그 방대한 자료 이용. 이를 감당하기 어려운 것일 뿐만 아니라, 당시 내 실력으로 구체적으로 '잡히는' 자료가 없었다. 지금 돌이켜 보면, 졸업 논문을 보완하였더라면 하는 아쉬움도 있다. 당시 조선의 과거제도에 대하여 논문을 쓰려고 했으나 당시로서는 연구하기 어려웠다. 한편, 학계에 무언가 일익을 할 수 있는 연구야 된다는 생각에 젖어 있던 나로서는 거의 불가능해서 포기했다.

물론 현직에 근무하면서 연구한다는 것은 당시로서는 나에게는 대단히 어려웠다. 하지만 〈통일안보연수우수상장'(1976. 11.), '우수 연구 제안에 대한 표창장'(1981.2. 문교부), 〈중 · 고교용 국사 교과서 수정 보완을 위한 조사 연구〉에 의해 '교육 연구 논문(금상)' 수상(1983.5. 교육감) 등을 통해 그래도 이는 그 나름대로 연구의 결과가 아니었나 생각이 든다.

중 · 고교 국사 교과서에서, 딱히 구체적인 자료나 사료의 설명 없이 개념을 범주화하거나, 어떤 설명이 없이 그 개념만 서술한 교과서는 너무 어려웠다. '지주전호제'가 실시된 것이 그 당시 농민 경작의 큰 주류로 범주화했으나, 과연 그런지 납득이 잘 안 갔다. 또한, 어려운 용어는 물론 시대에 따라 그 용어 사용이 일치하지 않기도 했다. 이런 관심을 갖고 무언가 연구하려는 시도는, 그 밑바닥에는 선생님이 가르치신 교육 열정과 제자 사랑에 대한 보답을 못 한데서 오는 제자로서 최소한의 노력이 아니었는가 생각된다. 특히 1990년 승진 시험 후보 3명에 선발되었으나, 가족회의를 통해 이를 포기하고 늦게나마 박사과정을 이수하게 된 것도 마음속에 간직되어 있는 학문을 제대로 하지 못한, 일종의 선생님에 대한 부채의식이 잠재된 결과인지도 모르겠다. 하지만 대학원 학위 취득은, 너무너무 늦게 시작하여 그 시간은 다른 이보다 배 이상을 많이 보내서야 이뤄졌다.

여러 어려운 과정을 거쳐, 1988년에야 〈16~18세기 부안김씨의 재산실태연구〉를 통해 석사학위를 취득하였다. 이 학위논문을 선생님께 우편으로나마 보내드렸다. 그 후 1989년에 《동방학지》 68(1990. 10)에 〈조선시대 고문서 상의 용어검토-토지 · 노비문기를 중심으로〉란 논문을 게재하고자 연세대에 가게 되어, 연구실을 찾아 뵙고 선생님께 오랜만에 인사를 드렸다. 의례적인 소액의 상품권을 드리셨더니, “내가 뭐 해준 것도 없는데 … ”라고 하였다. 또한, “동명이인인가 생각하였는데, 어떻게 고문서를 연구했는가?”라고 하면서, “하기야 역사 연구에도 고문서를 통한 연구도 필요하지”라고 운을 달았다.

그 후 상당한 세월이 흘러 2001년경 동교동 입구에 있는 선생님 연구실에 가서, 《한국중세농업사연구-토지제도와 농업개발정책》(지식산업사, 2000) -언제인가는 정확한 기억은 없지만, 두 건의 저서를 받았다-란 저서를 주셔서 받아오기도 했다. 이미 7년여 전에 뉴질랜드에서 거주했기 때문에 들어가서 선생님 댁으로 몸을 보호하시라고 녹용을 보내드리기도 했다. 그런데 책을 받으면서, 선생님이 고문서를 왜 했는가에 대한 잠재적 반응이 “선생님께서 ‘작’이나 ‘병인’ 등 직역에 대해서 잘 모르시고 쓰신 것 같다”는 말로 표현한 것인지는 생각되지는 않지만, 너무 무례하고 저돌적인 태도였다. 하지만 그 사실 자체는 바르게 표현한 것으로 생각된다. 제 연구의 시작은 ‘作’의 개념 파악에서 시작되었다고 해도 과언이 아니다. 부안 지방 토지문기에 기재된 작은 질권 즉 1책, 2책 등의 ‘책’을 말한 것이고, 다른 1작, 2작은 경작지 즉 전답을 뜻한다. 천자정 제197-2작은 이와 또 다르다.

2005년에 〈조선시대 무후인의 재산처리 법제와 기상전답의 소유주 연구〉로 박사 학위를 취득한 후, 이 논문을 보완하여 《조선시대 기상전답의 소유주 연구》(경인문화사, 2005)란 단행본을 간행하였다. 특히 2007년도 대한민국학술원 기초학문육성 ‘우수학술도서’로 선정을 받기도 하여, 개인적으로 분에 넘치는 것이었다. 이후 양안 연구에 대해 본격적으로 매진하여 약 10여 만에 《조선후기 양안 연구에 대한 비판적 검토》(경인문화사, 2016)란 단행본을 간행하여 선생님께 우편으로 보내드렸다. 이 단행본은 동아일보 문화면(2016.9.16.)에 '조선 후기 '경영형 부농'은 존재하지 않았다'란 제목으로 기사화되었으며, 소제로 '학계 정설 뒤집혀 논란 예상'이라 실려있다.

본인이 학문 연구에 재도전하는 계기는 1980년대 초 정구복 교수를 어느 날 종로에서 재회하던 것으로 말미암은 것이다. 낙암 정구복 선생과는 50년 이상의 지우이면서도 본인에게는 '芝蘭之交' 이상의 '芝蘭之化'로 승화되었다고 할 수 있다. 낙암 선생께서는 늘 김 선생님께 인사드리는 것을 챙기셔서 5년 전인가 함께 옮기신 연구실에 가서 선생님을 뵈었다. 그 후 한 번 더 간 것이 명확하지 않다. 하지만 《농업으로 보는 한국통사》(지식산업사, 2017)란 책을 받은 후 얼마 되지 않은 때 병원에 들어가셨다는 소식을 낙암 선생을 통해서 알게 되었다. 낙암 선생께서 그 책의 출간을 알려 주셔서 이미 사서 그 책을 읽은 상태였는데, 선생님께서 저에게 '松巖書齋 主人翁'의 낙관을 찍어주셨다. 실은 이미 제 단행본을 다른 논문과 함께 각주에 인용하셨고, 색인에도 이름이 기재되어 있었기 때문에 낙관이 찍힌 저서를 받고 싶었던 것이다. 이 각주는 저에게는 커다란 의미가 있다고 생각한다. 물론 구체적인 서술은 없는 주에 불과하다. 하지만, 양안 연구에 대한 비판적 견해를 최종 저서인 그 책에 마지막으로 한 註는 선생님의 학문에 대한 포용력이었다고 생각된다. 위에서 '학문 연구에서 오류나 잘못된 해석도 학문 발전에 도움이 된다'라고 하신 지론을 실천하신 것 같기도 하다고 여겨진다.

송암 김용섭 교수님의 영전에 올리는 추모사

정구복*

사학사를 전공하게 하여주신 은사님

송암 선생님은 한국이 낳은 불세출의 역사학자이고 우뚝 솟은 민족의 스승이십니다. 선생님은 일제시대에 태어나 일제 치하와 광복 후 국가가 남·북으로 분단된 어려운 시기에 살면서 오직 국사의 연구와 교육에 헌신하셨습니다. 2020년 10월 20일 생을 마감하셨습니다. 코로나 19의 창궐로 인하여 선생님이 마지막 가시는 길에 꽃 한 송이도 올리지 못했습니다.

제자들이 선생님을 이렇게 떠내 보냄에 대한 아쉬움으로 선생의 서거 2주년을 맞아 '추모문집'을 내기로 했기에 추모의 글을 영전에 올립니다.

선생님과의 첫 만남은 제가 서울대학교 사범대학 역사교육과에 다닐 때였습니다. 저는 선생님에게서 '국사강독' 두 강좌의 수업을 받았습니다. 그러나 선생님과의 학연은 선생님 저서를 통해 더욱 깊어

* 한국학중앙연구원 명예교수

졌습니다. 선생님을 마지막으로 뵌 것이 2017년 12월 초순이었습니다. 이때 선생님의 건강이 몹시 악화되어 중환자실의 치료를 받으셨음을 알게 되었습니다.

그때 선생님은 의사가 자신의 병명을 '심신이 허약해졌다'고 한다고 힘없이 말씀하셨습니다. 그 말씀에 선생님께서 마음속으로 세상을 마칠 준비가 되어 있다고 저는 생각하였습니다.

제가 선생님의 연구실을 처음으로 찾은 것은 선생님이 사범대학 교수직에서 문리과대학으로 옮기셨을 때입니다. 제가 석사학위 논문을 가지고 선생님의 연구실을 방문하였을 때 선생님께서 앞으로 사학사 분야를 연구해보라는 말씀을 해주셨습니다. 그래서 저는 조선후기 사학사를 연구하기 시작하였습니다. 그 은혜는 평생 잊을 수 없는 귀중한 가르치심이었습니다. 불교식으로 말하면 고승으로부터 연구할 '화두'를 받은 셈입니다.

지금 생각해 보니 한국 사학사가 당시 전혀 개척되지 않은 분야이기 때문이기도 하지만 우리 역사학이 더욱 발전하기 위해서는 사학사의 연구기반이 튼튼해야 한다고 생각하셔서 권하셨다고 생각합니다.

저는 뒤늦게 선생님의 저서 중 저의 전공 시대에 해당하는 《조선후기농업사연구》, 《한국중세농업사연구》를 꼼꼼히 읽어보았습니다. 선생님의 논리 전개에서 개념 설정이 뚜렷하고 문헌 실증에 치밀함에 감탄하였습니다. 그러나 불민한 저는 선생님의 학문을 제대로 배우지 못했음이 못내 아쉽습니다. 선생님이 최후 작으로 쓰신 《농업을 통해서 본 한국통사》는 저에게 《사학사로 본 한국통사》를 쓰라는 숙제를 주신 것으로 생각합니다.

선생님의 회고록인 《역사의 오솔길을 가면서》(2011, 지식산업사)이라는 책을 통해 선생님의 학문이 사학사적 바탕 위에서 나온 것임을 확인하게 되었습니다. 선생님은 1931년 일제시대에 태어나 해방 세대로서 그리고 민족이 남북으로 갈린 어려운 시기에 한국사를 새롭게 재건해야 한다는 임무와 과제를 가지게 되었습니다. 일본인 학자들의 식민사관을 비판하는 기초 위에서 조선후기 농업사 연구에 진력하셨습니다. 식민사관인 한국사 정체성론과 타율성론을 극복하고 그 대안을 제시하기 위해 농업사 연구를 하신 것으로 알고 있습니다.

선생님이 일본 학자들의 식민사관을 맨 처음으로 비판하는 논문을 쓰셨던 점은 사학사에서 길이길이 기억되어야 할 일입니다(〈일제관학자들의 한국사관〉, 《사상계》 1963년 2월호). 일본학자들의 식민사관은 이후 고 이기백 교수가 집필한 《한국사신론(국사신론)》 서장에서 더욱 명료하게 구체적으로 제시되었고, 본문에서 선생님의 조선후기 농업의 발전론 즉 경영형부농설과 이앙법과 밭두둑 농업기술로 생산력이 크게 발전하였음을 소개하여 우리 국사학계의 정설로 수용되었습니다.

선생님은 서울대학교 문리대에서 민족사학의 요람지이고 국학의 전당인 연세대학교로 자리를 옮기시어 22년간 제자 교육과 학문연구에 진력하시었고, 퇴임 후에는 학교와 댁에서 멀지 않는 곳 연남동에 '송암서재'라는 연구실을 마련하여 학문연구를 계속하시었습니다.

선생님을 방문할 때 전화를 걸면 항상 차분한 목소리로 허락하여 주셨으니 그 음성은 선생님이 떠나신 후에도 저의 귓가에 생생한 기억으로 남아 있습니다.

저는 선생님의 회고록인 《역사의 오솔길을 가면서》를 읽고 크게 감명을 받았고 주위의 학자에게 이를 읽을 것을 권유하고 있습니다. 이는 인문학자나 사회과학자는 물론 자연과학자들과 학문을 꿈꾸는 젊은 학생들이 꼭 읽어보아야 할 한국의 귀중한 고전적 작품이라고 믿습니다.

선생님의 역사연구— 역사의식과 역사관

선생님의 역사의식은 크게 두 가지로 나눠 볼 수 있습니다. 하나는 일제시대 일본 학자들의 식민사관에 대한 학문적 대응이었고, 다른 하나는 6 · 25 전쟁으로 분단된 남 · 북한의 역사학을 통합적으로 재건하는 일이었습니다.

선생님은 국가의 재건에 짝하는 '학문의 재건'을 역사적 과제로 인식하셨습니다. 이는 고대사 연구로부터 현대사 연구에 이르기까지 견지하신 신념이었습니다. 일제의 식민사관은 우리 민족을 지구상에서 영원히 없애버리려는 일본제국주의의 악랄한 국책이념이었습니다. 한국의 역사학이 광복 후 다시 일본인의 역사 이론과 역사학에 종속되어서는 안 되겠다는 절체절명의 위기의식을 느끼셨다고 사료됩니다.

선생님이 일생 동안 연구하신 분야는 농업사 분야로써 이는 신석기 농업혁명 이후 최근까지 우리나라의 기간산업이었습니다. 일본학자들이 주장한 한국사의 정체성론과 타율성 이론을 타파하려면 이에 대한 대안으로 심오한 학문적 연구가 이뤄져야 함을 절실하게 생각하셨습니다. 그래서 선생님의 농업사 연구는 조선 후기로부터 아래로는 근 · 현대의 농업 문제에 이르렀고, 위로는 중세와 고대에 이르는 통사적인 연구를 이룩하셨습니다. 즉 선생님의 역사의식은 현재적 문제의식과 긴밀하게 연계되었음을 확인할 수 있습니다.

그 연구 방법은 철저한 문헌 실증을 토대로 하면서도 개념적인 큰 체계 속에서 역사해석의 논리를 이끌어 갔습니다. 선생님은 '학문을 위한 역사학 연구'가 아니라 '국가와 사회의 발전에 도움을 줄 수 있는 역사학'이 되도록 하려했습니다. 이는 모든 저술에서 일관되게 추구하셨습니다. 선생님의 문헌 실증은 철저하여 한국사의 학문적 수준을 크게 끌어 올려놓았습니다.

선생님이 농업사 연구에서 견지한 기본 정신은 민족으로서의 '정체성', '자주성', '주체성'이라고 할 수 있습니다. 이 세 가지 점은 선생님의 한국사 연구에서 밑에 깔린 정신적 신념이었습니다. 이는 단재 신채호와 백암 박은식의 근대민족주의 역사학을 계승한 것이라고 할 수 있습니다.

선생님의 농업사 연구는 식량문제를 해결하는 기간산업으로서의 농업 생산과 기술 문제와 국가의 유지발전을 위한 기반으로서의 농업정책, 농정운영과 농학사상, 사회변동을 아우르는 것이었습니다. 이는 개별적으로 분리된 연구가 아니라 종합적이고 통합된 체제로서의 연구를 시도했으므로 자신의 역사관을 "통합사관"이라고 할 수 있다고 자신이 규정하셨습니다(《역사의 오솔길을 가면서》 151~2쪽). 그러나 선생님의 역사관은 사학사적 관점으로 보면 '열린 민족주의 역사관'이라고 지칭해야 옳다고 생각합니다.

선생님의 민족주의 역사관을 잘 보여주는 예를 한 가지 들면 한국의 결부(結負)제도에 대한 연구입니다. 선생님의 표현을 빌리면 "결부제도는 농지의 면적을 측량하기 위한 토지 단위이며, 국가의 전답에 대한 조세를 부과하는 재정적 제도였고, 이는 또한 농업생산량을 포괄하는 여러 관계를 슬기롭게 조화시킨 제도로서 중국에는 없는 한국인이 만들어낸 특수한 역사적 산물임"을 확언하고 그 제도가 시대에 따라 변화될 수밖에 없었던 역사적 상황을 체계적으로 논술하셨습니다(《한국중세농업사연구》 〈결부제의 사적 추이〉).

이처럼 선생님의 역사관이 민족주의의 역사관이면서도 열린 역사관이라고 함은 역사에서 세계화가 한국문명의 전환이라고 본 점에서 확인됩니다(《동아시아 역사 속의 한국문명의 전환—충격, 대응, 통합의 문명으로》(학술원 국제학술대회 발표문 참조). 이에서 한국과 중국,

일본의 역사를 비교하는 관점을 가지고 있음을 확인할 수 있기에 '열린 민족주주의 역사관'이라고 할 수 있습니다.

시대구분의 문제

선생님이 한국사의 시대구분에 대해 자신의 견해를 밝힌 전문적 서술은 없는 것으로 알고 있습니다. 따라서 선생님이 표현한 내용과 저서 명칭을 통해서 이를 추정할 수 있습니다. 선생님은 고대, 중세, 근대, 현대의 4시대 구분법을 일생 동안의 연구에서 견지하셨습니다. 고대는 삼국시대까지, 중세는 신라 통일기 이후 조선 후기 18세기까지, 근대는 18~19세기의 실학파인 정약용과 서유구로부터 광무개혁까지를 다루었습니다(《한국근대농업사연구》〔Ⅲ〕).

《한국중세농업사연구》에서는 신라 통일기로부터 조선 초기까지를 다루었습니다. 《조선후기농업사연구》의 서명은 왕조사라는 시대 구분법을 적용했다고 할 수 있습니다. 그러나 조선 후기 18~19세기 농업사를 《한국근대농업사연구》로 출간한 점에서 왕조사적 시대구분을 벗어나고 있음을 확인할 수 있습니다.

따라서 선생님의 시대 구분론은 크게는 서양의 고전적 4시대 구분법을 한국의 농업사에서 적용하면서도 실제로는 '조선후기'라는 용어를 사용한 점에서 시대 구분법에서 약간의 혼동을 보이고 있습니다. 그러나 이는 자료적인 측면과 장구한 왕조사 사이에서 생긴 '방편적' 결과였다고 이해됩니다.

《조선후기농업사연구》에서 '봉건 왕조', '봉건 국가'라는 용어가 갑자기 선언적으로 사용되었음을 확인할 수 있는 바 이는 신분 세습제를 이렇게 표현한 것으로 이해됩니다. 이는 동학 농민전쟁의 성격을

'반봉건', '반제국주의'라고 규정한 선생님의 초기 논문과도 관련된 것으로 생각합니다.

선생님의 최후 저술인 《농업으로 보는 한국통사》에서는 시대구분이 위에서 언급한 선생님의 연구성과의 시대구분과 어긋났음을 발견할 수 있습니다. 즉 이 책에서는 중세를 조선말 즉 19세기 말까지로 잡고 있습니다.

한국 고대사의 서술에 대한 사학사적 평가

선생님은 한국 문명의 기원을 기원전 5~60만 년 전 홍산 문화의 역사를 우리 문명의 시작으로 파악하고 이후 역사 문헌에 전하는 이른바 부족 국가들을 모두 하나의 체계로 연결하려 시도하셨습니다. 이는 고대사에 대한 체계적 인식이었고 이에서 선생님의 민족주의 역사관을 살필 수 있습니다. 이 문제는 문헌 실증을 하는 데는 자료가 너무나 빈약해서 《조선후기농업사연구》에서 보인 실증적인 연구 방법론과는 결을 달리하고 있다고 할 수 있습니다.

한국 고대의 역사를 예족과 맥족의 대결 구도로 파악하여 부여의 역사를 강조했습니다. 상고사는 역사 문헌에 나오는 여러 국가를 단군조선이 멸망한 후 '국가의 재건'운동으로 파악한 설을 제기하였습니다. 고구려와 백제, 신라의 건국까지도 국가의 재건으로 파악하고 있습니다. 이는 만주 지역에 대한 고토 의식과 단군조선을 강조한 결과라고 이해됩니다. 이런 국가의 재건 운동으로 보신 것은 선생님이 해방 세대로서 대한민국의 재건과 한국사의 재건이라는 현재적 의식이 고대의 역사해석에 그대로 투영된 것이 아닌가 생각합니다.

선생님의 이런 가설을 한국 고대사 전공자들이 어떻게 평가할지는 앞으로 논의되어야 할 문제입니다. 그것이 비록 가설이라고 해도 그 사학사적 의미는 크다고 생각합니다. 다시 말하면 일연 선사가《삼국유사》에서 문헌에 전하는 여러 나라들의 이름을 역사 자료로 전한 것이라면 선생님은 이들 여러 나라의 역사적 위치를 역사상에 재배치하고 이를 체계화하려 했다고 할 수 있습니다. 상고사에서 문헌 기록의 부족으로 연대 상 공백으로 남은 부분을 하나의 실끈으로 연결하려 역사 속에 자리매김했다고 할 수 있습니다.

특히 우리 민족을 예족과 맥족의 두 구도로 파악한 점, 홍산 문화의 첫 국가를 '청구'로 본 점, 종래의 소위 기자조선을 북두칠성의 이름 중 '庶子 星인 기르츠칸'이란 명칭이라고 서술한 점이 특이한 점입니다. 특히 소위 기자족을 서자족이라고 칭한 근거가 무엇인지, 이에 숨겨진 내막을 들을 수 없게 되었습니다.

추모사

선생님이 일생 동안 온 힘을 쏟아 연구한 '농업사 연구서'는 일반인은 물론 일반 역사가조차 이해하기 어려운 전문적인 연구서입니다. 이는 한국사의 고전적인 연구성과로 기억되고 후생들이 이를 기초로 새로운 연구를 해야 할 업적입니다. 선생님은 한국 사학의 수준을 크게 끌어 올리셨습니다.

이런 연구에 대한 상세한 안내의 책이 선생님의 회고록인《역사의 오솔길을 가면서》라는 저술이라고 생각합니다(제1부 참조). 특히 이 책의 제2부는 한국 근 · 현대 사학사를 알기 쉽게 개관하신 업적입니다. 선생님은 사학사에서 출발하여 사학사로 학문을 마치셨다고 평해도 큰 잘못은 없을 것으로 생각합니다(제2부 제3편 제5~8장 참조).

선생님은 한국의 '역사주의'를 수립한 역사학자라고 평하고 싶습니다. 역사주의의 관점은 특히 광무개혁을 문명사적 개혁운동으로 이해함에 잘 나타나고 있습니다. 이 개혁은 서양 학문과 사상의 영향을 받아 일어난 것도 아니고 일본의 개혁운동에 말미암은 것도 아니며, 이는 18세기 말 실학자들의 사회개혁 운동에서 개혁안이 제기되고, 민중에 의해 끊임없이 요구되어온 내재적 요인에 의한 것이라고 서술했습니다(《한국근대농업사연구》 〔III〕 참조).

선생님이 학문연구와 교육에 바치신 노고와 열정은 우리들에게 주신 최상의 값진 선물이라고 생각합니다. 선생님이 학문을 위해서 생을 마감하기까지 학문 이외의 다른 일에는 전혀 시간과 열정을 낭비하지 않았으며 오직 연구에만 집중하여 노력하셨고, 청렴하고 실천적인 학자의 생활 태도는 길이길이 후생들의 귀감이 될 것입니다. 선생님의 연구성과를 앞으로 비판적으로 계승 발전시킴이 후배들의 역사적 책무라고 생각합니다.

선생님의 학은을 입은 저는 선생님의 영전에 찬(贊) 한 수를 지어 올립니다.

학문의 길로 인도하신 아버님의 뜻,
운명보다 노력하는 천성을 주신 어머님의 바램,
학문의 길로 이끌어주신 님의 정신적 스승들
깊고 굳은 암반의 복전되었네

3 · 7일의 기도에서부터 지금까지
나-우리는 어디에, 어떻게, 살아온 누구인가?

시간, 공간, 민족, 국가의 고리를 찾아
89세의 삶을 오로지 바치셨네!

태어남과 죽음은 피할 수 없는 하나의 길
아흐 해, 달, 별의 볕과 빛을 받아
심어 놓은 씨앗 자라 열매를 맺으려니
사시사철 푸른 송림을 보면서 님을 기억하리오리다!

2022. 9월 일
제자 정구복 재배

김 용 섭 선생님

유선호[*]

서울대학교 사범대학 시절

국사 강독 - 선생님 강의를 처음 들은 것은 1965년 2학년 1학기 때 국사 강독을 공부한 것으로 기억된다. 선생님께서 자료를 주시면 나는 줄판(가리방)에 원지를 덮고 끝이 뾰족한 쇠로 된 필기도구인 철필로 긁어 등사기로 인쇄하여 동기생들에게 나누어주는 역할을 담당하였다. 우리 동기생들은 옥편을 찾아가며 뜻을 새기느라 혼이 났다. 10명 입학에 2명은 군에 입대했고 1명은 휴학해 나머지 7명이 매주 선생님 강의 시간에 한문을 읽고 해석해야만 했다.

우리 동기생들은 강의 준비라는 것이 옥편을 찾아 한자를 읽고 문장의 뜻을 대강 해석할 뿐이었다. 옥편에 나와 있는 단어만 찾을 뿐이지 어디서 끊어 읽고 어떤 용어가 전문 용어인지도 모르고 그저 한자의 훈으로만 해석하려고 애썼다. 우리가 공부한 자료는 식화지

---

* 서울과학기술대학교 명예교수

(殖貨志)로 기억되는데 결(結)이나 무(畝)가 뭔지 알 수가 없었다. 선생님께서는 이런 내용을 자세하게 설명해 주셨다.

우리가 강의실에 앉아 수업 준비를 하고 있으면 선생님께서 들어오셔서 한 명을 지목하셔서 그날 공부할 내용을 읽고 해석하게 하신 후 보충 설명을 하시고, 다음 지명을 받은 학생이 이어가는 과정이었다. 선생님께서는 우리가 준비한 내용을 지켜보시다가 아주 짧은 문장일지라도 우리들의 해석이 선생님 마음에 들지 않으면 동기생 하나하나 돌아가면서 다시 해석하게 하셨다. 수업 전에 우리들이 모여 한차례 예습하였던 내용이지만 한 사람 한 사람 지나갈 때마다 조금씩 해석이 달라지는 것이 신기할 정도였다. 나중에 선생님께서 정리해 주셨다. 이런 과정을 거치면서 한문을 해석하는 어려움을 조금씩 익혀간 것 같다.

어느 날 나는 전날 소주를 많이 마신 관계로 수업 준비를 충실히 하지 못해 선생님께서 대단히 못마땅해 하셨다. 나는 '인천에서 통학하느라 수업 준비를 하는 데 시간이 부족합니다.'라고 선생님께 말씀드렸더니 '이 사람아 나는 부산 피난 시절 부두 노동을 했어'라고 말씀하셨다. 매우 부끄러워 얼굴을 들지 못할 지경이었다. 다음부터 선생님 강의는 밤을 새워 준비했다.

3학년이 되어 동기생들이 국사, 동양사, 서양사로 전공을 정할 때 나는 동양사를 택했는데, 우리 과 원로 교수님이신 채 선생님께서 나에게 동양사 강의를 다 살리라는 말씀을 하셔서 내가 이미 수강한 과목을 제외한 개설된 동양사 강의마다 나를 포함해 3명을 채워야 하는 관계로 선후배를 꼬드기기에 바쁜 나머지 김용섭 선생님 강의를 더 듣지 못한 아쉬움이 있다.

동기생의 추억 - 선생님 강의 시간에는 한순간도 방심이 허용되지 않을 만큼 문제의식을 일깨워 주셨다. 그야말로 선비 같은 학자로서 존경받을 분이셨다.

연세대학교 교수 시절

– 1년 365일 집에서 연구실 가는 길만 아셨다. 명절에도 차례를 지내시고 연구실에 가셔서 공부하셨다.

– 연세대학교 총장님께서 밤늦은 시간에 퇴근하실 때 선생님 연구실에 불이 켜져 있는 것을 보시곤 대단히 좋아하시며 '김용섭 교수 연구실에 불이 꺼지지 않는 한 연세대학교가 발전할 것'이라는 말씀을 하셨다는 이야기를 전해 들었다.

– 선생님과 대학 동기이신 어느 대학교 박 모 교수님께서 아드님 취업에 필요한 서류를 준비하실 때 교수님의 연구실에서 두 분이 만나 추천서를 받아 오셨다고 하셨다. 나는 박 교수님께 '두 분이 오랜만에 만나셨을 터인데 밖에서 만나 맛있는 거 대접하시지 그러셨어요.'라고 말씀드리니 '그 친구는 서울 길을 몰라. 그래서 내가 연구실로 찾아가는 수밖에 없었어.'라고 하셨다.

– 겨울철에도 연구실에 앉아 책을 읽으실 때는 의자 옆에 조그마한 석유난로를 피워놓고 무릎 위에 담요를 덮고 추위를 견디셨다는

말씀을 해주셨다. 그러니 허리가 아프시고 무릎이 쑤실 수밖에.

퇴임 후

연남동 연구실 – 선생님께 연락을 드리고 찾아뵈면 그 많은 책장 가운데 놓인 책상에서 컴퓨터를 응시하고 계셨다. 나도 아직 컴퓨터 사용이 서투른데 선생님께서 컴퓨터를 사용하시는 것을 보고 '우리 선생님 참 대단하시다.'라고 신기하게 느꼈다. 우리가 인사를 드리면 수줍은 듯한 웃음을 지으시며 출입문 옆 책상으로 가셔서 제자들이 선생님을 찾아뵐 때 가져온 음료수 뚜껑을 꼭 손수 열어주시면서 좋아하시곤 하셨다. 겨울철에 찾아뵈면 언제나 그 흔한 전기난로가 아닌 석유난로를 켜시고 무릎 위에는 담요를 덮으시고 공부하고 계셨다.

– 어느 날 제자들이 선생님을 모시고 한강 변을 지날 때 난지도공원을 바라보시며 '저 산이 언제 생겼지?'라고 하셨다는 이야기를 전해 들었다. 참 우리 선생님, 집에서 연구실 가는 길밖에 모르시는 분, 세상 물정 하나도 모르시는 분이 맞는다고 머리를 절레절레 흔들 수밖에 없었다.

선생님께서는 늘 건강이 안 좋으셨다. 사범대학 시절 선생님은 언제나 목감기에 걸리신 듯 쉰 목소리 낮은 목소리로 차근차근 강의하셨고, 사시사철 언제나 책상에 앉아 공부만 하셨으니 퇴임 후 뵐 때는 허리 다리의 불편함이 크셨다. 어느 때인가 강화에 가셨을 때는 북한이 보이는 둔덕에 크게 누워 고향을 생각하시는 듯한 모습을 보여주셔서 실향민의 애타는 심정이 느껴져 대단히 안타까웠다.

우리 선생님을 생각하면 꼬장꼬장하시면서 세상일에 대해선 아무 것도 모르는 어린아이 같았고, 공부만 하시는 선생님이셨고, 제자들이 찾아뵐 때는 배시시 웃으시던 분이셨다. 그러나 선생님은 공부의 깊이나 제자들에게 알려 주고 싶은 내용이 너무 많아 제자들이 미처 따라가지 못하는 지경이었노라고 말씀드리고 싶다.

선생님! 존경하고 사랑하고 본받고 싶었습니다.

선생님 밑에서 역사 공부

이경식*

선생님 밑에서 역사 공부를 시작한 지, 올해로 어언 쉰일곱 해를 헤아린다. 서울대학교 사범대학 역사과에 입학하여(1965.3.) 2학년 1학기 첫 강좌로 '국사강독'을 수강하게 되면서부터였다. 57년이란 세월은 단순히 선생님을 처음 만나 뵌 때로부터 시간이 그렇게 흘렀음을 의미하지 않는다. 내가 선생님 밑에서 역사를 공부하며 내내 지내온 시간이 그렇다는 뜻이다. 그러므로 선생님을 떠올리는 일은 내가 역사를 공부해 온 과정 자체를 연상함과 다름없다. 선생님을 처음 뵙던 때를 돌이켜 보면 당시의 학제와 수학 분위기 등이 불현듯 되살아나고, 선생님과 함께 한 시간을 생각하면 아둔한 내가 어떻게 역사(국사)를 공부해왔는지 그 벅찬 노정이 저절로 떠오른다.

내가 입학하던 때 강독 강좌는 국사, 동양사, 서양사 모두 세 분야에서 1, 2학기에 연속되는 필수과목이었다. 학점은 분야마다 각각 매 학기 3학점씩이었다. 졸업 이수에 필요한 총 필수 학점이 160 이상이던 때였다. '국사강독'과 '동양사강독'은 원 사료, 원 자료를

* 서울대학교 역사교육과 명예교수

가지고 진행되었으며, 이에 이어 한층 고도의 교과로서 3, 4학년에 연속 수강하는 '연습' 강좌가 뒤따랐다. 강독은, 나중에 알게 되었지만, 사범대학 개설 초창부터 학과에서 무척 중시해 온 강좌였다. 이 '국사강독' 강좌의 담당 교수가 김용섭 선생님이셨다. 김 선생님에 대해서는, 1학년 때는 학과장직을 맡고 계셨고, 봄 · 가을 史蹟 답사를 인솔하신 것, 그리고 학과 선배 학년을 통해 성함과 모습, 전공 분야 등을 대략 아는 정도였다.

역사과에 입학한 후에 시작된 본격적인 역사(국사) 공부는 시대사, 분류사와 함께 '국사강독'을 수강한 데서 출발하였다고 할 수 있다. 국사 · 동양사 강독 강좌의 교재는 온통 漢文이었는데, 개강 초부터 스스로 이것을 읽고 그 내용과 뜻을 밝혀 발표해야 했던 만큼, 늘 이리저리 헤매는 것은 다반사였다.

'국사강독' 1학기 첫 교재는 《增補文獻備考》 가운데 〈田賦考〉 및 〈財用考〉였고, 2학기 교재는 조선 말 개혁기의 학자 海鶴 李沂(1848~1900)의 《海鶴遺書》 속 〈田制妄言〉이었다. 전자는 조선 말기에, 우리나라 상고기부터 대한제국기에 이르는 시기의 문물제도를 분류 정리한 百科式 관찬 서적이다. 이 가운데 강독 부문은 논밭 부세와 재정 용도의 변천과 이에 따른 주요 사항 · 정책 등을 초보 단계에서 접하여 일별할 수 있는 내용의 항목들이었다. 곧 경제, 농업, 재무 및 그 변천에 관한 통괄 기록이었던 것이다. 후자는 구한 말 고종 조 근대 개혁기의 토지, 농업 사정 및 그 개혁과정과 논의를 살필 수 있게 하는 자료이다. 해학은 磻溪, 茶山의 학문을 계승한 학자였다. 2학년 한 해 동안 두 차례의 국사 강독을 거치면서 역사 공부의 첫걸음을 어떻게 내디뎌야 하는지 어렴풋이나마 가늠할 수 있었다.

이 과정에는 채희순 교수께서 曾先之 찬술의 《十八史略》을 1, 2학기 교재로 하여 진행하신 '동양사강독'과, 김성근 · 이민호 교수께서 《EUROPIAN HISTORY》를 역시 1, 2학기 교재로 이끌어 주신 '서양사강독'이 함께 개설되어 사료의 解得 능력 나아가 사실의 정황 파악력을 증진하는 데 큰 도움이 되었다. 당시 역사과 한 학년 입학생 정원은 총 10명, 군에 입대한 두세 명을 제외하고 남은 수강생 모두는 한 해 내내 분주할 수밖에 없었다.

국사 강독 강좌를 통해 사료상의 字句, 文句를 익히고 그 내용을 해석하고 의미를 추적하여 파악하는 과정은, 이에 수반하는 기계적이고 불가피한 노역 작업으로 이루어졌다. 강독은 수강 학생 한 사람 한 사람이 각기 읽고 해석한 후 내용을 밝히는 형식으로 진행되었다. 따라서 이 수업을 학습하기 위해서는 반드시 교재를 지참해야 했으나, 학생 가운데 《增補文獻備考》나 《海鶴遺書》 등 국사 원자료의 서책을 가진 이가 있을 리 만무하였다. 교재가 어떠한 것이라도 강독 강좌의 원칙이 이러하였으므로 사정은 늘 마찬가지였다. 수업도 수업이지만, '국사강독'을 수강하기 위해서는 학생 스스로 교재를 제작하여 지니고, 다음 수업에 읽을 범위 및 내용을 미리 해독함으로써 선생님께서 어느 구절을 지정해도 수강생 각자는 이를 감당할 수 있도록 미리 준비하고 대비하는 일이 우선이었던 것이다. 아마 이 시절 어느 대학 어디에서나 역사계열 학과라면 사정은 같지 않았을까 한다.

활자화된 사료 교재의 서적을 구입하거나 복사할 수 없던 시절이었으므로, 동 · 서양사 강독 교재는 선후배 학년들 사이에 곱게 사용하던 것을 서로 이어받거나, 외국 서적 책방에서 어렵사리 구입하는 경우도 없지는 않았다. 그러나 '국사강독' 교재는 담당 선생님께서 내려주신 자료나, 해당 서책을 소장한 교내 혹은 교외의 도서관에 찾아가 대출받아 육필로 옮겨 적은 대본을 토대로 학생 스스로 만들었다. '줄판 등사' 시쳇말로 이른바 '가리방 등사'였는데, 촛농을 입힌 등사원지를 줄판 위에 놓고 철필로 긁는 방식으로 글씨를 쓴 후 이를 등사기에 붙이고 잉크를 묻힌 굴림대를 굴리면 인쇄가 되었다. 등사원지 철필 긁은 곳 사이로 배어 나온 잉크가 종이에 찍히면서 글자로 나타나는 방식이다. 국민학교 입학하면서부터 선생님들 곁에서 보아왔던 것이 우리 앞에 닥친 것이다. 학과생들은 매주 두세 번씩 모여 '줄판'을 긁고 등사를 하여 누런색 시험지 용지로 필요한 만큼의 교재를 만들었다. 줄판 등사의 과정, 인쇄된 종이를 내용의 순서대로 모아 가지런히 맞추고 꿰매 묶던 일, 모두 기억이 새삼스럽다. 학과의 학생 연구실에는 이 등사 기구가 늘 비치되어 있었다.

강독교재 제작의 이런 형편을 잘 알고 계신 김 선생님께서는 "誤字나 脫字 없이 교재를 만들도록 늘 주의하고 조심하시오. 역사학은 자료를 손으로 직접 쓰고 베껴서 카드로 만드는 작업부터 시작하는 것에 이어서 다른 학문 분야와 다르니, 우선 이 점부터 배워 익혀 가야 합니다." 당부하시고는 했다. '줄판 등사'에 이런 수고는 대학 졸업 얼마 뒤, '쇳가루 사진 복사기'가 나오고 대학 도서관에도 비치되면서 다소 해소되고, 그 한참 뒤에 '컴퓨터 복사기'가 등장 보급되면서 완전히 사라졌다. 이제는 먼 옛날의 일처럼 희미한 이야기거리가 되고만 셈이다.

이러한 과정을 거치면서 준비하고 꾸려가던 '국사강독'을 통해 역사에 대한 이해의 방향을 잡아갈 수 있었다. 선생님의 엄격한 지도와 차분하신 설명, 새롭고 조리 있으신 강의는 자료의 내용과 그 역사성만이 아니라 역사를 사고하는 방식과 궁리의 핵심을 찾도록 이끌어 주셨다. 당시 3, 4학년 선배의 도움도 적지 않았다, 2학년을 지나면서 점차 차분하고 정밀하게 자료를 살피고 적는 습관과 역사학의 각종 성과물을 귀중하게 다루고 간수하는 버릇을 갖추어 갈 수 있었다.

아울러 2학년부터 김 선생님의 분류사 및 시대사 강의를 수강하면서 새로운 차원의 공부로도 접어들었다. 전자는 '韓國社會經濟史'(1966.9, 2학기)이고, 후자는 '韓國最近世史'(1967.3, 1학기)였다. '한국사회경제사'를 통하여 우리 역사의 시대구분 문제 및 학설, 원시·고대·중세·근대 구분의 다양한 기준 및 그 문제, 우리 역사 전개에 대해 사회 경제상에서 통관하는 시각의 구축 문제 등을 어렴풋이 그러면서 점차 알아갔다. '한국최근세사'는 우리나라 최근세사의 성격 문제에 관한 학술상의 점검, 內的 발전 문제와 개항 전후에 닥치는 서구 자본과 근대 문명의 外的 자극, 그리고 外壓의 문제 등에 주목하도록 일러 주시면서, 대원군 정권에서 시작하여 開港과 甲申·甲午의 정변과 개혁, 동학란, 그 이후 更張사업의 변동을 주축으로 진행하셨다. 우리 역사를 인식하고 이해하는 자세, 방식, 안목을 접하고 역사의 파악과 연구에서 문제를 구상하는 방법 및 시각에 차츰 유의하게 되었다. 이 '한국최근세사' 강좌는, 선생님께서 1967년 문리대 사학과로 이적하시고도 당장 역사과 학과 형편상 강의를 중단할 수 없어, 강사로 나오셔서 계속 맡아 주신 것이다.

4학년 때(1968)에는 정규 강좌 교과목 외에 교생실습 6학점(부속국민학교 2주, 부속 중등학교 4주)을 이수하여야 했다. 아울러 학부 졸업논문 제출이 부과되어 있었다. 졸업논문은 필수과정이다. 이는 사범대학 창립부터 그러하였다고 한다. 6·25전쟁 부산 피란 시절 임시교사 시절에도 마찬가지였다. 나는 그간 강독, 연습, 강의를 이수하면서 사회경제사 쪽으로 주제를 잡고 있었다. 어느 날 강의 시간에 김 선생님께서 "졸업논문은 성의껏 잘 써야 하오. 사범대학은 출발 초기부터 졸업논문을 중시하여 왔소. 전쟁 중에도 그러하였소. 사범대학이기 때문에 더욱 그렇소. 사범대학은 좋은 교사를 양성하여 일선 중등학교에 배출하여야 하는 대학이오, 역사교과는 사실의 선후관계, 그 의미와 내용이 계통이 있고 일관된 발전과정 속에서 체계성 있게 다루어져야 하오. 역사사실의 고증식 전달로는 부족합니다." 하신 적이 있었다. 그리고 "혹 '철종조 삼정이정'에 대해 생각이 있는 사람은 한번 다루어 보시오."라고 이르신 적도 계셨다. 그래서 유의하고 있다가 3학년 여름 방학쯤부터 준비하여 4학년 2학기 후반 기일 안에 〈哲宗朝 三政釐整 問題〉라는 제목하에 제출하고 졸업논문 발표회도 마칠 수 있었다.

준비와 착수의 작업 과정에선 김 선생님 후임으로 부임하셔서 지도교수를 맡으신 이원순 선생님께 상의드렸고, 이 선생님께선 논문의 체계 및 논지, 자료 등에 부실한 곳을 바로잡아 주셨다. 그리고 《日省錄》에서 조사하고 살펴야 할 자료가 있었는데 당시는 서책으로 발간되지 않았었다. 이 선생님께선 손수 국사편찬위원회에 나에 관한 소개장과 열람 청탁문을 써주시고 원본에서 베껴올 수 있도록 주선하여 주시는 등 여러 방면으로 애써 주셨다. 논문의 골격은 삼정이정의 논의가 조정에서 대두하게 된 역사적 배경, 논의 경위를 통한 조정 大臣들의 사태 파악의 동태와 시각, 삼정이정책 논의 자체 속에 실패 원인의 적출, 대원군 정권과의 관련성에 관한 전망 등에 초점을 두고, 정리는 기왕의 연구 및 관련 자료의 조사에서 얻은 것으로 하였다. 그간 강독과 강의에서 학습한 지식과 연계하여 꾸려 본 어설픈 습작이었다.

졸업을 앞두고 서울대학교 대학원 석사학위 과정에 진학하였다(1969.3). 당시 서울대학교 대학원 편제는 '서울대학교 대학원'이었다. '서울대학교 문리과대학 대학원'이 아니다. 운영과 주무는 문리과 대학 및 각 소속 학과가 하였다. 교사 양성을 주축으로 하는 사범대학에는 독자의 별도 대학원이 없었다. 다만 내가 대학에 입학하던 해 2년 전부터 중등 교육과 그 교사를 목표 및 대상으로 하는 교육대학원이 설치되어 운영되고 있었다. '서울대학교 대학원' 시절에는 문리과 대학 각 학과 교수와 사범대학 관련 학과의 교수가 함께 대학원 강의 교수로서 관여하였다. 사범대학 역사과에서는 김성근, 변태섭 교수께서 참여하셨다. 서울대학교의 이러한 편제는 서울대학교 종합화 계획의 수립(1968.4)과 그 착수로서 관악교정으로 이전(1975)을 거치면서 대폭 몇 차례 개편되어 지금에 이른다.

이런 속에서 석사학위 논문을 제출하고 과정을 이수하였다(1972.2). 주제는 조선왕조가 壬辰·丙子의 전란으로 장기간 엄청난 대 국난을 치른 뒤 국가의 재건·再造와 이에 동반한 사회경제 변화를 농업·왕실·조정·양반·농민·토지 등에서 살펴본 것이었다. 구체적으로는 농토의 복구·개발과 경영방식의 변화에 관한 검토였다. 제목은 〈17世紀 農地開墾과 地主制의 成立〉이라고 하였다. 작성 과정에서 지도교수 한우근 선생님(조선시기 담당)의 논문서술방식에 관한 유의사항, 김 선생님의 강좌와 지도를 통해 익힌 학식이 논지의 전개에 큰 바탕이 되었다. 심사를 마친 며칠 뒤, 김 선생님을 뵈니 "규장각 자료도 살폈으면 했는데, 못 했지… 그것이 아쉽군." 하시며 무거운 심경을 보이셨다. 나는 이 점은 훗날 숙제로 간직하여 미루어 두었다. 그리고 박사학위 논문을 통해 조선 전기 및 그 이전 시기의 기본 문제들을 나름대로 정리하고 나서, 아울러 조선 후기 사회에 대한 이해도 한층 정돈하게 되면서, 土地折受制와 職田復舊論, 火田農業과 收稅問題, 王室·營衙門의 柴場私占과 火田經營 등 몇 부면에서 검토하고 정리하여 이 숙제를 다소 보충할 수 있었다. 아직 한두 과제는 더 남아 있다.

석사학위를 취득하고 나서 곧바로 그간 조건부 연기받았던 군 복무를 이행하기 위해 입대하였다. 군에 복무한 지 얼마 되지 않아서,

대학원 사학과 국사 연구실에서 이 석사학위 논문이 한국사연구회 《한국사연구》 9집(1973.3)에 싣게 되었으니 곧 원고로 작성하여 보내달라는 뜻밖의 전갈이 왔다. 서술 내용을 새로 크게 손을 볼 겨를도 없이 제출할 수밖에 없었다. 다만, 궁리 끝에 논고 제목에서 지주제의 '성립'을 '전개'로 수정하였다. 본래 이 '성립'이란 용어는 조선 후기에 새로운 지주제가 대두 · 보급된다는 의미로 사용한 표현이었다. 우리 역사에서 지주제가 비로소 이 시기에 와서야 처음으로 조성되고 등장한다는 논지로 쓴 것은 아니었다.

군 복무 3년간을 마치고 난 지 6개월 뒤, 연세대학교 대학원에서 박사 학위 과정을 밟았다(1977.3~1984.8). 김 선생님께서는 1975년에 이 대학 사학과로 자리를 옮기셔서 1997년에 정년하셨으므로 박사 학위 이수 기간 내내 선생님 곁에 있었던 셈이다. 이 과정에서 토지, 농업, 농서, 농정, 농민, 농업론 등 기초 분야 전반에 걸쳐 연구사를 익히면서 아울러 자료상으로도 체계를 세워 공부할 수 있었다. 그리고 이 바탕 위에서 학위논문으로서 국가와 토지의 관계에 초점을 두되, 그 실제 배경은 고려와 조선을 아우르는 고려 후기에서 조선 전기에 걸친 시기에 있은 각종 개혁 · 개편과 그 속에서 변동하고 변모하며 진전되는 토지문제를 정리하였다. 석사학위 논문을 통해 壬辰 · 丙子 兩亂 이후 토지, 농업, 경영상의 변동 및 실상 등을 검토 · 정돈하면서, 그 이전의 역사 현실을 정면에서 새로 살펴야겠다고 마음먹고 있던 심산에서 착수한 연구였다. 연구 · 정리의 중심은 토지, 조세, 농업, 백성 등과 연계된 나라의 위치, 양반층의 이해득실, 농민의 처지와 그 변동에 두고, 고려왕조에서 조선왕조로 전환을 장기적 추세에서 살피는 것이었다. 지도교수이신 이종영 선생님(조선 전기 담당)과 김 선생님께 수시로 구상, 촛점, 목표를 말씀드리고 작업 과정에서 드러나는 여러 문제에 관해 여쭈었다. 그때마다 이런저런 유의할 점과 이곳저곳 궁리할 데를 깨달아 갔다.

박사과정에서 학습을 거치면서는 토지, 조세, 농민, 농촌 등에 관해 우리 상고시대에서 근현대에 이르는 과정을 기왕의 연구를 통해 학설 · 시각 · 성과 등 여러 부문을 종전보다 훨씬 정밀하고 두서 있게 정돈해 갈 수 있었다. 논문의 제목은 두 분 선생님과 상의하여 〈朝鮮前期 土地分給制와 農民支配〉로 하였다. 골격은 수조권과 소유권의 상관 · 대립 · 병존을 고려의 전시과 · 녹과전 · 사전문제 · 조세, 조선의 과전 · 직전 · 부세, 그리고 田主와 佃客 등에 초점을 두어 살핀 것이다. 학위논문 최종 심사를 마치고 나서 어느 날 김 선생님을 뵈었다. 그때 선생님께서 하신 말씀이 지금도 생생하다. "과전문제가 역사에서 꽤 큰 문제였더군." 이후 연구에 난관이나 옹체가 있으면 으레 선생님 찾아뵙고 여쭙는 게 생활이 되었다.

새삼스레 뇌리에 떠오른다. 사람의 세계에서 가르침과 배움은 시작도 끝도 없는 법. 세월이 갈수록 이 사실을 더욱 훤하게 그리고 또 절실하게 깨달으며 가슴에 새긴다. 아마도 이는 人力으로 말미암아 그저 일어나는 심회만은 아니리라. 선생님의 장중한 역사 세계, 온유한 사유 세계 속에서, 여러 훌륭하신 선생님 그리고 좋은 선.후배 선생들과 더불어 정겹고 따듯하게 세상을 겪어오고 공부하며 자라고 지내 올 수 있던 것은 나로서 크나큰 복, 景福이다.

선생님 돌아가신 지 어느덧 두 해, 大祥이 돌아온다. 한국농업사연구 저작집 10책, 통사, 문명의 전환, 학술원과 과학원, 역사 공부의 회고 등 단행본 4책, 그리고 평생 제자 · 후학에 대해 진심 어리신 아낌과 격려, 이 모두 선생님의 本然이셨다. 선생님 계실 때 공부한 해만, 쉰다섯 해! 앞으로 이어질 은공의 세월은 더욱더 길기를 천지

간에 빈다. 역사학의 본색과 그 연구 및 방법, 시각에 관해 늘 한결같이 엄정하되 자상히 일러 주시고, 엄격하되 담담히 가르쳐 주신 분! 이러하신 선생님을 나는 여전히 그 그림자는커녕 이 그림자의 그림자조차도 따르지 못한다.

선생님 연세대학교 재직 시절, 여름방학 다소 한가한 무렵, 주변의 옛 제자들과 대학원 석 · 박사생 여럿이서 선생님 모시고 현 중국 동북 지방 특히 우리 상고 시기 그리고 고대 高句麗 · 渤海지역, 遼河 문명, 瀋陽 · 遼陽의 일대 등 그 역사 · 문물 · 지리를 답사한 적이 서너 차례 있었다. 아마 그 두 번째쯤이었던 때로 어림 된다. 답사가 고단한 버스 길 여행에 다소 익숙해져 가던 무렵, 일행이 점심을 들고 다시 버스에 타고 한 참 지나던 중이었다. 선생님께서 바로 뒷좌석에 앉은 나를 돌아보시더니 엷은 웃음을 지으시며, “이 선생, 우리 오늘 저녁에는 조밥 좀 먹어 보면 어떨까?” 하신다. 갑작스럽지만 진중하시면서도 고대하시는 모습의 말씀이셨다. 나는 서슴없이 “그러시죠, 저도 자랄 때 자주 많이 먹었습니다. 먹고 싶습니다.” 하며 빙긋이 웃었다. 선생님께서, 동북 지방 이곳이 고조선 이래 지금까지 한국인 생활의 한 커다란 터전인데다, 자라실 때 이러하실만한 소회와 추억이 있으시겠다는 생각이 불현듯이 들었다. 당시 답사 일정을 따라 버스 달리는 길 도로 양옆과 앞뒤는 날마다 으레 널따란 조밭으로 펼쳐진 들판뿐이었다. 곧바로 답사 인원을 인솔하고 일정을 주선하여 가는 안내원에게 부탁하였다. 안내원은 의외라는 표정에도 입가에는 환한 미소를 지으며 즉시 “알아보겠습니다. 될 수 있습니다.” 시원스럽게 대답한다. 선생님께 이 말씀을 드리고 잘 되었다고 마음을 놓았다. 그러나 숙소에 도착하고 막상 저녁 밥상을 받아보니 올라온 것은 쌀밥이었다. 안내인이, “준비 시간이 이미 너무 촉박해진 때 부탁을 받는 바람에 조밥을 마련하지 못했다고 합니다.” 지금도 선생님 생각할 때면 가끔 떠오르고 아쉬움이 일어나는 일 가운데 하나다.

선생님께서 만년에, 내 재직시절 오전에 일찍 연구실로 두어 차례 잠시 들리신 적이 계셨다. 그때마다 깜짝 놀라면서 벌떡 일어나 인사 드리면, "국사학과에서 박사학위 논문심사를 의뢰하여 왔는데, 틈이 나서 이리로 먼저 들렀네." 하셨다. 그리고 "아이고 힘들다." 하시며 옆 긴 의자에 펄썩 기대어 앉으신다. 그 순간, 선생님께서 역사 공부, 역사학 연구를 필두로 매사에 진중하셨던 그간의 자취와 어느새 연세가 깊어지셔 심신이 고되어지신 모습이 겹쳐, 긴 세월 겪어오신 심경과 애써오신 노고가 한꺼번에 눈앞에서 확 펴지다가 어렴풋이 스러지곤 하였다.

이십여 년 전쯤이다. 선생님의 연구 저서 가운데 한 책, 《韓國中世農業史研究》가 출간된 때(2000.7), 국사학 관련된 학회의 끈질긴 요청으로 이에 대해 부득이 외람된 소견이나마 써야 했던 적이 있었다. 어설프나마 이 회고를 거두면서 당시에 피력한 의향이 되새겨져 몇 단락 적는다.

학계를 위시해서 세간에서는 이따금 선생의 한국 역사학 연구를 놓고 그 방법은 '舶來式의 內在的 發展論'이라고 지칭하기도 하고, 그 성과는 '자본주의 맹아의 추출' 정도로 이해하며, 이 선상에서 그 목표를 '일제 관학파의 한국사관' 및 '정체성 타율성의 청산 · 극복'이라고 정의한다. 그러나 실제 이는 다만 일정 부분의 指定이나 評價일 뿐으로 彼岸의 傾斜와 그 한 結果에 지나지 않는다.

선생이 펼치신 우리 역사의 역사학 작업은, 아는 이들은 알듯이, 해방 후 새로운 국사학 곧 우리 역사학의 번듯한 건설이다. 한마디로 우리나라 정통 역사학 구축의 초석이며 그 발전의 획기라는 의미에서 그러하다. 주지하듯이 선생의 우리나라 농업사의 全 시대사적 정리는 우리 역사학이 나가야 할 새로운 과제와 이를 위해 승계하여야 할 방향을 제시하고 있다. 이 정리는 名實에서 단순히 농업 · 농사의 한 국면으로서의 농업사가 아니다. 우리 역사의 출발에서 근현대에 걸치는 여러 시대 여러 방면의 장구한 그리고 거대한 주제를 체계 있게 제시하고 다시 음미하고 숙고하도록 하는 것, 그리고 이러한 여러 과제의 수행에 동반되어야 할 연구 자세, 다름 아니라 역사연구를 발전의 내적 동기와 외적 계기에서 세계사적 발전체계의 파악 · 설정에 관한 안목과 방법을 끊임없이 단련하면서 여기에 아울러 주체성과 체계성 곧 과학적 비판성과 종합성을 갖출 때, 과제가 하나하나 또 한 걸음 한 걸음 풀려나갈 수 있다는 움직일 수 없는 진리를 작업의 실제를 통해 밝히고 계신 것이다.

국사학의 연구 자세가 자기 전통에서 脫線하여 각종 浮論이나 風說에 附和되어서는, 그리고 기왕의 연구에 대한 문제점 제기형의 작업이어서는 결코 이 骨髓를 체득할 수 없고, 따라서 그만큼 과제도 파악할 수 없어 그 해결 또한 불가하다는 진실을 일깨워 주시는 것이다. 김 선생님의 농업사연구는 사회 신분제의 변동과 그 분해, 정치 · 사회 · 사상 및 그 각 학파와 계열의 변화 · 상충 · 전진, 왕조 관료들의 정치 경제적 견해 · 의식과 그 처리 · 계통의 특성 등 여러 부면에서 그리고 상호 관련 속에서 무게 있는 비중, 공정하고 치밀한 분석, 체계 있는 종합으로 엮으신 전체로서의 역사 그리고 구성으로서의 역사이다. 사회구성의 全 체제적 변동 · 전개에 대한 파악이고 설정이며 그 전망이다. 곧 우리 역사 전체를 고대에서 중세 그리고 근현대 사회로의 진전 및 전환의 사실적 검토, 체계적 작업이고 그 이해이며 인식으로 이어진다. 이른바 '자본주의 맹아 요소의 추출', '일제 관학파의 정체성 타율성 청산 극복'은 이 전체 산물 가운데 그

한 부분이며, 또 그런 가운데에서 비로소 역사적 나아가 역사학적 의미를 지닐 수 있게 되는 것이다. 모든 각종 역사학 연구성과에서 후속 연구자가 익히고 배울 것은 그 문제 의식, 접근 방법 및 해석, 자료 활용과 처리 등 그 입지와 방식에 있다고 하겠다.

김 선생님께서는 이제 저승에서 그간 한평생 이승에서 각고 속에 이루신 이러한 학식을 후학에게 계승 발전시켜 나가도록 유산으로 아울러 과업으로 넘겨주고 계신 셈이다. 그만큼 이승에 남아 있는, 그리고 뒤이어 오는 이들의 과제이며 책무이기도 하다. 학계의 후학 · 후배는 너와 나, 이편과 저편이 따로 없이 모두, 소중한 숙제와 엄중한 당부를 받고 있는 것이다.

선생님을 추모하며

정만조*

보통 때는 저녁 늦게 이메일을 열어 무슨 연락이 왔나 확인한다. 그런데 그날은 무슨 마음이 들었는지 어둡기도 전에 '받은 메일함'을 열었다. 당장 눈에 들어오는 제목이 '서울대 국사학과에서 보낸 訃告: 김용섭 선생님 別世'였다. 순간 머리가 멍해진 것까지는 이 글 쓰면서 찾아내었는데, 그다음은 잘 기억이 나지 않는다. 정신이 들어 집사람한테 선생님의 별세를 말할 때 목멘 소리를 한 것 같다. 그날 하루만 弔問할 수 있다는 구절이 얼핏 떠올라 서둘러 옷을 갈아입고 問喪갈 준비를 했다.

지금은 많이 줄었다지만 그때만 해도 코로나는 확산일로였다. 마스크 쓰고 마침 집에 온 아이 차 타고 장례식장으로 향했다. 입구에서 문상자의 인적사항을 기재하고 안내판에서 殯所의 방 번호를 확인해 그쪽으로 찾아가 접수대 앞에 섰다. 눈을 들어 방안을 보았을 때 가운데 국화로 장식된 祭壇에 선생님의 遺影이 계셨다. 선생님께서 정말 돌아가셨구나! 마스크 속이 젖어 드는 것을 느꼈다. 한참

* 국민대학교 국사학과 명예교수

글 쓰다가 내 능력이 이것 밖에 안 되나 하며 스스로에 실망하거나, 좀 게으름을 피우고 싶을 때마다 선생님께서 저기(연희동) 계시려니 하고 해이해진 마음을 딴에는 다잡고는 했는데…, 선생님께서 몸이 불편하셔서 입원해 계신다는 말을 듣고는 가야지, 가 뵈어야지 하면서도 여러 사정 때문에 끝내 문병하지 못한 아쉬움과 죄스러움이 한꺼번에 밀려 왔다.

護喪하는 김도형 교수의 인도로 선생님 靈前에 향을 사르고 절을 올렸다. 너무 유난스러울까 봐 못했지만, 생각 같아서는 切切한 사연을 말씀드리고 싶었다. 상주에게 조문을 끝내고 돌아 나오면서 정신이 없어 선생님께 永訣의 인사 올리는 일을 잊었다. 다시는 遺影이나마 뵈올 기회가 없을 터인데도 말이다. 지금도 悔恨이 사무친다. 확인해 보니 이날은 2020년 10월 21일이었다. 선생님에 대한 추모의 念을 門下의 同學들과 함께하려는 마음에서 혼자만이 간직했던 그날의 아픈 기억을 적어 보았다.

선생님을 처음 뵌 것은 학부 2학년 때인 1966년 6월, 동국대학교에서 열린 '전국역사학대회'에서였다. 그때 선생님께서는 역사학회가 주관한 '역사이론과 역사서술'이란 공동주제 가운데서 한국사분야로 〈일본 · 한국에 있어서의 한국사 서술〉을 발표하셨다(이 글은 《역사학보》 제31집에 수록되어 있다). 식민사학 · 민족사학 · 사회경제사학 · 실증사학에 대해서는 개설서를 읽고 대강은 알고 있었다. 그러나 랑케의 제자인 리-스(Ludwig Riess)의 지도를 받은 일본의 관학아카데미즘의 학풍에서 파생되어 식민정책 수립과 지배를 합리화하는데 기여한 것이 식민사학이며, 이와 달리 전통사학에 기반하면서도 민족의 주체성을 살리는 투쟁적 관점에서의 역사서술과 민족사의 체계화를 추구한 민족사학이 나왔고, 다음으로 관학아카데미즘의 훈련과 지도를 받으면서도 조선인의 입장에서 학문적 대결을 벌인 랑케류의 실증사학이, 그리고 箇箇의 史實에 대한 고증적 연구를 떠나서 세계사의 보편성과 역사발전의 관점에서 전체 사회경제에 관한 체제적 연구태도를 취한 사회경제사학이 해방이전의 한국사 서술에서 각각 전개되고 있었다는 발표는, 올챙이에 불과한 학부 2년생이던 초보자에게는 처음 듣는 경이로운 내용이었다.

특히 해방이후의 한국사학계 상황에 대한 설명은 우리와 직접 닿는 민감한 문제여서 호기심을 크게 자극하였다. 결론은 해방이후 제대로 청산하지 못한 식민사학의 유산을 극복하고 새로운 한국사관 수립을 위해 넓은 시야와 체제적인 연구, 세계사적 관련에의 태세가 필요하다는 내용으로, 이론적인 문제에 대한 깊은 관심을 가질 것을 촉구하는 주장이었다. 선생님 발표를 들으면서 흥분 속에 밑줄 쳤던 발표요지는 56년이 지난 지금은 어디로 갔는지 찾을 길이 없다. 위의 내용은 오래되어 불확실해진 기억을 보완하기 위해 발표문을 수록한 《역사학보》 31집에서 간추려 정리한 것이다. 선생님 글을 다시 읽으면서 새삼스레 옛날의 감격을 떠올리며, 그리운 마음을 누를 수 없었다.

선생님의 이 글에 대한 평가는 사학사를 전공하시는 분들의 영역이겠다. 그러나 외람되지만 개인적으로는, 이 글이 〈우리나라 근대역사학의 성립〉(《한국현대사》, 1970) · 〈우리나라 근대역사학의 발달〉 1 · 2(《문학과 지성》 4 · 9, 1971 · 1972)로 이어지면서 한국사학계의 연구 분위기를 일신하여 연구시각과 방법의 전환점을 가져오게 한, 학술사적으로 획기적인 성과가 아닐까 생각한다. 이 글의 발표이후 70년대 들어오면서 식민사관의 극복으로서 민족사학이 크게 제창되고, 세계사적 관점에서의 체제적인 연구로서 사회경제사학의 이론에 의한 한국사의 체계화와 함께, 특히 정체성으로 가리어졌던 조선후기 사회상을 재조명하는 연구열이 불붙듯 일어나는 현상을 눈으로 보았던 경험에서 하는 말이다. 동기들 몇 명과 함께 역사이론을 공부하는 스터디 그룹을 만들어 랑케 · 맑스 · 콜링우드 · 크로체 · 베버 등의 학설을 읽고 토론하던 시절도 바로 이때 이후였다.

선생님께서는 위의 글을 발표하신 그해 9월에 師大에서 文理大 史學科 교수로 옮겨 오셨다. 이 시기쯤 필자는 조교 선생의 배려로 국사연구실에 있는 대형 책상의 출입문 쪽 한 모퉁이에 앉아 공부할 수 있었다. 그러면서 시키지 않아도 도서 관리와 청소, 심부름을 기꺼이 했다. 새로 부임하신 선생님 연구실은 중앙도서관 동부연구실 2층의 끝부분에 있었다. 어떤 계기로 그랬는지 기억이 자세치 않으나, 부정기적으로 선생님 연구실을 청소하게 되었다. 틈을 타 선생님께 잘 모르는 부분을 여쭙게 되었는데 선생님께서는 역사 공부하는 법까지 자상하게 일러 주시는 일이 한두 번이 아니었다. 그때는 몰랐지만 지금 헤아려 보면 선생님께서는 후일 《조선후기 농업사연구》에 수록되는 농촌경제 · 사회변동 · 농업변동 · 농학사조에 관한 글들을 정리하시느라 무척 바쁘셨을 터이었다. 그런데도 물색모르는 학생에게 아까운 시간을 할애하시다니! 이에 생각이 미치면 송구스러움을 금치 못하겠다. 그러나 선생님 말씀을 듣고 나와서는 소화는 시키지 못할망정 무언가 잔뜩 머릿속을 채운 데서 오는 지식의 포만감에 들떠 있곤 하던 기억이 떠오른다. 이때 입은 學恩은 끝내 보답하지 못하고 말았다.

3학년 1학기(1967년)에 선생님 명의로 개설된 '국사강독'을 수강하였다. 제목과 달리 강의는 우리나라 삼국에서 고려시대까지의 사회경제를 다루는 내용이었다. 사실을 많이 기억하고 활용하는 것이 역사인양 인식하던 유치한 머릿속에 金洸鎭의 '고구려 사회의 생산양식'이라든가 李淸源 · 白南雲 등의 이론과 연구성과를 강의를 통해 듣는 낯선 경험을 하였다. 앞서 역사학대회에서 하신 발표를 들으면서 완전히 이해하지 못했던 體制的인 연구와 세계사적 관점의 내용을 비로소 구체적으로 접하게 된 것이다. 선생님 말씀은 마치 부드러운 휴지가 잉크를 빨아들이듯 아무런 여과 없이 그대로 머릿속으로 移入되었다. 대학원에 적을 두신 선배 중에 수강한 노트를 빌려 보자고 한 것을 보면 아마도 그 이전에는 이런 강의가 개설된 적이 없었는지 모르겠다. 이 노트는 따로 잘 보관한다는 것이 도리어 둔 곳을 잊어서, 이 글을 쓰면서 며칠 걸려 겨우 찾아내어 지금은 書架의 잘 보이는 곳에 꽂혀 있다.

71년 군대를 마치고 석사논문을 쓰면서 선배의 주선으로 고교 교사로 가게 되었다. 인사차 찾아뵈니 선생님께서는 교사생활이 재미있기는 하지만, 항상 공부한다는 생각을 갖고 책을 손에서 놓지 말라고 당부하셨다. 언젠가 그 학교 졸업생들을 만난 적이 있는데, 가끔 교무실에 가면 한자만 가득한 책을 보는 모습을 기억한다는 말을 듣고, 아! 그래도 선생님 말씀 듣고 흉내는 내었구나 하고 스스로 대견해하기도 했다.

74년 봄, 여전히 교사로 있을 때였다. 가까운 선생님으로부터 국방대학원에 전임 자리가 났는데 원하면 갈 수 있다는 의사 타진을 받았다. 한참 고민하다가 바로 선생님을 찾아뵙고 의논을 드렸다. 선생님께서는 자리가 좋기는 하나 거기 가게 되면 書院문제를 다루던 전공을 軍事學 내지 軍制史 쪽으로 바꾸어야 하지 않겠느냐고 염려하시면서, 하느냐 마느냐 결정할 때는 51% 마음 가는 쪽으로 선택할 수 있다고 하셨다. 더이상 고려할 필요가 없었다. 그 자리에서 그냥 교사하며 기왕의 전공 공부에 집중하겠노라고 말씀드렸다. 인생과 학문의 갈림길에 서 있을 때 선생님께서 내려주신 가르침은 평생 잊을 수 없다.

문리대에서 연대로 옮기신 1975년 이후는 정초와 여름방학 때 문안드리는 것 외에 자주 찾아뵙지를 못하였다. 요행히 대학에 전임이 되면서 바빠졌다는 핑계는 자기 합리화의 변명임을 숨길 수 없다. 그러나 선생님께서는 뵐 때마다 논문에 대한 評騭과 격려의 말씀을 베풀어 주셨다. 2012년 2월, 정년을 며칠 앞두고 연희동의 松巖書齋로 찾아뵈었다. 그때 선생님께서는 평생 연구에 활용해오던 藏書를 연대에 기증하시는 중이셨다. 손때 묻은 책과 사료들을 떠나보내는 심정이 어떠실까 생각하며 둘러보니 무언가 쓸쓸함이 비어가는 서가에 내려앉고 있음을 느꼈다. 그런 기분을 아셨는지 선생님께서 "회고록 비슷한 것이야" 하시면서 책을 한 권 주셨다. 부제가 '해방세대 학자의 역사연구 역사강의'로 된, 《역사의 오솔길을 가면서》였다. 논문에서 드러내지 못했던 선생님의 학문 歷程과 연구구상의 과정, 강의실에서의 열정과 후학들에 바라는 소망 등 보다 인간적인 체취가 담긴 글이었다.

선생님께서는 허리가 좋지 않으셔서 걷기가 불편하심에도 불구하고 점심을 모시겠다는 청을 들어주셨다. 이때 이후 필자의 좋지 못한 건강상태로 인하여 선생님을 가까이서 모시고 親炙할 기회는 더이상 갖지 못했다.

돌이켜 보면 선생님께서 不敏한 자를 거두어 가르치고 학문의 길로 이끌어 주심은 이처럼 간절하셨건만, 무엇보다도 제 능력 부족으로 선생님의 학문을 따르지 못하고 기대를 저버린 것이 죄송하기 이를 데 없다.

이 글을 쓰면서 내내 마음에 떠나지 않는 想念은, 공부한 결과는 어디 가서 선생님께 배웠노라고 드러내기가 민망할 정도이나, 그래도 제 속으로는 선생님의 제자라는 자부심으로 그나마 버텼고 그래서 항상 마음에 선생님을 밝게 모셔 놓고 있었는데, 이제 그 등불을 잃고는 오직 《역사의 오솔길을 가면서》를 읽으면서 어둠 속을 헤쳐가야 하는구나 하는 생각뿐이다.

중앙정보부에까지 침투한 '경영형부농'

김정기*

지난 세월 1970년대를 되돌아봅니다. 그 무서웠던 시절 어떻게 살아내었는지 아찔합니다.

1961년 5월 군사'혁명'이 아니라 쿠데타로 거의 8년 간 국정을 농단한 뒤 박정희 일당은 3선개헌을 자행하고(1969.9) 7대 대통령 직위를 탈취했습니다(1971.4). 그러고도 모자라 1년 8개월 뒤 이른바 유신헌법의 공포를 저지르면서 8대 대통령직도 약탈해버렸습니다. 오늘의 미얀마에서 보듯, 국격은 급전직하 끝 모르는 지하의 심연으로 떨어졌습니다.

김지하가 나타났습니다. 저들의 3선개헌이란 흉물의 본체가 한창 드러날 때인 1971년 5월에 –저 자(者)들이 '개국기념의 달'처럼 성스럽게 받드는 5월에– 잡지 《사상계》 지상에서 담시 '오적(五賊)'이 돌출했습니다. 짐승의 무리 다섯 도둑, 그러니까 재벌, 국회의원, 고급공무원, 장성, 장차관을 판소리 가락으로 '조져버린' 국민공포층 소탕의 풍자시였습니다. 나라가 흥분으로 격동하고 세계의 눈이 쏠

---

* 전 서원대학교 총장, 전 제주교육대학교 총장

렸습니다. 일본에서는 끝없는 데모의 저력과 지하의 저항에 지식인의 탄성이 터졌고 북한에 경도된 지식인의 시선을 남쪽으로 돌려세웠습니다. 제가 대학구내서점에서 사상계를 구했을 때 "이 순간만큼은 지은이가 매국노로 변하더라도 쾌히 용서하리라." 맘먹었는데 이게 실현될 줄이야.

서울대 문리대는 반유신 항쟁의 진원지가 되었습니다. 1973년 10월 국사학과 나병식, 정동영, 강창일, 김덕수 등 수백 명이 4 · 19탑에서 결의를 다질 때, 경찰 백 수 십 명이 미라보(Mirabeau) 다리(불과 10여 미터, 1789년 프랑스 대혁명 초기 국민의회와 인권선언을 주도했던 백작의 이름)를 건너 난입했습니다. 이것이 유신반대 데모의 첫 봉화이면서 유일무이한 경찰의 교내 진입이었습니다. 이때 강의 차 오신 고대 교수 이인호님께서 경찰의 학문전당 난입을 당차게 항의하셨던 모습이 전설이 –이제는 배반의 전설이– 되었지요. 이듬 해 4월 이른바 '민청련학생사건'이 터졌습니다(1년 뒤 대법원 판결 다음날 인혁당 관련 인물 8명의 사형집행, 살인기관으로 돌변한 대법원). 전국민주청년대학생과 지학순 주교, 박형규 목사, 윤보선 전 대통령 등, 없는 인혁당재건위를 결합하여 억지로 만들어 낸 희대의 사기극이었지요. 저 자(者)들은 물론 이 극을 노소 빨갱이의 유신체제 전복 음모로 옭아맸습니다. 꼼짝없이 문리대는 빨갱이 이거나 여기에 부화뇌동하는 학생의 대량생산기지로 전락되고 말았습니다. 김용섭 교수님께서 이 거대한 조작극 여파로 곤욕을 치르시게 된 것입니다.

문리대도 폐쇄되었습니다. 군대가 운동장에 진을 치고 학교를 점령했습니다. 이 대학의 3대 명물, 데모의 거리 대학로를 끼고 의대 정문과 마주한 미라보다리가 군화에 짓밟히고, 원산지 프랑스의 가로수로 유명한 마로니에(Maronier)의 –교정에 있는 마로니에의– 향기가 군대의 함성에 묻혔으나, 4 · 19학생혁명기념탑은 대혁명의 정기를 내리받은 듯 작지만 높이 솟아 있었습니다. 그때의 두 장면이 떠오릅니다. 운동장 사열대 아래 공간에서 기식하던 심양홍(국문과, 연극배우)에게 실개천 넘어 쌀과 부식을 던져 주었던 일, 다리 건너 잠근 대문 옆 작은 문에서 마주 선 두 보초가 M1소총을 V자로 거꾸로 세운 그 밑으로 들어가시던 한국고대사의 태두 이병도 박사님(문교부장관 역임). 겹쳐서 생각나는 이희승 한글학자님, 대학원 강의 오실 때마다 4 · 19 탑 앞에서 묵념하시던 작고 단아하셨던 모습.

군대가 철수하고 2학기가 되었습니다. 체포된 학생들의 부모님께서 자기 아들이 공산주의자가 아님을 증언하시는 교수님들의 탄원서를 받으시려고 잦은 발길을 하셨습니다. 그리고 이상한 소문이 정말 조용하게 돌았습니다. 김용섭교수님께서 동대문경찰서로 불려가셨다. 아니다 남산(중앙정보부 취조실)이다. 심지어. 어느 날 형사들이 교수님 서재를 급습했다. 소문은 소문으로 끝나 연기처럼 사라졌습니다. 이듬해 선생님은 소리 없이 연세대로 떠나셨습니다. 학생의 아쉬움과 애정 어린 원망을 뒤로하신 채. 대학원생의 마음 상처는 더욱 컸습니다. 여담입니다만, 학부 대학원 모두가 정창렬 교수님께서 그 공백을 채워주시기를 기대했습니다.

소문의 실체가 드러난 것은 1975년 봄이었습니다. 소위 민청련 학생들이 석방되자 교정은 아연 잔치마당으로 흥겹게 돌변했습니다. '데모꾼'이 제일 많았던 국사학과는 요란했습니다. 대접의 주인공은 이현배(당시 대학원생. 김지하와 사형 언도 받음), 서중석(성균관대 교수), 나병식(출판사 사장), 강창일(국회의원, 주일대사), 황인범(청와대 사회수석), 방인철(중앙일보 기자), 장경욱(도피의 귀재, 장길산 소설 자료 해석자), 이근성(중앙일보 기자) 등이고, 타과에 유인태, 이철, 유홍준, 이해찬, 유영표 등등입니다. 4 · 19탑이 들썩일 정도로 젊음의 낭만이 용솟음쳤던 해방구가 조용해질 무렵입니다. 황당한 데다 예상치 못한 제안이 학생처로부터 왔습니다. 과 학생들은 재벌이 갹출한 데모방지기금 받기를 당연히 거부했는데, 정치학과와 사회학과는 태연히 수령, "김철준 · 김용섭 교수(님)의 제자들이 확실히 다르군."하는 타당하면서도 씁쓸한 평가와 함께 이 사건은 술자리의 즐거운 안주가 되었습니다.

마침내 소문의 진실이 밝혀질 날이 우연히 왔습니다. 저는 맷집 좋고 전라도 입담이 구수한 국사학과 4학년 나병식과 명륜동(학교 근처) 막걸리 집에서 한잔 걸칠 때입니다. 취중 한담하는 가운데 귀가 번쩍 뜨이는 귀중한 정보가 이 거한(巨漢)의 입에서 흘러나왔습니다. 요약컨데, 존경하는 교수님을 유도하는 수사관의 질문에 체포된 국사학과 학생 대부분이 김 교수님을 꼽았다는 것, 여기에 타과 학생들도 이구동성이었다는 것. 이를 확인하기 위해 교수님의 한국근대사 노트를 학생의 집과 하숙을 뒤져 모았다는 것(강창일도 증언). 노트에 기재된 '농민층 분해'나 '경영형 부농'을 취조관에게 설명했다는 것입니다. 이상을 종합하면, 학생시위의 배후자로 선생님을 일단 상정해 놓은 것입니다. 폭압의 정점으로 치달리고 있던 당시 군사유신정권이 교수님의 서재를 방치할 리 없다는 결론에 둘이 이르렀습니다.

또 달리 흥미를 끄는 대목이 나병식 공의 입에서 나왔습니다. 교직을 이수하는 국사학과 학생들이 고등학교에서 교생실습할 때 '경영형 부농'을 소개했답니다. 교수님께서 한국농업사의 '교주'라 한다면 이들이야말로 충실한 '전도사'였던 셈입니다.

여기까지 온 김에 여담 두 개를 더 보탭니다. 뚝심 센 나공도 남산에서 참기 어려워 기독교 신자라 거짓 실토했더니 "살려주더랍니다." 고문실에서 체득한 미국의 힘이었습니다. 홍이섭 교수님께서 원전(原典) 도움과 격려로, 한문을 잘하는 이현배와 모자란 제가 박은식의 《한국독립운동지혈사(韓國獨立運動之血史)》를 번역하여 《대일민족선언》이란 책으로 만들었습니다. 운동권 학생을 통해 수천 권이 서울 각 대학에 뿌려졌습니다. 그런데 회수자금은 10% 미만, 나머지는 죄다 '민청련' 학생의 도피자금으로 충당되었답니다. 현배의 문리대 동기 20여 명이 만든 일우문고(一又文庫)는 폭망, 그러나 그 누구 하나 불평 불만을 내색하지 않았습니다(발설컨대, 나공이 가장 큰 판매 부수의 장본인이었고, 그의 화려한 데모 경력 때문에 졸업논문 없이 국사학과 창설이래 첫 학생이자 마지막 학생이기도 합니다).

1973년 봄 학기 전라남도 해안가 답사 때 사건입니다. 학과장이 김교수님. 저는 대학원생으로 답사에 열심이었습니다. 대흥사, 다산초당, 청해진 등을 거쳐 마지막 날 오전, 배가 감쪽같이 신지도(지금은 육지와 연결)에 도착했습니다. 사람이라곤 우리뿐. 답사와는 거리가 먼, 하지만 해변의 백사장이 길고 깨끗하고 아름다운 곳이었습니다. 학과 대표와 공범자 몇 명이 무릎 꿇고 석사대죄(席沙待罪) 하려는데 교수님께서는 벌써 저 멀리 해변을 걷고 계셨습니다. 좀 늦게 운반된 막걸리 통과 안주 박스는, 거리 투쟁의 전사와 책 속에 파묻힌 공부꾼을 금세 모여들게 했습니다. 교수님께서 뜻밖에 베푼 이 조용한 배려는 연일 데모로 소진된 학생과 '무수업 독학의 시대'라고 자조하면서 도서관을 지키는 학생을(공부꾼도 대부분 데모는 적극 지지함) 하나로 묶어서 억눌려 왔던 젊음의 낭만을 원없이 폭발시켰습니다. 광란(?) 후 취중 귀가 길, 용산에서 강창일이 잡혔습니다.

제 박사학위 논문 '고종시대 청의 조선정책' 심사할 때의 일입니다. 신모 교수님의 6개월 연장론에 김 교수님께서 나섰습니다. "김군은 우리 역사 공부가 늦은 데다 나이도 많고 대학 자리도 잡아야 하니 빨리 통과시킵시다." 지옥에서 탈출한 기분이었습니다. 그때 저에게 띄우신 교수님의 미소는 관세음보살님의 '살프슴'이었어요. 그때가 고마워 저의 대학 학과에 연세대 출신 강사가 유독 많았나 봅니다.

충혈된 눈으로 1970년대 전후 역사를 복기하면서 거의 날을 세운 까닭은 평소에 내 생각을 확인하기 위해서였습니다. '민주화가 산업화보다 몇 배나 지난하다.' 나는 군사독재의 그 가혹한 폭압과 그 폭압이 스스로 끌어내는 그 분노를 재생해 봅니다. 일제 때 독립운동하듯 고문과 목숨 걸고 전국 도처에서 떨쳐 일어섰던 젊은이들, 희생된 젊은이들, 그리고 반쯤 병신 되어 살다가 돌아가시던가 지금까지 연명하고 계신 젊은 노인들, 이른바 출세와는 벽을 쌓고 사시는 젊은 노인들까지 '싸잡아' 조롱하는 신문과 방송에 저주의 불화살을 날립니다. 이른바 출세한 젊은 노인네들에게도 비평 아닌 조소는 역시 금물입니다. 이들 모두 '민주'를 위한 희생의 제단에 놓이기를 마다하지 않기 때문입니다. 현재 '산업화 세력'의 모당 반대로 국회에 계류 중인 '민주유공자 예우에 관한 법률안(우원식 의원 발의)는 즉각 통과되어야 합니다. 나라의 치욕이기 때문입니다.

선생님을 추모하는 글모음 대열에 저를 마지막으로 합류시킨 학형 안병욱님에게 고개를 숙입니다.

이를 구상하고 초고를 쓰는 중에, 미얀마에서 표 제야 또 의원(작곡가)과 초 민 유 시민활동가(소설가) 등 4명이 처형되었습니다(현재 사형 확정자가 117명, 군부폭력에 희생자가 2100여 명). 고인들의 명복을 빕니다.

저의 상상을 초월하는 어딘가 좋은 세상에서 행복하게 글 쓰고 계실 선생님께 글을 띄웁니다.

50여 년 들려준 말씀과 격려

서중석*

1.

1967년 대학에 들어간 지 얼마 안 되어 나는 김용섭 선생의 부름을 받았다. 나는 사학과에 입학할 때 학문과 현실은 별개의 것이라고 생각지 않았다. 그래서 입학 동기생 몇몇과 함께 역사와 현실과의 관계, 곧 역사의 현재성에 관한 조그마한 책자를 만들어 보자고 했는데, 이것이 과 선생님들의 주목을 끌었고, 그러면서 김용섭 선생의 부름을 받아 연구실로 선생님을 찾아뵌 것이다. 딴눈 팔지 말고 모름지기 학문에 충실해야 한다는 꾸짖음이었다. 그때는 한국사와 동양사, 서양사 연구실이 따로따로 있었는데, 한국사 연구실 한영우 조교로부터도 똑같은 말을 들었다. 한 선생은 끝으로 김용섭 선생이 자네를 불러 당부하라고 해서 하는 말이라고 덧붙였다. 김용섭 선생이 이렇게 관심을 보인 것은 어쩌면 나를 눈여겨보는 점도 있었기 때문이 아닐까 하는 생각도 들었다. 이렇게 50여 년에 걸친 김용섭 선생

* 성균관대학교 사학과 명예교수

과의 인연이 시작되었다.

나는 김용섭 선생 강의를 들으며 명석하게 설명을 참 잘 하는 분이라는 생각이 들었다. 당시는 사학과건 다른 학과건 강의를 제대로 하지 않았다. 한두 시간 하고 그만두는 경우도 적지 않았다. 휴업령 같은 것 때문에도 결강이 빈발했는데, 김용섭 선생은 휴업령 같은 경우를 제외하고는 결강을 하지 않았다. 선생님은 한 시기에서 다음 시기로 변화하는 과정 또는 역사의 흐름을 일목요연하게, 논리적으로 설명해주셨다. 나는 강의를 신청해서 듣는 것 못지않게 도강을 많이 했다. 문리대 명강이라면 빠지지 않고 들으려고 했다. 원로 이희승, 김상기 선생의 강의, 이용희 박종홍 차주환 교수 등의 강의 외에 타 대학에서 와서 하는 도덕경, 주역 등의 강의도 들었지만, 선생님 강의와 이용희 교수의 강의가 가장 좋았다. 나는 선생님의 내재적 발전론에 심취했다.

3선 개헌 전후해서도 선생님을 찾아가면 비슷한 말씀을 해주셨다. 1969년 말에 제적당하고(신문에는 제명으로 보도되었다), 군대에 반강제로 입대했는데, 정부 정책이 바뀌어 제대하자 바로 국사학과로 복학할 수 있었다. 나는 그때 선생님 강의를 세 개나 신청했다. 그해말 천관우 선생이 쓴 반계 유형원 연구를 내재적 발전론을 준용해 비판적으로 검토한 리포트를 약 200매 정도 썼고, 그것을 선생님의 세 과목 전체 리포트로 제출했는데, 선생님은 이것을 인정해주었다.

1974년 민청학련 사건으로 구속되었다가 다음 해 형집행정지로 나왔을 때 서울대는 관악산으로 이전했고, 김용섭 선생은 연세대로 옮기셨다. 내가 담장이 넝쿨로 덮인 고풍의 본관으로 선생님을 찾아갔을 때, 자네는 학교에 꼭 다시 돌아와야 한다고 다짐하셨고, 나는 전혀 가망이 없는 일로 안다고 대답했다. 선생님은 몇 번 용돈도 주셨다. 나는 학교로 돌아갈 가능성은 없다고 생각하고 있었지만, 현대사 공부는 한국의 민주화에 꼭 필요하다고 보았다. 그래서 역사교육학과를 다닌 유상덕 등과 교회에서 정기적으로 만나 현대사 공부를 했고, 국사학과 후배들과도 정기적으로 만났다.

10.26으로 학교에 다시 가나 했더니 5.17로 제적 처분되어 막혀 버렸다. 그런데 1984년 봄에 민청학련 사건 관련자 대다수가 사면 복권되었다. 민청학련 사건 공범이기도 한 윤보선 전 대통령이 전두환에게 요청해 성사된 것이다. 이제 학교에 갈 수 있을 뿐 아니라 공공 활동도 가능하게 되었다. 나는 1984년 8월 서울대 국사학과 학사 졸업장을 받았다. 입학한 지 17년 반만이었다. 학점제가 변경되어 1974년에 160학점이 넘어야 가능했는데, 142학점만 넘으면 졸업할 수 있게 된 것이다. 김용섭 선생은 석사과정을 연세대에서 하라고 하셨다.

2.

1984년 9월 연세대 사학과 석사과정에 입학한 나는 선생님들을 찾아가 직장 관계로 수업을 반절만 들을 수밖에 없다고 말씀드렸다. 10여 년만에 학교를 다시 다닌다는 것 자체가 감회가 새로웠지만, 정문 부근에서부터 강의실 부근까지 최루탄 매운 연기가 가득해 손수건으로 얼굴을 가리고 다녀야 하는 것이 더욱더 대학에 다닌다는 실감을 갖게 했다.

나는 1987년 5월경 석사학위논문으로 〈한말 · 일제침략하의 자본주의 근대화론의 성격 - 도산 안창호 사상을 중심으로〉를 제출했다. 안창호 이광수 등의 무실역행, 민족성 개조, 수양 등을 한말 일제 시기 자본주의 근대화 정신의 정수로, 흥사단 수양동우회 등의 활동을 자본주의 근대화 운동으로 파악하고, 그것이 안창호의 독립운동에 어떠한 성격을 갖게 했는가를 고찰한 논문이었다. 이 논문을 심사할 때 나는 선생님들께 송구스러움을 금할 수 없었다. 원고가 1천매 가량 되는 데다가 악필이어서 읽기가 힘들었고, 복사도 제대로 안 돼 판독이 어려운 부분도 있었기 때문이다. 김용섭 선생은 논문을 썼을 때 주로 이광수의 민족 개조론과 안창호와의 관계, 특히 이광수의 '귀국'에 안창호가 어떠한 역할을 했는가를 물었다. 심사 때 이종영 선생은 이 논문은 세 부분으로 되어 있으니 그중 하나만 논문으로 제출하면 좋겠다고 강조하셨다. 하현강 선생은 안창호 평가가 적절한지에 대해 문제를 제기하셨다. 나는 논문이 통과되는지 어쩐지 판단이 서지 않았다. 두 분 선생님이 가신 뒤 김용섭 선생은 통과되었다고 말씀하셨다. 얼마 뒤 선생님은 손보기 교수 정년 기념 논문집에 그 긴 논문을 수록하겠다고 알려주셨다. 특별한 배려였다.

논문 심사 직후 같은데, 나는 박사과정 시험을 보기 위해 인사차 이종영 선생을 방문했다. 박사논문은 현대사를 중심으로 쓰려고 했다. 선생님은 완곡하게 꼭 이 학교에서 공부하려고 할 것은 없지 않냐고 말씀하셨다. 하현강 선생 반응도 애매했다. 나는 박사학위 과정 입학시험에 떨어졌다. 시험 준비를 제대로 하지 않아서였다. 다음 학기에 다시 보기로 했다.

그런데 연세대 하반기 박사학위 시험에 나는 응시하지 못했다. 월간잡지 신동아는 매달 12, 13일경부터 22, 23일까지 야근도 하면서 몹시 바쁜데, 그러다 보니까 시험날짜를 그다음 날에야 생각해낸 것이다. 나는 급히 김용섭 선생을 찾아갔다. 선생님은 납득이 안 된다는 표정이었다. 나는 그럴 수 있다고 생각했다. 며칠 뒤 나는 1년에 한 번 있는 서울대에서 며칠 후 시험이 있다는 것을 알았다. 나는 선생님께 서울대 시험을 봤으면 좋겠다고 말씀드렸다. 선생님은 아무 말씀을 안 하셨으나 역시 편치 않은 모습이었다. 나로서는 죄송할 따름이었다.

나는 한영우 선생을 찾아갔다. 시험을 치고 싶다고 하니까 대뜸 연세대에서 마저 하라는 말씀이었다. 현대사는 심사할 교수도 없으니 안 된다는 것이었다. 심사할 분은 어느 대학에도 없고, 선생님이 지도하면 되는 것 아니냐고 사정도 하고 떼도 썼다. 내가 사학과 입학할 때 조교였고, 제대 후 복학해 강의를 들은 바 있었다. 충청도 동향이기도 했다. 나중에는 아무 말씀도 없이 내 말을 듣기만 했다. 된 것 같다고 생각하고 시험을 쳤다.

1988년 3월에 입학한 나는 1990년 봄에 학위논문을 제출했다. 제목은 〈해방 후 좌우합작에 의한 민족국가 건설운동 연구〉였다. 3천 매가 넘는 원고를 신속히 제출해 2년 반 만에 학위를 취득할 수 있었던 것은 아내가 타자를 쳐 주었기 때문이었다. 좌우합작운동을 중시하면서 김구와 이승만 · 한민당 노선, 박헌영 · 조선공산당 노선을 비판했기 때문에 당시 현대사 연구를 주도하던 학계로부터는 차가운 반응을 받기도 했지만, 언론계에서는 적극적으로 지면을 할애해 소개했다. 급진적 주장에 두려움을 갖고 있다가 상대적으로 온건한 주장이 나왔다고 판단해 그러한 반응을 보였을지도 모른다. 나는 1991년 3월 성균관대 사학과 전임이 되었다. 내가 박사과정에 들어간 것도 대학 전임이 된 것도 6월항쟁 이후 대학가의 변화가 가장 크게 영향을 주었다고 생각한다. 그런 점에서 나는 6월항쟁의 아들이었다.

1992년 새 학기가 시작된 얼마 뒤 성균관대 식당 앞을 지날 때 국문과 강신항 선생이 불렀다. 진단학회에서 두계학술상을 주기로 결정했는데 받겠느냐는 것이었다. 나는 받겠다고 했다. 나는 수상식 때도 기성학계와 진보학계의 소통에 도움이 되게 하기 위해서 이 상을 주는 것으로 알고 있다고 말했지만, 기성 학계와 소통하는데 진단 학회에서 주는 상을 받는 것이 좋겠다고 생각했다. 강신항 선생이 상을 받겠느냐고 물어본 것도 이유가 있다고 생각했다. 창비사에서 1980년대 전반기에 낸 《한국민족주의론》 1-3권에 수록된 내 논문 세 편은 모두 이병도 선생이나 기존 학계의 입장과 배치되는 것이었다. 그 중 실질적으로 내 첫 번째 논문이기도 한 〈민족사학과 민족주의〉(1982년)에서 나는 내가 대학 입학 때부터 거론한 역사의 현재성을 식민(주의)사학, 민족(주의)사학처럼 잘 드러나게 한 것은 없다는 논지를 폈는데, 다시 말해서 식민사학이건 민족사학이건 그 당대의 어떠한 요구에 의해서 나온 역사적 산물이라는 것을 강조했는데, 김용섭 선생의 실증주의 사학 비판을 이어받은 것으로, 이 때문에 이기백 선생 측으로부터 눈총을 받기도 했다. 두계학술상을 받은 《한국현대 민족운동연구》(박사논문을 개제해 출판)도 진단학회 관계자들의 마음에 들 리 만무했고, 내가 주간인 역사비평의 논지도 그분들은 경계했지만, 6월 항쟁 이후의 분위기 속에서 소통의 필요성이 커져 나로 결정했을 것이라고 추측했다. 나중에 안 일이지만 그 전해인 1991년에 권태억 교수가 수상을 거부한 것도 강신항 선생이 나에게 물어본 직접적 이유였을 것이다.

그런데 김용섭 선생의 실증주의 사학 비판의 주대상이 이병도였다는 점이 나에게는 가슴 깊이 생각게 하는 바가 있었다. 선생님의 이병도 사학 비판은 선생님의 거취로도 이어졌다. 김용섭 선생이 연세대로 자리를 옮긴 것은 정인보 백남운의 학통을 이어받는다는 점이 있었다. 내가 교도소에서 나와 선생님이 연세대로 옮긴 것을 알고 찾아갔을 때 이 건물 어디에 위당과 백남운의 연구실이 있었다고 말씀하시며, 그 두 분의 학통에 대해서도 얘기를 하셨다. 그러나 선생님이 이 대학으로 온 직접적인 계기가 된 것은 다른 이유도 있었다.

선생님은 나에게 이병도를 비판한 글을 쓴 이후 선생님을 서울대 사학과 전임으로 하는 데 관여한 한우근 선생이 선생님을 보는 태도가 달라졌고, 특히 김철준 선생이 두 차례에 걸쳐 힐난하는 것을 듣고 서울대에 있기가 어렵겠구나 하는 생각이 들었다고 말씀하신 바가 있었다.

그러나 다른 한편으로 되돌아보면, 이기백 선생이 자신이 편찬을 주도하는 역사 대중지에 직접 나에게 원고청탁을 여러 번 하셨는데, 김용섭 선생도 보수적인 학계와 원만한 관계를 가졌다. 학술원 회원은 역사학계의 경우 서강학파가 다수였고, 그중 몇은 한참 후학이었는데도 선생님은 기꺼이 참여했다. 선생님은 학술원 활동에 대해서도 자주 얘기하셨다. 학술원에서 선생님께 의뢰한 연구 논문이나 발표에 대해서도 자세히 얘기해주었다. 강만길 선생은 그보다 한참 뒤에 학술원에서 제안이 들어왔지만 일축했다고 나에게 말씀하셨다. 너무 늦게 제안이 온 것이었는데, 강 선생은 분단 문제, 한국전쟁 문제 등에 대해 월남한 역사학계 선생들과 설전을 주고받는 등, 전근대사가 주전공이고 현실과는 거리를 두었던 김용섭 선생과는 다른 상황에 놓여 있었던 점도 있었다. 선생님이 중앙일보사 측에서 주는 중앙문화대상을 받게 되었을 때 인사를 드리자 "글쎄, 그렇게 연락이 왔어"라고 담담히 말씀하셨다. 성곡학술상에 대해서도 비슷한 반응을 보이셨다.

3.

김용섭 선생이 학교를 그만두실 때 나는 왜 다른 사람들은 정년을 늘리려고 애쓰는데, 선생님은 정년이 남았는데도 그만두시냐고 여쭈었다. 선생님은 부친이 호적에 늦게 올려 지금 그만두더라도 다른 사람 정년과 같다는 말씀을 하셨다. 그리고는 요즘은 강의하고 싶지도 않다고 덧붙였다. 나는 그 말씀에 공명했다. 다른 학문 쪽이 더 빨리 변했지만, 역사학계도 그 전과 풍토가 달라졌다. 학문을 하는 자세에서 살아가는 태도에 이르기까지 새로운 풍조를 보여주고 있었다. 얼마 뒤 뉴라이트가 기승을 부릴 때 나는 이영훈 교수 등 뉴라이트에 대해 얘기를 꺼냈다. 그러나 선생님은 "어느 시대나 그런 부류는 있어,"라고 잘라 말씀하셨다. 상대할 필요가 없다는 말씀이었다. 그 뒤에 나는 뉴라이트 얘기를 거의 하지 않았다.

1996년인가 김용섭 선생 정년기념논총에 수록할 원고를 써달라는 청탁을 받았다. 주제까지 정해졌다. '분단체제론'이었다. 나는 그 주제로는 쓰기가 어려우니 다른 것으로 썼으면 좋겠다고 말했다. 그러나 편집 관계자는 이번에 내는 기념논총은 모두 편집진에서 주제를 정해 부탁하기로 했고, 나에 대한 주제도 정창렬 편집 위원장이 정했으니 변경할 수 없다는 대답이었다. 참으로 난감했다. 나에게 온 그 주제는 백낙청 선생의 분단체제론에 대해 논쟁이 있었는데, 역사학계에서 내가 그 논쟁에 참여하라는 것이나 다름없었다. 그러나 나는 백 선생의 주장이 월러스타인의 세계체제론을 원용한 것으로, 한국근현대사와 연관해 논지를 전개하고 있다고 보기 어렵기 때문에 내가 끼어들 틈새가 없다고 판단하고 있었다. 또 월러스타인이 세계체제론에서 지리상의 확대 시기에 관해서 설명한 바는 참고가 될 만한 것이 있지만, 그 이후에 대해서는 그다지 수긍할만한 것이 없었다.

하지만 선생님 기념논총에 수록하는 원고를 안 쓴다는 것도 있을 수 없었다. 고심한 끝에 내가 생각하는 분단체제론을 써서 수록 여부는 편집진에게 맡길 수밖에 없다고 보았다. 나는 분단체제는 기본적으로 분단세력, 곧 단정운동을 폈거나, 그것을 계승한 (분단)세력,

곧 이승만세력, 박정희 유신체제 등에 의해 형성되었지만, 북의 주체사상-수령유일체제도 그것에 기여했다고 인식하고 있었다. 분단도 남의 분단세력에게만 책임이 있는 것이 아니고, 북의 민주기지론도 일역을 맡았고, 또 역사는 결과가 중요한데, 민주기지론의 연장으로 나온 전쟁은 의도와 상관없이 결과적으로 분단의 고착화-분단체제로 나아가는 역할을 했다고 이해했다.

이 원고를 본 편집진이 몹시 난처할 것이라는 점은 충분히 짐작할 수 있었다. 그러한 전화가 왔다. 더구나 초고가 와 다시 보니 원고도 아주 거칠었다. 하여튼 깔끔히 새로 정리해 보내는 수밖에 없었다. 편집진은 몹시 난처했을 터이지만 빼기도 그래서 실은 것 같다. 미안할 따름이었다. 얼마 뒤 단재상 시상식에서 정창렬 선생이 축사를 해주신 뒤 "서 선생이 독자적 주체적 관점으로 본다는 걸 알겠어"라고 말씀했다. 나는 "그 점에서 단재를 존경합니다"라고 대답했다. 나는 김용섭 선생처럼 신채호와 백남운을 존경한다. 나는 백남운이 일제시기건 해방 직후건 무수한 마르크시스트 가운데 아주 보기 드물게 학술에서나 정치에서나 마르크시즘과 현실을 창조적으로 결합한 분으로 존경했다.

언제쯤인지 기억이 안 나지만 김용섭 선생이 "서 선생, 민족주의자라지?"라고 말씀하셨다. 내가 "저는 진보적이고 개방적인 민족주의라면 괜찮다고 생각합니다"라고 말했는지, 침묵을 지켰는지 불확실하다. 그리고 선생님의 물음이 '분단체제론'과 관련이 있는지 없는지도 알 수 없다. 확실한 것은 그 말씀을 하실 무렵부터 1, 2년쯤 선생님이 나에 대해 대하는 태도가 달라지셨다는 점이다. 거리를 두고 있다는 느낌을 받았다.

4.

선생님은 내 건강에 관해서도 자주 물었다. 나는 불면증으로 시달린다고 하소연했다. 자주 깨지만 특히 새벽 한두 시경에는 잠이 안 와 얼마 전부터 수면제를 잘라 먹는다고 말했다. 선생님도 그때쯤이면 잠이 안 와 한두 시간 정도 책을 보거나 한다고 말씀하셨다. 선생님은 포도주도 조금씩 마시는 것이 건강에도 수면에도 좋다고 권하셨다. 선생님은 내 처의 건강에 대해 많은 말씀을 해주셨다. 처가 약혼 직후 중병에 걸렸을 때 선생님은 여자는 굉장히 불안감을 가질 수밖에 없다고 말씀하셨다. 결혼 쪽으로 도움말을 주신 것이다. 그 뒤 선생님은 처의 건강 상태를 물으며 여성에게는 세심한 배려가 필요하다고 몇 번이고 강조했다. 의외일 정도로 선생님은 여성에 대해 자상하였다. 내 경우 남자 중심의 유교적 훈육을 받았고, 여성에 대해 배려를 잘못했기 때문에 선생님의 조언은 여러 가지로 마음을 쓰게 했다. 처의 병세가 급격히 악화되었을 때 선생님을 찾아갔지만 연구실에 계시지 않아 말씀을 못 드렸다. 그리고 선생님보다 조금 빠르게 처는 세상을 떴다.

선생님은 항상 조심하라는 말씀을 하셨다. 자주 그런 말씀을 하니까 왜 그렇게 조심하라는 말씀을 하는지 까닭이 있을 것 같았다. 학창시절에 어려움을 겪었다는 얘기를 들은 적도 있어 몇 차례 간접적으로 여쭤봤고, 청년 시절 한국전쟁에 휩쓸렸던 것으로 알려진 조동걸 선생 얘기도 꺼내면서 선생님 회고록에도 그런 부분을 밝혀주셔야 사학사가 정리가 잘 될 것이라고도 했다. 그러나 그 부분에 대해서는 한 말씀도 안 하셨다. 그렇지만 가족 관계는 여러 차례 말씀하셨다. 선친이 겪은 얘기도 해주셨지만, 특히 38선 접경지대에 살았는데도 동생을 데리고 나오지 못한 것에 두고두고 엄청난 책임감을 지니셨던 것 같다. 그런 말씀을 할 때는 몹시 비감한 어조였고, 돌이킬 수 없는 잘못이었다는 표정이었다.

선생님은 남북왕래, 그중에서도 이산가족 상봉 문제에 관심이 많았다. 평양 등 북쪽에 가고 싶다는 말씀도 여러 번 하셨다. 그러면서 선생님과의 대화가 자연히 남북관계에 모아지는 경우가 많았다. 이명박 정권 때라 할 얘기도 많았다. 그러다 보면 2시간을 훌쩍 넘기도 해서 선생님 건강에 해로울 것 같아 한 시간쯤만 얘기를 나누려고 애를 썼다. 선생님은 남북 왕래가 잘 되고, 한반도에 평화가 정착하고, 통일의 길이 열리기를 열망했다.

연구실을 천호빌딩으로 옮긴 이후 같은데, 선생님은 위당을 회고하고 고대사를 한반도 안으로 축소한 이병도를 비판하며 고대사에 깊은 관심을 보였다. 나는 천관우 선생이, 나중에는 신용하 선생까지 고대사 글을 쓰는 것에 불편한 마음을 가졌다. 박정희 유신체제 때부터 극성을 부리던 재야사학자와는 성격이 다른 연구이지만, 구태여 고대사를 할 필요는 없다고 생각했다. 김용섭 선생이 고대사에 얼마나 큰 관심이 있었던가는 건강이 안 좋으신데도 부축을 받으며 요하 지역에 가신 것으로도 짐작이 갔다. 고대사에 관한 선생님의 글은 학문적으로 다듬어져 있었다. 나는 선생님께서 연구실에서 고대사에 비중을 둔 저술을 하시는 것을 보았는데, 완성된 것을 보지는 못했다.

언젠가 조동걸 선생은 김용섭 선생과 민두기 선생이 우리 학계의 사표라고 말씀하셨다. 세상일에 초연하여 오로지 학문에만 몰두해 큰 업적을 냈다는 것이다. 천호빌딩 연구실에는 책이 거의 없었다. 가족이 더이상 공부할 생각 말고 그저 조용히 쉬라고 했다는 말씀이었다. 그렇지만 컴퓨터는 한 대 있었는데, 찾아갈 때마다 무언가 작업을 하셨다. 김용섭 선생도 조동걸 선생도 안 계시다. 내가 찾아갈 분이 안 계시다. 모두 다 떠나가고 있다.

김용섭 선생님의 높은 그늘 아래에서!

안병욱*

대학에 입학하여 국사개설이라는 과목 수업시간에 김용섭 선생님을 처음 뵈었다. 1968년이었다. 동기생인 배영순(영남대 교수를 지냄) 군이 선생님의 연구업적과 명성에 관해 상당한 지식과 정보를 가지고 이것저것을 설명했지만, 당시 나는 대학이나 학계 사정에 관해 아무런 귀동냥도 없어서 잘 알아듣지 못했다. 그러나 이런저런 기회에 선생님을 뵙고 말씀을 들으면서 대학생들의 떠들썩한 분위기와는 사뭇 다른, 대학의 학술연구와 학문세계에 대해 알게 되었다.

내가 입학할 때 학과명은 사학과였다. 그 이듬해인 1969년에는 사학과 명의의 신입생 선발 대신 국사 동양사 서양사로 나누어 각각의 학과 명의로 신입생을 뽑았다. 이제 사학과는 곧 없어질 과도기에 처했고, 그 때문에 2학년이 된 우리는 특히 전공에 대한 구체적 인식도 부족한 상태에서 소속학과조차 모호해진 어정쩡한 처지가 되었다. 뒷날, 시간이 지난 후 김 선생님께서 국사학과 분리 신설에 대한 비화를 말씀하셨다. 1969학년도 대학입시에서 정부는 대학입학예비고사

* 가톨릭대학교 명예교수, 전 진실·화해를위한과거사정리위원회 위원장

제라는 새로운 제도를 만들어 시행했는데, 선생님께서 그 예비고사의 출제위원으로 위촉되었다고 하셨다(시험 시행은 1968. 12. 18). 외부와 격리된 상태에서 예비고사 시험문제를 내고 있을 때 당시 문교부의 박희범 차관이 선생님을 찾아 만나게 되었으며 그 자리에서 김 선생님을 출제위원으로 특별히 위촉하게 된 저간의 사정을 듣게 되었다고 하셨다. 박 차관이 설명하기를 '일본에 갔을 때 대학 때의 은사를 찾아뵈었는데, 그분께서 같은 서울대학의 김용섭 교수를 아느냐고 물으셨다'는 것이다. 박희범 씨는 문교부 차관이 되기 전에는 서울대학교 상과대학 학장으로 재직하였지만 김 선생님과는 서로 면식이 없었다. 이에 그 은사는 '한국사 연구의 획기적 업적을 이룬 뛰어난 학자를 모르느냐'고 하면서, '귀국하거든 반드시 그분을 찾아 의견을 듣고 정부가 지원할 일이 있다면 적극적으로 협조하라'고 당부했다는 것이다. 그래서 김 선생님을 출제위원으로 위촉하고 찾아뵙게 됐다고 하면서, 정부에 특별히 요청할 일이 있는지 여쭈었다.

김 선생님께서는 박 차관에게 한국사연구 진흥을 위해서 후진 학자를 양성하는 일이 우선 절실하다면서, 현재의 사학과 체제에서는 학문연구에 뜻이 있어 보이는 학생이 눈에 띄더라도 대학원 진학 등 학자의 길을 적극적으로 권장하면서 이끌기가 어렵다는 사정을 설명하였다고 하셨다. 다름 아닌 동양사 서양사 한국사 등 서로 전공이 다른 교수님들 간에 불필요한 오해를 사지 않도록 서로 조심스러워하기 때문이라고 설명하셨다. 따라서 후진 연구인력 양성은 물론 한국학 진흥을 위해서는 사학과를 나누어 국사학과를 별도로 설치해 지원할 할 필요가 있다고 설명하셨다는 것이다.

내가 대학에 입학한 무렵 한국 사회는 식민지배와 한국전쟁의 참화에서 벗어나 내적인 변화와 성장이 이루어지고 나라의 자주성과 민족적인 정체성이 강조되던 때였다. 한국 역사학계도 1967년 12월

'국사연구의 자립성을 확립'하겠다는 취지를 내세우면서 '한국사연구회'를 창립하였고, 이듬해인 1968년에는 정부도 나서서 서울대학에 '한국학과'를 신설한다는 새로운 정책을 내놓았다. 당시 신문기사에 의하면 문교부 박희범 차관의 제안에 따라 '한문 고전 번역 요원을 양성'하고 '전통문화를 연구 전승'하기 위한 목적으로 별도의 '한국학과'를 설치하겠다는 발표였다.

이런 정부 방침에 대해 학계에서는, 국사학 국문학 민속학 등 여러 분야에서 한국 관련 연구를 하게 되면 모두 한국학인데 그것들을 어떻게 하나의 학과로 뭉뚱그릴 수 있겠느냐고 문제점을 지적하면서 반대했다. 그렇게 '한국학과'를 설치하는 방침은 학계의 반대에 부딪혀 표류하다가 그해 연말, 대학 신입생 모집을 코앞에 둔 상황에 이르러서 서울대학교에 '국사학과'를 설립하는 것으로 변경 추진되었다. 곧 기존의 사학과를 동양사 서양사 그리고 국사로 분야별로 분리하여 각각의 학과를 설치하기로 한 것이다. 그렇게 분리돼 설치된 학과 체제가 오늘날까지 이어지고 있으며, 이후로는 다른 대학들도 추세에 따라 '국사학과' 혹은 '한국사학과'를 신설하게 되었다. 그렇게 여러 대학에서 한국사학과 신설이 이어지면서 한국사학계의 저변이 크게 확장되었다. 덕분에 많은 한국사 연구자들이 배출되었고 이들의 연구성과들이 학계에 축적되면서 한국 사학의 비약적인 성장을 이룰 수 있게 되었다.

그러니까 1968년 한국학 진흥을 위한 방안으로 추진되던 한국학과 설치 계획이 갑작스럽게 사학과를 나누어 별도로 국사학과를 신설하는 방안으로 결말지어진 것은 김 선생님 의견에 따른 것이라 하겠다. 그 배경에 김 선생님의 국제적 명성도 큰 영향을 미친 셈이다. 한편으로 다른 일도 아닌 한국 내의 '한국학'과 '한국사연구' 진흥을 위한 정부 정책마저 일본학계의 조언과 응원을 받아야 할 정도로 국내 학계의 위상은 열악했다. 당시 한국의 조야 또한 자율적인 인식력이 부족한 상태에서 자신의 판단보다는 외부의 평가와 판단에 의존했고 미국이나 일본 입김에 좌우되었던 면모를 살펴보게 된다.

신설된 국사학과의 정원은 15명이었는데, 이 정원은 종교학과와 미학과를 축소해서 확보했고 정원이 줄어든 두 학과는 학과 이름을 잃고 철학과 소속의 전공과정으로 통폐합됐다. 1969년은 박정희 삼선개헌 문제로 내내 혼란스러웠다. 대학은 2학기 내내 휴교상태였다가 삼선개헌이 강제처리되고 난 뒤 그해 연말에 겨우 개학하였다. 뒤늦게 등교하여 학과가 통폐합된 사태를 알게 된 해당 학과생들은 크게 반발하면서 격렬하게 저항하고 나섰다. 당시 미학과와 종교학과 학생들은 '너희 사학과 때문에 우리 학과가 없어졌다'고 강변하면서 통폐합 백지화 투쟁에 동참하라고 읍소했다. 그들의 하소연을 외면할 수 없는 데다가 삼선개헌 반대투쟁을 함께 했던 의리와 한편으로는 굳이 사학과를 분리해야 하는가라는 의아심도 느끼던 중이어서 항의 대열에 가담했다. 결국, 나는 서중석 배영순과 함께 정학 처분을 받았다. 학교 당국은 이 3과 폐합 반대운동을 빌미 삼아 그해 1학기 말부터 이어진 삼선개헌 반대투쟁에 나선 학생들에 대한 뒤늦은 징계처분을 강행했던 것이다. 학생 징계는 강제징집을 통한 학교추방인데 이는 삼선개헌에 따라 앞으로 전개될 후과를 미리 방비하기 위한 것이었다. 그때문에 나는 다른 징계학생들과 함께 강제로 군대에 끌려갔으며 그로 말미암아 학업의 단절과 대학생활의 파행을 겪어야 했다. 그런 사태의 언저리에서 선생님으로부터 저간의 사정을 듣게 되었고 지금까지 기억하고 있다.

선생님과 관련해서 말씀드릴 또 다른 일화는 1990년에 북한의 김석형 선생께 선생님의 저서 《한국근대농업사연구》 상하 두 책을 보낸 일이다. 그즈음 남북한 간에는 뜻깊게 교류의 물꼬가 트이기 시작했고, 1990년에 '남북통일음악제' 행사가 윤이상 작곡가 주선으로 평양에서 개최되었다. 이 행사 취재를 위해 한겨레신문 안정숙 기자가 방북하게 되었다. 안 기자는 북한을 취재하는 데 도움이 될 조언을 구했다. 이에 나는 당시 간접적으로 논의되던 남북학술교류의 추진을 염두에 두고 북한 학자 접촉을 권하였다. 이는 한 해 전인 1989년 5월 북한에서 전영률(조선 역사학회장) 김석형(사회과학원 교수) 박시형(김일성대학 교수) 세 분이 공동명의로 남한의 박영석(국사편찬위원장) 안병욱(한국역사연구회장) 김원룡(서울대 교수) 세 사람 앞으로 공개서한을 발송해 남북역사회담을 판문점에서 개최하자고 제의했기 때문이다. 북한이 제안했던 이 남북역사학자 회담은 우리 정부 당국의 비협조로 성사되지 못하고 말았다.

나는 방북하는 안정숙 기자 편에 역사학자 회담을 제안하였던 김석형 선생을 뵙고 뜻깊은 제안이 성사되지 못해 아쉬워하고 송구스러워하는 뜻을 상징적인 선물을 징표로 삼아 전할 수 있기를 바랐다. 그 자리에 알맞은 선물로 남쪽의 역사 사료를 일별할 수 있는《규장각도서한국본종합목록》상하 두 권을 마련하고, 또 남쪽 학계의 대표적인 연구업적으로 김 선생님의 저술을 보내기로 생각하고 김 선생님께 말씀드렸더니 선생님께서도 흔쾌히 응낙하시면서 당신의 저술에 북의 김석형 선생에게 증정하는 서명을 해 주셨다. 나는 안정숙 기자에게 김석형 선생을 직접 뵙고 증정하도록 하고 그 자리에서 더불어 남쪽 후학들 인사도 함께 전해주도록 부탁했다.

한겨레신문 안정숙 기자는 무거운 책 보따리를 들고 다니느라 고생하면서 북측 당국자에게 김석형 선생에게 남한 학자의 부탁을 반드시 전해야 한다고 하면서 만나게 해 달라고 떼를 쓰듯이 요구했다. 이에 북측은 안정숙 기자만을 별도로 김일성대학으로 안내하여 김일성대학의 사학과 강좌장을 대신 면담하도록 배려했고 그 강좌장은 김석형 선생께 반드시 남측의 인사말과 함께 책들을 전달하겠다고 했단다. 안 기자에 대한 당시 북측의 배려와 당국자 언약은, 10여 년이 지난 2000년 이후 몇 차례 방북할 기회에 살펴본 북측의 관행에 비추어 생각할 때, 그때로선 상당히 파격적인 배려였다고 생각된다.

내친김에 남북학계와 관련해 한 가지 더 반드시 언급해야 할 사항은 서울에서 남쪽의 김용섭 교수와 북쪽의 허종호 선생이 역사적으로 상봉했던 일이다. 2000년 6 · 15 남북 정상회담 이후 2002년 8월 14일~17일에 서울에서 남쪽과 북쪽의 민간단체들이 주관하는 '민족통일대회'라는 행사를 개최했다. 그 행사에 북의 허종호 조선역사학회 회장이 참석했고 그 사실을 뒤늦게 확인한 강만길 선생님이 서둘러 남쪽 몇 분 역사학자들을 급히 연락하여 행사장소에 오도록 하였다.

나는 강 선생님의 급한 부름으로 행사장으로 갔고 당시 김 선생님도 모처럼 그곳까지 외출하셨다. 매우 뜻깊은 만남이어서 나는 김 선생님과 허 선생님 두 분을 모시고 따로 한 컷 사진으로 담아 한겨레신문기자에 전하면서 특별한 의미가 있는 두 분의 만남에 대한 취재 보도를 부탁했었다. 이에 《한겨레신문》 2002년 8월 17일 자 기사로 〈남북 대표역사학자 '역사적 만남' / 조선사연구 거봉 남 김용섭-북 허종호 씨 뜨거운 포옹〉이라는 제목으로 보도했다. 그때 보도한 신문기사이다.

> 8 · 15 민족통일 대회 행사 중 하나로 16일 열린 '독도 문제와 일본의 과거청산을 위한 남북학술토론회'에서는 양쪽 역사학계의 '역사적' 만남이 이뤄졌다. "젊어서부터 아는 이 같은 생각이 들었다. 어떻게 생겼는지, 성격은 어떤지 궁금한 게 너무 많았다"(김용섭 · 73 · 전 연세대 사학과 교수) "마찬가지다. 오래전부터 사귄 친

김용섭 선생님과 북한의 허종호 조선역사학회회장(2002년 8월 16일 서울의 민족통일대회에서, 안병욱 촬영)

구를 만난 것 같다."(허종호 · 68 · 북한 조선역사학회 회장)

안병욱 가톨릭대 교수(사학)는 조선사연구에서 남북학계를 대표하는 김 전 교수와 허 회장의 만남을 "역사학계로선 매우 뜻깊은 만남"이라고 말했다. 허 회장은 남북역사학계를 통틀어 큰 업적으로 꼽히는 《조선 소작제연구》, 《조선토지제도발달사》 등을 펴냈고, 김 전 교수 또한 《조선후기농업사연구》 등 뛰어난 업적을 쌓은 대표적 원로 사학자다. 안 교수는 "두 분은 조선후기 농업사를 전공한 탓인지 처음 만났는데도 가깝게 느껴지는 것 같다"고 말했다.

학술회의장엔 남쪽에 처음 온 그를 만나기 위해 강만길 상지대 총장, 조동걸 전 국민대 교수, 성대경 전 성균관대 교수, 이성무 국사편찬위원장 등 남쪽 역사학계의 거물들이 총출동하다시피 했다. 남북의 역사학자들은 점심 식사 때도 자리를 따로 만들어 이야기꽃을 피웠다.

대화의 주제는 자연스레 '연구' 쪽으로 흘렀다. 허 회장이 "국사편

> 찬위원회에서 내놓은 한국사를 25권까지 봤는데 더 있는지" 묻자, 이성무 위원장은 "52책짜리가 따로 있다. 돌아가기 전에 구해 주겠다"고 즉답했다. 강 총장은 "지난해 10월 남쪽 역사학자들이 방북해 남북역사학자대회를 하기로 했는데 9 · 11테러 때문에 무산됐다"라며 "이참에 다시 한번 조직하자"고 제안했다. 허 회장은 밝게 웃으며 "그렇게 하자"고 화답했다. (이제훈 기자)

뜻깊은 남북역사학자 모임을 급하게 주선하였던 강 선생님께서도 당시 상황을 며칠 후 한겨레신문에 〈늙은 역사학자의 눈물〉이라는 제목으로 기고하셨는데 그 일부를 전재한다(2002년 8월 26일자).

> "시민운동 차원에서 이루어지는 민족통일대회에 주제발표 하러 왔지만, 허 박사가 정작 만나고 싶은 사람은 역시 남녘 역사학자들이겠기에 급히 몇 사람을 대회장에 오게 하여 만나게 했다. … 정년 뒤에도 연구실에만 묻혀 사는 김 박사가 모처럼 어려운 출입을 한 것은, 한 번도 못 만나고 연구논문을 통해서만 알고 있었지만, 누구보다도 가까운 동학일 수밖에 없는 허 박사를 만나기 위해서였다. … 직접 보지 못했지만, 그는 눈시울을 적셨다고 한다. 열띤 민족사의 현장에서 흘리는 늙은 역사학자의 눈물이야말로 진실이요 감격 그것일 수밖에 없을 것이다.
>
> 전체 분단시대를 통해 서울에서는 처음 이루어진 남북 역사학자들의 단출한 만남은 안타깝게도 두어 시간밖에 허용되지 않았다. 허 박사를 아쉽게 보내고 자리에 앉은 김 박사의 눈에서는 시선에 개의치 않고 다시 눈물이 흘렀다. 고희를 넘긴 노학자들의 기약 없는 이별이 눈물로 될 수밖에 없었는지 모른다. 그러나 그것만이 아니다. 역사학자 김 박사의 눈물에는 어느 분야의 연구자들보다 정확

하게, 그리고 절실하게 인식될 수 있는 분단민족의 한과 아픔이 배어 있다.
역사학이야말로 어느 학문보다도 분단민족의 상처를 속속들이, 그리고 아프게 체득할 수 있는 학문이며, 그 때문에 역사학 전공자들의 평화통일 염원은 그만큼 간절하기 마련이다. 김 박사와 헤어져 북으로 간 허 박사의 눈시울도 분명 젖었을 것이다.(강만길 상지대 총장)"

돌이켜보면 대학에 입학한 이래 선생님의 높은 그늘에서 감화받으며 지낸 지 50년이 넘었다. 나는 연구나 학문에 대한 개념조차 없던 때 선생님을 우러르면서 학문세계에 몸담게 되었다. 하지만 마음만 있었을 뿐 역량이 따르지 못했는데도 선생님의 격려를 받아 겨우 지탱해왔다. 학생 때는 물론 대학에 자리를 얻어 학생들을 가르칠 때도 연구보다는 나라의 현실 문제에 더 많은 시간을 쓰고 관심을 기울이느라 학자의 길과는 동떨어졌다. 그때도 선생님은 명분을 찾아 의미를 부여해 주시면서 북돋아 주셨다. 1988년 진보적 한국역사연구회를 창립하고 회장을 맡아 안팎의 견제를 받을 때도, 남북한 간의 통일운동과 학술교류, 과거사 청산 등의 시대적 과제에 엮여 외도가 본업처럼 되었을 때도 마음속의 의지처는 선생님의 격려였다.

이제 선생님이 떠나시고 더는 조용한 말씀을 접할 수 없다. 그래도 그 큰 그늘의 여향이 여전히 나를 이끈다.

은사 김용섭 선생님께 드리는 感謝 말씀

송연옥*

* 아오야마가쿠인대학교 명예교수

김용섭 선생님께 추도하는 글을 올리게 되어서 앨범에서 낡은 사진을 꺼내봤다. 51년 전에 서울대학교 국사학과의 답사로 경주에 갔을 때 찍은 것으로 기억한다.

맨 앞에 계시는 오른쪽 분이 김용섭 선생님이시고 왼쪽 분은 김철준 선생님이시다. 필자는 맨 뒷줄 왼쪽에 있다. 아직 서울대 학생들과 어울리지 못하고 어색한 관계였다는 것이 앉은 자리에서 나타나는 것 같다.

일본에서 태어나고 자란 나는 유치원에서 대학까지 일본의 학교 교육을 받아왔다. 일본 정부는 일본 국적이 없는 자에게는 학교 교육은 권리가 아니라 은혜라고 했다. 1965년에 한일기본조약이 체결된 후 영주권을 소유하는 '大韓民國' 국민과 '大韓民國 이외의 朝鮮人'에게 일본 공립 초·중학교 입학이 인정된 것이지만 차별이 없어진 것은 아니었다. 1992년에 문부성 차관 통지로 일본 국적 보호자에게는 취학 통지, 외국 국적의 보호자에게는 취학 안내를 발급하게 된 데서도 미묘한 차별이 남아 있다는 것을 알 수 있다.

일본에서 외국인이라 하면 오랫동안 그것은 한국 국적 혹은 조선적을 소유하는 재일 조선인을 가리켰다. 외국인은 공적인 장학금 제도에서 배제되고 학교 출석부마저 일본인의 뒤에 조선인의 차례가 왔다. 대학교 입시 수속을 할 때도 일본인과 다른 창구에서 출원 서류를 내야만 했다.

일본의 교육 내용은 어디까지나 일본인을 양성하고 함양하기 위한 국민 교육이므로 교과서나 학교 생활 전반에 걸쳐서 '우리나라', '국어'란 말이 따라다니고 그 말들이 갖는 차별성에 대해서는 관심을 두지 않았다. 일본인이 아닌 학생에 대한 배려는 전혀 없었던 것이다. 이래서 외국인 학생들은 일본 학교에 입학한 순간부터 자기가 이방인이란 것을 의식하게 된다. 최근에 고등학교 입시 문제에 〈우리 나라의 수입물자의 특징〉을 쓰라든지 일곱 명 가족 가운데 선거권을 가지는 인원수를 쓰라는 내용에 대해서 교원 유지들이 운동해서 문제를 무효로 하게 했다. 그러나 내가 학교 다녔을 시절에는 언어의 정치성에 주목하는 사람은 주변에는 없었다.

나는 오사카 출신이지만 그곳 공립학교에선 일반적으로 수학여행지는 초등학교는 이세 진구[伊勢神宮], 중학교는 도쿄, 고등학교는 규슈였다. 이세는 천황제의 시발점으로 알려진 곳이며 도쿄, 규슈도 마찬가지로 천황제와 관련이 있다. 전후 민주주의 교육의 본질은 바로 이런 것이었다.

학교에서 배운 역사는 식민지사관과 차이가 없었다. 식민지를 잃어도 식민주의는 살아남아 있었다. 재일 조선인이 일류 대학을 졸업해도 취직 자리는 동포가 경영하는 파친코 가게밖에 없다는 현실이 오래 지속되었다. 앞길이 창창한 젊은이들이 낯선 북한 땅에 간 것도 일본의 심각한 민족 차별이 있었기 때문이다.

왜 일본인도 아닌 내가 일본에서 태어났고 부조리한 차별을 받아야 하는 건지 그 이유를 알 수 없어서, 긴 세월을 괴로워했다. 정신적인 균형을 몇 번이나 잃을 뻔했다.

많은 교원은 한국인에 대한 차별 의식을 갖고 있었고 잠재적인 의식이 갑자기 표출될 때도 있었다. 나를 이해해 주겠지 믿었던 담임 선생님이 대학 입학 때 써주신 내신서에 "이 학생은 일본인 학생과 전혀 다르지 않다". 그것이 나를 평가하고 추천하는 말이었다. 교원의 선의에 마음의 상처를 입은 듯했다.

고등학교 3학년 때 내가 다니던 학교가 재일 조선인 학생의 입학을 거부했다고 신문 기사에 실린 일이 있었다. 아침부터 그 화제로 학교 안에선 야단이었는데 내가 교실에 들어가자마자 모두가 입을 닫아버렸다. 뭐라고 표현할 수 없는 그런 소외감을 얼마나 많이 느꼈을까.

나는 하나의 인간으로서 나를 대해주는 스승의 사랑에 굶주려 있던 것 같다. 불행하게도 그런 교원을 일본 학교에서는 만날 수가 없었다.

한국에 공부하러 가게 된 것도 참된 민족교육을 받고 싶었기 때문이다. 내가 겪은 부조리의 원인을 역사적으로 알고 싶었던 것이다.

그럴 때 이에나가[家永]재판을 접하여 역사학의 중요성을 알게 된 것이다. 젊은 세대의 애국심을 함양하기 위해 일본의 과거사를 비판하는 것은 마땅찮다고 생각하는 일본정부의 견해와 민주주의와 국제평화를 유지하기 위해서는 철저하게 반성해야 한다고 생각하는 학자나 시민의 입장이 대립된 것이 재판의 쟁점이었다. 1982년에 문부성은 침략을 무력 진출로 바꿔쓰라고 했으나 중국, 한국, 해외에서 반발이 일어나자 일본 정부는 자기 주장을 철회할 수밖에 없었다.

내가 역사학에 관심 갖게 된 시기에 《朝鮮史入門》에 실린 〈資本主義萌芽의 問題와 封建末期의 農民鬪爭〉란 가지무라 히데키(梶村秀樹) 선생님의 논문을 읽게 되었다. 남북의 새로운 연구 동향을 소개하면서 역사학계의 성과를 알려준 내용이었다. 특히 가지무라 선생님은 농민 투쟁과 사회경제 상태를 결합시켜서 고찰하려는 김용섭 선생님의 연구에 주목하고 계셨다.

> "일찍 농민층 분해의 문제를 사회 발전의 원동력으로서 추구해 온 것이 높이 평가된다. (중략) 농민 투쟁에 대한 관심에서 출발하여 그 사회 경제적 계기를 추구하여 여태까지 아무도 쓰지 않았던 양안으로 농민의 계층 분석을 실증적으로 했다. 신분제의 이완(弛緩), 농민의 토지 소유 경영 규모의 분화, 특히 경영형 부농의 상승을 논증하고 있는 점이 주목되는 획기적인 노작이

다."(朝鮮史研究會 旗田魏編 《朝鮮史入門》 太平出版社, 1966, 269~270쪽)

일본에서 일반적으로 바라보는 조선사는 정체(停滯) 사관을 벗어나지 않았기 때문에 학교에서 배우면 배울수록 정체성을 잃을 것 같았으나 김용섭 선생님의 연구는 터널 출구를 제시해주는 빛이었으며 정신적으로 치유되는 의약품이었다.

나는 김용섭 선생님의 가르침을 받고 싶어서 대학을 졸업한 뒤 서울을 향했다. 김포공항에 내렸을 때 온몸에 전율을 느꼈는데, 며칠 전에 김포공항에서 일어난 요도호 사건이 남긴 긴장감 때문이기도 했지만, 그것보다 난생 처음 고국에 찾아온 감동 때문이기도 했다.

1년간의 어학연수를 마치고 서울대학교 국사학과 3학년으로 편입했다. 국사학과 교수님께 인사하러 연구실에 차례로 찾아갔을 때 김용섭 선생님께서는 인자하신 표정으로 한국어도 제대로 못하는 나를 환영해주셨다.

당시 한국에서 재일한국인을 바라보는 시선은 복잡했었다. 경제적으로 부유한 나라에서 왔다는 이유로 다가오는 사람들이 있는가 하면 일제에 대한 분통을 우리에게 퍼붓는 사람들도 있었다. 한국어를 못한다고 야단치는 사람, 잘 한다고 조총련과의 관계를 의심하는 사람. 어느새 우리는 상대편의 인간성이나 생각을 투시할 수 있는 리트머스 시험지가 되어 있었다.

김용섭 선생님은 나를 재일한국인이라든지 '혼기가 찬' 여성으로 보시는 것이 아니라 역사학을 배우고 싶어하는 내 자신, 내 의사를 존중해주셨다. 근현대사의 아픔을 공유하는 존재로 보시는 선생님의 역사인식의 심오함을 느꼈다.

내가 오랫동안 바라던 스승의 사랑을 베풀어주신 선생님을 통해서 다산 · 정약용의 인품도 상상하게 되었다.

졸업 논문의 테마는 전라남도 무안군 암태도의 농민운동이었다. 오사카의 노동운동가들, 재일 조선인 노동자들도 바다를 건너 응원하러 간 투쟁이었다. 졸업 논문의 수준은 자료를 나열한 보잘것없는 거였으나 그래도 선생님께서는 격려를 해주셨다.

논문 쓰는데 주로 자료로 삼은 것은 《동아일보》였다. 그 당시 동아일보는 백지 광고로 상징되듯이 언론의 자유를 위하여 기자들이 용감하게 투쟁하는 시대였다.

그러나 선생님께서는 《동아일보》에 환상을 갖지 말라고 하셨다. 오늘날, 선생님의 혜안에 다시 감복하게 된다. 그리고 선생님께서는 자각은 안 하셨을지도 모르나 여성주의에 대한 원초적인 이해심도 갖고 계셨던 것 같다. 어린 후배들 가운데는 나에게 테마를 미술사나 음악사나 좀 더 여성스러운 것으로 바꾸라든지, 혼기를 놓치면 안 된다든지 참견해 온 일이 더러 있었으나 선생님께서는 그런 여성 차별적인 말씀은 일체 안 하셨다.

나는 학비를 마련하기 위해 대학원 진학을 앞두고 1년간 일본에서 일하고 이듬해에 서울에 돌아왔다. 그런데 그 사이에 선생님께서는 연세대학교로 옮기신 것이었다. 생명줄을 잃은 기분이었으나 연세대 연구실에서 선생님께서 백남운 선생님과 같은 학교에서 연구하게 되었다고 흐뭇해하시는 모습을 보이셨다.

연희동에서 셋방살이하는 나를 같은 동네라고 선생님께서 댁으로 초대해주신 일도 생각난다.

대학원 2년째 가을에 재일한국인 학생들이 북한 간첩이란 누명을 쓰고 줄줄 체포되는 사건이 일어났다. 그 이전에 徐勝 · 徐俊植 형제 사건으로 이성무 선생님께서 피해를 입으신 일이 있었다. 이성무 선생님은 우리가 어학연수원에서 배울 때 열정적으로 한국사 강의를 해주신 분이다. 만약 나 때문에 주변 은사나 학우들에게 폐가 간다면 도저히 참을 수가 없다고 생각했다. 일본에서 온 우리는 언제나 남북 분단, 한국의 독재 정치의 제물이 될 존재였던 것이다.

1975년 12월에 대학원 석사과정을 수료하지 않은 채 일본에 돌아오고 그 뒤 16년간 한국의 땅을 밟지 않았다. 그 시절, 나는 한국을 향해서 열심히 헤엄치는 꿈을 자주 꾸었던 것이다.

1991년에 이화여자대학교 학술행사에 초대 받고 다시 서울에 올 수가 있었다. 행사가 끝나자마자 연남동에 있던 선생님의 연구실을 방문했다. 시간적인 공백을 못 느끼게 할 만큼 환대해주셨다.

1997년 가을에 서울대학교에 석사 논문을 제출하게 되었으나 선생님께서는 그것이 박사논문이라고 생각하셔서 심사를 해주신다는 연락을 주셨다.

일본에 있으면서 역사 연구를 계속하는데 몇 번이나 좌절했으나 선생님과 같은 세계에서 살고 싶다는 바람이 내가 버틸 수 있는 힘이 된 것 같다.

그 후 연남동의 연구실에 몇 번 방문했는데, 선생님께서 '근처에 맛집이 있으니 다음엔 거기서 점심을 사주겠다'고 하셨으나 그 약속은 이루어지지 않았다.

선생님을 뵌 횟수나 공유한 시간으로 따지면 나는 앞의 사진과 같이 맨 뒷자리에 있는 제자이지만 나에게는 선생님께서는 오직 한 분의 은사이시라고 생각한다.

올바른 길을 걷도록 가르쳐 주신, 영원한 스승님!

강창일*

선생님을 생각할 때마다 환갑을 지나고서도 '不肖小生'이라는 말을 되뇌게 된다. 너무나 큰 분이어서, 예나 지금에나 선생님을 생각하면 얼굴을 제대로 들 수가 없다. 가장 은혜를 입었고 사랑을 가장 많이 받은 제자라고 생각하기 때문에 더욱 그러하다.

험난한 때에 학문의 길을 포기하지 않도록 격려해 주셨다. 학문이 무엇이고, 왜, 어떻게 해야 하는지를 가르쳐 주셨다. 특히 연구자의 길이 어떤 것인지를 몸소 직접 실천하여 우리를 인도해 주셨다. 거기에 부응하지 못한 자괴감 때문에 제대로 인사조차 드리지 못하는 사이에 영면하셔버렸다. 그처럼 큰 스승을 만날 수 있었던 것은 나에게 크나큰 행운이었고 복중의 복이 아닐 수 없다.

대학 2학년 때 한국근대사 수업을 들었는데 처음 들어보는 역사 이야기였다. 토인비나 카의 얘기를 막연히 들으면서 역사란 무엇인가를 고민하고 있을 때, 그 수업을 통해서 비로소 몸으로 체득하기 시작하였다. 3학년 때는 한국사학사 과목을 수강하는데, 선생님께서

---

* 전 주일본대한민국대사관 대사, 전 국회의원

《한국 가족제도사》(1947)를 저술하신 김두헌 박사를 만나서 얘기를 들어보라고 했다. 댁에 찾아가 많은 말씀을 듣고 리포트를 작성하여 제출했는데, 그 엄한 선생님께서 엄청 좋아하시면서 A학점을 주시는 것이었다.

한국사학사 강의는 역사학계의 문제점을 명쾌하게 지적하신 명 강의였는데, 그러한 입장 때문에 이병도 선생의 영향력 아래 있었던 서울대에서는 외톨이 신세가 되었다고도 한다.

그 이후 선생님의 수업은 모두 듣게 되고 역사학자의 길을 가겠다고 굳게 맹세하게 되었다.

1973년 10월 2일에는 유신 이후 처음으로 문리대에서 유신철폐의 반정부 시위가 일어났다. 국사학과 2회인 고 나병식 선배가 주도하였는데, 김덕수 · 정동영 군 등 국사학과 학생들이 모두 동참할 정도였다. 나는 그때 ROTC 신분이었기 때문에 서서 구경만 할 따름이었다. 그때의 자괴감이 그 후 반유신 투쟁에 들어가는 계기가 되었다.

1974년 4월 유신체제를 거부하는 민청학련 사건이 터졌다. 많은 국사학과 학생들이 연루되어 끌려갔다. 나를 포함하여 이현배 · 서중석 · 황인범 · 나병식 · 장경옥 · 방인철 · 정동영 등이었다. 학과가 초토화되다시피 했다. 박정희 대통령이 국사학과를 없애버리라고 했다는 말이 돌 정도였다. 그 후 그 전통이 이어져 70년대 국사학과는 반유신 투쟁의 전선에 서게 되었다. 그래서 30여 년 지나서 '낭인' 생활을 끝내고 국회에 많이 입성하였지만.

당시 우리는 수업 노트 등을 모두 압수 수색당했는데 모두가 선생님의 강의 노트가 있었다고 한다. 그래서 선생님이 '지도'로 국사학과 학생이 민주화 운동에 앞장서는 것이 아닌가 하는 의심을 받고 고초를 당했다는 얘기를 석방되어 들은 적이 있었다. 나와서 보니 선생님께서는 연세대학으로 옮기셨다 선생님은 연세대로 옮기고 나서도 우리 제자들은 정초에는 무리를 지어 신촌에 있는 선생님 집에 새해 인사를 늘 갔다. 선생님 얼굴을 보는 것만으로도 큰 가르침이 되었다. 우리 가르칠 때가 좋았다고 하시면서 무척 반가워하셨다. 나에게는 늘 언젠가는 복학되니 뜻 버리지 말고 계속 공부하도록 격려해 주셨다. 그래서 '낭인' 생활을 하면서도 태동고전학원과 국역연수원을 다니면서 한문 공부를 하게 되었다.

당시는 너무나 험악한 분위기여서 우리는 늘 감시 대상이었고 취직도 할 수가 없었다. 막막한 '낭인' 생활이었다. 그때 조교를 하셨던 허흥식 교수님의 소개로 역사자료를 모아 영인 출판하는 아세아문화사에 편집부장으로 취직을 하게 되었다.

선생님께 인사를 갔더니 매우 잘 되었다고 하시면서 체계적으로 역사 자료를 정리하여 출판하도록 가르쳐 주셨다. 그래서 《근대사상사자료총서》·《조선후기사회경제사자료총서》·《개화기교과서총서》·《금석문총서》 등을 자료를 모아 체계적으로 출판하게 되었다. 이때, 이우성·이이화·정창렬·정석종·강만길·이만열·신용하 교수님 등을 편집위원으로 모시고 일을 할 수가 있었다. 편집위원 선정부터 자료 수집까지 모두 선생님께서 지도하여 주셨다. 재작년 돌아가신 이이화 선생님도 추천하시면서 아직은 학계에 별로 알려지지 않았지만 큰 역사학자가 되실 분이라고 소개해 주시기도 했다. 그때 나온 자료집의 간행사도 대부분 선생님께서 써 주시었다(사장이름으로 나갔지만). 이로 말미암아 월급도 오르고 무시당하지 않고, 잘 나가는 편집부장으로 활동을 할 수가 있었다.

한번은 사장이 너무 고마워서 인사동에서 선생님을 모시고 저녁 식사를 하게 되었다. 감사의 표시로 촌지를 드렸는데, 선생님께서 나에게 건네주면서 사장에게 강군을 잘 돌보아 달라고 부탁까지 해

주시는 것이었다.

박정희 대통령이 암살당하고 나서, 선생님 등 교수님들의 시국선언서를 발표해서 수배당하는 신세가 되었다. 그때 신동하 군이 결혼하게 되었는데, 쫓겨 다니면서도 가서 축하해 주었다. 눈물이 날 지경이었다.

박정희 암살 후 1980년 사면 · 복권이 되었다. 늦게나마 대학원에 진학하려고 했는데, '문제학생'은 모교 대학원 진학은 안 된다는 것이었다. 그래서 연고가 있는 일본에 유학 가게 되었다. 서울대의 모 스승은 왜 일본에 유학 가냐고, 비아냥거리면서 중국어 공부나 열심히 하고 오라고 하시었다. 그런데 선생님과 정창렬 교수님께서는 크게 반기면서 열심히 해서 돌아오라고 격려해 주시고 추천서도 써주시었다. 그래서 홀가분하게 유학을 갈 수가 있었다.

1981년, 1년 선배인 방인철 선배도 사면 · 복권되고 나서 미국으로 유학을 떠나려고 하고 있을 때였다. 방 선배 부부와 연대 쪽에서 오찬을 하게 되었다. 형수께서는 부담 없이 대화하시는 분이었는데 선생님도 더불어 응대해주셨다. 근엄한 선생의 그런 모습을 보고 놀랐던 적도 있다.

동경대학에서 8년을 武田幸男 교수 밑에서 유학을 하였는데, 대학원에서나 조선사연구회에 나가도 김용섭 선생님의 제자라고 하면 모두가 인정해주었다. 내가 이름을 엄청 팔아먹은 꼴이 되어버렸다.

1991년 귀국하여 배재대학에 교수로 봉직하게 되었다. 그런데 이듬해 갑자기 몹쓸 병에 걸렸다. 언제 재발할지도 모른다는 의사 선생의 말 때문에 삶이 막막했다. 계획을 세워 논문을 쓸 여유도 없었다. 청탁이 오면 쓰고, 언론사에서 연락이 오면 흔쾌히 답해 주기도 했다. 살아 있을 때 다 해 주자는 마음이었다. 이러한 자세는 선생님께서 결코 용납할 수 있는 짓이 아니었다. 부끄러워서 귀국하고 나서도 자괴감 때문에 인사조차 갈 수가 없었다.

2001년 7월 8일에서 11일까지 중국사회과학원이 주최하는, '일본의 내외정책' 국제심포지엄(일본 · 한국 · 북한 · 중국)이 열려 한국 측 대표로 혼자 참석하게 되었다. 북한에서는 역사학회 회장인 허종호 선생이 참석하기로 되어 있었다. 그는 '남한의 김용섭'이라는 말이 나올 정도로 학계에서 엄청난 업적을 남기신 분이었다. 선생님께 말씀드리는 것이 도리라 생각하여 찾아뵈었다. 자초지종을 말씀드리면서 허종호 선생님을 만나게 될 것 같다고 했더니, 先生님께서는 그동안 쓴 책을 주시면서 전달해달라고 했다. 허 선생님하고는 3일 동안 같은 호텔에 투숙하면서 얘기 나눌 기회가 많았다. 안부를 전하고 책을 드렸더니 매우 좋아하시면서 꼭 한번 뵙고 싶다고 하셨다.

이듬해 2003년에는 허종호 선생 등이 민족화합협의회의 초청으로 서울에 오셨다. 워커힐 호텔에서 선생님과 역사적인 대면이 이루어졌다. 강만길 선생도 늘 함께해 주셨다. 정말 감격적인 순간이었다.

나는 2004년 민주화 운동 출신자들의 권유로 교수직에서 휴직하고 국회의원에 출마하여 제17대 의원이 되었다. 너무나 큰 외도였기 때문에 인사 갈 수가 없었다. 어느 날 국사학과 1년 후배인 정동영 당의장과 함께 조계사 밑에 있는 한식집에서 오찬을 할 기회가 있었다. 부끄러워서 차마 얼굴을 들 수가 없었다. 그런데 선생님께서 꾸짖지 않고 오히려 열심히 잘 하라고 격려를 해주시는 것이었다. 너무나 뜻밖이어서 힘을 얻고 정치활동을 할 수가 있었다.

선생님의 고희를 맞이하여 연대 부근에서 70년대 전반기 국사학과 학생들이 모여 축하연 자리를 마련하여 뵙게 되었다. 그 사이 많이 늙으셨음을 알 수 있었다. 그렇게 좋아하시는 모습도 처음이었다. 그 후 선생님을 뵐 기회가 별로 없었고 김도형 교수를 통해 간혹 소식을 들을 정도였다.

2019년 김도형 교수로부터 연락이 왔다. 선생님께서 요양 병원에 입원하고 계시다는 것이었다. 김인걸 교수와 함께 병문안을 갔다. 매우 야위고 제대로 걷지도 못하여 휠체어에 의지하고 계셨다. 내 손을 꼭 잡고 눈물을 흘리는 것이었다. 내가 눈물 때문에 그 모습을 보이고 싶지 않아 더이상 있을 수가 없었다. 나오는데 엘레베이터 앞까지 나오셔서 우리를 배웅하시는 것이었다. 눈물이 펑펑 쏟아지는 것이었다. 그것이 마지막이 될 줄이야. 2년 전, 김도형 교수로부터 작고하셨다는 전갈이 왔다. 위대하신 큰 별이 떨어진 것이었다.

선생님은 정말 엄하신 분이셨다. 속된 말로 학문하려는 자가 잔꾀를 부리든가 학자로서의 자세가 되어 있지 않으면 가차 없이 관계를 끊으셨다. 서울대에 계실 때도 연대로 옮기시고 나서도 많은 제자들이 쫓겨났다.

그런데도 나처럼 부족한 소생이 그처럼 사랑을 받았다니, 나 스스로 믿기지 않을 따름이다. 그 은혜와 기대에 부응하려고 얼마나 발버둥 쳤는지도 모른다. 그래서 큰 사고 없이 잠시나마 연구자 생활을 할 수가 있었고 정치하면서도 무탈하게 손가락질 당하지 않으면서 긴 세월을 보낼 수 있었다고 생각한다.

위대하신 선생님! 부디 영면하시옵소서.

2022년 5월

불초소생 강창일이

도쿄의 일본대사관에서 드리옵니다.

병실에서 새해 인사(김도형, 김인걸, 강창일, 2020.1)

한국 역사학의 길을 넓혀 오신 송암 김용섭 선생

김인걸*

1.

"김 교수님의 국사연구 동기에 대한 회고; 원래 경제사학을 하려 하였으나 한국전쟁 발발을 보고 남북전쟁의 원인을 보다 포괄적으로 그 연원에서부터 파악하기 위해 역사학을 택했고, 그 원인을 체제적인 것으로 이해하여 체제적으로 접근하려 하였다. (중략) 최근에 한국사 연구에 대한 내외의 비판적인 견해들의 경우, 그것은 오늘날의 특수한 현상이 아니고 전에도 있어왔던 것. 그리고 그 같은 도전은 앞으로도 만만치 않을 것. 그렇지만 지금까지의 체제적인 접근 방식이 잘못되었다고는 생각하지 않으며 앞으로 더욱 발전시켜 나가야 할 것이라고 봄."(김인걸, 〈김용섭교수정년기념 한국사학논총 발간기념식〉 1997. 10. 24. 15:00, 프레스센터)

---

* 국사편찬위원회 위원장, 서울대학교 국사학과 명예교수

송암 김용섭 선생(이하 선생)에 대한 추억을 담은 흔적 가운데 冒頭로 삼을 글을 찾다가 발견한 한 대목이다. 메모형식의 위 글은 필자의 1997년 10월 24일자 일기의 일부분이다. 한양대 정창렬 교수님의 전화를 받고 〈1960, 70년대 '內在的 發展論'과 韓國史學〉이란 글로써 논총발간 기념식의 말석에 앉게 되었기에 남은 기록이다. 당시 정 교수님이 보내주신 집필요강을 담은 두툼한 편지봉투가 아직도 '논총' 책갈피에 한 자리를 차지하고 있어 두 분의 생전 정다웠던 모습을 전하고 있다.

기념식장에서 회고담을 들으며 메모를 하거나 한 것은 아니었기 때문에 선생의 말씀을 옮긴 다른 어떤 이가 있었다면 그이의 기록에는 선생의 회고담이 또 다른 모습을 띠고 있을지 모르겠다. 말씀은 연구동기에 대한 회고로 시작하는데 접근 방법에서 '체제적'이라는 표현을 세 번이나 적은 것이 인상적이다. 마지막 부분은 선생이 극복의 대상으로 삼았던 일제 식민사관의 한국사 왜곡에 관한 것이다. 당시, 특히 1990년대 이후 극성해진 '내재적 발전론 비판'을 염두에 둔 것으로서 필자가 논총에 상재한 논문의 취지와 전적으로 일치한다.

필자가 선생을 처음 뵌 것은 대학 2학년, 동숭동 문리대 캠퍼스에서 수강하게 된 선생의 강의 첫 시간이었던 것으로 기억한다. 그런데, 학부 초년생 때엔 건성으로 학교를 다닌 것이나 마찬가지이고, 정작 대학원에 입학하여 그간 선생이 하신 말씀을 이해할만하게 되었을 땐 선생이 연세대로 자리를 옮기신 후였기 때문에 선생의 훈도를 제대로 받았다고 하기는 어려울 것 같다. 물론 이후에도 명절 등 때가 되면 인사드리고 말씀을 듣는 기회가 있었지만, 공부도 흡족하지 않고 행동거지가 매번 선생의 기대에 어긋나는 것만 같아 자주 찾아뵙지 못한 처지였다.

사정이 위와 같다 보니 이번 '송암 선생과 나'라는 題下의 원고 청탁에 크게 내세울 것이 없어 모두에 정년기념논총 봉정식 후반부의 정경 일부를 그려보았다. 선생과 필자의 관계에서 하나의 정점을 이룬 '사건'으로 보아도 될 성싶어서이다. 회고 마지막에 선생은 자신의 '체제적인 접근 방식'이 크게 잘못된 것으로 생각하지 않으며 오히려 더 발전시켜 나갔으면 좋겠다고 하셨기에 내심 위안이 되었다. 이하에서는 1971년 이래 학부시절의 수업에 대한 추억, 1981년 초 늦깎이 군 생활을 마치고 인사차 들렸을 때 잠깐 참석했던 연세대 대학원 수업 풍경, 1990년 늦가을 필자의 박사학위 논문 심사과정에서 있었던 에피소드 등 주마등처럼 스쳐가는 몇 장면들을 더듬어 본다.

2.

> "우리 자신에 의한 한국사 연구는 아직 일천하여 역군의 빈곤을 통감하는 바이지만, 다행히 우리에게는 후진에 대한 장래의 기대와 무수한 자료가 있다. 장차 이러한 자료들이 종횡으로 구사된다면, 과거의 한국사 연구가 방치하였던 제 문제도 해결될 것으로 안다"(김용섭, 〈일제 관학자들의 한국사관-일본인들은 한국사를 어떻게 보아 왔는가?-〉 《사상계》 1963년 2월호, 《한국사의 반성》 신구문화사, 1969 재수록).

학부 수업시간에 찾아 읽은 선생의 글 가운데 필자가 연구자로서의 삶을 지탱할 수 있게 해준 대목 가운데 하나이다. 필자는 모교

인문대학 소식지에 실은 〈한국적 길을 찾는 여정〉이라는 제목의 글에서 선생의 위 문장을 흉내 내어, 끝 부분에 "한국적 길을 찾는 여정에 동반할 역군이 있는 한 미래가 어둡지만은 않을 것이다."(서울대학교 인문대학, 《느티나무》, 2010)라고 표현해보기도 하였다.

지금은 조금 편하게 얘기할 수 있지만, 선생은 엄격하셔서 쉬이 가까이하기 어려운 분이었다. 그러면서도 선생은 후진에 대한 기대가 남달라 학생들을 '학자의 길'을 가야 할 사람으로 귀하게 여겼으니, 위와 같은 주문은 허사가 아니었다. 선생의 글은 실천을 동반하였다. 한국에서 새로운 역사학을 건설하기 위해서는 새로운 기풍으로 모인 연구자 조직이 있어야 했고, 학자를 양성할 수 있는 새로운 조건이 조성되어야 했다. 선생은 1967년 한국사연구회를 창립하고 이어 기존 서울대 문리과대학 사학과를 국사, 동양사, 서양사 등 3과로 분리 독립시켜 학생 정원을 늘리는 데 중심적 역할을 담당하였던 것이다.

국사학과 동부연구실은 학부 저학년생들에게는 접근이 쉽지 않았다. 고학년 가운데 몇몇은 연구실 한가운데 놓여 있던 기다란 책걸상 양쪽에 한 자리를 차지하고 제법 연구자로서의 모범을 시연해 보이기도 하였다. 전공 초년생들은 전공 수업을 마치고 간혹 연구실에 들리곤 하였는데, 그 빌미를 제공하신 분 가운데 하나가 선생이시다. 필자의 학부 때 일기에서는 좀체 대학 수업에 관한 이야기를 발견할 수 없는데, 유독 1972년 6월 13일(화요일) 자에, "한국사적해제 시간이 終講이다. 리포트를 제출해야겠다. 전공을 해야 할지… 文學史를?"이라는 기특한 내용이 보인다. 이는 수업을 마치고 들렸던 국사학과 사무실의 정경과 무관한 것으로 보이지 않는다.

선생이 담당하셨던 '사적해제' 시간이라고 생각하는데, '동학란' 전개과정에서 가장 선진적인 노선을 걷고 있던 김개남 부대의 경우, 그들이 발한 통문이나 격문이 분명 어딘가 남아 있을 터이니 찾아보라는 말씀이 있었다. 이를 듣고 방학 기간에 외가에 들러 커다란 대나무함에 남아있던 서류뭉치들과 '한적'들을 뒤졌던 기억이 새롭다. 외조부님은 생전에 매우 근엄하시기도 하고 일찍 돌아가셔서 자주 뵙지 못한 터였다. 할아버님의 유품을 챙겨보러 온 조카가 대견스러운지 큰외삼촌은 별 성과를 내지 못한 필자를 위로하고 각별하게 대해주셨다. 석사논문 작성 과정에서 충청도 목천현을 사례로 다루면서 일대를 답사하는 가운데 읍내면 흑성산 아래 村老를 방문, 과거의 흔적을 찾아 나설 수 있었던 것도 그 같은 학부 때의 경험이 있어 가능한 것이었는지 모른다. '老儒生'은 논에 물꼬를 보러 나가셔서 두어 시간이나 기다려야 했는데, 그 사이 보았던 댁내 書案 위에 놓여 있던 벼루와 붓, 붓끝을 조금만 남기고 중간을 실로 묶은 붓자루 모습이 아직도 눈에 선하다. 매일 쓰는 일기용 붓은 그리 클 필요가 없을 터이나, 너무 작아서는 쉬 말라버리기에 나온 지혜의 결과이리라.

선생은 학부생들에게 자료만 주문한 것은 아니었다. 역사는 실증으로 끝나는 것이 아니라 수미일관하는 논리(이론)가 갖춰져야 한다고 생각하셨던 것 같은데, 이는 필자가 받은 성적표에 그대로 나타났다. 다른 사회과학계열의 수강생들은 잘도 받는 A학점을 필자는 선생으로부터 받은 적이 없다. 학부생들은 선생의 강의를 필수적으로 들어야 하는 것으로 생각했다. 특히 '근대사학사' 강의는 더욱 그러했다. 선생의 강의는 명쾌하였고 수강생들에게 일종의 사명감을 안겨주었다. 사실 강의에서 제시된 참고논저를 찾아 읽는다고 가끔 인사동이나 청계천 고서점을 찾았던 것은 그때가 처음이 아닌가 싶다.

그렇지만 당시에는 해당 논문을 쓴 이의 출신이나 연구 경향을 생각해본다는 것은 생각지도 못하는 수준이었다.

필자는 대학원에 진학하여 전공 시대를 조선후기로 정하고 자료의 보고라 할 '규장각'에 몸을 의지해 자료주의자가 되었다. 이는 전적으로 선생의 영향이라고만은 할 수 없지만, 위 인용한 선생의 글에서 볼 수 있는 바와 같이 일제 식민사관을 극복하고 새로운 한국 역사학을 세우는 데 있어 '역군'의 빈곤 속에서도 '후진'과 '자료'가 있기에 낙관하신다고 하는 선생의 말씀에 크게 의존한 것은 분명하다. 그리고 박사과정에 들어와 연구사를 정리하거나 논문을 읽는 방식에서 큰 변화가 있었는데, 여기에서도 선생에게 진 빚이 크다.

논문 내용을 제대로 이해하려면 문면 그 자체만이 아니라 저자의 출신 대학이나 지도교수, 수록 학술지 등 주변 내용을 같이 읽어야 한다. 이 같은 점을 피부로 느끼고 실천하게 된 것은 선생의 대학원 강의를 참관한 것이 계기가 되었다. 1981년 늦깎이 군대생활을 마치고 선생께 인사드리기 위해 연세대를 방문했는데, 공교롭게도 선생의 대학원 수업시간과 겹쳐졌다. 마침 후배님들이 대학원에 개설된 선생의 강의를 수강하기 위해 연세대로 가서 그곳 학생들과 같이 수업을 듣고 있었다. 어색하지 않게 강의를 참관할 기회를 가졌던 것이다. 수업에서 가장 인상에 남았던 것은 발제를 맡은 학생이 요약발표에 앞서 저자 이력을 자세히 정리해서 발표하는 장면이었다. 그 뒤 필자가 모교에서 대학원 수업을 진행하면서 수강생들에게 논문 저자의 약력 조사를 필수적으로 주문하였던 것은 전적으로 당시의 경험에 힘입은 바 크다. 전공서적은 물론 시집이나 소설을 고를 때도 좋은 책을 계통적으로 읽어야 한다는 얘기를 자주 하곤 하였는데, 마찬가지 원리에서 그리 해 보았던 것이다.

또 한 가지 이야기가 있다. 그것은 자기가 취급하는 문집 등 자료에 대해서도 엄밀한 '서지학적' 검토가 있어야 한다는 점을 박사학위논문 심사과정에서 선생의 질문을 받고 절감하게 된 일이다. 입학한 지 10년, 기간을 꽉 채우고 제출한 논문을 보시고 난 후 선생의 지적은 크게 두 가지였다. 하나는 학위논문의 주제가 분산되는 것을 막기 위해서 다루고 있는 18, 19세기 가운데 뒷부분을 생략하는 것이 어떤가 하는 것이었고, 다른 하나는 문집에서 인용된 자료 하나를 선생이 확인해보니 해당 문집에는 보이지 않는데 어떻게 된 일이냐는 것이었다. 19세기 부분은 논문 지도교수님의 방어로 무사히(?) 살아남게 되었지만, 남원지방 지배계급 내부의 '신분적' 차이를 보여주는 것으로 인용한 石洞 李文載의 문집에 수록된 인용문이 잘못된 것 아닌가 하는 질문은 그냥 넘어갈 문제가 아니었다.

자료에 관해서는 볼 만큼 봤다고 자부하던 터였기에 다른 심사위원 분들이 지적한 鄕權이나 鄕戰 같은 용어 등에 대해서는 무난히 답을 할 수가 있었는데, 문제는 선생이 지적한 자료의 출처였다. 필자가 인용한 글은 이문재의 《석동유고》전 8권 가운데 권6, 《만謾記(下)》에 실려 있는 것으로서, "本府(남원부)는 百里나 되는 넓은 지역으로 불리지만 士類가 극히 드물고 品官이 무려 半千(五百)이나 된다" 는 것이었다. 이문재는 士類(士夫)와 대립하던 品官층을 鄕品으로 부르고 품관과 吏胥층과의 결탁을 문제 삼을 때 쓰던 吏鄕이란 용어를 '品吏'로 표현하기도 하였기에 사류와 품관의 구분을 사족(사부)과 향품 사이의 신분적 구분의 사례로 들었던 것이다. 논문의 주요 논지 가운데 하나가 향권이 사족의 수중에서 이향층으로 넘어간다고 하는 것이었기에 선생이 문제 삼은 것이었다. 난감한 처지가 되었고, 다시 확인해 보겠다는 답변으로 넘어갈 수밖에 없었다.

추후 확인해 본 결과 선생이 보신 판본은 昭和10(1935)년 12월 27일 許可 받아 昭和12년 9월 15일에 발행했다는 판권이 붙은 간본(이하 판권첨부본)이었다. 板形이나 字體가 동일한 것으로 미루어 보면, 판권첨부본과 필자가 이용한 간본의 차이는 판권 유무와 제6권 후반부의 결락 여부이다. 문집 제6권은 판권첨부본의 경우 34면(장)으로 이루어져 있고 필자가 인용한 간본은 44면(장)으로 이루어져 있어서, 전자에는 34면 이하가 결락된 것임을 알 수 있다. 그런데 공교롭게도 필자가 인용한 내용은 권6의 41면에 들어 있었다. 그러니 선생이 관련 기록을 확인하지 못하신 것은 당연했다. 필자가 미리 판본 비교할 수 있었다면 지적을 면했을 뿐 아니라 설명도 일부 달라질 수 있었을 것이다. 큰 실수가 아닐 수 없었다. 판권첨부본의 제6권 후반부 누락이 검열의 결과인지 간행자 스스로 일부 삭제하고 납본한 결과인지는 확인할 수 없다. 그런데 누락된 부분의 내용 첫 머리가, “我 世宗 己亥년에 倭奴가 노략질을 해옴에 이종무를 도체찰사로 삼았다. 아홉 절제사를 이끌고 豆知浦에 도착하여 정박하니 본섬의 왜가 혼비백산하여 숨거나 도망하였다”라는 기록으로 시작된다. 이로 미루어 보면 간행자가 검열을 의식해서 문제가 될 만한 부분을 빼고 일단 당국의 허가를 받아 간행한 뒤, 이후 어느 시기에 결락시킨 부분을 수습하여 내부용으로 간인하였던 것이라고 볼 수 있을 것이었다.

사실 당시 위와 같은 문제에 제대로 천착할 수 있었다면 일제하 1920년대 후반 이후 활발하게 발간되던 문집들의 성격을 고려하면서 보다 풍부한 얘기를 전개할 수도 있었을 것이다. 그렇지만 이 같은 문제는 더 정치한 사례연구로써 뒷받침되어야 할 것으로 보고, 학위논문에서는 문제가 된 인용문을 각주로 처리하고 말았다. 판본 비교 등 자료이용에서 엄밀성을 갖추어야만 보다 정치하고 함의가 풍부한 글을 쓸 수 있다는 사실을 깨닫게 해준 에피소드였다.

3.

선생은 학문의 길에 들어선 사람은 한눈을 팔아서는 안 되고, 멀리 내다보면서 모든 것을 구조적, 체제적으로 접근해야 한다고 하셨다. 그리고 논문을 쓸 때는 장차 하나의 책을 만든다는 생각으로 처음부터 체계를 세워 써 나가야 한다고 말씀하시곤 했다. 그래야 논문들을 모으면 하나의 책이 된다는 것이다. 또 하나, 학자는 논문을 가지고 얘기해야 하며 잡문을 써서는 안 된다고 하셨다. 모두 필자가 제대로 지키지 못한 말씀들이다. 지금은 그대로 지켜내는 것이 불가능해진 구식의 제자 지도방식이 되어버린 감이 없지 않지만, 선생은 그렇게 세상과 타협하지 않고 자기 길을 걸어오셨던 것이다.

모두에서 언급한 기념논총 발간식 1년쯤 뒤에 모교 대학신문의 요청으로 〈송암(松巖) 김용섭 선생과 한국사학〉(《대학신문》 1998.12)이란 짧은 글을 기고한 적이 있다. 필자는 그 앞머리에서, "격동의 시기를 넘고 있는 오늘날 松巖 김용섭 선생이 우리 곁에 있다는 사실은 현대 한국사학에 커다란 축복이 아닐 수 없다"라고 썼다. 이제 선생이 우리 곁에 없는 '불행한' 시기를 우리는 어떻게 건너야 할 것인가. 선생이 가신 지금, 신생 한국에서 역사학의 길을 넓히기 위해 애써 오신 선생의 '民族的' 노력은 누가 있어 기억하고 이어나갈 것인가. 동반할 역군이 있기에 낙관할 수 있는 용기는 또 어디에서 찾아야 할 것인가. 후진들의 용기와 정진을 기대해 본다.

송암 선생님과의 소소한 추억

안병우*

송암 김용섭 선생님 2주기를 맞이하여 추모하는 글을 부탁받고 무엇을 쓸 수 있을까 망설이다가, 전혀 학문적이지 않은 내용으로 선생님과 맺은 소소한 인연을 이야기하는 것이 좋겠다고 생각하였다. 학문적인 이야기는 할 제자들이 많을 뿐 아니라, 그럴만한 자신도 없기 때문이다.

선생님을 만난 것은 1973년이었을 것이다. 그 전해에 서울대학교 문리과대학에 입학한 '유신 학번'이지만, 1학년을 공릉동 캠퍼스에서 보낸데다 박정희 정권이 10월에 유신을 선포하고 휴교 조치를 취했기 때문이다. 사실상 2학기를 날려버리고, 이듬해 봄 동숭동 캠퍼스로 옮겨왔다. 유신 후 대학 분위기는 겉으로는 평온해 보였지만, 속으로는 차갑게 얼어붙어 있었다. 국사학과 합동연구실에 가끔 들렀지만, 교수 연구실에는 거의 가지 않았으므로, 선생님을 따로 뵐 기회는 없었다.

강의실에서 만난 선생님은 조용하면서도 분명한 분이었다. 한국

* 한국학중앙연구원장, 한신대학교 명예교수

근대사의 과제를 반봉건근대화와 반제자주독립으로 설정한 명쾌한 강의는 한국사를 바라보는 기본적인 시각을 갖게 해 주었고, 근대 역사학의 성립과 발달을 다룬 사학사 강의는 학문과 사회의 관계와 그 함의, 그리고 역사학자에 관하여 많은 생각을 하게 하였다. 이른바 근대역사학의 세 갈래 흐름에 관하여는, 고등학교 3학년 국사 시간에 이존희 선생님께 간략하게 들은 적이 있다. 나중에 서울시립대학 교수와 서울역사박물관장을 지낸 이 선생님은 교과서에도 없고 시험에 나올 일도 없는 민족주의사학, 사회경제사학, 실증사학에 관하여 설명해주셨다. 같은 시대에 학문을 하면서 그렇게 다른 입장을 가졌다는 사실이 흥미로웠다. 사학사 시간에는 그 무렵 선생님이 발표하신 논문을 들고 들어와 강의하셨으므로, 때로 논문이 실린《문학과 지성》같은 잡지를 구해서 읽어보았다. 강의 시간에 학자들의 이름 대신 아호를 부르셔서, 두계가 누군지, 남창이 누군지 찾아보는 소소한 재미도 처음으로 맛보았다.

1974년에서 75년으로 넘어가던 겨울, 동숭동 캠퍼스가 관악산으로 이사하였다. 새 캠퍼스를 조성하고 여기저기 흩어져 있던 단과대학을 한곳으로 모으는 데 따른 이사였다. 마침 학교에 있다가 우연히 선생님 연구실의 책을 옮기는 작업에 동원되었다. 그런데 트럭에 책을 싣고 도착한 곳은 관악 캠퍼스가 아니라 신촌 자택이었다. 단독주택의 차고에 책을 내려놓으면서, 왜 새 연구실로 옮기지 않을까 이상하게 생각했지만, 이유를 물어보지는 않았다. 그 이유가 선생님이 연세대학으로 옮기시기 때문이라는 사실은 개학 후에야 알게 되었다. 이렇게 하여 같은 캠퍼스에서의 사제 인연은 2년 만에 끝나고, 좀 더 이해력이 높아진 뒤에 수강하려고 아껴두었던 한국경제사는 끝내 듣지 못하게 되었다. 나로서는 안타까운 일이었다.

선생님께서 연세대학으로 옮기신 뒤에도 가끔 찾아뵈었다. 사실 혼자 찾아뵙기 쉽지 않았는데, 연세대 대학원에 진학한 동기 김도형 교수가 함께해 준 덕분에 부담이 덜했다. 1976년 11월 13일, 국학연구원의 실학공개강좌에서 발표하시는 것을 들은 적이 있다. 용재 백낙준 박사, 연민 이가원 교수 등 당대의 대가들이 참석한 발표장에서 꼿꼿한 자세로 앉아 차근차근, 그러나 확신에 차서 조선 후기의 농업이 안고 있던 문제, 즉 토지 소유와 농민층의 분해와 이에 대한 실학자들의 대응 방안에 관하여 발표하시던 모습이 지금도 선하다. 그 무렵 우연히 《性齋集》을 빌려다 드렸는데, 발표문에 이 문집이 인용되면서 성재의 이름이 허전인지 허부인지를 놓고 작은 논란이 벌어져, 괜히 가슴 조이기도 하였다. 이 발표문은 〈조선후기의 농업문제와 실학〉이라는 제목으로 《동방학지》 17집에 수록되었다.

대학원에 진학하여 고려시대 경제사를 전공하겠다는 말씀을 드렸을 때, 연구실 서가 위에서 간행된 지 얼마 안 된 〈고려시기의 양전제〉 별쇄본(1975. 《동방학지》 16집)을 꺼내주시며 격려해주었다. 대학원 1학년을 마치고, 질곡 같은 정세는 계속되고 논문 주제도 잘 잡히지 않아 병역 문제를 먼저 해결하기로 하였다. 건강에 별로 자신이 없어, 비교적 근무가 쉬울 것으로 생각되는 공군 장교로 가기로 하고, 인사를 드리러 갔다. 선생님은 신촌 로터리까지 나가서 점심을 사 주셨다. 보통 제자가 입영 인사를 오면, "그래, 누구나 거쳐야 하는 과정이니, 잘 다녀오게. 무엇보다 건강 조심하고. 틈내어 책도 보게" 하고 당부하는 것이 일반적일 것이다. 그런데 선생님은 전혀 다른, 엉뚱한 말씀을 하셨다. 식사를 마친 후, 느닷없이 "자네, 전쟁 나면 도망가게" 하셨다. 순간 어안이 벙벙해진 나는 끝내 아무 말씀도 드리지 못하고 헤어졌다.

복무 중이던 1979년에 10.26사건이 발생하였다. 그날 마침 야간 당직을 서고 있었다. 점호를 마친 병사들이 내무반에서 취침에 들어

가고, 나도 군화를 벗고 발을 씻은 다음 당직실로 들어섰을 때 비상이 걸렸다. 전쟁이 임박한 상태에서 발령되는 데프콘II였다. 그러면서 '실제상황'이라는 꼬리표가 붙어서 왔다. 총사령실에 문의해 보니, 서해안 쪽에서 국지전이 벌어진 것 같다는 대답이 돌아왔다. 정말 전쟁이 나는가? 일단 비상 대응 조치를 취하고 나서 잠시 책상에 앉았는데, 문득 선생님 말씀이 떠올랐다. 도망가? 그러나 한편으로는 기왕 전쟁이 날 거면 군인일 때 나는 게 낫겠다는 생각도 들었다. 내 몸을 지킬 무기라도 가지고 있으니까. 아무 무기도 없이 날아오는 포탄에 생명을 잃으면 얼마나 억울할까? 그날 밤을 뜬눈으로 지새고 있는데, 4시 무렵 '대통령 유고'라는 통보가 내려왔다. 그제야 안심하고 잠을 청하였다.

왜 그런 말씀을 하셨을지는 대충 짐작이 갔지만, 여쭈어보지는 못했다. 선생님께서 퇴직하시고 나서 한참 지난 뒤, 국사학과 선배들이 선생님을 모시고 신촌에서 저녁 식사 자리를 마련한 적이 있었다. 강창일 의원 등 71학번들과 육사 위탁생 출신인 황규식 장군 등이 참석하였는데, 막내 학번으로 나와 김도형 교수가 참석하였다. 분위기가 무르익고 대화가 잠시 중단된 틈을 타서, 그때 하신 말씀이 나에게만 하신 것인지 입대하는 다른 사람들에게도 하시는 당부인지 여쭈었다. 선생님께서는 모처럼 크게 웃으시며, 다른 사람들에게도 그렇게 말씀하신다고 하였다. 태평양전쟁과 한국전쟁을 겪으며 공부하는 사람들이 많이 희생되는 것을 지켜본 데서 나온 제자 사랑이었던 것이다. 나는 선생님께서 그렇게 웃으시는 것을 전에는 본 적이 없다. 그리고 이미 많이 쇠하였던 선생님을 뵌 것은 그때가 마지막이었다.

2000년 6.15정상회담 이후 남북 역사학자들의 직접 교류가 가능해지면서 평양이나 개성을 방문할 기회가 생겼다. 특히 남북이 공동으로 추진한 만월대 발굴에 간여하면서 개성은 제법 자주 방문하게 되었다. 가끔 선생님을 찾아뵐 때, 북한에 다녀온 이야기를 말씀드리면 선생님은 열심히 들으셨다. 그리고는 서울에 온 허종호 선생을 만난 이야기를 하셨다. 그는 북한의 대표적인 역사학자 가운데 한 사람으로, 《조선후기 소작제 연구》로 남쪽에도 잘 알려진 인물이다. 허종호 조선력사학회 회장은 2002년 8.15민족통일대회 참가차 서울에 왔고, 8월 16일 "독도 영유권 수호와 일본의 과거 청산을 위한 남북학술토론회"에서 '독도는 그 누구도 침범할 수 없는 우리 민족의 신성한 령토이다'라는 제목으로 기조연설을 하였다. 선생님은 직전에 연락을 받고 워커힐호텔에서 허 선생과 만나셨다. 남북의 대표적인 역사학자이자 조선 후기 경제사 연구의 두 거두가 만난 역사적 순간을 언론에서도 보도하였다. 그러나 급히 가느라 저서를 전해주시지 못한 것을 못내 안타까워하셨다. 마침 소장하고 있던 책이 없었기 때문이다. "책이 없으면 세속적인 선물이라도 준비했어야 하는데, 평생 선생으로 살면서 남에게서 받는 데만 익숙했지, 줘 본 적이 없어서 그런 생각은 하지도 못했다."고 덧붙이시면서.

나는 2007년 7월 5일 한국학중앙연구원과 조선사회과학자협회가 주최한 '민족주의 문제와 민족문화의 계승' 학술토론회에 참가하여, 옥류관 만찬에서 허종호 선생 바로 옆에 앉아 이야기를 나눌 기회가 있었다. 그때 내가 남북역사학자협의회 부위원장인 점을 고려한 주최 측의 배려 덕분이었다. 허 선생은 내가 남북역사학자협의회의 남측 위원장인 강만길 선생을 대신하여 참석한 것으로 간주하였고, 자연스럽게 남북역사학자협의회의 사정과 남쪽 학자들에 관한 이야기를 나누었다. 허 선생도 선생님 만난 것을 인상 깊게 이야기하였다. 만약 이 자리에 선생님이 계셔서, 두 분이 깊은 이야기를 나누면 참 좋겠다고 생각하였다. 그러나 허종호 선생을 만난 것도 이때가 마지막이었다.

훌륭한 학자를 만나 가르침을 받을 수 있었음은 배우는 사람의 행복이며, 세상을 버리신 뒤에도 문득 그 분과의 지나간 일들을 떠올리며 웃음 지을 수 있는 것은 큰 기쁨이다. 행복과 기쁨을 주신 선생님, 다른 곳에서 내 평안하시길 빈다.

선생님의 遺香

김도형[*]

50년 동안 선생님은 학문 연구는 말할 것도 없고 살아가는 자세에 이르기까지, 내 일생 전반에 큰 좌표였다. 학문에 대한 열의와 제자를 아끼는 마음은 은은한 향기가 되어 지금도 남아 있다.

동숭동 시절

문리대 국사학과 2학년, 1973년 봄, 학과 답사를 내 고향 통영 등의 남해안 지역으로 갔을 때, 처음 선생님을 뵈었다. 군대 시절 통영과의 인연(한참 후에 들은 얘기지만) 등이 작용했음인지 교정이나 강의실에서 항상 반갑게 대해주셨다.

학부 시절 나는 선생님이 개설한 과목을 동급생 누구보다도 열심히 들었다. 한국최근세사, 토지제도사, 한국사학사, 한국경제사 등이었다. 당시는 학생운동으로 대부분의 강의가 시작하자 곧 휴교로

* 전 연세대학교 사학과 교수, 전 동북아역사재단 이사장

종료되기도 하였고, 또 시험 없이 기말 보고서 하나로 성적을 처리하였기에 강의실에서의 시간은 많지 않았다. 학과연구실이나 술자리에서 김정기, 서중석, 안병욱, 배영순 등 기라성 같은 선배들 옆에서 귀동냥하기도 하였지만, 개인적으로 선생님의 '어려운' 책이나 논문을 열심히 읽었다. 한국사학사 관련 글들이 발표된 것이 그즈음이었는데, 학생들 사이에서 많이 회자되었다. 한국경제사 과목은 한국자본주의 형성과 지주제 관련 주제로 고학년만 들었던 강좌였는데, 3학년 때 수강하였다. 학생이 많지 않아 동숭동 선생님 연구실에서 두어 차례 모였던 것으로 기억난다. 마침 연구실에서 한말 · 일제초 지주제 논문(강화도 김씨가 지주경영)의 별쇄본을 나누어 주셨다. 최근 내 연구실을 정리하면서 발견하여 다시 선생님을 떠올렸다.

3학년을 마치고 우리는 관악산으로 이사하였다. 학과 연구실을 짐을 싸는 뒤숭숭할 때였던가, 선생님은 동숭동 문리대를 떠나셨다. 몇몇이 차출되어 선생님 연구실 책을 쌓았고, 이를 연남동의 댁(사셨던 연세맨션 바로 인근의 주택으로 기억한다)으로 옮겼다. 3, 4학년 몇 명이 늦게까지 짐을 옮겼고, 일을 마친 후에 저녁도 대접받았던 것 같다. 연세대로 가신 후, 1년 동안은 뵙지 못했다. 1975년, 4학년 중간쯤 지날 때, 선생님의 《한국근대농업사연구》가 출간되었고, 이를 구입하여 열심히 읽었다. 《조선후기 농업사》보다는 수월했다.

신촌의 대학원 시절

선생님께서 왜 연세대로 옮겼는지 알지 못했다. 학생들이 말하는 국사학과 분위기는 뭐 그렇게 정확한 것도 아니었다. 그 후 선생님은 간간이 국립대학 교수로서의 학문 연구의 어려움에서 "좀 더 자유롭게 공부하기 위해서"라는 말을 하셨다. 세세한 사연은 회고록이 나오면서 알게 되었다.

나는 학교를 옮겨 선생님 밑에서 석사과정을 하고 싶었다. 처음에는 탐탁하게 여기지 않으시다가 마지못해 받아주셨던 것 같다. 선생님 자신도 직장을 옮기신 지 1년 남짓에 아직 안정되지 않았을 터인데, '혹'을 을 하나 더 지시기도 만만하지 않으셨을 것이고, 또한 짧은 학부 시절만 보고 믿기도 어려웠을 것이다. 후에 내 선배들에게 평판도 탐문하셨다고 들었다.

석사과정에 있을 때, 학부 졸업논문으로 쓴 〈유인석의 정치사상〉을 먼저 정리하여 발표하라고 하시더니, 나중에는 이를 석사논문으로 하자고 하셨다. 논문이 통과된 후 바로 학술지에 발표하도록 주선해 주셨다. 8월 말 학위를 받으면서 8월 간기의 잡지에 실었다. 이런 덕에 나는 심사받는 학기에 비교적 자유로웠고, 선생님이 중간에서 주선하여 어느 대학 야간에 교양 강의도 할 수 있었다.

석사논문이 끝나갈 무렵, 앞으로 나아갈 학업 방향으로 두어 가지를 제안하셨다. 하나는 '관악산'으로 가서 박사학위를 하면 어떤가라고 하셨다가, 얼마 지나지 않아 바로 연대 박사과정에 진학해서 공부하라고 하셨다. 그러면서 기회가 되면 국내 학위와 더불어 유럽 쪽에서 공부해 보는 것도 생각해 보라고 하셨다. 근대사를 하려면 제국주의 본령에서 공부할 필요가 있고, 당시 한국 사회 사정에서 하기 힘든 농민, 민중운동 등도 자유롭게 할 수 있다는 것이었다. 아마도 초창기 동학, 민중 등에 관한 글을 쓰신 후의 경험도 작용하였을 것이다. 하지만 박사과정에 일단 진학한 후, 곧 대구에 전임이 되었다(1981. 3). 한동안 유학 준비를 하다가 재직하고 있던 학교 사정 등으로 이도 그만두었다. 항상 마음 구석에 찜찜하게 남아 있던 일이었지만, 이 일에 대해서 선생님께서도 별말씀이 없으시긴 했다.

이런 곡절이 있었지만, 나는 대학에 재직하면서 박사도 마쳤다. 선생님은 그 후에 두어 차례, "연대에서 공부도 하고 색시도 얻었다" 라고 웃으며 말씀하셨다. 박사학위 논문에 대한 심사평을 얇은 책자 형태로 하나 더 만들어 주셨기에 애지중지하고 있다.

연구실을 비운 얘기

선생님은 오직 연구실에만 계셨다. 아침 7시경 연구실에 나왔다가 해질녘에 퇴근하셨다. 1년 365일, 매일 연남동 자택에서 걸어서 다니셨다. 설, 추석 때도 마찬가지였다. 학교에 가면 항상 계셨기에, 전화로 약속을 할 필요도 없었다. 가면 언제나 인스턴트 커피를 듬뿍 넣은 진하고 달달한 커피를 주셨다.

연구실을 절대로 비운 적이 없던 선생님이 1980년 시국이 격변하던 시절에 제법 긴 시간 동안 학교에 나오지 못한 때도 있었다. 신군부의 등장을 우려한 '지식인 성명'에 동참하였는데, 신군부가 이를 조사한다는 소문이 퍼졌다. 몸을 좀 피하는 것이 좋다는 주변의 권유에 따라 2주일 정도 여러 곳을 전전하셨다. 당시 대학원생이었던 김무진, 임병훈의 집 등을 거쳐 우리 집에도 왔다. 그때 마침 집사람의 입덧이 심하였다. 구토하던 모습이 보기 민망하셨든지 좁은 내 공부방에서 하룻밤 주무시고는 가시겠다고 하셨다(내 책을 둘러보시고 학문 연구에 필요한 사전류를 구비하라는 말씀도 잊지 않으셨다). 그래서 내 본가에서 하루 이틀 더 계시도록 하고, 대구에 있던 배영순 선배에게 연락하였다. 대구에 가서 일주일 정도 계셨던 것으로 기억한다. 그 뒤 상황이 좀 안정되어 귀경하셨다. 사정 여하를 떠나 선생님이 오랫동안 연구실을 비운 것이었다(연대로 옮기신 후 대학예비고사 출제로 가신 일도 있지만).

역사 현장의 확인

보통 답사에 동행하면서 선생님의 인품이나 학문적 열정을 느낀다. 평소 연구실이나 강의실에서의 만남보다는 훨씬 보고 듣는 것이 많기 때문이다. 나도 몇 차례 선생님의 답사에 동행하였다.

1977년 봄, 연대 사학과 학부의 전라도 실학과 농민전쟁 관련 답사에 대학원생으로 동행하였다. 이 답사는 전적으로 선생님이 의도적으로 기획, 개척한 코스였다. 지금은 교통편이 좋아져 여러 대학에서 즐겨 찾는 답사코스이지만, 당시에는 비포장 길을 가는 힘든 여정이었다. 문리대 학부시절 강진, 완도 등지를 선생님 모시고 답사 간 적이 있는데, 신지도 백사장까지 답사 일정에 넣어 놀던 우리들을 보고 노기 띤 얼굴로 맘에 차지 않으셨던 점을 이제는 이해한다.

선생님은 학과 답사 외 다른 여행은 잘 하지 않으셨다. 간혹 가게 될 경우에는 '손이 많이 간다는' 이유로 대개 사모님이 '조수'로 참여하였다. 내가 계명대학 재직할 때도 두 분이 대구를 방문하셨다. 1990년 전후였던가. 이미 논문으로 발표했던 경상북도 북부 상주, 의성 지역과, 당시 한참 관심을 가지셨던 대구의 팔공산 부인동, 낙동강 인근의 조암, 화원 지역 등을 둘러보기 위함이었다. 이미 시가지로 개발된 곳이 많기는 했지만, 산세와 자연 환경, 농토의 비척, 광활 등을 둘러보고 여러 말씀을 하셨다. 대구를 둘러보고 우리 집에서 하루 주무시고, 이튿날 전주까지 모셔다 드렸다.

만주 지역 답사는 모두 4차례 다녀왔다. 처음 두 번은 1996, 1999년에 고구려, 발해 지역을 중심으로 하였다. 2013년, 2016년에는 요하 지역을 답사하였다. 앞의 두 답사에는 '조수'였던 사모님도 같이 하였으나, 요하 답사에는 동반하시지 않았다. 오히려 건강 때문에 주위에서 반대하였지만 선생님의 강한 의지로 추진되었다. 같이 간

사람들의 책임도 무거웠다. 답사 결과는 《한국고대농업사연구》 속에 반영하였다. 2013년 답사 때에는 매일 저녁 식탁 자리에서 선생님의 강의가 이어졌다. 이런 감흥 속에서 《홍산문명과 고조선》을 만들었다. 선생님이 가장 먼저 원고를 제출하고는 늦은 우리를 독촉하셨다.

2016년도 답사는 그 전해의 '사스' 역병으로 연기했던 것을 다시 꾸린 관계로 답사단의 규모가 줄어들고 일정도 짧아졌다. 그렇지만 답사에 대한 선생님의 열정은 오히려 더 커셨다. 주로 고조선과 관련된 거대한 고인돌, 즉 '칸의 무덤'을 보시고자 하셨다. 그래서 내가 몰래 한국 소주와 잔을 준비해 갔다. 그래서 석붕산, 석목성 등지의 거대한 고인돌 앞에서 간략하게 잔을 올리어 예를 갖추었다. 87세의 선생님이 굴신의 어려움에도 '조상'에게 직접 잔을 올리겠다고 그 기꺼움을 표현하셨다. 돌아오셔서 고대 농업사 연구를 마무리하시고 더 이상 글을 쓰시지 못했으니 말이다. 숙소에서 혼자 편하게 주무시라고 해도, 굳이 나와 같이 주무시겠다는 말이 지금도 눈에 선하면서 마음이 찡하다.

해주 석목성 고인돌(2016. 5) – 김광수, 이범직, 이경식, 김도형

松巖과 海巖

선생님의 호는 송암이셨다. 언제부터 이를 사용했는지는 알지 못한다. 대학원 재학 시절 간혹 빌려 본 책에 이미 "송암문고(松巖文庫)"라는 장서인이 찍혀 있었으니, 그 전부터 정해 놓으신 모양이다.

어느 때였던가, 나에게 '호'가 있는지를 물으셨다. 아직 그럴 겨를도 없던 시절이었다. 그 뒤로 선생님은 혼자서 계속 궁리를 하신 모양이었다. 한번은 내가 남해 바닷가 출신이니, '남해'라고 하면 어떨까 하셨다. '남해'는 바다이지만, 지명이기도 하고, 또 변법운동의 康有爲의 호가 '남해'라는 대화가 오갔다. 아마도 내가 별로 내켜 하지 않는 것을 눈치챘던 모양이었다.

그런 후 언젠가 다시 '海巖'이라고 하면 좋겠다고 하셨다. 그 동안 나는 어머님이 오래전에 서재 이름으로 하라고 '海雲齋'라는 유묵(꽤 이름난 사람이 쓴 오래된 글)이 있었고, 이를 드러내지 않게 사용하고 있었다. 이런 사정을 알리 없으신 선생님께서 잊지 않고 당호를 주신 것이다. 선생님은 산골 출신이라 소나무와 바위를 넣어 '송암'으로 했는데, 나는 바닷가 출신이니 '해암'으로 하면 좋겠다고 하신 것이었다. 멀리 바다 건너 외부로부터 들어오는 외세, 제국주의의 파도를 굳건하게 막아내는 바위와 같은 역사학자의 자세를 그 의미로 설명하셨다. 누구 글씨 잘 쓰는 분이 있으면 '해암서재'라고 하여 걸어 두라고도 하셨다. 하지만 나는 아직도 이를 따르지 못하고 있다. 속으로 해운, 해암, 두 개를 쓰되, 더 나이 들면 스스로 '海翁'이라고 해야겠다고 생각했다. 그래서 2017년, 2018년도에 책을 내면서 한 책의 머리말에는 해운재를, 또 다른 책에는 해암서재라고 표기하였다.

스승과 제자, 손제자

나이 드신 후, 선생님은 간혹 "난 일생 연구실에만 있어서 만나는 사람도 없고 친구도 없다"고 하셨다. 주변 여러 사람의 도움만 받았다고도 하셨다. 학문으로 맺은 인연 외는 가까운 사람이 없다는 것이다.

손보기 선생님과 송암 선생님의 관계는 각별하였다. 서울대학에서 연세대학으로 옮긴 연유도 그러할 것이다. 손보기 선생님이 돌아가신 후, 영결식을 마치고 그때는 기운을 차리지 못하여 묘소까지 가지 못하셨다. 그런데 1주기 때는 행사가 있던 공주 석장리 박물관에 가시겠다고 하셨다. 내가 김광수 선생님과 두 분을 모시고 갔다. 차가 심하게 막힌 토요일이었다. 행사장에서 우연히 선 세 사람을 조태섭 교수가 사진으로 남겨 두었다. 지금은 손 선생님과 멀지 않는 곳에 계시니, 사람의 인연은 참 알 수 없다.

선생님이 지극히 아끼던 두 제자, 김준석, 방기중은 먼저 떠났다. 주위 동학들이 두 사람 부음을 전하는 말을 나에게 시켰다. 선생님의 충격을 고려하여 내가 하는 것이 좀 더 나을 것이라고 생각했던 모양이다. 그런 소식을 다 전하기도 전에 선생님은 소리 내어 우셨다. 두 번다 그러하셨다. 자식을 앞세우는 마음이었을 것이다.

학교 연구실이나 퇴임 후의 송암서재에는 아무 시간 구애되지 않고 찾아뵈었다. 주로 점심시간에 맞추어 가면 싸 온 도시락을 그냥 두고 식당에 가기도 하였다. 학교 재직 중에는 정문 앞의 도가니탕, 일식당을 즐겨하였고, 퇴임 후에는 만두설렁탕이나 중국집을 자주 다니셨다. 장이 좋지 않아 약주는 잘 드시지 않았지만(물론 젊으실 때는 정종 반 되는 드셨다고 웃으며 '자랑'하셨다), 프랑스에 연구년 다녀오신 후에는 와인이나 복분자 한 두잔을 곧잘 드셨다. 점심 때 서재를 방문하여 시간이 잘 맞지 않으면 싸 가지고 오신 도시락을 나누어 먹기도 하였고, 혼자 도시락을 드실 때는 '빈속'인 나에게는 와인이나 복분자를 따라 주셨다.

손제자와의 만남도 즐거워하셨다. 도서를 모두 연대 도서관에 기증하셨는데, 기증 전에 소장 도서의 목록 작업을 하시겠다고 하셨다. 2009년 경이었다. 이 일은 내 밑에서 공부하는 대학원생을 동원할 수밖에 없었다. 고태우, 노상균, 오상미, 그리고 김윤정 등이 수고하였다. 이 일을 통해 선생님은 자연스럽게 손제자들과 만나셨다. 나에게는 개인적인 품평도 하셨다. 선생님은 "여류 박사를 키우지 못했다"고 하시고 김윤정, 오상미를 자주 얘기하셨다.

나도 나이 들면서 내 아래에서 공부하는 대학원생조차 역사 공부하는 인식 틀이나 관점이 별로 마음에 들지 않았다. 그래서 2014년도 1학기인가, 선생님의 저술 전체를 한 학기 동안 수업으로 다루었다. 사회경제 구조도 이해하지 못하면서 다른 주제의 문제를 구름

선생님과 연대 손제자

잡듯이 얘기하는 분위기를 좀 바꾸어 보려던 욕심이었다. 선생님께서도 많은 관심을 보이셨다. 5월 스승의 날 즈음, 수강하는 학생들은 물론 주변에 연락이 되는 학생들을 모아 중국집에서 점심을 같이하였다. 학생들은 '연예인'을 보는 것 같다는 마음이라고 좋아하였고, 선생님은 또 다른 생각으로 즐거워하셨던 것 같다.

다하지 못한 죄책감

기력이 쇠하여 지시면서 많은 일을 나에게 부탁하였다. 내가 정년 퇴임하면 선생님의 서재를 그대로 이어 사용하면 좋겠다고 하셨다. 그런데 내가 정년 전에 동북아역사재단 일을 보게 되면서 이 당부는 잘 이뤄지지 않았다. 하지만 여러 곡절을 겪어 선생님이 서재에서 사용하시던 각종 물품은 지금 내 연구실에 와 있다. 책상을 비롯하여 대개 사무용품들이지만, 그 가운데 손때 묻은 저서의 手澤本도 있다. 그 책에는 교정 내용들이 빽빽하게 적혀 있어, 후에 저작집 출간에 모두 활용한 것으로 보인다. 또 끝을 맺지 못한 "김용섭저작집"에 대한 구상 메모도 있었다. 농업사 외에 필요에 따라 여러 권 출간본을 모두 포함하여 저작집으로 만드는 일이었다. 아마도 선생님이 직접 하지 못하더라도 후학들이 작업할 것을 마치 예상이라도 하신 것 같아 마음이 아린다.

여러 당부의 말씀 가운데 가장 마음이 무거웠던 것은 나더러 당신 장례식에 호상(護喪)을 하라는 것이었다. 당황스럽기도 하고, 또 마땅하고 좋으신 분이 생각나지 않는지라 다른 사람에게 미룰 처지도 아니었다. 그렇게 해서 나는 그 일을 자임하기는 했지만, 제대로 하지 못해 못내 송구할 뿐이다. 돌아가시기 두어 해 전에는 강화에 마련해둔 幽宅이 맘에 들어 하지 않으시면서 적당한 곳을 알아보라고 하셨지만, 이 또한 여러 사정으로 들어드리지 못했다.

쇠약하신 선생님이 입원해 있을 때도 코로나 때문에 거의 뵙지 못했다. 한국학중앙연구원의 저술상 소감을 읽어드리고 떨리는 서체의 함자를 병실에서 받았다. 그나마 정신이 또렷하셨을 때였다. 이후 간혹 간병인을 통해 몇 차례 통화는 했지만, 이마저도 점차 어려워졌다.

효도를 하고자 해도 부모는 기다려주지 않는다는 옛말과 같다. 다하지 못한 죄스러움만 무겁게 남았다. 선생님께서 하시고자 했던 학문은 못난 후학들에게 또 다시 '역사의 오솔길'이 되었다. 선생님을 따라 다시 걷는 것이 그 은혜에 보답하는 것이라 스스로 위안해 본다. 하지만 "역사학자의 연구는 사학사에 한 줄 나오면 족하다"고 하신 말씀은 여전히 요원하다. 이제는 여러 학문적 고민에서 벗어나 편히 계시기를 바랄 뿐이다.

저작집을 위한 저서 교정 흔적

한국사연구회 대표간사 시절의 송암 선생님

박희현*

필자가 송암 김용섭 선생과 인연을 맺게 된 것은 송암 선생께서 1975년 연세대학교 사학과에 부임 이후, 한국사연구회의 2년 임기의 대표간사를 맡게 된 1978년부터이다. 대표간사로서 선생께서는 총무간사로 정창렬 교수(한양대)를 선임함과 동시에 김광수 교수(건국대), 김태영 교수(경희대), 박용운 교수(성신여대), 이태진 교수(서울대)로 새로운 한국사연구회의 간사진을 구성하였다. 마지막으로 학회의 간사진을 도와 일을 할 서기 선정의 숙제가 남았는데 파른 손보기 선생께서 연세대 박물관 연구원으로 근무하던 필자를 서기로 강력히(?) 추천하여 이 숙제를 해결하였다. 이것이 송암 선생과 필자가 학문적으로 인연을 맺게 된 계기였다.

한국사연구회 대표간사를 맡은 송암 선생은 각 시대사별 중견 학자들로 간사진을 구성한 후, 1978년의 첫 간사회의부터 침체된 학회의 분위기를 쇄신하기 위한 강한 드라이브로 개혁을 주문하였다. 주지하는 바와 같이 한국사연구회는 1967년 12월에 창립한 이후 한국

* 서울시립대학교 국사학과 명예교수

역사학계에서 남다른 주목을 받아왔으나 10년 세월이 지나면서 재정 등의 어려움으로 학회 운영에 난항을 겪고 있었다. 이러한 때에 송암 선생이 대표간사로 선임되어 한국사연구회를 재도약시켜야 한다는 중책을 맡게 된 것이다. 송암 선생은 새로 구성한 간사진과 함께 1978학년도 신학기가 시작되기 전부터 여러 번의 간사회의를 거쳐서 한국사연구회의 쇄신안을 마련하였다. 한국사연구회를 재도약시키기 위해 결정한 사항은 다음과 같다.

○ 《韓國史硏究》 판형 개선과 학회지 간행의 정기화

• 4X6배판의 판형에서 크라운판으로 변경한다.

• 年 4회 간행을 준수한다.

– 임기 중 20호~27호 간행

• 간사들은 게재 논문 확보를 위해 노력한다.

○ 월례발표회의 운영변화와 활성화

• 기존의 매월 둘째 토요일에 2개의 연구 주제를 발표하는 방법은 유지한다.

• 토론자의 지정으로 토론문화에 새로운 변화를 준다.

– 70회 월례발표회부터 지정토론자에게 사전에 발표자의 원고를 전하여 미리 토론에 임하게 함으로써 매우 진지하고 열띤 토론의 장을 마련

• 신진학자들의 학회 활동을 진작시키고 한국사학의 지평을 확대한다.

• 발표회 장소의 일관성을 추구한다.

– 건국대학교 2부대학 강의실 이용(서울 낙원동)

○ 학회의 재원 확보를 위한 회원의 증대와 학회지 판매 방법 모색

• 회원을 학생회원, 일반회원, 종신회원, 기관회원 등으로 구분하여 회원 가입을 유도한다.

• 일본과 구미를 비롯한 해외로의 학회지 판매망을 찾는다.

• 이미 결본된 학회지에 대한 영인본 간행 계약을 추진한다.

– 경인문화사와 계약을 체결하여 《韓國史硏究》 1~11호까지 영인

○ 《韓國史硏究入門》 편찬 계획 수립

• 한국사의 체계적인 이해와 한국사연구회의 재정 기반을 충실히 하고자 새로운 사업을 계획하여 편찬 안을 수립한다.

• 총론과 함께 선사시대부터 광복에 이르기까지 시대별로 소제목을 준비하여 한국사 전 시기의 목차를 설정한다. 그리고 각 시대편마다 맨 앞에 각 시대의 특징을 간략히 소개한다.

• 집필진은 한국사학계의 중견학자들을 총동원하여 위촉하고 한국사 입문서의 기본 골격을 갖추도록 한다.

위와 같은 한국사연구회의 재도약을 위한 방대한 쇄신안을 마련하면서 대표간사인 송암 선생을 비롯한 간사진은 1978년부터 1979년까지 2년의 임기 동안 열과 성을 다하였다. 간사진은 1978년 초부터 매주 1회 '연세대 김용섭 교수 연구실'에서 열린 간사회의에 참석하여 치밀한 기획과 폭넓은 안목으로 위의 계획을 세워 일을 추진해나갔다. 즉 학보에 실을 논문 확보, 월례발표회 발표자 및 토론자 선정, 회원 증대, 학보 판매망 모색, 영인본 간행 추진, 《韓國史硏究入門》 편찬 작업 등 많은 일을 해냈다. 그 맨 앞에 송암 선생이 계셨다. 송암 선생은 항상 조용하지만 강하게 간사진을 독려하며 한국사연구회를 이끌어나갔다. 또 재임 기간 중에 총무간사가 부재중(?)이

라는 뜻하지 않은 벽에 부딪혀 어려움을 겪은 적도 있지만 개의치 않고 학회의 대표로서 솔선수범하는 카리스마를 보였다.

당시 간사진이 한국사연구회의 사업을 기획하고 추진하면서 매우 힘들었지만 가장 성취감을 느낀 작업은 아마도 《韓國史研究入門》 편찬 작업이었을 것이다. 이 편찬 작업은 말 그대로 무에서 유를 창출하는 작업이었고 비록 고단하였지만 입문서의 완성도를 높이기 위해 간사진은 매우 의욕적으로 이 일에 매진하였다. 그 결과, 총론 4개, 선사시대부터 광복까지 시대별로 55개, 총 59개의 소제목으로 한국사 전시기의 목차를 설정하고 집필진의 윤곽을 잡으면서 각 시대편마다 맨 앞에 각 시대의 특징을 간략히 소개하는 집필 방안도 마련하였다. 간사진은 2년의 임기 동안에 입문서의 기틀만 마련하고 출판을 뒤로 미룬 차에 드디어 1981년 3월에 《韓國史研究入門》(지식산업사)이 간행되는 기쁨을 맛보게 된 것이다.

2년 동안 간사진을 부지런히 보좌하며 위의 일을 수행한 필자도 매우 바쁜 나날을 보내기는 마찬가지였다. 필자로서는 본인의 전공인 선사시대 공부를 잠시 접어두고 한국사연구회의 일에 집중하면서 2년을 보냈다고 해도 과언이 아니다. 사실상 필자를 서기로 적극 추천한 파른 선생의 눈총을 받으면서도 필자는 한시도 연구회의 일을 소홀히 할 수 없었다.

필자가 한국사연구회를 위해 서기로서 봉사한 그 기간 동안에 전공 공부를 할 시간이 넉넉하지 못했지만, 그 2년의 기간은 필자에게 역사학도로서 많은 변화를 예고하는 시간이었다고 생각한다. 왜냐하면 개인적으로 역사학자들과의 더 넓은 네트워크를 갖게 되었고 문헌사학에 대한 역사인식의 폭을 더 넓힐 수 있었기 때문이다.

우선 송암 선생을 가까이 뵈면서 선생의 역사인식과 역사학자로서 갖춰야 할 자세를 쉽게 접할 수 있었다는 점이다. 그리고 송암 선생으로부터 서기라는 직책의 어려움에 대한 이해와 함께 필자의 성실함을 칭찬받을 때는 인간으로서 감복을 느끼지 않을 수 없었다. 아울러 이따금 필자가 깊이 생각하고 있던 연구주제를 말씀드리는 기회에 많은 조언과 격려의 말씀을 해 주셨다. 그중에서 기억나는 것은 필자가 1970년대 후반부터 연구주제의 하나로 삼고 있었던 한국 고인돌 사회의 시작과 한국 농경의 시작에 관한 것이다.

필자는, 둘의 관계는 거의 동시대적이며 그 시작이 최소한 신석기시대 중기쯤 될 것이라는 논리를 세우고 있었고, 반면에 당시 학계는 한국 농경의 시작 문제에 대하여 신석기시대 말기보다 훨씬 이전이 될 것이라는 생각에 매우 인색한 분위기였다. 두 주제의 시작 시기가 최소한 신석기시대 중기일 것이라는 필자의 가설에 대한 방증 자료들을 제시하여 말씀을 드리니 송암 선생께서도 매우 큰 관심을 보이시며 중요한 연구 주제라고 격려해 주신 것이 지금도 뇌리에 생생하다. 필자는 그 연구 결과를 선생께서 한국사연구회 대표간사를 그만두시고 한참 뒤인 1984년에 《韓國史硏究》 46호에 발표하였다. 그 후 고고학 발굴을 통하여 충북 옥천 대천리 유적의 신석기시대 집터에서 약 5,000년 전의 쌀과 잡곡이 (2000년 발굴), 강원도 고성 문암리 유적에서 약 5,000년 전의 밭유구와 조가 발견된(2012년 발굴) 바 있다. 이러한 연구와 발굴 결과물에 대하여 선생께서 지으셨던 매우 고무적인 표정은 지금도 필자의 기억에 뚜렷이 남아 있다. 그리고 송암 선생의 거의 마지막 저작인 《농업으로 보는 한국통사》(지식산업사, 2017)가 간행된 후 제자 여럿이 선생을 모신 점심 자리에서 필자의 논문에 관하여 언급하시며 "박 선생, 고마워!" 하고 말씀하신 것이 필자가 선생께 들은 마지막 말씀이지만 그 말씀 속에는 많은 내용이 함축되어 있을 것이라고 생각한다.

한국사연구회의 서기를 맡는 동안 필자를 좋게 평가해주신 송암 선생은 필자가 학자로서 몇 번의 큰 고비를 겪고 있을 때 필자에게 흔쾌히 은덕을 베풀어 주셨다. 그 하나는 1980년에 필자가 청주사범대학(현 서원대학교) 역사교육과의 전임교수가 될 수 있도록 음으로 양으로 힘을 써주신 것이다. 선생께서 그 과정에 대해 말씀이나 내색을 일체 안하셨지만 필자는 그 내용을 잘 알고 있었고 지금도 선생께 감사한 마음을 잊지 않고 가슴 속 깊이 간직하고 있다.

또 다른 하나는 필자가 1989년에 박사학위 논문을 심사받을 때의 일이다. 필자의 박사학위 논문 심사에 관한 한 논문을 빨리 마련하지 못하고 시간이 촉박하여 준비한 필자의 게으름이 큰 탓이지만 이유야 어떻든 논문심사 조차 불발될 위기에 봉착해 있었다. 새 지도교수로부터는 10여 차례나 댁 앞에서 문전박대를 당하여 논문을 전할 기회조차 없었고, 먼저 지도교수로부터는 프랑스에 연구교수로 갈 예정인 필자에게 전혀 근거 없이 일방적으로 "저 사람은 프랑스에 가서 학위논문을 쓰려고 하는 사람이다."라고 새까만 후배들이 있는 자리에서 폭언을 들으며 홀대를 받고 있던 처지였다. 말 그대로 적막강산이요, 황량한 사막 한가운데에 외롭게 덩그러니 서서 일말의 구조만을 초조하게 기다리는 이방인 신세였다. 혼자 캄캄한 터널 안에서 어떻게 해야 할지 방향을 잡지 못하면서 그렇게 답답한 시간을 보내고 있을 때 필자에게 구원의 손을 내미신 분이 송암 선생이었다. 선생께서 다른 심사위원들을 설득하고 김석득 대학원장의 간접 지원을 받으며 논문 심사 자리를 마련해주신 것이다. 그 뒤 심사는 일사천리로 진행되어 필자의 박사학위 논문이 어렵사리 통과될 수 있었다. 이 일 또한 송암 선생께서 한국사연구회 대표간사 시절에 맺은 인연으로 필자에게 은덕을 베풀어 주신 것이라 생각하며 오늘도 감사한 마음을 되새긴다.

송암 김용섭 선생님, 저는 선생님과 인연을 맺은 후 선생님의 큰 은혜만 입었습니다.

감사하고 죄송합니다. 부디 하늘나라에서 편히 쉬시기 바랍니다.

그때 그 시절 그 사람

鶴園 裕(쓰르조노 유타카)*

내가 한국에 유학한 것은 1974년 가을부터 1978년까지였는데, 김용섭 선생님을 만나 뵌 것은 1975년 여름이었던 것 같다. 나는 20대 중반이었고, 선생님은 1931년생이시니까 40대 중반으로, 일을 많이 하신 시기였을 것이다.

송암 선생님은 그 해 서울대학교에서 연세대학교로 직장을 옮기셨다. 나는 그 전해 가을부터 다니었던 연세대학교 부속 한국어학당을 1년 만에 졸업하고 연세대 사학과 대학원에 진학할까 하였다. 일본에서 早稲田大学 日本史學科를 졸업했기에 한국사를 전공할까 한 것이었다. 대학원 면접시험 때 세분의 선생님이 계셨는데, 왜 한국사를 공부하려 하느냐라는 질문을 하신 분이 바로 송암 선생님이셨던 것 같다.

나는 미국의 E. O. Reischauer식의 일본근대화를 동아시아에서 유독 성공한 '근대화'라는 이해는 틀렸고, 그것을 알기 위해서 한국근대사를 공부하고 싶다고 대답한 것 같다. 거의 50년 전 일이라 정

* 전 가나자와대학 교수, 일본 조선사연구회 회장

확하지는 않지만, 여하튼 무사히 사학과 석사과정에 합격했다.

입학한 그해 가을 학기의 대학원 수업은 兼若逸之씨(후일 二松大學教授, 동경여자대학 일본NHK한국어 강사)과 나, 그리고 ROTC 장교 근무를 끝마치고 복학해서 다시 공부를 시작한 임병훈씨(후일 경북대학교 교수)의 세 사람이었다. 일본인 학생 둘에 한국인 학생 하나이니, 송암 선생님도 서울대학교와는 달리 대학원 수업 하기에 좀 곤란했을 것이다.

여하튼 1975년에는 연세대학교 사학과 한국사 전공 석사과정에 들어갔고, 2년 과정이니까 77년에는 끝낼 예정이었다. 그 무렵에는 손보기 선생님의 조교를 했던 고 김준석씨(후일 연세대학교 교수)와 서울대학교에서 옮겨 왔던 김도형 씨(동) 등, 대학원 공부 동무들도 많아졌다. 나도 당연히 77년 가을에 석사논문을 내고 졸업한 후에 일본으로 돌아가려는 생각이었다. 그러나 송암 선생님은 졸업하고 싶으면 졸업할 수 있겠지만, 좀 더 좋은 논문을 쓰기 위해서는 조금 더 고생해 보지 않겠느냐고 말씀하셨다. 어쩔 수 없이 1년 더 고생했다.

실은 대학원 들어갈 때는 한국의 개화파를 공부하려고 생각하였다. 《유길준 전서》(全5卷)도 구매하였고, 2학기 때는 그의 《勞動夜學讀本》(第2卷, 文法·教育篇)을 읽고 대학원 리포트로 내기도 하였다. 그러나 나중에 알게 된 일이지만, 송암 선생님은 아마도 한국사 학계 안에서도 개화파에 대한 평가를 가장 엄격하고 비판적으로 하신 분이었다. 그 리포트에 관해서도 토론하고, 그 이외에도 커피를 마시면서 선생님의 초창기 논문이었던 갑오농민전쟁에 관한 이야기도 나누었다. 특히 전봉준 공초에 관한 논문을 재미있게 읽었다. 갑오농민전쟁은 일본군 문제와 같은 외부세력의 문제는 매우 큰 문제라고 대학원생이라도 알 수 있었다.

그래서 송암 선생님하고 몇 번 의논하면서 19세기 초에 평안도에서 일어난 민중반란, 소위 홍경래 란에 관한 논문을 석사 논문으로 내기로 했다. 제목은 〈1812년 平安道農民戰爭의 性格 – 參加層의 分析을 中心으로〉(1978.7)이었다. 일제시대에 이미 小田省吾, 《辛未洪景来乱の研究》(1934)라는 단행본이 있었고, 그 당시만 해도 북에서 홍희유(1963), 남에서는 鄭奭鍾(1972), 일본에서는 河原林靜美(1973)의 각각 한편 식 논문이 있었다. 그 각각의 저서 및 논문에 대한 논평은 이 회고 글의 목표가 아니기 때문에 피하지만, 결국 '성격 분석'이라는 용어로 알 수 있듯이, 민중반란에 대한 여러 해석에 지나지 않은 석사 논문이었다.

논문 작성 과정에서 송암 선생님의 지도는 엄격했다. 논문 완성이 가까운 1978년 봄에는 일주일에 한 번쯤 선생님 연구실에서 작성 중인 논문을 읽게 하셨다. 외국인 유학생이라는 점도 있었겠지만, 선생님도 힘드신 지도 방법이고 나도 괴로웠다. 어느 때 자료를 읽다가 薪炭椵라는 단어가 나왔다. 나는 단순히 '薪炭이 들어 있던 椵장통'이라고 해석했는데, 선생님께서는 이를 '薪島, 炭島, 椵島'의 3개의 섬을 가리키는 것이라고 하셨다. 결론적으로는 선생님이 옳았고, 《大東輿地圖》까지 펼쳐 놓고 가르쳐 주시는데 나로서는 땀만 나는 장면이었다. 그것은 홍경래를 비롯한 농민군이 龍川 앞바다 牧이 있던 3개의 섬까지 지배하려던 유력한 증거 문건인데, 내 논문에 그 부분은 지도 교수님의 자료 해독 덕분에 발견한 것이었다.

여하튼 그럭저럭 석사 논문은 무사히 심사가 끝났고 석사 학위를 받았다. 김용섭 선생님은 박사 과정도 한국에서 하지 않겠느냐고 말씀해 주셨지만 나는 일본 사람이고 일본에서 취직해야 하니까 일본으로 돌아가겠다고 대답했다. 그리고 한국 여자와 결혼도 했으니 빨리 취직해야 할 것이라고도 말씀드린 것 같다.

그 당시, 나는 연남동에 있던 처갓집에서 처가살이를 했었는데, 선생님께서 대학원 친구들과 더불어 대학원 졸업 및 결혼 축하하러 와 주셨다. 집사람은 이화여대를 졸업하고 KBS 신인 아나운서로서 사회인 생활을 시작한 지 얼마 안 되는 시기였는데 연구자의 아내로서 더군다나 일본으로까지 가게 될지 모르는 것을 장모님께 여러모로 위로하신 것 같다.

여하간에 그해 연말에는 일본으로 들어와서 신혼 생활과 다시 대학원 학생 생활(박사 과정)을 시작했다. 그때 그 시절에는 나는 고등학교 교원 채용 시험에 실패했다. 집사람은 한국의 KBS아나운서실에서 일본의 NHK 국제방송국에 직장을 옮기고 내 뒤바라지를 해 주었다. 송암 선생님은 내가 일제시대 백남운이 유학했던 東京商科大学의 후신인 一橋大学 経済学研究科의 박사 과정에 합격한 것을 아주 좋아 하셨다. 후일에 백남운 연구로 이름을 낸 고 방기중선생이 백남운 학적보를 찾아 달라고 편지로 문의한 것도 이 시절이었던 것 같다.

여하튼 1979~84년에 대학원 박사과정을 다니면서 논문은 〈李朝末期の度量衡〉(1986, 東京大学, 《東洋文化研究所紀要》99冊) 하나밖에 쓰지 못했다. 그러나 송암 선생님은 언제 그런 공부를 했느냐고 위로해 주시고 기뻐하시었다.

1984년부터 1987년까지는 東京都内의 사립대학교 몇 군데에서 조선어 비상군 강사를 하면서 살았다. 1987년 2월, 지방 국립대학이지만 金沢大学 教養部에 취직할 수가 있었고, 그 후에는 경제학부, 国際学類 등 대학 안의 제도 개혁 때마다 소속을 옮기면서 2016년 3월 말까지 무사히 교수직을 담당했다.

끝으로 선생님의 저작집7 증보판 《韓国近現代農業史研究–韓末·日帝下의 地主制와 農業問題》(2000、9 지식산업사)의 번역을 담당

하면서 있었던 송암 선생님의 모습을 전하고자 한다. 나 자신의 번역자 〈あとがき〉 쓰기에 의하면, 번역 이야기가 나온 것은 1996년경이었다. 그 당시에는 一潮閣版92年, 初版 밖에 없었고 당연히 그것을 底本으로 번역하기 시작했다. 그러다가 저작집의 진행이 시작되고 빨간 붓이 많이 들어간 校訂本, 그리고 저작집의 青焼本, 마지막에는 완성된 증보판을 저본으로 해달라는 지시가 있었다.

그렇게 해서 번역된 것은 法政大学出版局의 〈韓国の学術と文化〉 시리즈12의 《同書》 증보판의 완역판이었다. 송암 선생님은 이 책의 번역에서는 부록의 자료 등을 포함해서 일체의 粗略 등을 허용하지 않으셨다.

현재 필자 앞에는 이 책 번역에 관한 松巖書斎에서의 편지가 1996년에서 1998년까지 3통이 남아 있다. 그중에서 가장 짧고, 가장 완성이 되어가던 1998년의 편지를 소개하고 송암 선생님의 육성을 전하고자 한다.

鶴園裕교수

재미 없는 글을 번역하느라 수고 많으십니다. 일어의 표현에 관하여 내가 잘 모르면서 몇 군데 손을 댔는데, 맘에 안 드시면 다시 고쳐도 무방합니다.

지난번 원고도 마찬가지입니다.

1998년 5월 16일

김용섭

※교정본은 別封으로 보냈습니다.

참고로 송암 선생님의 일본어는 정확하고 완벽했습니다.

선생님께서 일제시대에 각도 우수학생의 한 학생으로써 李王이 살던 東京에 파견된 이야기나, 해방 이후에는 그렇게 招待된 기회가 많으시면서 끝내 일본으로 안 가신 이야기 등도 제가 알기에 쓰고 싶지만, 송암 선생님을 더욱 잘 알고 모시던 김준석 선생님도, 방기중 선생님도 저승에 가 버리고 나도 머지않아 선생님들 앞으로 갈 터이니 이제 그만 쓸까 합니다.

2022년 8월 末 校正을 끝내고.

金沢閑居老人 씀

〈제비〉와 〈엄마야 누나야〉

兼若 逸之(가네와카 도시유키)*

어느 날 김용섭 선생님께서 처갓집에서 닭을 잡아줬냐고 물으셨다. 대접을 잘 받았는지 궁금해서 물으신 것 같다. 그때는 많이 물으셨고 또 나도 많이 질문을 했다. 처를 '집사람'이라고 하기가 좀 뭐하다고 했더니 '아내'라고 하면 어떤가 하셨다. 친구 집에 가는데 뭘 가지고 가면 되느냐고 물었더니 가정집이라면 소고기가 좋다고 하셨다. 또 일이 잘 안 될 때 어떤 방법이 있는지 어떻게 해야 되는지 물었더니 '아' 다르고 '어' 다르다고 하니 말을 조심하고 '열 번 찍어 아니 넘어가는 나무가 없다'는 속담이 있듯이 포기하지 말고 꾸준히 노력해야 한다고 하셨다. 무턱대고 해서는 안 되고 일관성 있게 하라고도 하셨다. 언제나 애매하고 뜬금없는 내 질문에 대한 교수님의 대답은 명쾌하셨다.

또 어느 날 '정설을 뒤엎으려면 어떤 요건이 필요할까요'라고 여쭤봤다. '뭐 대단한 것을 생각하는가 봐' 하시면서 '우선은 시간이지'라

* 전 동경여자대학 교수, 주일 한국문화원 세종학당 운영위원

고 하셨다. 그리고 뭘 하려고 하느냐고 조용히 물으셨다. 대답이 곤란했다. 이제까지 많은 사람에게 내 생각에 대해서 물어봤지만 그게 아닐 거라고 이구동성으로 부정했기 때문이다.

한참을 생각한 후에 '김소월 이야기인데요…'라고 말했더니 '시인 김소월 말이야'라고 물으셨다.

〈엄마야 누나야〉라는 소월의 시에서 왜 강변에 살고 싶은지가 이해가 안 갔다. 그리고 '소월은 민요 시인이나 서정 시인으로만 평가받고 있는데 왜 시의 변혁이나 나라의 독립하고 관련해서 이해하려고 하지 않는지…'라고 또다시 애매한 얘기를 하자, '믿는 바가 있어서 그러는 거지?'라고 하면서 웃으시고 이렇게 말씀하셨다. 정설을 뒤엎으려면 새로운 자료가 필요하고 그 자료에 신빙성이 있어야 하고 새로운 분석방법을 통해서 충분히 납득시킬 수 있는 결과가 나와야 한다. 그 시대에 유행했던 것, 교우관계나 시집이나 소설 등이 참고가 될지도 모르니까 찾아보라고 덧붙이셨다. 그렇다고 원하는 결과가 나온다는 보장은 없다고도 하셨다.

〈엄마야 누나야〉란 노래가 이 시를 만든 김소월보다 더 유명해졌다. 곡을 만든 김광수를 아는 사람은 거의 없다. 그러나 〈엄마야 누나야〉를 모르는 사람은 없다. 그 가사에 의문을 느끼는 사람도 거의 없다. 왜 강변에 살고 싶어하는지도 잘 모르겠다. 강변은 비가 많이 오면 수해가 이만저만 아니다. 강가를 산책하거나 구경하는 것은 좋지만 강변에서 사는 것은 위험할 때도 많을 것이다.

소월의 시집 중에 〈제비〉라는 제목의 시가 있다.

제비

하늘로 날아다니는 제비에 몸으로도

一定(일정)한 깃을 두고 돌아오거든!
어찌 설지 않으랴, 집도 없는 몸이야!

이 시는 Théodore Aubanel[오바넬]의 'TOUT AUCELOUN AMO SOU NIS'라는 시가 William Sharp에 위해 영어로 번역된 것을 上田 敏 (우에다 빈)이 메이지시대[明治時代]에 《海潮音(가이초우온)》(초판 1905)이란 시집에서 일본어로 번역한 시 '故國'을 김소월이 한글로 다시 번역한 것이다. 영어로 번역된 시와 일본어로 번역된 시는 다음과 같다.

Every little bird loves its nest
(transl. by William Sharp)
Every little bird loves its nest.
Our blue sky, our little country, are Paradise for us.

故国　テオドル・オオバネル(上田 敏 訳)
小鳥でさへも巣は恋し、
まして青空、わが国よ、
うまれの里の波羅葦増雲。(파라이소우)

Théodore Aubanel[오바넬](1829~1886)은 프랑스 남부 프로방스지방에서 원래 쓰던 언어인 오쿠어로 시를 썼다. 그는 《海潮音》의 서문에서 프랑스의 시인이 아니라 프로방스의 시인으로 소개되었다. 김소월이 민족의 언어를 지킨 것처럼 오바넬도 자신의 민족 전통 언어를 지키기 위해서 오쿠어로 시를 쓴 것이었다.

1905년에 발간된 시집 《海潮音》은 내가 어렸을 때부터 자주 봤던 책이다. 소월이 이 시를 모를 리가 없다.

천국을 '波羅葦增雲(파라이소우)'로 번역한 이유를 '우에다'는 같은 시집 속에서 다음과 같이 말하고 있다.

'文祿慶長(문록경장)年間(년간), 葡萄牙語(포르투갈어)에서 유래한 말로 기독교가 말하는 천국의 뜻이다. 이건 '파라다이스'란 말을 안 썼던 이유를 말한 것이다. 자신이 써왔던 언어인 '오쿠어'가 존폐위기에 직면하자 민족어를 살리기 위해 '오투쿠어' 부활 운동을 시작한 것이다. '우에다'는 《海潮音》에서 '근대 프로방스어'라고 소개하고 있다. 한글로 시를 쓰기가 어려웠던 김소월은 '고국'이란 시를 지은 '오바넬'의 심정을 충분히 이해했을 것으로 믿어진다.

'우에다 빈'이 일본어로 번역한 이 〈고국〉이란 시를 박목월 시인이 다음과 같이 번역했다.

새새끼마저 제 깃이 그립다거던
하물며 푸른 하늘, 고국땅이여
내가 자라난 마을 파라다이스.
《素月詩鑑賞》(增補版) 張萬榮 · 朴木月(博英社)1957(p77-78)

박목월은 "소월이 이 시를 흉내 냈다고는 생각하고 싶지 않으나 세계적으로 알려진, 너무나 유명한 시이기에 여기 잠깐 소개해 둔다"라고 적어 놓았다. 그러나 이것은 잘못 이해한 것이다.

일본시의 수사법에 '가케코토바(掛詞)'라는 것이 있다. 음이 같고 뜻이 다른 말을 이용해서 한 낱말에 두 가지나 두 가지 이상의 뜻을 지니게 하는 시의 기법이다. '波羅葦增雲' 즉 '파라다이스'를 이어받아 소월은 '하늘나라'를 연상시키는 '하늘로 날아다니는'이라고 쓴 것이다. 소월이 쓴 원문에는 '하늘로 나라다니는'으로 표기되어 있다.

'제비'라는 시에서 '一定(일정)'이란 표기만이 한자로 되어 있다. '일정'의 한자어로는 '一定, 日程, 日政'등이 있다. '일정한'은 천천히 읽으면 '일정하ㅡㄴ'이 되고 '日政下' 즉 '일정하'가 된다. 지금은 '일제강점기'란 말을 많이 쓰지만 전에는 '일정하', '일정시대' 등의 말을 많이 썼다. 이 시에서 쓰인 '一定(일정)'이란 말은 日政(일정) 즉 '일제강점기(日帝强占期)'를 암시한 것으로도 보인다.

시에서 쓰이는 또 하나의 기법이 '혼카도리[本歌取]'라고 하는데 원래 있는 선인의 작품을 의식적으로 본떠 짓는 것을 의미한다. 일본의 전통 시인 '和歌[와카]나 連歌[렌가]'에서 널리 알려진 기교이다.

일제강점기에는 표현의 자유가 전혀 없었다. 조금이라도 나라의 독립과 관련되는 표현을 하면 체포당하기 마련이었다. 그러나 〈제비〉란 시가 조국을 연상시키거나 나라를 잃은 슬픔을 표현했다고 해서 일본 관헌으로부터 소월이 탄압을 받지는 않았을 것이다. 왜냐하면 '우에다'의 번역 시를 '혼카도리[本歌取]'했을 뿐이기 때문이다.

'<u>波羅葦增雲</u>'의 '葦(위)'자는 '갈대'를 뜻한다. 이 한자를 破字(파자)하면 '+ +'에다가 '韋(위)자가 붙은 것이며 韓(한)에서 '日(일)'자를 뺀 것이다. '日(일)'자는 바로 옆의 '增(증)자에 있다. 즉 '大韓(대한)'의 '韓(한)'이 된다.

《海潮音》에 실린 첫번째 시 제목은 이탈리아의 '단눈치오'란 시인의 〈제비의 노래(燕の歌)〉 이며 첫 페이지에 '제비 燕' 자와 '나라 国' 자가 나란히 적혀 있다. 이 나라는 '바다 저편의 조용한 나라–海のあなたの静けき国', 즉 조선이다. 일찍이 인도의 대시인 타고르가 조선을 '조용한 아침의 나라'라고 하지 않았던가.

'波羅'는 [파라]라고도 하고 [바라]라고도 한다. 어렸을 때 살던 고향은 산이며 강이며 들이며 모두가 '波羅葦增雲' 즉 파라다이스일 것이다. 그 천국과 평화와 조국을 바라는 마음이 간절한 시가 오바넬의 〈고국〉이며 김소월의 〈제비〉이다. 조국을 갈망하는 마음은 오바넬도 소월도 같았다. 소월은 그러한 마음을 '갈잎' 즉 갈대로 상징화시켰고 갈대에는 물이 있어야 되므로 항상 물이 있는 강변에서 살고자 한 것이다.

내 이야기를 잠잠히 들으신 후 선생님은 '그렇다고 김소월의 생애의 중심이 독립운동이였다고 말하기는 어렵지 않은가. 그러나 나라의 독립을 항상 염원하고 있었음에는 틀림없겠지'라고 하셨다.

돌이켜 보면 정말 귀중한 시간을 교수님과 함께 보낸 것 같다. 그 고마움을 뒤늦게나마 이 글을 통해서 표현하게 돼 송구스럽지만 교수님은 이해해 주시리라 믿는다.

옆에서 아내가 깨웠다. 차는 예천 읍내로 거의 다 왔었다. 점심으로 예천의 용궁역 앞 음식점에서 순대와 오징어구이를 먹고 드라마 '가을 동화'의 촬영지인 '回龍浦(회룡포)'를 본 뒤 돌아오는 길에 잠깐 차 안에서 졸았던 것이다. 내성천을 거처서 한천을 따라가자 큰 석비가 강가에 서 있었다. 〈엄마야 누나야〉의 시비였다. 회룡포에서는 몇 년 전에 '엄마야 누나야 축제'가 있었다고 아내의 언니가 알려주었다. 처가집에서 걸려 온 전화를 받으며 '저녁은 삼계탕이래'라며 아내가 웃었다. '닭을 잡아주셨네' 하면서.

낯선 학문과의 만남

김무진*

선생님을 처음 뵌 것은 대학원 시절이었다. 학부 때 홍이섭 선생님께서 뜻하지 아니하게 돌아가신 이후 학과의 선생님들께서 서울대에 재직 중이신 좋은 선생님을 모셔왔다는 이야기를 들은 것은 대학원 재학 중인 때이었다. 사실 나는 그렇게 썩 좋은 학생이 아니었다. 새로 오신 선생님의 학문 경향에 대하여 두리뭉실한 소문만 전해 들었지 구체적인 연구 업적들을 정리하여 이해하고 있지 못하였다. 송암 선생님은 뒷날 자신의 삶을 회고하면서 '역사의 오솔길을 가면서'라 이름 짓고 매우 마음에 들어 하셨는데, 그 당시 나는 그 오솔길이 어떻게 생겼는지 큰 관심을 가지지 못하였다. 단지, 농업사연구자, 사회경제사 연구자라는 이해가 전부이었다. 나로서는 낯선 분야를 연구하는 교수님이었다.

손보기 선생님께서는 언젠가 송암 선생님께서 연세대로 오시게 된 사정을 전하면서 흐뭇한 감정을 감추시지 않았다. 서울사대에 재직 중이시던 손보기 선생님께서는 전쟁 중에 입학한 송암 선생님을

---

* 계명대학교 사학과 명예교수

지도하셨는데 그때 송암 선생님이 사회경제사를 공부할 계기를 마련하였다는 말씀을 하셨다. 그것은 단순히 한 사람의 전공분야를 열어준 것이 아니라 해방 이후 남한의 사회경제사학이 궤멸할 지경에서 학문적 계승에 가교역할을 하셨음을 의미하는 것으로 나는 생각하였다.

내가 선생님에 대하여 관심을 더욱 가지게 된 것은 오히려 학문외적 요인들이었다. 대학원 수업을 서울대 역사 전공자들과 함께한다든가 혹은 다른 학문의 연구자들이 보여준 선생님께 대한 지대한 관심은 점차 "이 분이 누구지"라는 물음을 갖게 하였다. 솔직히 처음에는 선생님의 학문의 깊이와 범위가 그 정도인지 몰랐었다. 역사학뿐만 아니라 다른 학문 분야 그리고 사회변혁에 관심을 가진 사람들에게 끼친 영향이 그 정도인 줄은 정말 몰랐다. 이제 와서 고백이지만 나는 그때 한 자리에서 선생님의 글을 꼼꼼하게 살펴보지 못하였다. 선생님의 연구 논저를 살펴본다든가 하는 것도 그 이후 엄청난 시간이 지난 이후의 일이었다. 이리저리 공부하면서 그때마다의 주제에 따라 선생님의 글을 대하면서 선생님의 공부 범위가 내 상상을 뛰어넘었고 정리되고 체계가 잡힌 논지를 대하면서 무릎을 치곤 하였다.

선생님과 향약연구

선생님의 사회경제사는 강의실에서 배울 수 있는 주제이었는데 사실 향약에 관한 가르침은 선생님의 연구실에서 있었다. 1970년대 후반 석사과정에서 향약을 중심으로 하는 율곡의 사회사상을 연구하고 이후 몇 편의 향약에 관한 글을 발표하면서 선생님의 향약에 관한 말씀을 들을 수 있었다.

향약연구는 내가 1970년대 초에 향약을 접하기 이전부터 선생님의 삶과 매우 관련이 깊었던 것으로 알고 있다. 선생님께서 연세대로 옮기게 된 이유가 여럿 있겠는데 그 가운데 하나가 향약연구에 대한 압박이었다고 들었다. 1970년대에 권력은 한참 새마을운동의 역사성을 만들려 하였고 학계의 일부는 그 역할을 기꺼이 수행하고 있었다. 그 와중에 선생님께 향약을 새마을의 역사적 배경으로 만들도록 요구하였으며 선생님께서는 그것을 압박으로 느끼셨다고 한다. 학문의 권력에의 추종도 해서는 안 될 일이며, 자신이 이해하고 있는 향약은 새마을운동과는 거리가 있다고 설명해도 듣지 아니하였다고 하였다. 향약은 양반층의 농민통제조직이라는 견해를 논문에서 이미 밝힌 터에 자치조직이라고 주장하는 새마을 조직을 연계할 수는 없었다는 이야기이었다. 당시의 여러 가지 사정과 관련하여 그러한 요구가 압박되는 국립대학을 떠나 사립대학을 선택하셨다는 말씀이었다.

선생님께서는 향약에 관한 별도의 저서를 낼 생각이었는데 1972년 田花爲雄의 방대한 향약에 관한 연구저서가 출간되면서 생각을 접으셨다고 한다. 사실 내가 선생님의 글에서 향약에 관한 내용을 접한 것은 한참 뒤의 일이었지만 어느날 선생님의 연구실에서 선생님께 향약에 관한 짧은 생각을 말씀드리면서 선생님의 향약에 관한 견해를 직접 듣게 되었다.

내 이야기의 중점은 향약은 양반과 농민들이 한 조직 안에 있는 것만 있지 아니하고 양반들만 한다든가, 규모도 마을에서 고을까지로 범위가 달라 향약의 성격이 꽤나 다양하다는 것이었다. 그에 대하여 선생님은 '향약은 농민통제의 조직이었는데 왜 양반이 스스로의 손을 묶기 위하여 향약을 시행하였겠는가'라는 평소의 논지이었다. 이야기는 향약에서 향규까지 전개되어 내가 감당할 수 있는 범위를 넘어서고 있었다. 결국 말씀을 이어가시던 선생님께서는 어줍잖은 주장을 펴는 나를 향하여 깔고 앉았던 방석을 집어 들으셨다. '방석이 네모날 수도 있고 둥글 수도 있으나 그 모두가 방석임에는 틀림없다'는 이야기로 대논전을 끝내셨다. 선생님의 가르침은 그 후 내 향약연구에서 사족향약, 수령향약이라는 학술용어를 만들어 사용하면서 향약의 시행 주체별 다양한 성격이 있었음을 밝히는 것으로 결론이 났다.

선생님과 내재적 발전론

내가 처음 선생님의 글을 읽으면서 다소 의아하게 생각하였던 분야가 사학사에 관한 연구이었다. 그러나 그것이 선생님 연구의 출발이고 결론이었음은 뒤에 깨달았다. 연구를 시작하면서 학술사를 정리하여 연구의 주제를 끌어낼 뿐만 아니라 연구이론의 정립 그리고 나아가서는 연구자의 연구자세까지 바로 잡기 위한 초석이었다. 그리고 더욱 중요한 것은 그동안의 역사학이 무엇인지를 알아야 지금의 역사학이 당면한 사회적 책무까지 감당할 수 있다는 논리이었다. 역사학은 단순한 학문의 하나가 아니라 사회적 과제를 해결하기 위한 이론적 토대가 되는 것이고 그 역할을 담당해야 한다는 것이다.

그 사학사의 검토의 결과가 내재적 발전론이었다. 그 용어가 해방이후 일본의 연구자들이 한국사를 바라보면서 가진 새로운 생각이 표출되었든 아니든, 선생님의 사학사 검토의 결론은 한국사회의 역사에서 발전적 변화양상을 추적하고 드러내는 것이었다. 선생님의 표현을 빌리자면, 그것은 문화 학술운동에 해당하는 것이고 역사학자의 시대적 소명이었다. 지식인이 해야 할 일에 대해 늘 고민하고 생각의 끈을 놓지 않고 계셨다. 대학의 연구실에서나 뒷날의 연희동 개인연구실에서도 마찬가지이었다.

내재적 발전론은 역사의 지향과 목적을 부정하는 연구자들이나 혹은 조선후기사회를 바라보는 시각이 다른 연구자들의 주목거리이었다. 그리고 조선사회의 발전을 긍정하는 입장의 연구자들에게서도 그것이 자본주의화를 종착지로 하는 근대화론이 가지는 위험에 빠질 수 있다는 염려가 있었다. 그와 같은 비판을 익히 알고 계셨던 선생님께서는 짧게 한 말씀 하셨다. "그것이 내가 감당할 수 있었던 몫이었네!" 역사이론의 완결성보다는 역사학자의 학자로서의 시대적 소명을 강조한 말씀이었다고 생각하였다. 그리고 그것은 답답한 제자를 향한 선생님의 질책이었다. "자네는 이 시대에서 이제 무엇을 어떻게 연구해야 하는가?" 나는 선생님의 질책에 흡족할 만한 답을 드리지 못하게 되었으나 그 말씀을 잊지는 않았다.

그 어느 날 내재적 발전론에 대하여 열정적으로 비판하고 있던 연구자를 만났을 때 나 역시 한 마디를 건넸다. "이제 지나온 내재적 발전론의 비판에 쏟던 열정을 당신의 연구에 쏟기 바랍니다. 인정하든 아니든 내재적 발전론이 우리 학계의 학술적 역사라면 이제는 당신의 연구로 한국사를 보다 풍부하게 하여 역사학을 채우시기 바랍니다." 그 얼마 전 학계의 회고와 전망을 집필하면서 그 연구자의 내재적 비판론에 대한 글을 소개하지 않았다가 또 다른 비판론자로부터 심한 비난을 받은 터이었기에 무슨 이야기인지 알았으리라 생각한다.

뒷이야기 하나

선생님께서는 평소 학문활동 이외의 처신에 대해서는 '조심조심'을 내세웠다. 1980년의 정치적 대격동에서 '조심조심'을 지키려 하셨지만 격랑을 피하기 어려웠다. 듣기에는 후배교수들의 권유에 따라 '지식인선언문'에 서명을 하셨는데 신군부의 광풍은 선생님을 연구실에서 잠시 몸을 피하게 하셨다.

나는 그때에 국민대가 보이는 정릉골짜기 연립주택의 2층에서 새살림을 내어 살고 있었다. 그즈음에는 몇몇 대학원 동료들과 어울리기는 하였으나 그들이 정릉 집을 자주 찾는 편은 아니었다. 때가 때인지라 정국에 대한 소식만 들으며 시국이 돌아가는 것을 지켜볼 수밖에 없었다. 그러던 어느 날 선생님께서 저희 집을 찾아오셔서 머무시게 되었다. 듣기에는 이러한 상황에 비교적 익숙한 주변의 교수님들께서 저들의 광풍을 일시 피하는 것도 좋은 방법이라고 강권하여 내키지 않은 발걸음을 하신 것이었다.

며칠 지나지 않았을 때 그동안 자주 찾지도 않던 대학원 동료들이 연락도 없이 집에 들렀다가 앉아계신 선생님을 보고 얼마나 놀랐는지 모른다. 내가 연락하여 찾아온 것도 아니어서 나 역시 찾아온 그들이 한편으로는 야속하였다. 그것도 한둘이 아니고 마치 소문 듣고 오는 것처럼 계속하여 찾아오는 상황에서 제일 곤혹스러우셨던 것은 선생님이셨다. 드디어 며칠 지나지 않아 선생님께서는 '자네 집은 객주집 같군' 한마디 말씀을 하시고 거처를 대구로 옮기셨다.

선생님께서 어떻게 하여 저희 집에 오셨는지는 그때도 여쭙지 않았다. 집사람 역시 사학과 동기생이어서 학부에서 직접 배우지 않았지만 한 울타리 사람이라는 생각이 들었는지 모르겠다. 그 이후 가끔 선생님은 '자네 처가 공부하였으면 더 잘하였을 것'이라는 말씀을 하셨다. 내가 생각해도 내 공부가 그렇게 썩 마음에 들지 않았을 때이었기에 그렇게 속 뒤집어 놓는 이야기는 아닌 것으로 기억한다.

선생님에 대한 기억의 조각들

송정수*

스승의 날을 며칠 앞둔 오늘(5월 11일) 모처럼 선생님 영전에 참배하고 돌아와 책상머리 앞에 앉아 선생님에 대한 기억들을 더듬어 본다. 1977년 군 제대 후 대학원에 복학하여 조교 일을 맡으면서 선생님을 처음 만나게 되었으니 선생님과 인연을 맺은 지가 어언 45년이 지나고 있다. 이때 맺어진 선생님과의 인연이 내 앞길에 큰 결절점이 되리라곤 전혀 생각지 못했다. 선생님께서 베풀어 주신 과분한 은혜에 감사드리며 지난날 선생님에 대한 기억의 조각들을 반추해 본다.

선생님께 직접 수업을 들은 적은 없지만 내 학문 연구의 방향과 전공 영역을 정하는데 결정적인 가르침을 받았다. 당시 국내 동양사 연구의 조류에 따라 한중관계사에 관심을 가지고 있던 나에게 선생님께서는 이제는 본격적인 중국사 연구를 해야 할 때라는 조언을 해주셨다. 그런가 하면 당시 선생님 문하생들의 주된 관심 사항인 향촌공동체에 대한 관심을 공유했으면 하는 언질을 주셨다. 그러면서 내어주신 和田淸의 《支那地方自治發達史》와 淸水盛光의 《中國鄕村社

* 전북대학교 명예교수

會論》 두 권의 책은 나에게 국가권력이 향촌사회에 대한 지배를 어떻게 관철하고자 했는지에 대한 관심을 촉발시켰고, 향후 내 학문적 전공 영역으로 자리 잡는데 절대적인 영향을 주었다. 이러한 연유로 해서 이후에도 종종 선생님께 개인적인 지도를 받을 수 있었으며, 동양사 전공 지도교수인 황원구 선생님과 더불어 나는 사실상 두 분의 지도교수님을 모시게 되는 행운을 가지게 되었다.

뿐만아니라 훗날 대학에 자리를 잡을 수 있었던 것도 선생님의 추천이 결정적인 계기가 되었다. 박사과정에 입학하여 호구지책으로 고등학교 교사를 하면서 힘들게 학업을 병행하던 때였다. 어느 날 수업을 마치고 교무실에 돌아오자 선생님께 연락해 달라는 전갈이 와있었다. 곧바로 통화를 하고서 다음 날 찾아뵈었는데, 뜻밖에도 진주에 있는 경상대학교에 내려갈 의향이 없느냐고 물으셨다. 그 학교에 재직하고 있는 선생님의 옛 제자가 찾아와 동양사분야 전임교원을 추천해 달라는 요청이 있었던 것이다. 사실 이보다 앞서 지인을 통해 경남의 모 사립대학교에서 임용 요청이 있어 선생님께 상의를 드린 적이 있었는데, 아마도 이 일이 각별히 생각나신 듯하였다. 당시 교사와 시간강사, 대학원 수업을 병행하며 고단한 생활을 하고 있던 터여서 이것저것 가릴 계제가 아니었다. 이에 선생님의 추천을 받아 경상대학교 공채에 응모하였고, 이듬해 전임강사로 임용되었다(먼 훗날 선배를 통해 알게 된 바인데, 당시 선생님께서는 추천에 앞서 내 전공 지도교수님과도 사전에 상의했다고 한다).

이처럼 학문의 방향을 결정하고 평생직장을 얻는데 선생님의 큰 은혜를 입었던 것이지만 소소한 일상에서도 나는 선생님으로부터 남다른 관심과 처우를 받았다는 생각을 지울 수 없다. 대학원 학업과 교사생활을 병행할 당시 나는 이 사실을 선생님께 말씀드리지 않고 숨기려고 했다. 선생님께서는 지도를 받는 대학원생들에게 풀타임으로 공부하도록 강조하고 있음을 익히 알고 있기 때문이었다. 그런데 언젠가 사적인 이야기를 나누는 중에 내 이 같은 사정을 선생님께서 알게 되었는데, 선생님의 반응은 뜻밖이었다. 당신께서도 대학원 공부를 하던 젊은 시절 고등학교에 재임한 경험이 있다 하시며 도움이 될 만한 여러 말씀을 자상하게 전해주시는 것이었다. 내심 당황스러웠지만 관심과 배려에 감사를 드릴 뿐이었다. 그런데 아직까지도 왜 이처럼 따뜻하게 대해 주셨는지 알 수가 없다. 다만 생각되는 것은 혹 답사파동과 관련해 나에 대한 미안함을 간직하고 계셨기 때문이 아닌지 추측해 볼 따름이다.

답사파동이란 1979년 봄, 답사와 관련하여 과에 일었던 큰 파동이다. 아마도 70년 중후반대 학번들은 어렴풋이 기억이 날 것이다. 당시 강원도지역 답사가 계획되었고 사전답사를 비롯해서 차량 예약까지 모든 준비가 완료된 상태였다. 그런데 인솔 교수님의 납득하기 어려운 이유로 갑자기 답사가 취소되어버렸다. 그러나 모든 준비를 마친 학생대표들이 이에 불복하고 인솔교수 없이 계획된 대로 학생들과 함께 답사를 떠났던 것이다. 당시 불법적인 행사에 조교는 일체 개입하지 말라는 학과장님의 엄명이 있기도 했던 터여서 내 처지는 참으로 난감하였다. 그런데 답사를 떠난 다음날 오후 나는 선생님의 호출을 받았다. 사고의 위험도 있고 하니 조교라도 뒤따라가 잘 인솔하고 돌아오는 것이 좋겠다고 하시며 차비까지 내어주셨다. 선생님의 말씀에 공감한 나는 그날 저녁 합동근무 중인 오일주, 지금의 혜안출판사 사장과 같이 강릉으로 출발하였다. 다음날 점심 무렵 가까스로 학생들과 조우한 우리는 계획한 대로 답사를 잘 마치고 돌아왔다. 그런데 막상 학교에 돌아와 보니 과사무실은 폐쇄되고 열쇠도 반납하라는 뜻밖의 상황이 기다리고 있었다. 조교가 학생들을 선동하여 답사를 떠나게 한 다음 뒤따라갔다는 어이없는 이유 때문이었다. 이렇게 해서 뜻하지 않게 조교를 그만두게 되었던 것인데 어디에도 해명할 수 없었다. 아마도 선생님께서는 이때의 일과 관련해 내심 미안함을 간직하고 계시지 않았을까 짐작된다.

답사 이야기를 하다 보니 조교 시절 선생님을 모시고 학생들을 인솔하여 전라도 답사를 다녀온 기억이 어슴푸레 떠오른다. 정읍에선가 몇몇 학생들이 식중독에 걸려 오전 답사를 취소했던 일, 독도법에 의존해야 했기에 길을 잘못 들어 헤맨 기억들이 스쳐 지나간다. 당시만 해도 전라도 지역은 답사의 불모지였고 오로지 선생님만이 답사 코스로 정하여 학생들을 인솔하시곤 했다. 조창과 조운로, 일제하 농촌 침탈 현장, 동학농민혁명 유적지, 동림서원과 다산초당 등 실학 관련 유적지, 이밖에도 벽골제, 필암서원, 녹우당 등 한국사에서 빼놓을 수 없는 역사 현장들이 망라되어 있는 이곳은 이제 전국의 역사과뿐 아니라 일반인들까지도 상시적으로 답사를 오고 있다. 이렇게 된 데에는 일찍이 이 지역을 새로운 답사지역으로 일구어 오신 선생님의 선구자적인 노력에 힘입은 바 크다고 생각된다.

수십 년간 선생님과의 인연을 맺어오면서 이밖에도 숱한 기억의 조각들이 머리에 맴돈다. 조교 시절 접대해야 할 손님이 오실 때마다 싸온 도시락을 주시곤 했던 일, 일과 후 저녁 무렵 가끔 연구실로 불러 여러 말씀을 해 주시던 자상한 모습, 매해 정초 연구실로 찾아 세배를 드린 기억, 그리고 언젠가 사모님과 전주에 오셔서 한가로이 금산사 길을 걸으며 담소를 나누었던 기억 등등... 그런데 한편 죄송스럽고 못내 아쉬운 일이 마음속 한편에 남아 지금도 지워지질 않는다. 근년에 전봉준 관련 새로운 내용을 정리해서 출간한 책자(《베일에서 벗어나는 전봉준 장군》)를 선생님께 보여드리지 못한 일이다. 30여 년 전 우연한 기회에 천안 전씨 《병술보》를 접하면서 전봉준 장군에 대해 관심을 가지게 되었다. 이후 《병술보》에 기술된 전봉준 관련 내용을 추구해가면서 선생님으로부터 많은 격려를 받았다. 이에 힘입어 여러 글을 쓰게 되었는데, 이를 정리한 결과물이 바로 이 책이다. 당시 무슨 바쁜 일이 있었던 것도 아닌데 차일피일 미루다가 코로나 팬데믹을 맞게 되었고, 선생님께 미처 책을 드리지 못한 채 부음을 듣게 되었다. 아마도 책을 보셨다면 반가워하시며 여러 말씀을 해주셨을 텐데 아쉽고 송구스러운 마음 금할 길이 없다.

늦게나마 선생님을 추모하며, 이 책과 후속으로 나온《전봉준 장군과 그의 가족 이야기》두 권의 책을 선생님의 영전에 바친다. 평생 쉼 없이 해 오신 연구를 후학들에게 미루시고 하늘나라에서 편히 쉬소서!

송암서재의 일상을 회상하며

백승철[*]

2019년 12월 겨울 연세대학교 사학과 동문회에서 선생님을 '제1회 위당학술상' 수상자로 선정하였다는 소식을 전하기 위해 은평구에 있는 병원으로 선생님을 찾아 뵈웠다. 4개월여 만에 찾아뵌 선생님의 모습은 나에게는 참으로 충격이었다. 평생 수행하던 연구를 마무리하는데 체력과 심력을 모두 소진하신 선생님의 쇠약한 모습, 그리고 수상 소식을 전하러 간 제자들의 손을 잡고 "내가 지금 위당이 누구인지 생각이 안 나."라고 하시며 안타까워하시는 모습을 보면서 북받쳐 오르는 슬픔을 참을 수 없었다. 4개월 전만 해도 저작집 제9권《한국 고대 농업사 연구》의 교정을 마무리했다고 홀가분해 하시던 모습이 떠올라 더욱 참기 어려웠다.

선생님과 나의 본격적인 인연은 학부 4학년이던 1980년 여름방학 때부터이다. 5·18광주민주화운동의 여파로 모든 대학에 휴교 조치가 내려져, 나는 서울을 떠나 고향 집에 내려와 있었다. 어느 날 친우인 故 방기중 교수가 선생님께서 찾으시니 빨리 올라오라고 전화를

* 전 연세대학교 국학연구원 교수

했다. 연구실로 찾아가 뵈었더니 선생께서 대학원 진학을 권유하셨다. 당시 나는 나름 역사 공부에 관심이 있었지만, 4학년에 들어와서는 사정상 대학원 진학을 포기하고 취직을 준비하고 있었다. 그러면서도 1980년 봄 민주화운동이 좌절되면서 엄혹한 우리나라 현실에 대한 좌절감 무력감 등으로 앞으로의 진로에 대해 새로운 고민에 빠져 있었다. 그러한 때 선생님의 권유는 나를 한국사 연구자의 길로 이끄는 결정적 계기가 되었다. 대학원에 진학한 후 선생님의 지도하에 석, 박사 논문을 작성하였고, 강의 전담 조교도 하였고, 선생님께서 은퇴하신 이후에는 5년여 동안 송암 서재에서 함께 생활하면서 선생님의 일상을 가까이에서 살펴볼 수 있었다.

내가 곁에서 지켜본 선생님의 일상은 다른 수식어가 필요 없는 학자의 모습 그 자체였다. 선생께서 내게 대학원 진학을 권유하면서 "학문하려면 하루에 최소한 12시간은 책상에 앉아 있을 각오를 해야 한다. 이렇게 할 수 있느냐?"고 물으셨다. 당시에 나는 자신 있게 "예"라고 대답하였지만, 나는 이 약속을 제대로 지키지 못했다. 실제로 이를 실천하는 사람은 내가 아는 한 선생님 한 분뿐이었다. 학교에 계실 때 선생님은 1년 365일 매일 정해진 시간에 출근하여 밤늦게까지 연구에 몰두하였다. "학자에게 연구실은 집보다 더 편한 곳이 되어야 한다."라고 항상 말씀하셨고 실제 그렇게 생활하였다.

대학원에 진학하여 나는 선생님의 '교양한국사' 강의 담당 조교를 맡게 되었다. 당시에는 군사정권의 대학 사찰이 공공연하게 행해져 강의실에도 사복 경찰이 들어 감시하는 경우가 있었다. 그래서인지 선생님께서는 나에게 출석만 부르지 말고 강의 중 내내 자리를 지키도록 하셨다. 덕분에 두 학기 동안 강의를 듣고 필기를 하면서, 나는 한국사 전체를 거시적 관점에서 살펴볼 수 있는 안목을 배울 수 있었다. 이때 필기한 노트는 내가 후에 '교양한국사'를 강의할 때 강의안으로 이용하였고, 동료나 선배들도 그걸 복사하여 강의에 활용하곤 하였다.

선생님께서 학교에 재직하시던 시절에는 제자들 대부분이 그러하였듯이, 나는 선생님과 공부에 관한 이야기 외에 다른 대화를 해 본 기억이 없다. 공부에 진척이 없으면 찾아뵐 엄두를 내지 못하였다. 어쩌다 선생님께서 호출이라도 하시면, 공부와 관련하여 뭔가 꾸중을 듣지 않을까 걱정하곤 했었다. 선배나 동료들도 다르지 않았다. 지금은 고인이 되신 최완기 교수님의 일화가 지금도 생생하게 기억난다. 내가 박사학위 논문을 쓸 때, 선생님께서는 대학원 한 학기 수업을 내 박사논문을 주제로 강의하셨다. 어느 날 선생님께서 나에게 최 선생님이 다루는 주제가 내 논문과 밀접한 관계가 있으니 최 선생님께 대학원 수업시간에 한 번 시간을 내어 강의해 주도록 부탁해 보라고 하셨다. 이화여대의 연구실로 찾아뵙고 이 말씀을 드렸더니 최 선생님께서 정색을 하시면서 “내가 학교에서 보직을 맡아 연구를 소홀히 하였더니, 김 선생님께서 나를 혼내려고 부르신 것 같다.” 라고 하면서 매우 걱정하였다. 내가 그런 게 아니라고 아무리 말씀드려도 믿지 않았다. 최 선생님의 강의는 별 일없이 잘 끝났고 나에게 큰 도움이 되었지만, 강의하던 날 최 선생님의 긴장하시던 모습이 지금도 눈에 선하다.

1997년 선생님께서 은퇴하실 무렵, 외부에 연구실을 마련해야겠다고 하시며 적당한 장소를 찾아 달라고 부탁하셨다. 당시 나는 한국근현대사를 전공하는 동료 대학원생들과 연남동에 ‘창천역사연구실’이라는 공부방을 운영하고 있었다. 그래서 가능하면 연남동 공부방에서 가깝고 선생님 댁에서 도보로 다니실 만한 곳을 찾아보았다. 다행히 적당한 장소를 찾았고, 선생님께서도 흡족해하셔서 연남동에 ‘송암서재’를 열게 되었다. 그 과정에서 몇몇 선배 제자들이 선생님께서 혼자 계시는 것을 염려하여 정기적으로 선생님을 모시고 세미나 등을 하기로 계획하였고, 특정한 근무처가 없던 내가 차출되어 '송암서재'의 운영을 보조하게 되었다. 서재의 넓이는 25평(실평수 약 20여 평)으로, 책꽂이로 공간을 구획하여 선생님 전용공간과 세미나용 공간을 나누고, 선생님 전용공간에는 작업용 책상과 소파를 배치하였고, 나머지 공간에는 내 책상과 회의용 탁자를 배치하였다.

서재생활 초기에 선생님께서는 달라진 환경에 적응하지 못하여 매우 힘들어하셨다. "퇴직하니 마치 세상과 단절된 것 같다."라고 하시며 연구에 집중하지 못하셨다. 그래서 나는 서재의 환경을 가능한 한 학교 연구실과 비슷하게 꾸미려고 궁리하였다. 학교 연구실은 좁은 공간에 많은 책이 자리를 차지하여 항상 어두컴컴하였고, 또 추위를 많이 타신 까닭에 한여름에도 비가 오거나 하면 연통 달린 석유난로를 피우는 경우가 많았었다. 이에 착안하여 여기저기 알아보아 연통 달리 석유난로를 구해 선생님 책상 옆에 설치하고, 창문에 한지를 붙여 햇빛이 직접 들이치지 않게 하였다. 선생님께서는 한지를 창문에 붙이니 햇빛이 은은하여 안정감이 든다고 좋아하셨다. 한 3개월이 지나자 선생님께서는 안정을 되찾으시고 평소 연구실에서와 같이 집중력을 되찾으셨다.

선생님의 서재에서의 일상은 재직시절 학교 연구실에서의 일상과 달라진 것이 하나도 없었다. 1년 365일 아침 일찍 정해진 시간에 나와 연구하고, 12시에 도시락으로 점심을 드신 후 2시까지 낮잠을 주무시고, 다시 연구에 몰두하다가 5시에 퇴근하는 일상이 반복되었다. 이러한 일상에서의 유일한 일탈은 동료 학자나 제자들이 찾아와 밖에서 점심을 드시는 경우였다.

송암서재에서의 일상은 퇴임 이전과 그렇게 다른 게 없었지만, 선생님의 연구나 나와의 대화에는 많은 변화가 있었다. 서재에서 선생님과 함께 생활하면서 나는 비로소 선생님과 공부가 아닌 일상적인 이야기를 나눌 수 있었다. 박사학위를 받을 때까지도 나는 선생님의 지나온 이야기나 일상생활에 대하여 한 번도 들은 적이 없다. 물론 감히 물어본 적도 없었다. 점심시간에 도시락을 함께 먹으며 나는 선생님의 어린 시절이나 가족이야기, 연구나 학계 활동 과정에서 겪은 많은 경험담을 들을 수 있었다. 아울러 선생님께서 쓰신 논문과 저서가 나오게 된 계기나 과정, 목표 등에 대해서도 많은 이야기를 들었다. 나 혼자 알고 있기에는 너무나 소중한 내용이라 후학을 위하여 글로 남기시는 것이 좋겠다고 여러 번 말씀드렸다. 그 후 선생님께서는 《역사의 오솔길을 가면서(김용섭 회고록)》(지식산업사, 2011)를 집필하였고, 내가 들었던 이야기들 대부분은 그 책에 실렸다.

또한 나는 사회적 이슈에 대한 선생님의 견해도 직접 들을 수 있었다. 선생님은 우리 민족이 나아가야 할 방향, 남북문제의 해결방안 등에 관심이 많으셨다. 그리하여 그 말씀을 통해 현실 문제에 대한 역사학자로서의 선생님의 자세와 통찰력, 그걸 표현하는 방식 등을 배울 수 있었다. 선생님은 현실 문제에 관한 관심과 고민을 당신이 쓰고 있는 연구논문 속에 투영하려고 노력하셨다. 김영삼 정권하에서 '세계화'가 사회적 화두로 대두되었을 때이다. 선생님께서는 나에게 세계화의 올바른 방향에 대한 당신의 생각을 말씀하시면서, 당시 쓰고 있던 논문에 그걸 어떻게 반영하였는가를 말씀한 적이 있다. 선생님은 그때 〈세종조의 농업기술〉(《세종문화사대계 2. 과학, 역사, 지리편》 세종대왕기념사업회 편. 《한국중세농업사연구》, 2000 지식산업사 수록)을 쓰고 계셨는데, 이 글은 세종조 《농사직설》의 편찬과정에서 나타난 당대의 농정관, 농업기술을 검토한 논문이었다. 선생님께서는 《농사직설》이 동아시아 세계의 보편적 농정으로서의 〈주자 권농문〉과 중국농서에서 채록한 농업기술을 수록하되, 풍토부동론(風土

不同論)에 입각하여 조선 독자의 농업기술을 조사하여 함께 수록한 점을 지적하시면서, 《농사직설》의 편찬이야말로 당시 농학에서의 '세계화'와 '독자성'을 어떻게 조화시킬 것인가를 고민한 산물이었다고 말씀하셨다. 《농사직설》의 편찬에 드러난 농정, 농학의 '세계화', 즉 세계적 보편성을 추구하면서도 독자성을 잃지 않는 주체적인 자세를 견지하는 '세계화'를 말씀하신 것이다.

2005년에 간행된 《남북 학술원과 과학원의 발달》(지식산업사)도 선생님의 현실 인식이 깊이 투영된 책이다. 당시에는 김대중 정권하에 남북관계가 개선되어 민족통일에 관한 관심이 고조되어 이를 위한 다양한 방안이 논의되던 시기였다. 선생님은 이러한 사회적 관심사와 관련하여 해방공간에서 이루어진 학술원 수립 운동 과정에서 드러난 이념적 갈등과 이의 해결방안에 대한 정리를 통해, 당신이 생각하는 통일방안을 이 책에 반영하였다고 말씀하셨다.

선생님께서는 은퇴 후 몇 년 동안 한국고대사에 관련한 국내외의 모든 연구와 자료를 섭렵하셨다. 이때 선생님께서 검토한 고대사 관련 논문이나 자료는, 양적으로나 질적인 면에서 고대사 전공 연구자들의 그것에 비교해도 결코 손색이 없을 것으로 생각된다. 선생님의 연구에서 비어있었던 고대농업사를 정리하기 위한 준비 작업이었다. 그리고 선생님께서는 그간에 파악한 고대사, 발해사에 대한 이해를 직접 확인하기 위해 답사를 추진하셨다. 이 지역에 대한 답사는 모두 4차례였는데, 1996년, 1999년에 고구려와 발해 지역을, 2013년, 2016년에는 고조선의 영역이었던 요동 지역을 답사하였다. 《동아시아 역사 속의 한국문명의 전환–충격, 대응, 통합의 문명으로–》(2008), 《한국 고대 농업사 연구》(2019)는 그 결과물로서 한국사에 대한 선생님의 전체구도와 계획을 마무리한 작업이었다.

옆에서 지켜본 내 기억 속의 선생님은 일찍부터 한국사연구에 대한 당신의 전체 체계를 구상하고 계획을 세워 평생 실천해 간 분이었다. 한번은 《조선후기 농학사 연구》에 대해 언급하시면서 "30년 전에 《조선후기 농학의 발달》(서울대 한국문화연구소, 1970)을 저술하며 언젠가는 자료를 완전하게 모아서 이를 완성해야겠다는 계획을 세웠다"고 말씀하신 적이 있다. 그 후 1984년 연구년에 유럽을 방문하여 그동안 볼 수 없었던 자료를 모아 검토하여 마침내 《조선후기 농학사 연구》를 완성하셨다. 이 책은 30년에 걸쳐 자료를 수집하고 연구한 결과물인 셈이다. 송암서재에 있을 때 어느 해 연말에 선생님께서 "나는 연초에 이런 계획을 세웠고 어떤 건 목표를 달성하였고 어떤 건 미흡했는데, 자네는 어떤가?" 하고 물으신 적이 있다. 그 말씀을 들으면서 '선생님께서는 은퇴 이후에도 여전히 평생의 연구계획표 속에서 생활하고 계시는구나' 하고 생각하였다. 선생님은 당신이 구상한 연구 계획을 실천하기 위해 하루도 헛되이 보냄 없이 하루, 1년, 평생을 보내셨다. 그 외에 다른 것에는 눈길도 주지 않으셨다. '나는 몸이 약해 체력이 다른 학자들을 절반밖에 되지 않는다. 그래서 가진 체력을 모두 연구에 집중해야만 다른 사람을 따라갈 수 있어 다른 곳에 신경 쓸 겨를이 없다.'라고 말씀하시곤 하였다.

당신에게 허용된 모든 심력과 기력을 다 쏟아 평생의 연구 계획을 모두 마무리하신, 그래서 알맹이를 모두 소진한 채 껍데기(?)만 남은 것 같았던 선생님의 마지막 모습, 아마도 나는 그 모습을 언제부터인가 예상하였는지도 모르겠다.

조용히 흘러가는 깊은 강물이셨던 선생님

김영*

필자는 1970년에 문과대학 국문학과에 입학하여 2학년을 마친 뒤 1972년에 해병대에 입대하여 군 복무를 마치고 1975년도에 3학년으로 복학하였다. 바로 그 해에 김용섭 선생님(이하 '선생님'으로 줄임)은 서울대 국사학과를 떠나 연세대 사학과로 부임하셨다.

선생님의 학문적 목표는 식민사관의 정체성이론과 타율성이론을 극복하고, 우리 역사의 자율적 내재적 발전논리를 규명하는 것이었다. 그런데 경성제대에 뿌리내린 식민사학의 거두 이병도의 영향을 받은 교수들이 포진하고 있는 서울대 국사학과에서는 이런 작업을 계속하기가 어렵다고 판단하셨던 것 같다. 선배 교수들이 노골적으로 "민족사학을 그만하자"라고 협박하거나, 이병도처럼 일본 천리대학에 다녀오지 않겠느냐고 회유를 했다(《역사의 오솔길을 가면서(김용섭 회고록)》, 770~771쪽). 선생님은 당시 그곳에서는 도저히 식민사학의 극복작업은 힘들다고 판단하시고, 필자가 군 복무 중에 연탄가

* 인하대학교 국문학과 명예교수

스 사고로 별세한 민족사학자 홍이섭 교수의 후임으로 연세대로 오신 것이다.

우리는 구세주를 만난 것이나 다름없었다. 한국근대사를 지배사적 시각이나 정태적으로 바라보지 않고, 기층 민중인 농민의 입장에서 동태적으로 해명하시는 선생님의 강의는 유신체제와 군부독재 하에서 괴로워하던 우리에게는 가문 날에 시원한 소나기를 만난 격이었다. 선생님께서 강의하셨던 '한국근대사' 수업을 듣고 나면 가슴이 뿌듯했고, 진리와 정의에 대한 용기가 솟아올랐다. 계속 공부를 하려는 학생들에게는 학자의 모범을 보여주셨고, 사회변혁 운동을 하려는 학생들에게는 친애민중(親愛民衆)적 시각을 고취해주셨다.

필자는 전공이 한국사학이 아닌 한국문학이었지만 국문학을 민족문학사적 시각과 민중적 관점으로 바라보는 역사적 안목을 가지게 된 것은 전적으로 선생님의 학문적 영향에 힘입은 것이라 할 수 있다. 필자의 졸저 《조선후기 한문학의 사회적 의미》(1993), 《망양록연구》(2003), 《한국한문학의 현재적 의미》(2008)는 선생님의 학문적 자장 안에서 이루어졌다.

선생님께서는 우리에게 학문은 올바른 관점을 갖는 것이 중요하지만 실증적 자료와 논리에 근거해야 하며, 치열한 노력이 있어야 한다고 강조하셨다. 평생 한국농업사연구에 전념하신 선생님은 철저한 고증과 올바른 사관으로 10여 권의 역저를 남기신 석학이셨지만, 늘 겸허한 모습을 보여주셨다. 연구실에서 제자들과 대화를 나누실 때 부드러운 목소리로 조용히 격려해 주셨다. 깊은 강물이 소리 없이 흐르는 느낌이었다.

필자가 학부와 대학원 시절에 살던 집이 운 좋게도 선생님이 사시던 연남동 아파트에서 연희동 로터리를 거쳐 연세대 서문을 거쳐 출퇴근하시는 중간에 있어서 등하교 길에 자주 선생님을 만나는 행운을 누렸다. 퇴임 후에 매일 출근해 연구하시던 '송암서재'가 집 가까이 있어서 자주 뵐 수 있었고, 그곳에서 선생님을 모시던 백승철 박사와도 친하게 지냈다.

선생님은 재직 중에도 1년 365일을 연구실에 나오셔서 연구하셨지만, 정년 퇴임 후에도 가끔 학술원에 가시는 날 이외에는 늘 '송암서재'에 나와서 연구하셔서 방대한 농업사연구 저작을 증보해 간행하셨다. 이런 농업사연구의 증보판 간행 이외에도 《남북 학술원과 과학원의 발달》(2005), 《동아시아 역사 속의 한국문명의 전환》(2008), 《역사의 오솔길을 가면서》(2011), 《농업으로 보는 한국통사》(2017) 등의 저술활동을 끊임없이 하셨다.

이렇게 늘 연구와 저술활동으로 바쁜 가운데서도 선생님께서는 후학과 제자들의 방문을 귀찮게 여기지 않으시고, 언제나 귀한 시간을 선뜻 내어 우리 제자들의 질문과 고민을 언제나 진지하게 들어주셨다. 큰 덕은 덕이 없는 것 같고, 큰 지혜가 담긴 말은 조용한 법이라는 노자의 경문(經文)처럼, 선생님의 말씀은 조용했지만 우리를 일깨우고 격려해 주는 힘이 있었다.

이러한 학문적 자세와 제자 사랑이 쌓이고 쌓여 '김용섭 신화'가 탄생하게 된 것이 아닐까.

김용섭 선생님과 답사여행을 떠나다

조성윤*

나는 1973년에 연세대학교 사회학과에 입학했다. 1학년 때부터 '목하회'라는 독서동아리에 가입했다. 매주 선배들이 골라주는 책을 읽는 재미가 좋았다. 가을이 짙어가던 11월 어느 날 저녁 시간에 '목하회' 동아리 방에서 사학과에 계셨던 홍이섭 교수님을 모시고 한국역사 이야기를 듣는 기회가 있었다. 그때 강의가 마음에 들어서 2학년이 되면 홍 교수님 수업을 듣겠다고 마음먹었다. 그런데 이듬해 3월에 수강신청을 하러 학교에 갔을 때, 홍 교수님께서 방학 중에 갑자기 돌아가셨다는 말을 들었다. 무척 안타까웠지만 포기할 수밖에 없었다.

1975년 봄 어느 날 문과대학 건물 앞에 〈김용섭 교수 취임 강연〉이라고 한지에 세로로 길게 써 붙인 안내 포스터를 보았다. 나는 홍 교수님 후임으로 다른 교수님이 오시는구나 하고 생각했지만, 들으러 갈 생각이 나지 않아 그냥 지나쳤다. 그날 참석했으면 김 교수님의 취임 기념 강연을 들었을 것이다.

---

* 제주대학교 사회학과 명예교수, 제주대학교 평화연구소 특별연구원

그리고 1977년 4월의 일이다. 당시 나는 대학원 석사과정 학생이면서, 사회학과 조교였다. 조교실이 따로 없어서 학과장인 박영신 교수님 연구실에 책상을 놓고 앉아 있었다. 경제학과 대학원을 다니는 친구 홍성찬이 방으로 찾아왔다. 그는 김용섭 선생님의 강의를 듣고 있는데 아주 좋다고 하면서 강의를 들으러 가자고 했다. 나는 궁금해져서 그를 따라 나섰다.

그 수업은 김용섭 교수님이 담당하는 학부 학생들의 〈한국근대사연습〉이었다. 마침 그다음 주에 실시하는 사학과 정기 답사에 대한 설명회를 하고 있었다. 학생 대표가 칠판에 적은 답사 코스는 다음 3가지였다. 첫째는 실학의 발상지로 전북 부안의 반계 유형원 선생 유적과 전남 강진의 다산초당이 들어가 있었다. 둘째는 농민전쟁의 격전지로 정읍, 고부와 전주성을 들린다고 했다. 셋째는 조선말기 일본 지주들의 농장 침투 경로를 현장에서 보는 것이었다.

나는 사학과의 고적 답사라고 하면 유명한 절과 왕릉을 방문한다고만 알고 있었다. 그런데 이번 사학과 답사 내용은 평소 내가 알고 있던 것과 달랐다. 근현대사의 핵심 주제들이고, 내가 평소에 공부하고 싶었던 내용이었다. 이런 답사도 있구나 하는 생각이 들면서 나도 답사를 따라가고 싶어졌다. 그래서 조교를 통해 허락받기는 했다. 하지만 나도 사회학과 조교인데, 조교 업무를 일주일이나 빼먹는 것이 간단하지 않았다. 한참 고민을 하다가 사회학과 학과장님께 집안에 급한 일이 있는 것처럼 거짓말로 둘러대고 일주일 휴가를 얻었다. 무리한 일이었지만, 오직 답사에 참가하고 싶은 욕심으로 그렇게 했다.

월요일 아침 9시 학교 정문에 답사 버스가 대기하고 있었다. 나는 혹시나 사회학과 학생들이 볼까 걱정이 되어 얼른 버스를 타고 맨 뒷자리에 앉았다. 그런데 버스는 출발 예정 시간이 지났는데도 떠나지 않았다. 조교에게 이유를 물어보니 인원이 두 명 초과했기 때문이라고 했다. 고속도로를 달릴 예정인데, 고속도로에서는 입석이 허용되지 않는다고 했다. 둘러보니 사학과 학생이 아닌 사람은 홍성찬과 나밖에 없었다. 우리 둘만 내리면 문제가 해결되는 상황임을 알게 되었다. 결국 버스에서 내릴 수밖에 없었다.

그렇게 버스는 떠나갔다. 둘은 학교 앞 독수리 다방에 앉아 푸념을 했다. 허공에 떠 버린 일주일의 시간을 어떻게 지내야 할지도 막막했다. 그러다가 문득 버스가 고속도로를 벗어나 답사지를 돌아다닐 때는 입석으로 탈 수도 있지 않을까 하는 생각이 떠올랐다. 그래서 일단 부딪쳐 보기로 했다. 부랴부랴 고속버스 터미널로 가서 버스를 타고 첫 번째 답사지인 김제를 향했다. 김제에 도착해서 택시로 벽골제에 갔지만, 답사 버스는 이미 지나간 다음이었다. 실망이었다. 게다가 다음 행선지인 부안을 알아보니, 갔다가 일행을 만나지 못하면 오늘 돌아 나오기 힘들다는 말을 들었다. 그래서 생각 끝에 첫날 숙소로 예정되어 있던 정읍으로 갔다. 정읍에서 시간이 남아 거리 구경을 하다 헌책방에서 들러 책을 보기도 했다. 저녁시간이 되어 여관에 가니 일행이 이미 도착했고, 저녁 식사를 하러 갔다고 식당으로 안내해 주었다. 답사팀 일행을 만났다. 답사팀에는 사학과 학부생뿐만 아니라, 대학원생들도 10명 가까이 참가하고 있었다. 인솔 교수인 김용섭 선생님과 함께 온 대학원생들이 우리를 반겨주었다. 조교였던 김무진 선생과 김준석, 임병훈, 신영우 선생, 그리고 일본유학생 쓰르조노 유타카[鶴園裕]와 가네와카 토시유키[兼若逸之] 선생의 얼굴이 떠오른다. 특히 김용섭 선생님께서 가장 기뻐하셨다. 우리 둘만 떼어 놓고 떠났기 때문에 무척 마음이 불편했다고 하시고는, 내일부터는 함께 다니자고 하셨다. 그래서 우리 둘은 이튿날부터 마음 놓고 답사여행에 합류했다.

답사 버스 안에서 홍성찬은 신동엽의 《금강》이라는 장편 서사시를 가져와 큰 소리로 읽으면서 분위기를 띄웠고, 갑오농민전쟁의 현장을 찾아가는 마음은 설레었다. 황토현 전적지, 전봉준 생가, 전주성을 들리고, 나중에 강진 다산초당을 찾았다. 김용섭 선생님께서는 다산초당에 모여들던 농촌 지식인들이 어떤 처지에서 어떤 공부를 했는지를 눈에 보이듯이 하나씩 이야기하셨다. 그리고는 실학자들의 토지개혁을 주장하는 사회개혁방안이 농촌 지식인들에게 퍼져나갔고, 그것이 농민전쟁의 사상적 토대를 이루었다는 취지로 설명해 주셨다. 그때 나는 프랑스 파리 지식인들의 계몽사상과 살롱에 모여 토론을 거듭하던 지식인들 사이에 새로운 사상이 널리 퍼져나가면서 혁명의 기운이 무르익었던 장면을 떠올렸다. 사상과 혁명운동의 관계를 조선후기 사회에서 확인할 수 있다니 엄청난 일이라는 생각이 들었다. 그러면서 한국사 공부가 큰 매력으로 다가왔다.

일정을 마치고 돌아오는 버스 안에서 김 선생님께서 나를 옆자리로 부르셨다. 그리고는 나에게 앞으로 한국사회사를 공부해 보라고 권하셨다. 친구 성찬이가 경제사를 공부한다고 김 선생님 수업을 듣

1977년 4월 답사 때. 김도형, 홍성찬, 선생님, 조성윤, 학부학생대표

기 시작한 것을 알기에 나는 함께 공부하겠다고 약속했다. 이 약속이 나의 역사 공부의 출발점이었다.

김용섭 선생님의 대학원 수업은 토요일 오후 2시에 시작했다. 수강신청을 한 사학과 석사, 박사과정 학생들뿐만 아니라 나와 성찬이, 그리고 지방대학에 교수로 가 있는 졸업생들까지 교실을 채웠다. 서울대 국사학과 대학원생들까지 수강하면서 20명을 넘은 적도 있다. 수업은 5시까지였지만, 선생님의 말씀이 길어지면 5시를 훌쩍 넘겼다. 선배들과 수업을 마치고 백양로를 걸어 내려오면서 수업 내용을 두고 이야기를 나누었고, 식사를 하면서도 화제는 오늘 배운 내용이었다. 홍성찬과 나는 그런 사학과 선배들 틈에 끼어 지내면서 역사학도들의 분위기에 익숙해져 갔다.

학기 말이 되었다. 나는 미국 사회학자의 사회운동 분석 이론을 적용해서 임오군란에 관한 기말 보고서를 썼다. 임오군란에 관한 기존 연구성과를 두루 섭렵했고, 나름 잘 썼다고 생각하고 있었다. 그런데 방학이 시작되고 얼마 지나지 않아 조교를 맡고 있던 친구 방기중을 통해 선생님께서 나는 부르셨다. 나는 '칭찬을 받을지도 몰라' 하는 기대를 가지고 연구실을 찾았다. 그런데 선생님은 내 보고서를 돌려주시면서 다음 수업부터 들어오지 말라고 차가운 얼굴로 말씀하셨다. 그리고는 돌아앉으셨다. 너무 분위기가 싸늘해서 이유를 묻지도 못하고 나올 수밖에 없었다. 사학과 조교실로 가서 방기중에게 사정을 말했더니, 내 보고서를 보고 싶다고 해서 넘겨주었다. 그는 보고서를 읽어보더니 나를 보고 한참을 웃었다. "보고서에는 이론과 다른 학자들의 논문 인용만 가득하고, 원 사료를 직접 인용한 것이 하나도 없네. 무슨 역사 논문이 이래."라고 지적하였다. 그제야 무엇이 문제인지 알게 되었다.

나는 선배들을 따라서 규장각을 드나들기 시작하였다. 오일주 선배는 나에게 임오군란을 연구하려면 먼저 〈포도청 등록〉을 보면 좋겠다고 권해주었다. 그래서 〈좌포청등록〉, 〈우포청등록〉을 꺼내놓고 하나씩 읽어갔다. 그리고 바로 그 시기에 나온 〈추안급국안〉의 영인본에서 관련 추국안들을 찾아내 함께 읽었다. 읽다가 가장 당황했던 부분은 이두(吏讀)였다. 읽지 못하고 헤매는 부분을 선배들에게 보여주며 해석해 달라고 하자, 선배들은 웃으면서 그 글자들이 이두라고 했다. 그리고 이두 사전을 구해 하나씩 찾아가면서 공부하라고 했다. 또 선생님 말씀을 듣고 정신문화연구원(지금은 한국학 중앙연구원)에 있는 장서각에서 〈훈련도감등록〉을 비롯한 군문 관련 문서들을 보러 방학 기간 두 달을 꼬박 출근하던 생각도 난다.

다음 학기가 시작되었다. 다시 수강신청을 하고 수업에 들어갔다. 김 선생님께서는 나를 보고 아무 말씀도 하지 않으셨다. 그래서 한 학기를 다시 수강할 수 있었다. 그 학기에 내가 제출한 기말보고서에는 그동안 내가 읽고 찾아 놓은 원 사료들이 잔뜩 인용되었다. 방학이 되었을 때 선생님께서 다시 나를 호출하셨다. 나는 떨리는 마음으로 연구실을 찾았다. 그랬더니 선생님께서 나에게 자리에 앉으라고 하시고는 손수 물을 끓여 커피를 타주셨다. 그리고는 나에게 아무리 사회학과 학생이지만, 역사를 공부하려고 사학과에 온 이상 역사학도가 사료를 대하는 자세를 배워야 한다고 조용조용 말씀해 주셨다. 사료를 제대로 다루고 읽을 줄 알고 난 다음에, 이론이 도움이 될 것이라고도 하셨다.

김 선생님께서 세상을 떠나신 지금, 김 선생님을 따라나섰던 답사 여행을 떠올린다. 선생님은 실학사상과 갑오농민전쟁을 통해서 우리에게 무엇을 보여주려 하셨을까? 선생님께서 그리던 한국사회의 근대화, 혁명의 길은 어떤 것이었을까? 현장에서 역사를 배우던 그 시절이 그립다.

송암 선생님 생각

홍성찬[*]

송암 선생님을 처음 뵌 건 1975년 1학기 초였다. 당시 나는 연세대학교 경제학과 3학년 학생으로 교내 독서동아리 '자유교양회'의 회원이었다. 마침 아펜젤러관 지하의 동아리방에 들렀더니 다들 문과대학 신임교수 강연회에 가니 그리 오라는 메모가 남아있었다. 그날 선생님은 언더우드관 1층 서편 큰 강의실에서 취임강연을 하셨다. 내가 들어갔을 때는 거의 마지막 질의응답 중이었다. 그래서 오가는 대화를 이해할 수 없었지만, 나지막한 음성으로 조곤조곤 설명하시는 모습이 매우 인상적이었다. 개화파와 실학파의 농업론이 같지 않다는 취지의 강연을 하신 건 그 후 동아리 선배들끼리 나누는 대화를 듣고 알았다. 그러나 그게 무슨 의미인지는 몰랐고 사실 그리 큰 관심도 없었다.

그 후 며칠이 지났을까? 같은 동아리의 이학미 선배(후에 사학과 김준석 교수의 부인이 되신다)가 반색하며 달려와 송암 선생님의 '한국 근대사학사' 강의가 너무도 재미있으니 꼭 와서 청강하라고 권하

* 연세대학교 경제학과 명예교수

였다. 그러나 3시간 중 1시간이 경제학과 수업과 겹쳤다. 그래서 포기하고 있는데 이학미 선배가 며칠째 쫓아다니며 막무가내로 권하였다. 이번에 듣지 않으면 평생 후회할 거라고. 그러다가 마침 경제학과 수업이 하루 휴강하여 선생님 강의에 들어갔다. 언더우드관 지하의 작은 교실이었다. 경제학과에서 대형강의만 듣다가 좁은 방에서 낯모르는 학생들 틈에 끼어 듣자니 매우 조심스러웠다. 그런데 강의가 너무나 재미있었다. 그때까지 나는 내가 들은 명강의로 경제학과 윤석범 교수님과 신과대학 한태동 교수님 수업을 꼽곤 하였는데 그날 이후 선생님 강의에 푹 빠졌다.

당초에 나는 '사학사'가 무얼 배우는 과목인지 몰랐다. 들어보니 경제학과의 '경제학설사' 같은 수업이었다. 물론 내용은 달랐다. 경제학설사는 생면부지의 서양 경제사상가와 경제학자들을 다루었는데 선생님 수업에는 일부 이름 모르는 일본인 학자도 나왔지만, 대개는 단재나 백암처럼 이미 이름을 알고 있거나 위당이나 동암처럼 대학에 와서 더 잘 알게 된 분은 말할 것 없고, 경제학과의 최호진 선생님과 사학과의 홍이섭 선생님처럼 내가 직접 강의를 들었거나 교정에서 자주 뵙던 분도 다루었다. 그렇게 익숙한 학자들의 학문 세계를 선생님 특유의 차분한 음성과 절제된 용어로 때로는 단호하게, 때로는 활기차게, 때로는 분노하며 일일이 근거를 들어 설명하고 평가하며 한국 근대역사학의 계보를 체계화하여 가는데 그야말로 '신천지'였다.

학부 졸업을 두어 달 앞두고 나는 경제학과 대학원 석사과정에 진학하기로 마음먹었다. 원래 나는 신문기자가 꿈이었다. 그래서 이책저책 읽으려고 애썼고 독서동아리에도 나갔다. 그런데 학부 고학년으로 올라가며 긴급조치 9호가 발령되고 주요 신문사의 기자들이 대거 해직되는 등 국내 언론 상황이 말이 아니었다. 신문사를 가더라도 지금은 때가 아닌 것 같았다. 어찌어찌 주소를 알아내 당대 최고의 언론인이셨던 불광동의 천관우 선생님 댁에도 찾아가 진로상담을 하였다. 고심 끝에 일단 대학원에 진학하여 숨을 고르기로 하고 경제학과 석사과정에 지원하였다. 엉겁결에 진학을 결심하였지만, 대학원에서는 최호진 선생님 밑에서 한국경제사를 공부하고 싶었다.

1977년 1월 경제학과 석사과정에 합격한 나는 언더우드관 2층 연구실로 송암 선생님을 찾아뵈었다. 추운 날이었는데 난로 위 주전자에서 나지막이 물 끓는 소리가 들리고 사방이 온통 책으로 둘러싸인 그야말로 묵향이 가득한 문인학자의 방이었다. 어찌나 조용조용 말씀하시던지 숨도 제대로 못 쉰 채 땀만 흘렸던 기억이 생생하다. 연희전문학교 상과 이래의 한국경제사 연구 전통을 새삼 일깨우시며 대뜸 한국경제사를 제대로 공부하려면 이제라도 사학과에 학사 편입하여 기초부터 단단히 배우라고 하셨다. 단 한 번도 생각해보지 않은 일이었다. 우물쭈물하였더니 일본 조선사연구회에서 나온 《조선사입문》은 읽었냐고 하셨다. 처음 듣는 책이었다. 못 읽었다고 하자 그 책부터 읽고 오라고 하셨다. 일본어를 모르는데 난감하였다. 일본어를 모른다고 하자 '아는 이에게 번역하여 달라고 해서 읽든 이제라도 배워서 읽든 그건 자네가 알아서 하라'고 하셨다. 물론 책도 알아서 구하고. 그날 당장 종로 2가의 일본어 학원에 등록하였다. 책은 같은 학기에 사회학과 석사과정에 입학한 오랜 친구인 조성윤 군(지금은 제주대학교 명예교수)이 며칠 후 구해주었다.

석사과정 첫 학기에 송암 선생님의 강의를 신청하려고 경제학과장이신 윤석범 선생님께 도장을 받으러 갔다. 윤석범 선생님께서는 바로 그 자리에서 송암 선생님께 전화를 거셨다. 학생 하나를 보내니 잘 부탁한다는 말씀이셨다. 전화 저편의 송암 선생님께서 약간 당황하셨을지도 모른다는 생각에 내심 '뭘 저렇게까지 하시나?' 하였는데 그게 아니었다. 그 전화가 송암 선생님과 특히 나에게 얼마나 중요한 전화였는지를 안 건 그야말로 한참 후의 일이었다. 상경대학의 윤기중 교수님께서도 송암 선생님을 뵐 때마다 홍 군이 잘 따라가고 있는지를 늘 여쭈셨다고 한다. 오랜 시간이 흐른 후 송암 선생님께서는 그 이야기를 여러 차례 하셨다. "자네는 상경대학의 두 선생님께서 친히 부탁하여 큰 부담이 되었다."고. 그 때문이었던 것 같다. 그 뒤 나는 경제학과에서 박사학위를 받을 때까지 선생님 강의를 꼬박꼬박 들으며 정말 큰 특혜를 받았다. 사학과 선후배들에게 미안할 정도로. 특히 석사논문을 못 써 애쓰고 있을 때는 연세대학교 도서관 고서실의 김상기 선생님에게 데려가 강화 홍씨가의 추수기를 내주며 이걸로 논문을 만들어 보라고 하셨다. 그리고 얼마 뒤에는 연세대학교 박물관의 손보기 선생님께 보내 손 선생님께서 가지고 계시던 장책을 추가로 이용할 수 있게 하여 주셨다.

사학과 수업은 여러 면에서 경제학과 수업과 달랐다. 당시만 해도 경제학과 석사과정에서는 한국 현실을 다룬 글을 거의 읽지 않았다. 주로 이론을 배웠다. 그만큼 특수보다 보편을 중시하였다. 그런데 사학과에서는 주로 한국 학자들이 한국역사를 다룬 글들을 읽었다. 그리하여 그분들과 내 선생님의 생각이 어떻게 다른지를 끊임없이 토론하고 탐구하며 한국사를 체계화하여가는 데 몰두하였다. 대학원생들도 화제의 대부분이 내 선생님께서 무슨 생각을 하고, 무슨 자료를 보고, 무슨 글을 쓰고 계신가에 집중되었다. 학파(school)가 만들어진다는 게 이런 거겠구나 하여 신기하고 흥미로웠다. 송암 선생님 덕분에 그 문하의 정창렬, 정석종, 김광수, 이경식, 김준석, 임병훈, 신영우 교수와 방기중, 백승철, 최원규 교수 같은 최고의 역사학자들을 만나 정말 많은 도움과 가르침을 받았다. 송암 선생님은 학문에 관한 한 지나칠 만큼 엄격한 분이셨다. 단 한 글자의 오류도 용납하지 않으셨다. 그야말로 추상같았다. 그게 공부하는 사람의 책무라고 생각하셨다. 그러나 제자들 일에서는 한없이 여린 분이셨다.

2002년 봄, 투병 중이던 사학과의 김준석 교수가 세상을 떴다. 강남세브란스병원에서 새벽녘에. 병원에서 밤샘한 후 이 사실을 선생님께도 알려야겠기에 몇몇이 연남동의 '송암서재'로 향하였다. 이른 시간인 데에도 서재에 나와 계셨다. 아침 댓바람에 여럿이 몰려오니 놀란 표정이셨다. 아무도 입을 열지 않았다. 무거운 침묵만 흘렀다. 고개를 푹 숙인 채. "이 시간에 무슨 일인가? 무슨 일들인가?" 한참 후 누군가 어렵게 입을 열었다. "김준석 군이 세상을 떴습니다." 정적이 흘렀다. 그렇게 얼마가 지났을까? 갑자기 선생님께서 크게 소리 내어 울기 시작하셨다. 어깨를 들썩이며 그야말로 대성통곡을 하셨다. 난 지금도 그날 송암 선생님께서 주체할 수 없는 슬픔으로 오랫동안 큰 소리로 오열하시던 모습을 잊을 수가 없다. 안회를 잃은 공자님인들 그렇게 슬피 우셨을까?

송암 선생님은 경제학과의 최호진 선생님과도 각별하셨다. 최호진 선생님과 당신의 선생님이신 손보기 선생님이 일본 규슈대학 선후배로 오래전부터 자별하여 더욱 그러셨던 것 같다(손 선생님은 일제 말에 그 대학에 입학하신 적이 있으시다). 최호진 선생님은 한 세대 아래의 송암 선생님을 무척 아끼셨다. 학자 중 학자라며. 그래선지 송암 선생님 문하의 방기중 교수도 유난히 아끼셨다. 방 교수가 백남운 연구로 첫 저서를 냈을 때는 시내 일급호텔의 최고급식당으로 불러 크게 기뻐하며 축하하여 주셨다. 송암 선생님도 최호진 선생님 말씀을 자주 하셨다. 젊은 시절 최 선생님 책을 읽던 이야기와 규장각에서 최 선생님 건너편 자리에 앉아 자료를 보신 이야기 등. 최호진 선생님은 돌아가시기 얼마 전 두어 상자의 책과 자료를 마지막으로 내게 주셨다. 그중에는 송암 선생님께서 오래전에 최 선생님께 서명하여 드린 〈양안의 연구〉(1960)와 〈속 양안의 연구〉(1963)라는 논문의 별쇄본도 들어있었다. 최 선생님은 그걸 군데군데 표시해 가며 꼼꼼하게 읽으셨던데 그 후에도 근 50년을 간직하고 계시다가 내게 주고 가셨다. 그리고 10년 후 송암 선생님도 내 곁을 떠나셨다. 송암 선생님의 2주기를 맞아 문득 최호진 선생님의 생전 모습도 떠올라 더욱 가슴이 먹먹해진다.

은사 김용섭 교수와 나의 학문 세계

정수복*

학문의 길로 들어설 때

나는 1974년 연세대학교 정치외교학과에 입학했다. 백양로를 걸어 올라와 본관 앞으로 올라가는 돌계단 옆 화강암에는 "진리가 너희를 자유케 하리라"는 문구가 새겨져 있었다. 그러나 유신체제가 선포되고 긴급조치가 횡행하던 시절 캠퍼스의 분위기는 자유롭지 못했다. 나의 눈에는 교수들도 학생들도 진지하게 진리를 추구하는 것으로 보이지 않았다. 나는 많은 시간을 중앙도서관에서 보내면서 사회와 역사, 문학과 예술에 관한 책들을 찾아 읽었다. 그러다가 대학교 4학년 가을 지금은 사라진 장기원기념관의 세미나실에서 국학연구원 주최로 김용섭 교수의 학술 발표회가 있다는 붓글씨로 쓴 포스터를 보았다. 그 무렵 나는 정외과가 속한 정법대학보다는 철학과, 역사학과, 사회학과, 불문과, 국문과 등이 속한 문과대학에서 더 많은 과목을 수강하고 있었다. 그래서 자연스럽게 김용섭 교수에 대한 소

* 사회학자/작가

문을 들을 수 있었다. 서울대학교에서 가르치다가 몇 해 전 연세대학교로 오신 조선 후기 농업사를 전공하는 훌륭한 학자라는 평판이었다. 그 발표회에는 민영규, 황원구, 손보기, 이종영 등 사학과 교수와 정외과에서 동양외교사와 동양정치사상사를 담당하던 추헌수 교수 등 20여 명이 참석했다. 단정한 용모의 김용섭 교수는 조선 후기 농업사를 주제로 군더더기 없이 깔끔한 발표를 했다. 그날 발표회가 끝나고 정법대로 돌아가는 길을 함께한 추헌수 교수는 김용섭 교수가 정말 훌륭한 학자라고 찬사를 보냈다. 그다음 주인가 나는 문과대학 건물에 불문과 강의를 들으러 갔다가 2층 복도에서 김용섭 교수 연구실 앞을 지나가게 되었다. 그때 출입문 위에 선생님의 주간 일정표가 붙어있는 것을 발견했다. 거기에는 수요일 오후인가에 학생 면담 시간이 표시되어 있었다. 그래서 다음 주에 무작정 그 시간에 선생님 연구실의 문을 두드렸다. 안에서 들어오라는 소리가 들렸다. 연구실로 들어서자 서가에는 온갖 사료 뭉치와 저서들로 가득 차 있었다. 나는 그곳에서 학문의 향기를 느꼈다. 선생님께서는 추위를 많이 타셨는지 연구실에 난로를 설치하고 물 주전자를 얹어서 습도를 조절하고 계셨다. 선생님께 인사를 드리고 마주 앉자 선생님께서 직접 컵에 커피와 설탕을 적당하게 배합하신 뒤 난로 위에 끓고 있는 물을 부은 다음 긴 수저로 휘휘 저어 내게 권했다. 지금도 그때 마신 따뜻하고 향긋한 커피 맛이 기억에 남아있다. 그때 나는 사회학에 관심이 있으며 미국보다는 프랑스에 유학 가고 싶다는 말씀을 드렸고 선생님께서는 나를 적극적으로 학문의 길로 인도하셨다. 아마 선생님께서는 세계적인 냉전 체제 아래서 진보적인 지식인이 그나마 자유롭게 활동하는 프랑스에 가서 사회학을 공부하는 것을 흥미롭게 생각하셨던 것 같다. 당시 나는 사회학과 박영신 교수의 한국사회론 시간에 '1920-30년대 한국 사회주의 운동'에 대한 원고지 50매 분량의 기말 보고서를 쓰고 있었는데 어느 면담 시간에는 이 주제에 대해서도 선생님과 이야기를 나누었다.

나는 당시 정치학보다는 철학, 역사학, 사회학 가운데 하나를 전공 삼아 학문의 길로 들어설 꿈을 꾸고 있었다. 4학년에 들어서 사회학과의 박영신 교수의 사회학이론, 한국사회론 등의 강의를 들으면서 철학과 역사학에 관심을 기울이면서 그 둘을 종합할 수 있는 사회학을 전공하기로 마음먹었다. 김용섭 선생님은 박영신 교수의 한국사회론 시간에 초청받아 오셔서 조선 후기에서 해방에 이르는 한국사회의 거시적 변동에 대해 특강을 해주시기도 했다. 나는 그때 조선 후기에서 식민지 시대를 거쳐 해방과 분단에 이르기까지 한국 사회를 거시적으로 보는 김용섭 교수의 역동적인 역사인식에서 깊은 영감을 받았다. 사회학과 대학원 시절에는 사회학과에서 '조선 후기 경제사 연습'이라는 제목으로 과목을 개설해 김용섭 교수님을 모셨다. 그때 경제학과 대학원의 홍성찬, 사회학과 대학원의 김훈, 민문홍 등과 함께 과목을 수강했다. 선생님의 저서와 논문은 물론 그 당시 금서였던 이북만, 백남운, 전석담 등의 경제사 책을 읽으면서 경제사를 공부했던 기억이 난다. 그 무렵 학교 구내 서점에서 마련한《조선후기농업사연구》1-2권은 지금도 내 서가에 꽂혀 있다. 언젠가 새해 아침에는 홍성찬, 김훈, 조성윤, 민문홍 등과 함께 선생님 댁에 세배를 갔던 기억도 난다. 나는 당시 박영신 교수의 고전 사회학 이론 수업을 들으면서 막스 베버와 에밀 뒤르케임에 관심을 기울이고 있었는데 김용섭 교수의 문제틀은 기본적으로 칼 맑스의 이론에 기초한 것이었다. 나는 두 분 선생님께 배우면서 어느 한쪽으로 기울어지지 않고 고전 사회학 이론을 균형 있게 공부할 수 있게 되었다. 그러나 그 과정이 그렇게 순탄하지는 않았다. 나는 그 이후에도 맑스주의로 기울다가 답답해지면 베버로 돌아오고 베버를 공부하다가 의문이 들면 맑스로 돌아오기를 반복했다.

파리에서의 기억

그렇게 대학원 공부를 마치고 1982년 프랑스로 유학을 떠났다. 1984년 여름 자료수집을 위해 일시 귀국하여 서울에서 한 달 정도를 보내고 다시 파리로 돌아왔다. 그때는 서울에서 파리행 비행기가 알래스카의 앵커리지를 경유했기 때문에 파리까지 거의 스무 시간이 걸렸다. 피곤한 몸으로 파리 드골 공항에 내려 짐을 찾아서 걸어 나오는데 멀리 유리창 건너 대합실 쪽에 김용섭 교수님이 역사학과 제자와 함께 나와 있는 모습이 보였다. 알고 보니 파리 7대학에 방문교수로 와계시던 선생님의 사모님이 나와 같은 비행기를 타신 것이었다. 비행기 내 앞 좌석의 세련되고 교양있어 보이던 분이 바로 김용섭 교수님의 사모님이신 김현옥 선생님이었다. 마침 선생님 내외분은 파리 14구 국제학생기숙사의 도이치 드 라 뫼르트관에 머무르셨고 나는 그 옆에 있는 빅토르 리옹관에 방을 얻었기 때문에 이후 종종 뵐 수 있었다. 그때 대학생이던 선생님의 따님이 와서 한동안 선생님 내외분과 같이 지냈던 기억도 난다. 도이치 드 라 뫼르트 관은 1920년대에 기숙사 전체에서 제일 먼저 세워진 고풍스런 석조 건물이었다. 학생 시절의 사르트르와 보부아르도 그 관에서 머물렀던 적이 있다고 들었다. 그 무렵 선생님께서는 내가 하는 사회학 공부에 관해 관심을 보여주셨고 될 수 있으면 파리에 오래 머물면서 깊이 있게 공부하라고 조언해주셨다. 파리 체류 시절 선생님께서는 노르망디 지방을 여행하시고 돌아오셔서 프랑스가 넓은 땅을 가진 농업

국가라는 말씀을 하셨고 독일 빌레펠트의 농업박물관을 다녀오신 이야기를 하시기도 했다. 그러던 어느 날 저녁 나는 아내와 함께 선생님이 사시던 기숙사 방에서 선생님 내외분과 이야기를 나누었는데 선생님께서 나의 처가가 딸만 둘이라는 이야기를 듣고 "효도하려면 양자를 들여야지, 그렇지 않으면 집안이 다 없어진다"고 말씀하셔서 아내가 집에 돌아오면서 울었던 기억이 난다. 그때 나는 진보적인 역사학자가 가족 문제에 대해서는 보수적 전통 윤리를 따르는 것을 쉽게 이해할 수 없었다. 그 시절 바바리코트에 초록색 베레모를 쓰시고 가죽 가방을 드시고 파리 7대학에서 연구를 마치고 지하철로 귀가하시던 선생님의 모습이 눈에 선하다.

학문의 길을 걸으며

이후 나는 유학 생활을 마치고 1989년에 귀국해서 선생님께 인사를 드렸다. 나는 시간강사 생활을 하면서 〈지식인과 사회운동〉, 〈프랑스 사회학의 지성사〉 등의 논문을 발표했고 《의미세계와 사회운동》 등의 저서를 출간했다. 정년 퇴임 이후 선생님께서는 연희동에 오피스텔을 빌려 연구실을 차리셨는데 거기에도 한 번 방문해서 선생님과 이야기 나눈 기억이 있다. 그곳의 분위기는 학교 연구실과 거의 흡사했다. 1990년대 나는 연구와 더불어 시민운동에 관여하면서 내 나름의 길을 모색하다가 2002년 다시 파리로 가서 10년을 머무르다 돌아왔다. 파리에서 두 번째 체류 기간 후반에 접어들면서 《한국인의 문화적 문법》을 비롯하여 몇 권의 저서를 출간했다. 지금 생각해 보면 내가 학자로서 통상적인 길인 대학에 자리 잡지 않고 학자 생활을 계속할 수 있었던 데는 김용섭 선생님의 조언이 알게 모르게 작용한 것 같다. 유학 시절 선생님께서는 나에게 "집안에 경제적 여유가 있으면 급하게 서둘러 박사 학위 논문을 마칠 생각하지 말고 파리에서 오래 공부하고 천천히 귀국하라"는 말씀을 하시곤 했다. 나는 그 말씀을 깊고 넓게 공부하고 풍성한 학문적 성과를 내야 한다는 말씀으로 이해했다. 결국 나는 선생님의 말씀을 따라 1차 체류 7년, 2차 체류 10년 총 17년을 파리에서 머물렀다. 나는 학문 이외에 다른 일에 곁눈질하지 않고 365일 아침부터 저녁까지 연구 생활에만 몰두하시던 선생님의 학문하는 자세를 본받으려고 애썼다.

2012년 두 번째 파리 체류를 마치고 귀국한 이후에 선생님을 한번 찾아뵙고 인사드려야겠다는 생각이 문득문득 나곤 했지만, 그때부터 10년 동안 계속된 《한국사회학의 지성사》 저술 작업에 매달리면서 차일피일 미루다가 뒤늦게 선생님께서 돌아가셨다는 소식을 들었다. 선생님께서 돌아가시고 얼마 지나지 않은 2022년 1월 초에 《한국사회학의 지성사》 1-4권이 출간되었다. 1권에서는 한국사회학을 미국, 영국, 독일, 프랑스 사회학은 물론 인도, 남미 등 주변부 사회학을 포함하는 세계사회학의 계보를 살펴본 다음에 한국사회학의 역사를 개관했다. 2-4권에서는 한국사회학의 흐름을 주류사회학, 비판사회학, 역사사회학 세 갈래로 나누고 각각의 흐름을 대표하는 학자들의 삶과 학문을 정리하고 비평했다. 책이 출간되고 열린 서평모임에서 누가 나의 입장은 무엇인가를 물었다. 나는 '비판사회학과 역사사회학의 종합을 지향하며 아카데믹 주류사회학을 수용하는 입장'이라고 답변했다. 부족하나마 《한국사회학의 지성사》 1-4권을 완성할 수 있었던 것은 김용섭 교수님의 격려로 학문의 길에 입문하고 선생님의 올곧게 학문하는 태도를 보고 배웠기 때문이다. 책을 들고 가서 선생님을 뵐 수 있으면 좋으련만 안타깝게도 이제 선생님은 더이상이 세상에 계시지 않는다. 하지만 선생님이 보여준 학문하는 사람의 정신과 태도는 이 세상 끝까지 나의 마음속에 계속 남아있을 것이다. "진리가 너희를 자유케 하리라"는 믿음과 함께.

역사 시선을 통해 국가 전략을 생각한다

김기정*

나의 전공 분야는 정치학이다. 정치학 가운데서도 국제정치학을 세부 전공으로 삼고 공부했고, 결국 직업이 되었다. 그러나 공부의 시작은 외교사였다. 19세기 말과 20세기 초 한반도의 정치적 공간에서 드라마틱하게 진행되었던 역사적 사실에 대한 관찰이 공부의 시작이었다. 그 첫 발걸음을 뗄 무렵 큰 지적 영감을 주셨던 분이 김용섭 교수다.

김용섭 교수를 처음 뵀던 것은 대학 3학년 때인 1977년이었다. 당시 사학과 석사과정 재학 중이던 셋째 형님, 김도형 교수의 강권 때문이었다. 김용섭 교수는 2년 전인 1975년에 서울대 국사학과에서 연세대 사학과로 자리를 옮겨 한국 농업사 연구와 한국 근대사 강의를 담당하고 있었다. 그의 조선 중기 농업사 연구가 한국 사학사에서 어떤 위상의 위대한 업적인지, 조선에서 자본주의 맹아론이 가지는 세계사적 의미가 무엇인지는 시간이 한참 지난 뒤에야 어렴풋이 깨닫

* 연세대학교 정치외교학과 명예교수, 전 국가안보전략원구원 원장

게 되었지만, 당시 대학 3학년 학생이었던 나로서는 알 턱이 없었다. 나에게 깊은 인상으로 남았던 것은 그의 연구실 정경이었다. 책꽂이에 빼곡하게 꽂혀 있는 장서의 분량에 우선 압도당했고, 책꽂이 사이의 통로가 너무 좁아 게걸음을 해야 겨우 지나갈 수 있을 정도로 협소했던 연구실 정경이었다. 그 연구실에서 김용섭 교수는 문자 그대로 1년 365일 동안 하루도 빠짐없이 연구에 몰두하고 있었다.

4학년 1, 2학기에 걸쳐 그의 한국 근대사 과목을 수강했다. 강의 시간이 끝날 시간이 되면 입 주위에 하얀 침이 괴일 정도로 열정적이었던 그의 강의에 흠뻑 빠져들었다. 지식의 전달 방식만이 나를 감동시켰던 것은 아니었다. 한국 근대사에 접근하고 이해하는 시선을 따라가면서 머리 속에서 큰 뇌성이 울리는 것을 느꼈다. 역사는 암기의 대상이 아니라 인과(因果)를 둘러싼 스토리의 흐름이고, 국가와 사회가 움직였던 거대한 동력의 흐름이었다. 그의 안내대로 눈을 뜨기 시작했다. 근대사 진행에 대한 시각을 형성하는 데에 정말 큰 도움이 되었다.

당시 대학 교과과정에는 졸업 논문이 있었다. 지금 생각해 보니 학부 4학년생의 '논문'의 수준은 유치하기 짝이 없었을 것이다. 읽었던 책이나 논문의 이곳저곳 부분들을 잘라 붙이는(cut-and-paste) 베끼기 정도에 불과했다. 그나마 제목은 그럴듯하게 붙였다. 〈한말 한반도 중립화 방안에 관한 연구〉가 제목이었다. 유길준의 중립화론에 대한 강만길 교수의 글을 대부분 인용했을 것이다. 그 논문을 김용섭 교수께 보여드렸다. 그런데 뜻밖에 호평을 받았다. 대학원에 진학해서 공부를 계속해보라는 권유는 그때 처음 받았다.

군대에서 전역한 뒤 유학을 준비할 때였다. 김용섭 교수를 찾아뵙고 유학을 생각 중이라고 말씀드렸다. 그때 두 가지 당부의 말씀을 하셨다. 하나는 미국이 아니라 영국으로 유학지를 정하는 것이 좋겠다는 것과 국제정치학을 공부하되 내가 학부 때 관심을 가졌던 19세기 말과 20세기 초 한반도 국제정치에 지속적 관심을 가지라는 말씀이셨다. 20세기가 미국 패권의 시대라면 19세기는 영국의 시대였다. 패권의 중심에서 밀려난 국가의 시선에서 국제정치를 바라볼 필요가 있다는 말씀이었다. 미국 중심의 국제질서에 대한 객관적, 입체적 시각을 익힐 필요가 있다는 논지였을 텐데, 이 권고는 내가 지키지 못했다. 영국 유학의 경비가 만만찮았기 때문이다. 대신 두 번째 약속은 나름 잘 지켰다고 자부한다. 나의 박사 논문의 제목이 〈세계체제의 구조적 조건과 20세기 초 미국의 대한반도 정책〉이다. 1905년 을사늑약이 체결되자마자 한국과 가장 먼저 외교를 단절했던 국가가 미국이다. 그 당시 미국 외교정책을 19세기 말 제국주의 팽창과 구조적 변동의 맥락 속에서 설명하려 했던 글이다.

귀국 후 박사학위 논문을 드렸다. 짧은 설명을 들으신 후 《동방학지》에 글을 내보라고 제안하셨다. 학위논문 가운데 일부를 번역하고 다시 고쳐 출판했던 글이 〈1901년~1905년간 미국의 대한정책 연구 (Ⅰ): 데오도르 루스벨트(Theodore Roosevelt)의 세계관의 분석을 중심으로〉(66집, 1990년)이었다. 그 논문은 귀국 후 처음 발표한 글이 되었으니, 국내에서 학문적 활동의 시작도 순전히 김용섭 교수의 배려 때문이었다. 3년이 지나 다시 《동방학지》에 후속 논문을 게재하였다. 〈1901년~1905년간 미국의 대한정책 연구 (Ⅱ): 대통령과 국무성 관료들의 역할의 비교 분석〉(80집, 1993년)이 그 글이다.

전임이 된 후 정치외교학과에서 내가 담당했던 학부 과목도 '동양 외교사', '한국 외교사'였다. 나중에는 이 둘을 합쳐 "'한국과 동아시아 국제관계사'라는 과목을 신설했다. 대학원에서는 '20세기 미국의 동아시아 정책과 동아시아 지역질서', '동아시아 국제질서의 역사적 변동과 지역적 평화'라는 과목을 강의했다. 국제정치에 관심을 가지는 정치학도들에게 현상의 역사적 맥락과 연속성의 특징을 줄곧 강조하곤 했다. 학부 강의의 경우, 시간의 제한 때문에 아편전쟁부터 한국전쟁 시기까지만 강의내용으로 다루었다. 그러나 핵심은 마지막 시간에 두었다. "그렇게 동아시아 국제정치사의 파고를 견뎌온 한국이 현재 서 있는 지점은 어디이며, 앞으로 어디로 가야 할 것인가?"의 질문을 던지고 함께 미래상을 토론하고 싶었다. 역사의 긴 시선으로 국제정치와 외교의 시대 좌표를 이해하고 싶었던 작은 바람은 김용섭 교수의 강의와 만나지 않았더라면 상상하기 힘든 일일 것이다.

김용섭 교수는 학문 연구에 임하는 학자적 태도가 엄격하기로 유명하셨던 분이다. 학문적 열정이라는 말로는 그 성격과 풍모를 설명하기 충분하지 않다. 연구실에서 일 년 365일을 책과 자료 속에 파묻혀 보냈다. 평생 학문 연구 외에 다른 길에는 일체의 시선을 두지 않았던 분이기도 했다. 애제자 주례도 마다했던 분이었다. 프랑스에서 보냈던 연구년 기간 동안에도 그 흔한 관광 나들이 한 번을 가지 않고 자료수집에만 몰두하여 '동양의 일벌레'라는 별명을 얻었던 일화도 유명했다.

1997년 김용섭 교수의 정년 퇴임식 현장에서도 김 교수님의 학문 연구에 대한 평생의 신념을 다시 확인할 수 있었다. 그날 정년기념논총 봉정식이 있었고 그 기념논총에는 당시 한국사 연구를 주도하고 있었던 중-소장학자가 집필진으로 대거 참여하였다. 그들의 학문적 중량감을 생각할 때 김 교수님이 이루었던 크나큰 학문적 족적과 성과를 짐작케 했다. 그러나 정작 김 교수님은 "수십 년, 수백 년이 지난 이후에도 읽힐만한 고전 하나 쓰지 못했는데 무슨 논총 봉정식이냐"며 면구스러워 했다. 정년 이후에도 연구를 계속하겠다는 의지를 뚜렷하게 드러내 보였다. 그러면서 덧붙이시기를 "교수가 교단에서 강의하다 죽으면 그처럼 자랑스러운 일이 어디 있으며, 학자가 연구하다가 죽으면 그보다 더 큰 영광은 없을 것"이라고 말씀하였다. 죽는 순간까지 학문을 놓지 않겠다는 의지를 그렇게 표현하는 말을 듣는 순간, 전율이 돋았다. 선비정신이라는 것이 그런 것일까 혼자 감탄하며 감격해 했다. 일념으로 학문에 매진하는 일은 그것 자체가 후학들에게 귀감이 되고도 남는다.

사회과학 연구는 '현실' 영역에서 관찰되는 현상 분석을 주된 과제로 한다. 원인을 분석하고 '불완전 방법이지만' 미래를 전망하거나 해법을 내놓기도 한다. 해법의 제안은 '전략 구상'이라는 이름으로 행해지는 지적 과정이기도 하다. 국제정치학 연구 분야도 예외는 아니다. 현재 진행되는 국제질서의 특징을 독해하고 국가가 대응해야 할 방도들을 강구한다. 이 과정에도 역사적 인식이 전제되어야 한다. 전략 구상을 '대응책'이라고 단순히 전제해 버리면 전략 연구와 역사가 만나는 접점을 찾기가 어렵다. 역사적 해석에 초점을 두는 일은 부차적이거나 주변부적 일로 간주하기 십상이다. 그러나 더 깊게 파고 들어가서 봐야 할 필요가 있다. 현재라는 지점에 직면하는 현실이라는 것도 과거로부터의 변화와 지속성이라는 동력의 결과물들이다. 시간은 늘 변화하지만 동시에 거대한 연속이기도 하다. 구조도 때로는 지속성의 특징들을 내포하고 있다. 인식과 문화는 더 말할 나위가 없다. 따라서 현실을 볼 때 역사의 긴 안목으로 봐야 현재의 좌표들에 대한 제대로 된 독해가 가능하다. 전략 연구가 직업이 되면서 다시 굳게 믿게 된 원리다. 다시 믿게 되었다는 것은 그 통찰력의 뿌리와 생각의 골격들이 역사가들과의 만남으로부터 시작된 것이기 때문이다. 그 시작점이 김용섭 교수로부터 받았던 학은(學恩)이었음을 부인하기 어렵다.

김용섭 교수님을 그리며

홍순계*

나는 법학과 출신입니다(76년 입학). 연세대학교 재학 시 경제학을 부전공으로 철학, 사회학, 역사학, 정치학 등 사회과학 전반에 대해 수강 공부했습니다. 우주 삼라만상의 이치에 궁금했고 특히 역사발전과 사회변동에 대해 지적 호기심뿐만 아니라 사회적 실천의 고민이 많을 때였지요. 이처럼 폭넓게 공부했지만 특히 감명 깊고 잊을 수 없고 지금까지 깊은 영향을 미친 강의는 김용섭 교수님의 한국사 강의입니다. 단 두 과목 한국통사와 한국근대사이지만 세상을 보는 안목이나 역사의식이 형성되는데 가장 큰 영향을 받았습니다. 지금도 오직 강의에 집중하시는 교수님의 진지한 모습이 눈에 선합니다. 어느 날 하얀 한복에 고무신을 신고 백양로를 걸어 가시던 모습이 기억에 삼삼합니다. 너무나 뜻밖에 마주친 한복 입은 교수님 모습은 고결한 조선의 선비로 깊이 새겨져 있습니다. 한 마디라도 놓칠세라 응시하며 쫑긋 귀 기울여 빼곡히 적은 공책을 아직도 간직하고 있습니다. 근대사 이후 현대사 강의도 수강하고 싶어 질문했으나 교수님

* 전 IBK연금 상근감사위원, 현 한반도평화포럼 이사

은 현대사 강의는 대학원에 개설되어 있다고 하셨습니다. 그래서 한 때 사학과로 대학원 진학도 고민한 적이 있지요. 그러나 학문의 길로 가기에는 여건이 맞지 않았습니다. 경제적 자립이 우선인데다 사회적 실천에 집중하기로 해서 현대사 강의를 수강하지 못한 것이 참 아쉬웠습니다. 그 후 우리 큰 딸이 연세대학원에서 박사학위를 받게 되어 그때의 아쉬움이 해소되었습니다. 딸이 한국사 공부를 계속하고 싶다 해서 대학원 진로를 고민할 때 주저 없이 연세대로 가도록 조언했습니다. 김용섭 교수님의 학풍을 배우고 이어가면 좋겠다는 마음에서 그랬지요.

재학 중에 교수님 방을 찾아간 것은 두 번입니다. 한국 근대사 강의를 딱 한 번 빠지게 되어 어떻게 하면 그 한 시간의 강의 공백을 메꾸어 볼 수 있을까 해서였습니다. 연세대 입학시험을 치르기 위해 안동에서 올라와 사촌형님댁에서 며칠 신세를 졌는데 그 형님이 돌아가셔서 장례 지내는 날에 어쩔 수 없이 출석하지 못했던 것이죠. 그 강의내용을 다시 듣거나 강의 노트를 볼 수 없는지 조심스레 여쭈었는데 교수님께서는 한참을 노려(?) 보시면서 어이없다는 표정으로 거절하셨습니다. 또 한 번은 군 제대 후 복학하여 83년 2월 졸업식 날입니다. 모두들 청송대로 졸업식장을 향해 올라갔지만 나는 교수님 방으로 찾아갔습니다. 이제 학교를 떠나는 날 나에게 가장 큰 울림과 영향을 주신 교수님께 감사 인사드리고 마지막 말씀을 듣기 위해서였지요. 근대사 강의를 수강한 지 5년이 지났는데도 교수님은 나를 알아보시고 반갑게 맞아주셨습니다. 첫 방문 건으로 말미암아 기억한다고 다정스레 말씀하셨습니다. 그러나 졸업식장에 가지 않고 찾아왔다는 사실을 아시고는 바로 표정이 엄격해지시면서 야단을 치셨습니다. "졸업식장에 가야지 이 무슨 일이냐?"고 하시는 바람에 나는 약간 당황하면서도 마지막 감사 인사를 드리고 싶다고, 졸업식

보다 교수님 말씀을 듣는 게 더 뜻깊게 생각한다고 고백했습니다. 그러니 표정이 부드러워지시면서 졸업 후 뭘 하려느냐 물으셨고 나는 금융권 대기업에 취업하였으나 오래 다니고 싶지는 않다고 답변드리고, 뭔가 한국현대사를 개척해 나가는데 교수님의 가르침을 바탕으로 삼아 열심히 살아가겠다고 다짐드렸습니다.

직장생활을 하면서 현대그룹에서 최초로 노동조합을 만들기도 하고 87년 6월항쟁에 넥타이부대로 활약하면서 투쟁과 타협, 성취와 좌절의 굴곡진 삶 속에서도 늘 역사의식을 잃지 않았습니다. 현실의 유혹에도 내 삶의 정체성을 지켜나갈 수 있었던 것도 학창시절 올바른 역사공부가 밑거름이 되었다고 자부합니다. 오랜 직장생활을 마치고 지금도 여러 시민단체에서 왕성한 활동을 하고 분단시대를 극복하기 위해 노력하는 것은 민이 주도하는 역사에 대한 낙관적인 믿음이 있기 때문입니다. 역사에 대한 관점과 미래에 대한 통찰력은 이후 나의 인식능력 속에 내재화되었을 뿐 특별히 한국사에 대한 관심을 갖지는 못했습니다. 주어진 환경과 조건에서 최선의 삶을 살아갈 뿐 교수님을 특별히 생각하지도 못하고 분주한 세월이 흘러갔습니다.

그러던 어느 날 딸 책장에서 교수님의 책 《동아시아 역사 속의 한국문명의 전환》을 발견하고는 단숨에 읽어 보았습니다. 제목부터 확 당기는 주제라서 꼼꼼히 정독하여 지적 충만감으로 우리 역사에 다시 눈뜨게 되었습니다. 우리 문명사의 흐름을 거시적으로 이해하는데 아주 훌륭한 책이라고 주변에 권하기도 하고 몇 권 사서 선물로 주기도 했지요. 그제야 교수님을 뵙고 싶었습니다. 퇴직을 하시고도 손에서 책을 놓지 않고 왕성한 학문활동을 하시는 교수님을 찾아 뵙고 싶어 송암서재로 전화드렸습니다. 재학 중 그리고 졸업식 날, 두 번 찾아뵙던 법학과 출신 홍순계라고 인사드리고 오찬 모시고 싶다고 하여 승낙을 받았지요. 기사가 운전하는 업무용 승용차 뒷좌석에 태워 드릴 때 표정이 매우 흐뭇해 하시는 모습에 참 기분이 좋았습니다. 이때부터 요양병원에 가시기 전까지 계절마다 찾아 뵙고 어둑어둑한 송암서재에서 설레는 대화를 즐겼습니다. 역사발전의 전망과 분단시대의 역사적 의미에 대해서도 질문드리고 교수님께서는 오히려 세상 돌아가는 얘기를 묻기도 하셨지요.

그러한 사제지간 대화가 너무 좋아서 언제부터인가 후배를 동반하여 찾아 뵈었습니다. 그 후배는 수학과 출신이면서 역시 교수님 강의를 감명 깊게 들었고 사무직 노동조합위원장과 회사 부사장까지 지낸 비슷한 성향이라서 대화 분위기가 더 재미있게 되었지요. 그의 아버님인 이규호 철학과 교수님(전두환 정부 때 문교부 장관 역임)에 관한 일화도 들려주시고 셋이서 참으로 행복한 시간을 가졌습니다. 2015년에 압록강에서 백두산 거쳐 두만강까지 "중조국경" 답사 여행을 열흘간 하고 나서 연변 어느 서점에서 북한 사회과학출판사에서 출간한 《조선통사》(상중)를 지적 호기심에 구입해 왔습니다. 이런 사실을 말씀드렸더니 바로 가져오라고 해서 한참 동안 읽어 보시고 다시 돌려 주셨습니다. 종이질도 나쁘고 글자도 작아서 노인이 읽기엔 매우 좋지 않았음에도 불구하고 역시 대학자다웠습니다. 그리고 북한 농업의 변화상인 포전제에 대해 관심을 보이시기에 그에 관한 자료를 찾아서 갖다 드리기도 했습니다. 역시 딸 책장에서 《농업으로 보는 한국통사》를 찾아서 벅찬 마음으로 읽고 교수님께 자랑했더니 "송암서재 주인옹"이라는 붉은 도장을 찍어 그 책을 선물로 주셔서 큰 기쁨으로 간직하고 있습니다.

어느 날 책 집필로 기력을 소진하시어 수척해진 모습을 뵙고는 가슴이 철렁했습니다. 이런 대화의 시간을 언제까지 이어갈 수 있을지 불안감이 닥쳤습니다. "저희 아버님도 31년생인데 아직 외출도 잘

하시고 건강하십니다"고 하면서 건강관리를 당부드리기도 했지요. 송암서재에 가득 찼던 책들을 학교 도서관으로 다 보내버린 다음 날, 그 텅빈 공간을 바라보시던 옆모습에서 느꼈던 쓸쓸함을 아직도 잊지 못합니다. 부암동 자하만두집에 모시고 갔을 때 고향의 맛이라고 흐뭇해 하시던 모습을 생각하면 너무나 가슴이 아픕니다. 고향 연백을 가까이 두고도 가시지 못한 그 안타까움도 그러하고, 이제는 자하만두를 사드릴 수 없는 그 부재하심에 더욱 가슴이 저려옵니다.

나는 세 가지 생활 수칙을 계속 지키고 살고 있습니다. 첫째 부지런히 걷고 몸을 움직인다, 둘째 손에서 책을 놓지 않는다, 셋째 많은 사람을 만나고 배운다. 이 가운데 둘째 수칙은 김용섭 교수님을 생각하며 지키고 있습니다. 교수님은 가셨지만 그 역사의식과 치열한 삶은 이렇게 저의 마음속에 살아 계십니다.

몇 가지 평범한 기억들

송찬섭*

재작년 한국학중앙연구원에서 보낸 알림에서 선생님이 학술상을 받는다는 반가운 소식이 실렸다. 그런데 사정상 대리수상할 예정이라 하며, 그다음 보낸 알림에서 선생님의 수상 소감이 실려있고 마지막 부분에 간신히 쓰신 듯 떨리는 글씨로 쓴 서명이 보였다. 순간 '선생님이 이렇게 불편하신건가' 하며 가슴이 철렁했는데 그해 가을에 떠나셨다.

한 분야의 학문에서 특정한 주제를 선택하는 일은 학계에서 특별한 일은 아닐 수 있지만 거대한 구상과 체계적 연구로서 어떤 일도 돌아보지 않고 평생 동안 온전하게 집중하는 일은 쉬운 일은 아니다. 선생님의 논문은 많이 읽고 공부에 도움 받았지만 실제 가장 재미있게 읽은 글은 어린 시절에 대한 글이었다. 아버님으로부터 끊임없이 교육받고 앞으로의 길을 찾아나가는 과정을 보여주고 있다. 훈장 출신의 아버님은 시국과 정세에 대해 아들에게 가르치며 때로는 과제를 던져주고 앞길을 스스로 찾아나가도록 이끄셨는데, 마치 한편의

* 한국방송통신대학교 명예교수

판타지소설을 읽는 듯 흥미롭고 감동적이었다. 근래 조선후기 이래 훈장에 대해 살펴볼 기회가 있었는데 훈장도 매우 다양한 층위가 있었다. 그 가운데 국내외 정세에 밝은 지식인이 있을 수 있지만 어린 아들에게 체계적으로 교육한 경우는 내가 아는 한에서는 매우 특이한 사례였다. 어렸을 때 부친과 대화를 나눈 적이 있는지 기억조차 없는 나로서는 경이롭기까지 하였다. 일단 자식에게 이 같은 가르침을 주었다면 식견이 대단한 분일텐데 과연 어떤 분이었을까 매우 궁금하였다. 아무튼 선생님이 어린 시절 아버지의 가르침을 받으면서 앞으로 어떤 일을 할 것인가 다양한 선택을 두고 끊임없이 찾아나가는 과정이 신기로웠다. 이 부분만 따로 책을 만든다면 아마도 청소년들을 위한 동화가 되지 않을까 한다.

선생님의 학문에 대해서는 저작으로 정리되었으니 상당히 이해할 수 있지만 어떤 삶을 사셨을까 하는 점에서는 좀더 알고 싶은 아쉬움이 많다. 이번 기회에 선생님 삶과 관련하여 많은 이야기가 나왔으면 기대를 하면서… 작은 일이지만 나도 몇 가지 기억을 떠올려보았다.

'가만히 존경하는'

선생님을 생각하면 가슴 속에 차오르는 그리움과는 달리 막상 이야기를 꺼내려니 별로 떠오르지 않는다. 기억이 많이 사라진 점도 있지만 뵙더라도 모두 연구실을 벗어나지 못하였기 때문일까? 직접 강의를 들은 제자라면 학기중 일주일에 한두번씩 강의를 듣고 과제물과 시험으로 혼도 나고 해서 기억이 많이 채워졌을 텐데… 김 선생님을 뵐 수 있었던 것은 대학원에 들어간 뒤가 아닐까 한다. 나는 74학번이지만 교양과정부를 거쳐 1975년 2학기에 국사학과로 들어

갔으니 그해 초 학교를 옮기신 선생님에 대한 이야기를 별로 듣지 못하였다. 3학년 때였던가 숭실대 계셨던 이재룡 선생님이 사회경제사라는 제목으로 조선시대 토지제도를 강의하셨는데, 아마도 이전에 선생님이 담당하셨던 과목이었던 듯하다. 선생님 연구도 많이 활용했을텐데 그때는 토지제도가 왜 중요한지도 몰랐으니 흥미 있게 듣지 못했다. 군대를 갔다 와서 졸업하고 대학원으로 들어가서 전공을 조선후기로 정한 뒤 선생님의 저작이나 논문을 제대로 읽게 되었다.

선생님을 처음 뵙게 된 건 어떤 기회였는지는 기억나지 않는다. 대학원생들이 함께 인사드리러 연세대로 갔던 듯하다. 그뒤 연세대로 한 학기 청강하러 간 적도 있었고, 석사논문을 쓸 때는 초고를 들고 가서 읽어봐 주십사하고 부탁드리기도 하였다. 지도교수도 아닌데 가서 떼를 쓴 셈이니 지금 생각해 보면 예의가 아니었다. 아무튼 논문 주제를 조선후기 '개간'을 잡은 것은 선생님 논문의 영향에다가 당시 규장각에서 귀한 자료들을 자유롭게 볼 수 있었기 때문일 것이다. 그 뒤 박사논문은 조선후기 환곡제도를 다루었는데 선생님이 심사위원으로 참여하셨다. 이번에는 다행스럽게도 떼를 쓰지 않고도 지도를 받을 수 있었다. 마지막 심사를 끝내고 돌아가는 길에 선생님은 외부 심사위원용 거마비 봉투를 돌려주셨다. 가난한 강사에게 받을 수 없다고… 그 가르침은 그뒤 나도 학위심사를 맡았을 때 지켰다. 그 뒤로도 학문적 도움을 많이 받았지만 무엇보다 선생님의 조용한 가르침을 받으면서 '가만히 존경하는' 분으로 마음속에 자리잡았다.

참으로 죄송한 일

선생님께 학은을 많이 입었음에도 매우 죄송스런 일이 있었다. 선생님은 1997년쯤 정년하셨을텐데, 그에 앞서 정년논총을 주관하던 정창렬 선생님으로부터 전화를 받고 당연히 참여하겠다고 하였다. 뒤이어 주제 선정 등은 방기중 선생과 이야기를 나누었다. 그런데 시간이 부족하지는 않았을 텐데 결국 논문 약속을 지키지 못하였다. 학은에 대해 보답할 기회이기도 하고 한편으로는 공부할 수 있는 기회를 받았는데… 지금 생각해도 허무하고 왜 그렇게 정신없이 시간을 놓쳐버렸는지 알 수 없을 정도였다. 방송대에 취직한 지 얼마 되지 않아서 바빴다고 하더라도 변명이 되지 않았다. 시원찮은 글 하나 빠진 거야 표나지 않을 수 있지만, 함부로 빠졌으니 논총 체계에 약간의 흠을 낼 수 있는 일이었다. 게다가 정년기념회에도 참석하지 못하였다. 논문을 제출하지 않았으니 초대장을 못 받았던 건지 확실하지 않지만 그즈음 공교롭게도 방송대에서 서구 선진국 여러 나라의 방송대학을 둘러보는 기회가 있었다. 나는 신청도 하지 않았는데 당시 총장이셨던 사회학자 한완상 선생이 방송대 미래를 위해 젊은 교수들을 많이 참여시키라고 해서 그냥 포함되었다. 기념회 날짜를 알았어도 학교의 공적행사를 포기하기는 쉽지 않았을 것이다. 참석은 그렇다고 하더라도 논문은 당연히 제출해야 하는데 두고두고 마음속 허전한 구석이 있었다.

선생님은 일의 과정을 모르셨을 수도 있고, 아셨다고 해도 이런 일을 말씀하실 분은 아니고, 정 선생님도 워낙 점잖은 분이어서 그 뒤 뵐 때도 별말씀이 없으셨다. 아마도 당시 나처럼 약속을 어긴 사람은 없지 않았을까 한다. 일을 주관하셨던 정창렬 선생님이나, 나중에 쓰지 못했다는 부끄러움을 전했던 동학 방기중 선생, 두 분 모두 지금은 계시지 않지만 죄송하다는 말씀을 전하고 싶다.

항상 미소로 대해주시는...

선생님은 언제든 찾아뵙고 싶은 분이었다. 연세대로 가끔 찾아뵈었고 정년하신 뒤에는 별도의 연구실로 몇 번 찾아뵈었다. 처음에는 학교 뒷문 근처였고, 나중에는 댁 근처였던 것으로 기억된다. 미리 전화를 드려서 허락받고 가게 되는데 기억해 보면 전화를 받지 않으신 적이 거의 없었고 전화를 받으면 반드시 허락하셨다. 정말 쉬운 일이 아닐텐데… 그리고 혼자 가거나 여럿이 함께 가더라도 결국은 연구실에서 여러 사람을 만나게 된다. 국사학 연구자가 대부분이지만 때로는 다른 분야 연구자도 오셔서 인사를 주고받았다. 미소지으며 나지막한 목소리로 들려주시는 말씀이 금쪽같았다. 그 미소는 연세가 드실수록 더욱 환해 보여서 방문자를 편하게 해 주셨다. 많은 연구자가 최근 자신의 구상이나 연구 작업을 이야기하게 될 테니 어쩌면 이곳에서 수많은 연구 주제들이 논의되고 정리되지 않았을까 한다. 나는 바둑 8단을 이르는 坐照라는 용어를 좋아하는데(9단을 뜻하는 入神은 바둑계의 오만인 듯, 더구나 요즘은 AI에게 두세 점을 놓는 처지이니) 아마도 선생님에게 적절한 표현이 아닐까 한다. 연구실에 앉아서도 폭넓게 세상과 역사를 둘러보시니…

항상 따뜻하게 맞아주시니 가끔은 가족들과도 함께 갔다. 집사람도 역사전공자였고, 특히 옛날 문리대(동숭동) 시절 선생님의 강의를 들었으니 자연스러웠다. 어린 아들까지 데리고 갔는데… 아들이 커서 역사를 택하게 된 뒤로는 부자간에 가기도 하였다. 아들이 결혼한 뒤에는 며느리까지 전공자여서 온 가족이 함께 갔다. 며느리는 연세대 사학과 출신이지만 직접 배우지는 못했는데 뵐 수 있는 좋은 기회였다. 이렇게 찾아뵙는 일은 선생님의 귀중한 시간을 뺏는 일이기는 하지만 선생님도 후학들의 방문을 싫어하시지는 않으리라 믿었다.

특히 젊은이들을 더 반가워하시는 듯해서 학문의 길에 대한 조언과 바람을 말씀하셨다. 한번은 부자간에 갔을 때 여러 말씀을 하시다가 아들에게 아버지처럼 운동권교수가 되지 말라고 조언(?)을 하셔서 깜짝 놀란 적이 있었다. 나는 앞에 나서지도 못하고 기껏해야 역사단체에 참여하고 있는 정도인데 왜 그런 말씀을 하셨을까? 짐작해보건대 연구자는 공부가 우선이라는 말씀을 강조하신 듯하고, 아들에게 앞으로 열심히 연구하라는 덕담일 듯하다.

사실 정년 뒤에도 어떻게 20여 년을 여건도 별로 좋아보이지 않는 연구실에서 앉아 계실 수 있는지 참 궁금했다. 타고난 건강한 체질이신지, 아니면 연구에 몰두하다 보니 건강조차 극복하신건지, 건강을 해치더라도 역사에 대한 사명감에 무리하면서도 계속 지탱하신건지… 아마도 복합적일 듯한데, 나로서는 도저히 엄두가 나지 않는다. 선생님을 본받는 일은 너무 힘들 것 같아, 가끔 선생님의 미소와 잔잔한 말씀을 떠올리면서 그냥 '생활 속의 역사'를 즐기며 지내야 할 것같다.

사족– 글을 쓰던 중 한 방송대 학생이 고향 대나무로 만든 부채를 보냈기에 연락처를 보고 감사 전화를 하여 이런저런 이야기를 나누었다. 목소리는 진중하면서 옛날 말투여서 혹시 몇 년생이시냐고 물었더니 놀랍게도 1932년생, 곧바로 1931년생인 선생님이 떠올랐다. 이 나이에 대학교 2학년을 다니신다니… 이 분도 넓게 보면 선생님과 같은 성품일까?

발해 유적답사 후기

김돈[*]

김용섭 선생님을 중심으로 한 답사단이 발해유적 답사를 한 시기는 세기말이었던 1999년이었다. 특히 이 답사가 잊히지 않는 것은 발해유적뿐만 아니라 무엇보다 백두산 천지를 처음 보았기 때문이다. 답사단은 김 선생님과 사제관계로 인연이 된 연세대 사학과와 서울사대 역사과를 졸업한 분들로 구성되었고, 정확한 인원은 기억나지 않으나 대형버스 1대로 이동했으니 20명 이상이었던 것 같다. 이들 일행은 1999년 8월 5~12일까지(7박 8일) 흑룡강성과 길림성에 산재한 발해유적을 중심으로 답사하였다.

답사한 지역과 유적을 열거하면 다음과 같다. 하얼빈, 목단강, 동경성 발해유적지(상경 용천부, 흥륭사, 발해진, 박물관), 안희제 발해농장, 경박호, 돈화 발해유적지(성산자 산성, 육정산 고분군, 정혜공주묘, 강동 24개석), 백두산 천지, 청산리, 대종교 3종사묘, 화룡 발해 유적지(서고성, 용두산 고분군, 정효공주묘), 연길, 연변대 방문, 용정, 훈춘

* 서울과학기술대학교 명예교수

팔련성, 도문, 두만강의 중한국경지역, 심양 등. 김포에서 하얼빈, 연길에서 심양, 심양에서 김포는 항공편, 하얼빈에서 목단강까지는 기차, 그 중간에는 대형버스 1대로 이동하는 일정이었다.

발해유적 답사가 목적이긴 하였으나 저서와 논문, 그리고 대학원 강의를 통해 먼발치에서 바라보던 김 선생님과 함께 답사한다는 점에서 상당한 호기심과 흥분된 감정으로 답사에 참여했던 기억이 떠오른다. 또한 이 답사 뒤 당시 답사단의 일행이었던 김준석, 방기중 선생이 갑자기 별세하였기에 유독 이 발해답사가 기억에 남는다. 특히 김준석 선생은 백두산 천지 답사 직후에 우연히 만났을 때 피로에는 초콜릿 바가 제일이라면서 천진난만한 웃음을 띠면서 배낭에서 꺼내주던 모습이 눈에 선하다.

답사 중에 버스가 몇 차례나 고장이 나는 바람에 수리가 끝날 때까지 길가에서 몇 시간이고 기다렸던 것은 즐거운 추억 가운데 하나였고, 백두산으로 가는 도중 화장실이 제대로 없어서 김 선생님을 비롯

경박호에서 돈화 가는 길(1999. 8).

한 일행 모두 길가의 숲에서 한 줄로 서서 용무를 보았던 기억도 새롭다. 연길과 용정 쪽으로 가까이 갈수록 우리에게는 너무나 익숙한 풍경인 기와집과 초가집이 나타나면서 집성촌마다 함경도, 경상도 등의 사투리가 들려오는 것이 신기했던 기억이 난다. 우리가 답사하던 만주의 발해유적지 곳곳이 중국이 아니라 마치 우리나라 시골의 어느 지역을 답사하는 것 같은 느낌이 들었다. 두만강의 중한국경에서 나무 한 그루 없는 민둥산이 이어지는 북한 땅을 물끄러미 바라보던 김 선생님의 모습도 생각난다.

답사에 임하는 김 선생님의 면모를 뚜렷이 느꼈던 것은 백두산 천지 답사 직후였다. 당시 발해유적에 대해서는 중국 당국이 공개를 꺼리는 정황이 답사하는 도중 여러 곳에서 나타났다. 이럴 때마다 여행가이드는 근처의 발해유적과 상관없는 사찰 등으로 우리 답사단을 안내하곤 하였다. 이때 나를 비롯한 대부분의 답사 일행은 우왕좌왕하면서도 별다른 문제 제기나 문제의식 없이 희희낙락하면서, 유람하듯이 열심히 사진을 찍으면서, 답사에 임하였다.

그런데 김 선생님께서 백두산 근처의 숙소에 이르렀을 때 일행 모두를 저녁에 집합하도록 하였다. 아마도 답사중간 평가를 겸한 시간이었던 것 같다. 당시 나는 강원대 역사교육과에 재직 중인 류승렬 선생을 룸메이트로 해서 발해답사에 참여했는데, 영문도 모른 채 류 선생과 저녁식사 후에 집합하였다. 다들 심각한 표정으로 집합하였는데, 지금 생각해 보니 연대 사학과 선생님들은 이러한 집합에 익숙한 듯하였다. 당시 이러한 사태가 빚어진 것에 대해 함께 답사에 참여해 가이드를 해 주던 조선족 발해사 전공의 방학봉 선생이 중국 조선족으로서의 비애를 토로하던 기억은 어떻게 보면 사족에 불과한 장면이었다.

정작 중요한 내용은 김 선생님의 다음과 같은 언급이었다. 이 집합에서 김 선생님은 무척 심각한 어조로 여러 말씀을 하였는데, 지금도 뚜렷하게 생각나는 것은 “역사 공부란 목숨을 걸고 하는 것”이라는 말씀이었다. 유적답사란 역사 공부의 중요한 일면인데 어떻게 역사 공부하는 사람들이, 발해유적도 아닌 곳으로 여행가이드가 이끄는 대로 이리저리 휘둘리면서, 게다가 희희낙락하는 태도로 답사할 수 있는가 하는 질책이었다.

당시 나는 사대 역사과를 졸업하고 교직에 있다가 박사학위를 받고 대학에 자리를 잡은 지 5년 정도 될 무렵이었고, 기초교육학부 소속이었기에 주로 교양 한국사를 가르치고 조선시대 정치사 관련 내용을 논문으로 쓰면서, 대학의 한국사 관련 전임으로 나름으로는 충실하게 지내고 있었다. 그런데 발해유적 답사 도중에, 그것도 백두산 아래의 어느 숙소에서 “역사 공부란 목숨을 걸고 하는 것”이란 김 선생님의 말씀을 들었을 때, 지금 생각해도 엄청난 충격을 받은 기억이 새삼스럽다. 역사를 공부하면서 유적답사란 일상적으로 이루어지는 것이고 상당 부분 일행들과 재미있게 현장의 유적이나 유물을 견학하는 것으로 인식해 왔던 나로서는 당시 김 선생님의 말씀은 엄청난 경외감 그 자체였다. 여태껏 나는 한국사를 공부하고 가르치는 충실한 직업인의 한 사람으로 살아왔던 터라, 한 번이라도 역사 공부를 목숨을 걸고 하는 것으로 생각해 본 적이 없었기 때문에, 이 말씀은 당시 너무나 커다란 충격이었다. 그리고 발해유적 답사 이후 이 글을 쓰는 지금도 이 말씀은 잊어버린 지 오래였다. 당시 이 말씀을 들으면서 김 선생님이 평생 이러한 마음가짐으로 일관했기 때문에, 특히 해방세대 역사학자로서 오직 역사연구의 외길을 걸으면서 역사청산과 역사재건의 실질적인 역할을 수행한 결과, 한국사학계에 뚜렷한 사학사적 기여한 것이 아닌가 라고 어렴풋하게 되새겼던 기억이 난다.

또한 당시 답사단 일행이 연변대 사학과를 방문하여 전 · 현직의 조선족 사학자들을 만났을 때의 장면도 생각난다. 이국땅에서 중국의 조선족으로서 한민족의 역사를 공부하는 학자들과 대화하면서, 그 대화 내용은 생각나지 않지만, 이들의 말을 성심껏 경청하던 김 선생님의 모습도 눈에 선하다.

이 글을 쓰는 지금 이미 대학에서는 정년퇴직한 상태이고, 코로나 팬데믹 상황을 핑계로 우왕좌왕하면서 무사안일에 빠져 있는 요즘의 상황에서, 스승의 도리를 다하시던 선생님의 빈자리가 크게 느껴진다. 더군다나 김 선생님이 몸소 답사단을 꾸려 진행한 만주지역의 유적답사는 고구려유적, 발해유적, 요하문명과 홍산문화, 고조선 유적 등 모두 네 차례로 기억하는데, 이 가운데 최소 대학교수 10여 명이 역사유적을 답사했으면 답사기행문이 있어야 한다는 김 선생님의 취지에 따라, 2013년 5월의 4박 5일 요하문명 답사 후에 참가자의 논문과 답사 후기를 모아 간행한 저서가 《요하문명과 고조선》(한창균 엮음, 지식산업사, 2015)이다. 이러한 김 선생님의 유적답사 취지에 비추어볼 때 본 글은 부끄러움이 가득한 단상일 뿐이다.

별처럼 빛나는 선생님과 함께한 행운과 기쁨

류승렬*

발해 답사

선생님은 여러 차례의 만주 답사를 진행하며 고조선, 부여, 고구려, 발해의 자취에 대한 끝없는 지향을 보이셨다. 초기인 1999년 만주의 발해유적지 답사를 함께할 수 있었던 것은 나의 삶에서 가장 커다란 행운이다. 그 후 여러 차례 만주나 중국 답사를 갔지만 꽉 짜여진 체계적인 프로그램을 갖고 최고의 학자분들과의 답사팀으로 간 것은 이때였다. 연일 강행군한 여정 속에서 두만강변을 몇 시간 동안 버스로 달리며 닿을 듯이 강 건너 북한쪽을 마주했고 삼합에서는 북한과의 경계인 다리 가운데까지 가보았다. 그 후로는 고속도로가 뚫리고 지리가 바뀐 까닭에 다시 하기 어려운 귀한 체험이 되었다.

나는 석사 논문 쓰기 전부터 연구실로 선생님을 찾아뵙고 체증에 걸린 듯한 문제들에 대해 말씀을 나누며 막힌 데를 풀곤 했는데, 마

* 강원대학교 명예교수

치 산에 올라 스승님께 막무가내로 가르침을 청하던 '또매'처럼 생각한 적도 있었다. 발해답사에서 연길시의 책방에 들러 처음 접하는 중국의 서적들이 필요하고 값도 싸길래 여러 권 사서 불룩하게 배낭에 넣어 메고 왔더니 선생님과 사모님께서 무겁지 않으냐 하시며 물끄러미 쳐다보시기에 내심으로만 '잘해보겠습니다'라고 작심했던 기억을 간직해오고 있다.

박사논문을 드렸을 때 선생님께서 알렌관에 데리고 가서 식사를 사주시는 호사를 누렸고, 또 미국에 간다고 말씀드렸을 때 하버드대의 김(최)선주 교수를 일러주신 덕분에 김 교수로부터 패컬티클럽에서 멋진 접대를 받기도 했다. 그럼에도 학문적으로는 선생님께 호랑이 등에 올라타시고 굽어보며 조망하시는 기쁨을 드리기는커녕, 고양이도 되지 못한 부끄러움만 가득하다.

선생님은 아마 전무후무한 궤적을 보여준 한국사학자임이 분명하다. 내가 선생님과 함께할 수 있었던 것은 더할 수 없는 행운이다. 이제는 뵐 수 없지만 학문적 성과로, 그리고 귀한 회고록을 통해서 선생님의 큰 업적을 늘 함께할 수 있어서 다행이다. 그간 내가 겪은 소소한 일화를 통해 선생님의 학문과 인품을 새겨보기로 한다.

선생님과 나

선생님을 뵙고서 내가 한 공부는 학동의 습작 정도에 지나지 않는다고 생각하며 뵐 때마다 늘 부끄럽고 죄송스러운 마음을 갖곤 했다. 언젠가 선생님께 글은 어떻게 써야 하냐고 여쭈었다. 당시 일련의 대작 시리즈 저술을 마치고 하루 8시간씩 거의 30년간을 근무하듯이 작업했다는 조정래 작가의 이야기를 들은 젊은 소설가가 글의 구성이나 준비가 채 덜 된 상태에서 글쓰기를 어떻게 해야 하느냐는 물음에 "그러면 글을 쓸 수 없다."고 단언하는 것을 듣고 질문을 드린 것이었다. 선생님도 답을 너무 간단명료하게 하셔서 깜짝 놀랐다. '아직 서술할 글의 전반적 체계를 확정하지 못한 채 작업에 착수할 수 있을까요'라는 물음에 대하여, "글을 써서는 안 된다.", "글을 쓸 자격이 없다."고 단호하게 답하셨다. 쓰려는 글의 제목과 목차 및 대체적 구상까지 큰 틀을 다 갖추고 중요 자료도 거의 섭렵하지 않고서는 제대로 된 글이 나오기 어렵다는 말씀이었는데, 차츰 그 의미가 간단치 않음을 새기게 되었다. 관련하여 선생님의 연구로 일관한 삶을 되돌아볼 수 있는 회고록을 남겨주셔서 정말 다행이란 생각이다.

회고록을 읽을 때마다 직접 찾아뵐 때 들었던 말씀이 새삼 되살아나는 듯하다. 책 내용을 가이드 삼아 따라가며 선생님의 저술을 떠올리면 선생님의 학문 세계로 들어가는 듯한 느낌이 든다. 회고록에 서술된 연구의 구상, 자료 수집과 서술 등으로 이어지는 일련의 작업 공정에 대한 내용을 날실로, 해당하는 논문들을 씨실로 해서 상호 연결지으면 잘 짜여진 역사 속으로 빨려 들어가는 기쁨에 젖게 된다.

선생님은 마흔에 《조선후기농업사연구》〔Ⅰ〕·〔Ⅱ〕를 펴내셨다. 농촌경제 · 사회변동(1970), 농업변동 · 농학사조(1971)의 두 권으로 각 10여 편의 논문을 담았다. 초창기 옹색한 연구 여건에서 이런 체계적이고 구조적인 역작을 낸 분은 선생님이 유일하다.

선생님은 퇴임 이후에도 중요하고 핵심적인 역작을 내시고, 그동안 저술하신 글들에 대한 업그레이드 작업도 지속적으로 진행하셨다. 퇴임 후 무사안일하게 보내는 처지에서는 실로 경외롭기만 하다는 생각이 든다.

별의 향연

어릴 적에 아버님으로부터의 가르침 외에 일본과 만주를 직접 다녀오거나 살았던 경험은 선생님의 학문적 자세와 체계 형성에 큰 영향을 미쳤다. 선생님은 "일본, 만주에서의 견문은 참으로 소득이 많은 것이었습니다. 그것은 '우리는 누구인가'에 관하여, 저에게 절망과 희망의 양면이 있음을 확인시켜주는 것이었습니다."라고 회고하였다. 일본 본토를 여행한 것은 당시 가장 선진문명을 접할 수 있던 절호의 기회였고, 만주의 삶은 새롭게 떠오르는 만주국의 본거지이자 한민족의 태반인 곳을 몸소 살아본 것이다. 이러한 만주 경험은 "저는 소학교 시절에 그렇게도 궁금하였던 문제들이 확 풀리는 것 같았습니다. '우리는 누구인가', '우리는 어떻게 될까'와 관련하여, 조선사람들은 다 죽지 않고 살아 있었구나 하고 기뻤습니다. 땅속으로 꺼져 들어가는 그리고 물속으로 가라앉는 것 같았던 지난날의 기분에서 벗어날 수 있을 것 같았습니다."라 했듯이 선생님이 그동안 일본에서 짓눌렸던 기억을 깔끔하게 청산하는 새로운 전기가 된 듯하다.

발해답사 때 백두산 천지 바로 밑에서 묵었던 하룻밤은 지금도 잊을 수 없는데, 밤하늘에서 쏟아지는 무수한 별들의 향연은 그야말로 장관이었다. "이 답사는 민족통일의 염원이 담긴 목숨을 건 여정"이라는 말씀과 함께 선생님으로부터 추상같이 엄한 야단을 맞고 모두 혼비백산했던 기억이 새롭다. 북한에 가장 지근한 삼합을 갈 때 계획된 코스의 변경을 둘러싼 혼선에 대한 질책이셨는데, 임기응변식 편의주의는 학자가 취할 도리가 아님을 절감하게 되었다.

선생님은 퇴임 후에도 만주에 대한 관심을 줄곧 견지하셨다. 동참할 기회는 갖지 못했지만 두 차례 만주 답사가 이어졌는데, 그 결실이 《한국고대농업사연구》이다. 이 마지막 작업을 마무리하실 무렵 고구려 장천 1호분의 별자리 자료를 가져다드린 오병수 박사와 함께 찾아뵀을 때 한국사에서 중국과 차별화된 별 · 별자리 인식의 전통이 갖는 중요성과 독자성에 대해서 말씀해 주셨다. 중국집에서 반주를 곁들여 담소를 나눈 이 자리가 선생님과의 마지막 회식이었다. 그 후 병석에서 마지막으로 뵈었을 때도 선생님의 작업 마무리에 대한 열정과 아쉬움을 진하게 느낄 수 있었다.

중국과는 다른 독자적 별자리의 전통을 중심으로 초기 한국사를 정초함으로써 수미일관한 한국사의 체계를 확립한 선생님의 송암사학이야말로 세계사 속에 우뚝 선 한국사 체계를 상징하는 별이고 별자리라는 생각이 더욱 깊어진다.

선생님은 별의 중심, 항행의 나침반, 공부의 지표를 가리키는 북극성으로 빛을 비춰주시며, 생의 마지막까지 학문의 별자리 가운데서 학문적 열정을 소진하셨다.

송암사학(松巖史學)

고조선의 건국부터 현대까지 수미일관하게 역사의 자취를 그려내야 한다는 사명감을 몸소 실행해낸 선생님의 학문이 송암 김용섭 사학이다.

선생님은 해방 후의 한국사가 중 우뚝 선 거맥의 중심이 분명하다. 선생님은 광막한 학문적 광야에서 통시대적 학술적 탐구와 저술을 통하여 학문체계를 정립하고 간단명료하게 틀과 체계를 갖추고 규장각 등에 소장된 핵심 자료를 거의 망라한 바탕에서 20대부터 지속적으로 거의 최초에 해당하는 저작을 연속적으로 내놓으셨다. 더욱이 한국사를 짓누르고 얽어매고 있던 파당적 분열과 대립, 정체의 늪을 과감히 던져버리면서 상호 대립하고 교차하는 세력과 대안적 모순 관계의 틀 속에서 내적 계기를 근간으로 발전하는 역사상을 정립한 한국사 연구의 유일한 사부라고 생각한다.

그런데 선생님의 연구성과를 제대로 섭렵한 경우는 의외로 많지 않다. 흔히 선생님을 '두 가지 길'로 도식화하여 자의적으로 치부하며 극단적으로 '숨은 신'이라고 호명하는 경우까지 있었다. 그러나 이 또한 편식에 따른 자의적 호칭에 불과할 따름이다.

강화 교동에서 닿을 듯 보이는 황해도 배천이 선생님의 고향인데 1960년대 말까지는 장날 북에서 소를 몰고 와 팔았다는 이야기도 전해진다. 민족분단의 참담한 현실을 늘 안타까워하며 지척의 고향 생각에 젖곤 하시던 선생님의 모습이 떠오른다.

몸소 겪은 6 · 25전쟁의 와중에 '남북분단의 내적 원인과 그 해법도 우리 역사 속에서 찾아야 한다'는 소신에서 한국사 연구를 출발한 선생님은 한국 근대의 직접적 연원을 이루는 조선말을 대상으로 농민을 포함해 농업기술, 토지제도, 조세제도 등의 농정책과 그 모순구조를 포괄하며, 농정책의 근간이 되는 사회 · 정치사상까지 담아내는 농업사연구로 집결시켰다.

선생님의 '변통론'이 내게는 참으로 매력적이다. 조선후기의 사회 변화나 근대화 과정에서 나타나는 사회개혁, 근대국가 건설의 사상 구조를 농민의 입장에서 본 개혁사상과 지주층의 입장에서 본 개혁 사상으로 대비시켜 해명했는데, 주역의 '변통론'을 역사 변화와 연관시킨 것이다. 선생님은 사회의 모순이 심화되면 이를 인식한 지배층이 이 문제를 해결하기 위해 막힌 곳을 뚫고 안정을 가져오지만, 그 안정은 시간이 지나면서 다시 모순점을 드러내게 되며, 이런 과정을 밟으며 역사는 발전하게 된다고 보았다. 이러한 인식은 현대 학문에서의 변증법의 논리와 일치한다. 대립적 틀을 극복하고 종합적 구조적인 이해를 실현하고자 하는 학문적 폭과 깊이가 송암사학의 핵심이라 할 것이다.

강원도의 추억

내가 춘천에서 근무한 것도 선생님과의 남다른 인연이 되었다. 선생님은 고향이 황해도였지만 소학교는 통천에서 다니셨기에 강원도에 대한 애정이 깊으셨는데, 소학교 다닐 때의 젊은 조선인 여자 담임 선생님에 대한 추억을 잊을 수 없다고 하셨다. 언젠가 찾아뵈었더니 선생님께서 메모지에 柳川이란 이름을 써서 건네주시면서 강원도 통천소학교에 다니실 때의 담임 선생님을 좀 찾아보라고 하셨다. 아마 춘천사범학교 출신이었던 듯하다고 하셨는데, 졸업생명부를 수소문해보았으나 끝내 찾아드리지 못해 지금도 송구할 따름이다.

선생님의 회고에 따르면, 일본으로의 학습 여행이 곤란하다고 하자 담임 선생님이 빙그레 웃으시며 "김 군, 이번에 가는 학생들은 왕자님[영친왕]을 배알한단다. 얼마나 좋으냐. 아버님께 그리 말씀드려라." 하셨고, 아버지도 "그럼 가서 견문도 넓히고 왕자님께 큰절로 인사도 드리고 오라"며 허락하셨다고 한다. 그러나 애초의 기대는 완전히 어그러졌고 '땅 밑으로 꺼지고 바다 속으로 가라앉는 기분'으로 '우리는 누구인가'를 둘러싼 냉엄한 현실을 뼈저리게 경험하고, 한동안 침울한 소년이 되었다고 하셨다.

일본에 갔던 기억과 더불어 왕자님[영친왕]으로부터 끝내 조선어 인사말은 듣지 못하고 '단 1분 정도'의 만남만이었던 데 대한 진한 아쉬움을 쓸쓸하게 회고하던 선생님의 모습이 지금도 선하다. 아마 일본에 대한 강렬한 대결과 극복 의지를 다지는 결정적 계기로 작용했던 듯하다.

강단과 결기

선생님께서 회고록인 《역사의 오솔길을 가면서(김용섭 회고록)》를 내신 무렵(2010. 10.) 손석희 프로에서 전화 인터뷰를 하셨다. 그때 손석희 앵커가 묻고 선생님께서 답하신 대화가 인상적이라 지금도 기억한다. 식민사학자인 쓰에마쓰[末松保和]의 강의 참관 거부, 밤손님이 연구실을 다녀간 사건, 두 분 교수의 질책과 회유 등이 주된 내용이었다.

선생님은 회고록에서 관련 내용을 다음과 같이 적으셨는데, 그때 답변도 거의 같았다.

"나는 외국에서도 나의 글을 다 보고 있구나, 그리고 일본에서는, 몹시 신경을 쓰고 있구나 생각하였다."

"뒤쪽 베란다로 통하는 창문이 열려 있었다. 연구실은 평상대로이었고, 없어진 물건도 없었다. 책상 위에 놓여 있었던 '남바링'만 가져간 것이었다. '그러면 다른 방들도 다 당했습니까?'하고 물었더니, '아니요, 선생님 방만 그랬습니다.'는 답이 돌아왔다. 나는 짐작이 갔다. 경고구나 생각하였다."

"여러 사람이 있는 가운데, '… 김 선생, 우리 이제 만족사학 그만하자.'고 하시는 것이었다. 이것이 여러 말씀 가운데 핵심이었다. 말씀은 부드러웠지만, 논조는 강하였다. 명령이었다."

"이제는 내가 진퇴를 결정할 때가 되었구나 생각하였다. 나는 이에 앞서서는 대학에서 홀대를 받기도 하였으므로, 더 이상의 천덕꾸러기가 되어서는 안 된다고 생각하였다. 그리하여 객은 이제 언제든 떠날 수 있는 준비를 하지 않으면 안 되었다."

마침 나는 이 방송을 들었고, 선생님께 그런 내용을 말씀드렸으나 빙그레 웃으시기만 할 뿐이었다. 대신에 아홉수를 이야기하시면서 건강을 포함해서 정말 죽을 고비를 넘겼다고만 하셨다. 그런데 선생님은 마흔 살 고개를 넘으면서 이렇듯 험악한 주변 상황에서 또 건강상으로도 생사의 기로를 헤매는 속에서 두 권의 저서를 내시는 강단을 보이신 것이다.

숱한 올가미 씌우기에 맞서시던 선생님의 결기가 새삼 도드라지게 다가온다. 아마 독보적인 학문적 뒷받침이 없었다면 어찌 되셨을까 생각만 해도 아찔하다. 한때 미미한 올가미에도 몸서리쳤던 나의 기억을 상기하면 무섭고 떨리기만 할 뿐이다.

귀감(龜鑑)

나는 선생님을 뵙기에 어려움을 느낀 적은 별로 없었다. 토요일도 근무하던 때라 설이나 추석 같은 명절이나 일요일에 연구실로 찾아가면 언제나 계셨다. 꽉 찬 책꽂이를 마주하며 긴 나무의자에 앉아 말씀을 나누던 기억이 아득하다. 언젠가 수위분께 물었더니 선생님은 연중무휴로 나오시고 출퇴근 시간도 똑같다고 무덤덤하게 답해주었다. 날마다 산책을 일정하게 하기에 보는 이들이 시계를 볼 필요가 없었다던 칸트의 일화를 생각하며 웃었던 기억이 떠오른다.

선생님은 학맥을 다지고 제자를 심기에 주력하기보다는 제자의 학문적 수련 도정에서 주마가편에 혼신의 힘을 기울이신 스승이면서, 몸소 탐구와 저술을 끊임없이 실행한 학문의 구도자였다. 그렇기에 한국의 수많은 뜻있는 학자들이 늘 선생님의 학문적 자세와 실천을 의식하고 타산지석으로 삼았다고 해도 지나친 말이 아닐 것이다.

선생님은 탁월한 학문적 성과와 학문 연구에 대한 진지한 성실성, 즉 학문적 업적과 학자적 품성의 양면 모두에서 저절로 고개를 숙이게 한다. 선생님은 새로운 학문 체계를 세워간다는 것이 얼마나 외롭고 지난한 작업인가를 몸소 보여주셨는데, 그것은 외부와 단절된 채 연구실에 홀로 앉아 있어야 하는 외로움이나 어려움 때문만은 아니었다. 진짜 어려움은 쏟아져 들어오는 외국 이론의 홍수 속에서 '굳게 학문적 소신과 신념을 지켜나가는 실존적 외로움'이며, 홀로 한국의 지성사, 동아시아의 지성사, 세계의 지성사를 체득해가야 하는 어려움에서 오는 것이었을 것이다.

선생님은 학문적 인간적 어려움에 과감하게 마주할 결기와 학문적 소양을 갖춘 후학들이 꾸준히 이어지기를 무엇보다 소망하시리라는 생각이 든다.

師弟의 義理

서의식*

1.

선생님은 늘 연구실에 계셨다. 연구실 밖에 또 다른 세상이 존재한다는 사실 자체를 부인하거나 외면하시는 건 아닌지 의아할 정도였다. 정월 초하루 새해 인사도 연구실로 가야 했다. 아침 일찍 차례를 지내고 지체없이 연구실로 나오신 모양이었다. 나는 서울대 대학원 국사학과 석사과정 중이던 1985년 무렵부터 선생님께 세배를 다니기 시작했다고 기억되는데, 초하룻날 여러 제자로 붐비기 전에 서둘러 가는 게 좋겠다 싶어 10시 반쯤 연구실로 찾아뵙곤 하였다.

세배를 다니기 시작한 뒤 두어 해가 지날 무렵 정초에 연구실로 선생님을 찾아뵈었더니, 당시 건국대에 재직하던 김광수 교수님이 이미 와 계셨다. 두 분이 무슨 말씀인가를 한참 나누시던 터에 내가 불쑥 끼어든 셈이었다. 선생님은 불현듯이 들어선 내게 연구실 출입문 쪽 의자를 가리키며 앉아서 좀 기다리라고 하셨다. 선생님은 사적

* 전 서울대학교 역사교육과 교수

인 대화에서 늘 나지막이 말씀하셨으므로 먼발치에서 잘 들리지 않는 부분도 없지 않았지만, 우리 고대사에서 그간 미심쩍었던 부분을 물어 확인하고 계신 모양이었다.

그런데 선생님이 김광수 교수님을 부르는 용어와 김광수 교수님이 선생님을 대하는 자세를 보고 나는 내심으로 아주 놀랐다. 선생님은 김광수 교수님을 '김 군'이라 부르셨는데, 내가 알기에 두 분의 연배가 채 10년도 차가 나지 않고, 당시 쉰을 목전에 둔 김광수 교수님은 머리까지 희어 언뜻 보아도 정중히 대우받아 마땅한 풍모였으므로, '김 군'이라 부르시는 건 실로 뜻밖의 일이라 여겨졌기 때문이다. 교수직에 있으니 '김 교수'라 부르든가, 적어도 '자네' 정도가 어울리는 호칭이 아닐까 생각한 것이었다. 그리고 또 놀란 것은 김광수 교수님이 딱딱한 나무 의자에 허리를 반듯이 세운 채 두 손을 무릎 위에 가지런히 놓고 앉아 선생님 말씀을 경청하고 아주 공손하게 답하고 있는 모습이었다.

군대에서 사단장 앞에 앉은 하급 부대장의 부동자세가 꼭 그랬는데, 제대 뒤엔 사회에서 이렇게 단정히 앉아 있는 사람을 본 적이 없었다. 이 모습을 바라보면서, 그동안의 내 자세는 아주 흐트러진 불량 학생의 그것이었구나 생각하지 않을 수 없었다. 나도 모르게, 허리를 곧추세워 자세를 바로잡고 무릎 위에 손을 모았다. '김 군'이란 호칭과 김광수 교수님의 반듯한 자세가 가진 의미를 제대로 알게 된 것은 그로부터 몇 해가 지난 후였다.

나는 선생님께 특정 사실의 역사성에 대한 이해 방향을 곧잘 여쭙곤 하였는데, 때론 그냥 빙긋 웃으시며 "다시 잘 생각해 봐." 하시곤 입을 다무시는 경우가 있었다. 그건 '네 생각이 아주 어긋나 있으니 완전히 처음부터 생각의 가닥을 다시 잡아보라'는 의미였다. 공부하면서 나의 역사적 사고력이 조금씩 나아지고 있었다면, 그것은 다 선생님의 이 失笑 덕이었다고 생각한다. 그런데 나이 든 제자 교수를 그냥 '군'이라고 부르시는 이유는 잘 납득하기 어려웠다. 나는 결국, 무엄하게도, 김광수 교수를 왜 '김 군'이라 부르시는지 감히 여쭈어 보고야 말았다. 선생님은 잠시 나를 물끄러미 쳐다보시더니, 안 되겠다 싶으셨는지, 대략 이렇게 일러주셨다.

"세상 사람들의 관계는 크게 세 가지 형태로 이루어진다는 게 공자의 생각이었다. 첫째는 수직의 상하 관계이고, 둘째는 서로 대등한 처지에서 맺는 수평 관계이며, 셋째는 현재에서 미래로 이어지는 계승 관계이다. 말하자면 x, y, z의 세 축이 공간을 이루며 인간 사회를 조직하고 있다는 게 공자의 소견이었다. 인간 사회의 모든 관계는 君臣, 夫婦, 父子가 이루는 三剛의 의리와 여기서 파생된 擬制들로 형성된다는 뜻이다. 오늘날엔 군신 관계가 소멸했지만 그렇다고 위아래의 수직 관계가 없어진 건 아니니 여전히 타당한 분석이라 할 것이다. 사제의 관계는 현재에서 미래로 이어지는 부자 관계의 擬製이며, 여기에 나이는 아무 상관이 없다. 사제의 의리를 맺었으면 서로 부자의 예로 대해야 마땅한 것이다."

나는 선생님의 말씀을 들으며, 내가 이를 스스로 깨우치지 못했던 것은 서구 문화에 물들어 자기 문화의 본질을 잊은 세태에 휩쓸린 결과로구나 자각하였고, 그래서 부끄러웠다. 훗날 내가 교직에 있으면서, 그 나이나 성별과 상관없이, 자식을 대하는 부모의 의리로서 제자를 대해 왔던 것은 선생님의 이런 가르침을 실천하려 했기 때문이다. 사람 사이의 모든 관계를, 마치 암수로만 동물을 나누듯, 남녀 관계로만 인지하고 행동하기에 이른 이 시대엔 이와 같은 이야기가 고루하게 여겨질지 모르겠다. 그러나 사제의 관계는 부모 사이와 마찬가지니, 그 의리를 벗어난 일체의 행위는 엄연히 패륜으로서 중죄로 엄히 다스려야 마땅한 일이다.

김광수 교수님이 '김 군'이란 호칭을 면한 것은 환갑이 넘어서의 일이었다고 기억한다. 김 교수님은 1989년에 서울대 사범대학 역사과로 부임하셨고, 대학원 국사학과 박사과정에 있던 나를 여러모로 이끌어 주셨다. 그러던 어느 날, 김광수 선생님은 내게 느닷없이 이렇게 물으셨다. "서 군. 홍길동이 도술을 배우겠다고 백운도사를 찾아갔잖아? 그런데 백운도사가 도술은 안 가르치고 불목하니처럼 허드렛일만 시킨 이유가 무언가?" 뜻밖의 하문에 당황한 내가 우물쭈물하였더니, 김광수 선생님이 딱한 듯 혀를 차시며 말씀하셨다.

"쯧쯧, 도술은 말로 다 가르칠 수 있는 게 아니야. 선생님의 기색을 살필 줄 알아야 무어라도 배울 수 있는 거지. 일일이 다 어떻게 말을 하나. 선생님의 표정 하나, 동작 하나 놓치지 않고 그 의미를 제대로 깨달을 능력이 생기면, 곧 평소의 생각과 행동거지가 선생님과 다름없어지면, 도술은 저절로 전승되는 법이네. 오죽하면 禪家에서 이를 '衣鉢을 전한다'고 표현했겠나. 학문도 마찬가지야."

김광수 선생님은 내가 하도 답답하고 부족한 나머지 비유로서 일러주신 것이었지만, 나로서는 사제의 의리를 더 분명히 깨달을 수 있는 계기였다. 김광수 선생님이 김용섭 선생님 앞에 반듯한 자세로 앉아 하문에 성심으로 답하던 몇 해 전의 모습이 떠올랐다. 제자는 모름지기, 아들이 아버지를 대하듯 어려우면서도 가깝게, 늘 공경과 친애로서, 자주 선생님을 찾아뵙고 일상을 나누어야 그 지향과 이해체계를 계승하고 발전시켜 나갈 수 있는 것이었다. 그리하여 마침내, 아들이 아버지를 닮듯, 선생님처럼 사고하고 행동하게 되었을 때 의발을 계승한 제자로 거듭나는 법이다.

그러고 보니, 김용섭 선생님의 학문 자세는 물론 말투까지 그대로 빼닮은 '의발 제자'가 눈에 들어왔다. '의발 제자'로서 선생님을 계승하여 나름대로 새 경지를 개척한 학자는 여럿이나, 내가 가까이서 볼 수 있었던 분은 이경식 선생님이다. 이 선생님은, 내가 보기에, 김 선생님을 완전히 빼닮았다. 정년으로 퇴임한 후에도 여전히 하루도 빠짐없이 연구실을 지키며 저술에 진력하시는 모습은 어느 면으로 보나 '목숨을 걸고 역사를 공부'하신 선생님 그대로이다. 말투마저 닮았다. 요즘엔 박평식 교수에게서 언뜻언뜻 선생님의 모습을 본다. 선생님은 언젠가, 드라마 〈허준〉을 보시고 마지막 장면에서 감동하여 눈물을 흘렸다고 하셨다. 나이 들어 관직에서 물러난 허준이 마을 환자를 진료하다가 스르르 옆으로 쓰러지며 운명하는 장면이었는데, 선생님도 책상에 앉아 그렇게 가는 게 간절한 소망이라는 말씀이었다. 선생님의 학문에 대한 생각과 자세가 실로 그러했다.

나도 나름 내 제자에게 이런 의리와 자세를 선생님께 배운 대로 전하려 애썼지만, 제대로 전해졌는지 모르겠다. 선생님은, 아들에게 아버지가 그러하듯, 종종 눈물이 쏙 빠지도록 호되게 꾸짖고 야단치시지만, 결코 미워서 화를 내시는 게 아니다. 그저 '걱정'하시는 것일 뿐이다. 제자들이 이를 알까?

2.

나는 선생님의 강의를 직접 수강할 기회를 얻지 못하였다. 내가 대학에 입학하던 해에 선생님은 延世大로 자리를 옮기셨고, 대학원에 입학할 무렵엔 다른 대학 대학원과의 교류 강의 제도가 폐지되었기 때문이다. 그래서 나는 이따금 선생님 연구실로 불쑥 찾아뵙고, 그동안 풀지 못했던 문제를 여쭙곤 하였다. 선생님은 천방지축으로 튀는 나를 귀찮다 물리치지 않고 답을 찾는 방법을 일러 주셨다. 제자의 제자였으므로 마치 손주를 대하는 할아버지 심정으로 나를 보셨으리라 짐작한다. 아들에게 엄한 것과 달리 손자에겐 한없이 너그러운 법이다.

선생님이 맨 먼저 가르쳐주신 것은 세상 모든 일이 그냥 일어나지 않는다는, 어찌 생각하면 너무나도 당연한 사실과, 그 일이 발생한 원인은 무엇보다 해당 사회 내부에서 찾아지고 규명되어야 한다는, 매우 기본적인 역사 탐구의 방향과 자세였다. "그렇게 된 데는 다 이유가 있었을 텐데, 그게 무얼까?" "제도가 왜 그렇게 굳어지게 되었을까?" 배운 대로 외우다시피 하여 너무나도 당연하게 받아들였던 사실에 대해, 그게 왜 그렇게 되었는지 물으셨기 때문에 나는 처음에 아주 당황하여 횡설수설했던 기억이 새롭다. 맨 처음 마주한 難題는, 중국에서 그때 왜 춘추전국시대가 시작되었냐는 거였다.

"견융의 침입을 받은 주나라가 기원전 770년에 낙읍으로 東遷하면서 중앙의 통제력이 약화되었고, 지방 세력이 이를 틈타 독자성을 띠고 일어난 결과 할거의 형세가 이루어진 게 아니었나요?" "글쎄다. 중앙의 힘이 약해지면 지방 세력은 언제나 독자성을 띠게 되나? 외세의 침입이 없었다면 황하 유역에서 군웅할거의 형세가 조성되지 않았으리라는 이야긴가? 歷史는 주로 外因에 의해 발전 또는 변화한다는 것이 徐군의 생각인 게로구먼? 그런데 왜 주 나라에 봉건제도가 생겼지? 견융엔 없던 제도인데 말이지?"

뜻밖의 지적에 식은땀을 흘렸던 기억만 있고 내가 무어라 대답했는지는 생각나지 않는 걸 보면, 그 대답이 횡설수설이었던 게 틀림없다. 그런 나를 딱하게 여기신 선생님은 뜻밖의 이야기를 들려주셨다. 선생님이 고려대 대학원을 졸업하고 중등교육 현장에 나가셨던 때의 일화였다. 석사학위를 받을 즈음, 채희순(蔡羲順, 1907~1986) 선생님이 찾으신다고 하여 연구실로 가 뵈었더니 본교에서 대학 강의를 맡아보지 않겠느냐고 제안하시더란다. 그런데 아무래도 자신이 서질 않아 일단 중등학교에서 교편을 잡아보고 나서 다시 여쭙겠노라 했다고 하셨다. 그리고 교사가 되었더니 〈세계사〉 강의를 맡기더라는 것이다. 중국의 역사를 가르칠 차례가 되었을 때, 선생님은 그 시작 부분에서 적잖이 당황하셨다. 학생들에게 춘추전국시대에 관해 설명하려고 교과서를 읽어보니 관련 부분의 서술이 도무지 체계가 서 있지 않았기 때문이다(전쟁이 끝난 지 몇 해 지나지 않은 1957년의 시점이었으므로 실제로 그랬으리라). 그래서 선생님은 궁리 끝에, 따로 교재를 만들어 그것을 등사해 학생들에게 나눠주고 강의를 했노라 하셨다. 선생님은 옛일을 회상하시면서, 마치 젊은 시절의 무용담을 말하는 사람처럼 약간 상기되신 얼굴로 잔잔한 미소를 띤 채 길게 말씀하셨는데 내가 기억하는 말씀의 맥락은 대략 이렇다.

"도읍을 낙읍으로 옮길 무렵에 주나라는 철기시대로 접어들었다. 철기문화로 말미암아 일어난 가장 큰 변화는 농경에서 쟁기를 사용하게 된 것이었다. 쟁기를 이용해 밭을 깊게 갈아 지력을 충분히 활용하는 동시에 넓은 면적을 경작할 수 있게 되었으므로 東周의 경제력은 급격히 발전했다. 이에 생산성이 높아지자 지방 세력은 중앙에 조세를 납부하고도 수확물의 적잖은 양을 남길 수 있었고, 나아가 이 잉여를 이용하여 군사력을 양성하게 되었다. 지방 세력 사이에 서로 이해관계가 충돌하면서 군사력으로 대립하는 춘추전국시대가 열리게 된 것은 이런 변화의 결과이다. 그러자 중앙은 어떻게든 지방을 통제하기 위해 새로운 정치체제를 고안해 낼 수밖에 없었는데, 그것이 곧 봉건제도이다."

나는 이 말씀을 들으면서, 중학교 교사였을 때 학생들에게 제대로 가르치지 못한 것을 반성하며 탄식했고, 역사의 전개를 계기적으로 파악한다는 게 어떤 의미인지 절감했다. 나는 나중에, 황하에서 철기시대가 열린 시점을 西周 때로 소급해 생각하게 되었지만,

말씀의 기본적인 요지는 여전히 그대로 타당하다고 여긴다. 중국에서 춘추전국시대가 시작되던 때 지중해의 그리스에선 도시국가가 성장하여 서로 극심하게 대립하였는데, 동서양 모두에서 거의 비슷한 시기에 이런 혼란의 양상이 전개된 이유가 다 철기문화의 확산으로 말미암아 야기된 생산력 발전에 있었다는 사실을 알게 된 나는 그 당시, 인식의 새로운 지평으로 올라선 듯한 기분이 들었다. 공자, 석가, 소크라테스가 거의 같은 시기의 인물인 이유도 바로 여기에 있었던 것이었다. 이들은 공히, 철기문화가 초래한 분열과 대립을 조정하고 극복하여 사회를 안정시킬 방안을 찾으려 노력한 사상가였던 셈이다.

말씀 끝에, 선생님은 이렇게 일러주셨다.

"정치 경제 사회 문화는 각각 따로 돌아가는 게 아니야. 서로 긴밀하게 맞물려 전개되는 거지. 그러니까 말하자면, 徐 군이 골품제 같은 사회신분제도에 관심을 가지고 살피면서, 충분하지 않은 사료를 보다가 특정의 어떤 사실을 어떻게 이해해야 할지 도무지 판단이 서지 않는 경우엔, 그 시기의 정치 경제 문화를 두루 살펴봐야 올바른 해답을 얻을 수가 있어. 서로 맞물려서 전개된 일들이므로 어딘가엔 틀림없이 해답의 실마리가 숨겨져 있기 마련인 것이지."

그리고 선생님은 그 한 예로, 고려 전기의 문벌귀족 중심 정치체제와 신분제도, 전시과 등이 어떻게 맞물려 있었으며, 또 當代의 思想은 이런 질서를 나름대로 합리화하기 위해 어떤 형태로 피력되고 있었는지 말씀해 주셨다. 나는 그때, "아하! 선생님 밑에서 수학한 제자들이 조선후기 농업사에 국한하지 않고 다른 시기, 다른 분야를 두루 연구하고 있는 이유가 여기 있구나. 그러면서 이들은 결국 같은 역사상을 구체화하기 위해 각자의 시대와 분야에서 저마다 애쓰고 있는 거로구나." 생각했었다.

나는 지금까지 우리나라 고대사를 연구해오면서 늘, 선생님의 이 가르침을 나침반으로 삼아 생각의 방향을 가늠해 보곤 하였다. 제자에게 우리 고대사를 강의하면서, 내가 그것을 스스로 알아낸 것처럼, 또는 그것이 처음부터 내 생각이었던 것처럼 말한 대목도 없지 않지만, 기실 그 적잖은 부분이 선생님께 배운 사실들이었다. 그러다 보니 지금은 매우 지당한 이야기인 것처럼 통용되기에 이르렀고, 또 이미 그 당시에도 지당한 이야기였을지 모르지만, 근 40년 전에 내가 선생님 말씀을 처음 들었을 때의 신선함과 충격은 지금도 생생하다. 당연한 것을 당연하게만 여기지 말고, 그 진정한 의미를 체득하거나 정말 당연한지 다시 따져 묻는 자세가 역사적 사고력을 키운다.

선생님은 결국 중등교육 현장에서의 이런 경험을 통해 나름 자신감을 얻으셨고, 1년 후에 다시 蔡 선생님을 찾아가, 지금도 괜찮으시다면 대학에서 강의를 맡아보겠노라 말씀드렸다고 한다. 사제의 의리는 '親'이다. 내게 이를 일러주시고, 몸소 '親'으로 가르쳐 주신 선생님의 인자한 모습이 가슴에 있다.

나의 指南, 김용섭 선생님

이병희*

김용섭 선생님께서 작고하신 지도 거의 2년이 다 되어 간다. 선생님이 가신 뒤로 저는 지금까지 컴퓨터 비번을 '201020+kys'가 포함된 것을 사용한다.

저는 김 선생님과 인간적 접촉이 거의 없이 지내온 사람이다. 학문적으로도 선생님과는 전공시대가 달라 깊은 영향이나 큰 가르침을 직접 받을 기회는 거의 없었다. 선생님께서 쓰신 고려시기 양전제와 전품제, 조선초의 권농정책 등은 저의 공부에 큰 밑거름이 되기는 했다. 마음속으로는 늘 가까이 있다고 생각하고 있지만 현실에서는 아주 멀리 계신 선생님이었다.

생각으로만 떠올리면서 생활한 제가 김 선생님과 관련한 글을 쓰는 것이 심히 외람되다는 생각이 든다. 저는 어느 선생님의 제자다, 어느 선생님으로부터 많은 가르침을 받았다는 말을 잘 하지 않는다. 선생님께 누가 된다고 생각하기 때문이다. 주변의 연구자들을 보면 어느 선생님의 제자다, 어느 선생님의 학문을 계승한다고 말하면서,

* 한국교원대 역사교육과 교수

그 뒤에 숨어서 자신의 공부 부족을 감추려 하는 이들이 적지 않다. 다른 분들이 제가 누구의 영향을 받았다고 하면 매우 고맙게 생각하지만 본인 스스로 누구의 제자라든지 누구의 학적 계보를 잇는다고 말하는 일은 없다.

저는 김 선생님과 관련한 특별한 에피소드라든지 직접적인 훈육의 체험이라든지 하는 것이 별로 없다. 따라서 제가 김 선생님과 관련한 추억담을 쓰는 것이 어긋난다고 생각하고 있다. 그렇지만 김 선생님과 본인의 공부가 무관한 것이 아니기 때문에 조금 언급할 사항은 있다. 어찌보면 김 선생님은 저의 공부에 가장 큰 영향을 준 분이었다고 함이 정확할 것이다. 종종 꿈에 나타나는 것을 보면 그렇다고 말할 수 있을 것이다.

김 선생님에 관해서는 1978년 3월 2학년 학부 전공에 진입해서부터 많은 말씀을 들었다. 이원순 선생님은 당신의 전공은 아니지만 학과의 지적 전통이 사회경제사임을 강조하신 적이 종종 있었으며, 그때마다 김선생님을 언급하셨다. 제가 사회경제사를 연구 분야로 삼은 것은 이때의 가르침이 크게 작용했다.

학부에서 한국경제사 강의를 들을 때(이재룡 선생님 담당, 국사학과 개설) 김 선생님의 《朝鮮後期農業史硏究》 2권을 다 읽고서 보고서를 쓴 적이 있다. 제대로 이해하지는 못했지만 열심히 읽고, 요약 및 발췌하고, 그것을 요리조리 편집해서 나름대로 논리 구성을 해서 작성한 적이 있다. 저서의 내용이 생소해 파악하기 어려웠지만 논지의 전개가 長江大河로 도도히 힘차게 흘러간다는 느낌을 받았다. 사료의 세계를 잘 모르던 저는 선생님께서 참으로 풍부한 문헌 자료를 찾아 내용을 구성했다는 생각이 들었다. 많은 표를 작성해 논지를 설득력 있게 펼친 점도 인상적이었다.

김 선생님과의 직접적인 인연은 1981년도 1학기 대학원 강의를 들으면서였다. 연세대에서 서울대 대학원생과 합동 강의를 진행하셨다. 함께 강의를 들은 이들은 뒷날 학문적 성과로 이름을 날린 분들이 많다. 19세기를 주제로 한 강의였는데, 그 시기를 '개혁의 시기'라고 명명한 것이 매우 인상적이었다. 그렇게 표현한 깊은 뜻을 나름대로 이해한 것은 상당한 시간이 경과한 뒤였다. 종강하는 날 전체 강의 내용을 정리하시는데 그 논리의 명료함, 꿰뚫어 보는 慧眼에 탄복했다. 가슴이 저며오는 감동을 받으면서 그 내용을 받아 적은 충격이 있다. 우리 역사를 이처럼 명료하게 설명하는 것을 들은 적이 없었다.

제가 직접 전공하는 분야가 아니기 때문에 창의적인 내용을 담은 충실한 보고서는 제출할 수 없었지만, 이 강의를 통해 한국사를 이렇게 명료하게 설명할 수도 있구나 하는 감동을 받았다. 이 감동은 지금도 잊지 않고 있다. 어찌 잊을 수 있겠는가. 긴 만남이지만 쉽게 잊혀지는 경우도 많고, 짧은 찰나의 스침도 길이 기억되는 수도 있는 법이다. 승려들은 일순간의 깨우침을 얻었을 때의 法悅을 평생 간직하면서 수행생활을 한다고 한다. 그리고 앞서 수행했던 祖師들을 떠올리며 마음을 다잡고 자세를 바르게 한다고 한다. 저는 김 선생님을 조사로 생각하면서 생활하고 있다. 남들이 어떻게 볼지 모르지만.

강의를 듣고 난 뒤 선생님을 직접 뵌 것은 두 번인 듯 하다. 군역문제를 해결하기에 앞서 김종철 친구와 함께 인사차 갔던 것(1981년 9월), 그리고 김유경 선배가 성공적이고 유의미한 8년간 독일 유학생활을 하고 귀국한 뒤 함께 뵙고서 '풀향기'로 기억되는 식당에서 점심을 같이한 것이 전부다(1996년).

처음 뵈었을 때 장소는 연구실이었는데, 선생님께서 긴 차 숫가락으로 커피를 매우 정성을 기울여(?) 타주셨는데, 그 향과 맛이 매우 좋아 오래도록 지워지지 않았다. 뒷날 저에게도 선생이 되어 학생에게 이렇게 커피를 제공하는 기회가 있었으면 했는데, 선생은 되었지만 연구실에서 학생에게 커피를 타주는 일은 실천하지 못했다. 대학 선생 생활을 하면서 매우 아쉬워하는 사항이다.

김유경 선배와 함께 뵈었을 때 매우 인상적인 것은 김 선생님께서 가르침을 주려고 하시는 것이 아니라 독일·유럽 중세사에 관한 사항을 계속 궁금해하면서 질의하신 점이다. 저도 나이가 먹어가면서 뒷세대의 참신한 내용을 즐겨 듣지 않고 일방적으로 말하는 습관이 있는데, 연세 드셔서 지적 호기심을 가지고 계속 질문하는 것은 보통 사람이 실천할 수 있는 일이 아니다. 그 뒤 정년 퇴임식에 꼭 참석하려고 했지만 피치 못할 사정이 있어 그렇게 하지 못했다. 당신의 학문 활동에 관한 소회를 직접 듣지 못한 것은 두고두고 안타깝게 생각된다.

선생님이나 선후배가 김 선생님을 뵙고 난 뒤 전하는 말씀은 많이 들었다. 직접 目睹하고 가르침을 받은 것이 아닌 간접적인 가르침일 것이다. 많은 내용을 언급할 수 있기는 하지만 曲解의 소지가 있어 그 부분은 언급하지 않는 것이 나을 듯하다. 간접적인 傳言을 통해 배운 바 역시 매우 컸다는 점을 얘기하는 데 그치고자 한다. 그렇지만 최소한 이경식 선생님과 최완기 선생님은 언급해야 할 것이다. 이경식 선생님은 김 선생님과 관련해 많은 말씀을 해 주셨는데, 당신이 생각하는 선생님의 학문 세계 그리고 학적 성과의 의미에 대한 설명은 매우 소중하게 가슴 속 깊이 간직하고 있다. 특히 정다산과 김 선생님을 비교하면서 김 선생님 학문의 위치를 말씀하신 내용은 잊지 않고 있다. 고인이 되신 최완기 선생님으로부터도 김 선생님과 관련한 여러 말씀을 전해 들었다. 김 선생님과 라면을 끓여 함께 드신 것, 농작물 재배 방법에 관한 얘기를 주고받은 것 등은 신선했다.

저는 강의와 관련해 김 선생님을 언급하는 것이 좋을 듯하다. 강의를 통해 김 선생님의 학문을 나름대로 후학들에게 전수하고 있기 때문이다. 제가 재직하고 있는 한국교원대에서 담당하는 강의 과목 가운데, '한국사개론', '한국사회경제사'가 있다. 본교 졸업생은 상당수가 중등 교사로 진출하기 때문에 공부한 내용이 갖는 의미가 남다르다는 생각을 갖고 있다.

한국사개론에서는 늘 김 선생님의 《동아시아 역사 속의 한국문명의 전환》을 학생들에게 읽힌다. 우리 역사를 거시적인 관점에서 이해하는 데 큰 가르침을 준다고 생각하기 때문이다. 우리의 태반문명·시원문명, 1·2차 문명전환이 가장 큰 화두일 것이다. 우리 문명은 거시적으로 土風과 外風이라는 관점에서 이해할 때 많은 것이 설명되는 것 같다. 전근대에서는 토풍과 華風, 근현대에는 토풍과 洋風(西風)일텐데, 토풍과 양풍의 문제는 현재 진행형으로서 고급 문명 창조와 직결될 것이다. 우리 문명과 다른 문명의 관계는 우리 역사를 이해할 때 늘 생각하지 않을 수 없는 거대 고민 사항이다. 《역사의 오솔길을 가면서》에 실린 사학사 관련 글도 신입생들에게 읽힌다. 김 선생님의 저서를 역사 공부의 출발로 삼도록 조용하게 안내하고 있는 것이다.

한국사회경제사 강의는 주요 논문을 읽으면서 진행하는데 먼저 읽히는 글이 《농업으로 보는 한국통사》다. 이 책은 사회경제의 관점에서 우리 역사를 이해할 때 기본적이고 기초적인 사항을 제공하고 있다. 특히 인상적인 것은 성장·발전과 분배·평등의 문제일 것이다. 그리고 학기마다 변화를 주지만, 〈18·9세기의 農業 實情과 새로운 農業經營論〉, 〈近代化過程에서의 農業改革의 두 方向〉, 〈甲申·甲午改革期 開化派의 農業論〉, 〈古阜金氏家의 地主經營과 資本轉換〉 등은 반드시 읽는 기회를 갖게 한다. 김 선생님의 글 이후에도 관련 주제에 대한 많은 글이 발표되었지만 기본적·고전적인 것을 이해하는 것이 중요하기 때문에 이 글을 읽도록 한다.

저는 학부생에게 김 선생님의 글을 많이 읽도록 하는 대학 선생 가운데 한 명일 것이라 자부하고 있다. 물론 대학원 강의에서도 김 선생님의 여러 논문을 읽는 기회를 갖도록 진행한다. 충실하게 이해하지는 못할지라도 그 학문의 세계에 잠겨볼 수 있도록 하고자 함이다. 여러 해 뒤 졸업생들이 찾아와서 강의와 관련한 내용을 언급하면 김 선생님의 글을 읽게 한 보람을 느낀다.

김 선생님은 마지막 피 한방울도 한국사 공부에 바친 스승이라는 어느 선배 교수님의 말씀을 떠올린다. 따라가지는 못하겠지만 흉내라도 내보려 하는 것은 제가 할 수 있는 일의 전부가 아닐까 생각한다. 공부의 내용은 미치지 못할지언정 적어도 공부하는 자세는 어느 정도 따라해 볼 수도 있지 않을까. 지금까지 공부를 하면서 어느 일 순간이라도 선생님의 말씀을 되뇌이지 않은 적이 없고, 선생님께서 1년 365일 공부하는 열정을 떠올리지 않은 때가 없다. 흉내라도 낼 수 있는 데까지 내보자는 것이 저의 욕심이다. 가능하다면 선생님께서 작업하지 못하신 영역을 개척해보는 것도 또 하나의 욕심이다. 우리 역사 이해의 기초로서 생태환경이 갖는 중요성, 우리 역사 전개에서 사냥이 생업으로서 갖는 의미 등이 그 영역의 일부이다. 너무 큰 주제이지만, 전근대의 역사 경험이 현재의 남북문제에 어떤 시사를 줄 것인가도 考究하고 싶은데 이것은 과도한 욕심임이 분명하다.

어느 노학자가 白首之嘆을 금할 수 없다고 표현한 것이 공부 초창기에 매우 마음 깊이 다가왔는데, 저 역시 백수지탄을 금할 수 없는 나이가 되어 버린 것 같다. 다만 아직은 좀 더 작업할 수 있겠다는 생각이 들어 위안을 삼을 뿐이다. 김 선생님과 지근한 거리에서 많은 경험을 공유하지 못한 저로서는 김 선생님이 저 자신 공부의 指南이 되었다는 것, 그리고 제가 다음 세대에게 김 선생님의 업적을 다소나마 전하는 일을 하고 있다는 점을 중심으로 말할 수밖에 없다. 김 선생님 학문의 깊이와 무게에 대한 내용을 직접적인 배움 경험을 통해 언급할 수 없음이 매우 아쉽다. 김 선생님과 아주 멀리서 생활했고 학문적 嫡子도 아닌 저로서는 그런 내용을 말씀드릴 수 없어, 매우 송구스럽게 생각한다.

세배와 공부

김태웅*

송암 선생님의 존함을 처음 접한 때는 신군부가 집권한 뒤 서슬퍼런 분위기에 짓눌렸던 1980년 10월 경이었다. 어두운 동굴 속에서 가느다란 희망의 빛줄기를 보았다고나 할까. 《조선후기농업사연구》는 그렇게 다가왔다.

1980년 3월 서울대학교 사범대학 인문사회 계열에 막 입학한 나로서는 민주화의 봄을 맞아 들뜨기도 하고 어리둥절한 가운데 어느새 신군부의 휴교령으로 보금자리를 잃어버린 신세를 탄식하고 있었다. 이때 내가 읽은 최인훈과 이청준의 지식인 소설은 무력감을 조금이나마 덜어주었다. 더욱이 학과에 아직 진입하지 않은 처지인지라 무엇을 공부해야 할지 막막하였다. 일찍부터 국사에 흥미를 가지고 유홍렬 교수의 《국사대사전》을 늘 품에 안고 살았지만 막상 사범대학에 입학하니 꼭 역사를 공부해야 하나 하는 회의감마저 들었다. 어쩌면 교육학이 한국의 교육 문제를 풀어가는 데 요긴하지 않을까 해서 관심을 두기도 하였다. 당시 파울로 프레이리 교육이론이 펼치

---

* 서울대학교 역사교육과 교수

는 인간 해방과 인간성 회복의 교육은 나에게 커다란 감동 그 자체였다. 그러나 어릴 때부터 키우고 있었던 역사학자의 꿈을 포기하기에는 마음이 썩 편치 않았다. 역사를 공부해야 하는 이유를 찾아야 했던 것이다.

이러한 방황은 우연치 않은 계기로 종점을 향해 달려가고 있었다. 대학 입학 후 고등학교 선배와 그 지인들이 조직한 친목 서클에 들어가 황석영의 〈삼포 가는 길〉 등을 비롯한 문학작품을 읽은 데 이어 최종식의 《서양경제사론》을 탐독했다. 무수한 일본어 투 한자 구절을 읽어내며 아시아적 생산양식이라는 난생 처음 들어보는 용어에 흥미를 느끼며 점차 빠져들기 시작했다. 그리고 마지막 단계라 할 한국근현대사 공부에 진입했다. 선배들이 이른바 커리큘럼을 알려주었고 여기에 실린 논문과 책들을 읽고 토론하였다. 그때 나는 송암 선생님의 《조선후기농업사연구》 가운데 경영형 부농이 나오는 논문을 읽었다. 그때 받은 충격은 역사에 대한 나의 고정 관념을 완전히 바꾸어버렸다. 역사를 백과사전 또는 위인들의 이야기로 알고 있었던 20세 청년에게 역사는 과학으로 다가왔다. 들어보지도 못한 양안을 분석하여 추출한 통계자료와 엄밀한 고증 앞에 경탄을 금치 못했다. 더욱이 책의 서문으로 돌아가 찬찬히 읽으며 느꼈던 역사가의 문제의식을 곱씹어보면서 역사가의 길은 무엇인가를 고민하기 시작했다.

1981년 3월 우여곡절 끝에 사범대 역사과에 진입하자마자 용돈의 일부를 모아 송암 선생님의 저서들을 구입하기 시작하였다. 마침 1981년 3월 지식산업사에서 출간된 한국사연구회의 《한국사연구입문》은 나에게 커다란 등불이었다. 학부생으로는 읽기 어려운 송암 선생님의 저서는 물론 서울대학교 사범대 역사과 여러 선생님의 강의를 이해하는 데 길잡이 구실을 해주었다. 또한 대학원에 진학한 선배들의 영향도 적지 않았다. 방학 때면 이들 선배와 코스민스키의 일본어 번역본 《서양중세사》를 읽고 토론하거나 마르크 블로흐의 《프랑스 농촌사회의 기본성격》 일본어 번역본을 발제하였다. 또 니이다 노보루의 《중국법제사연구》도 읽었다. 이런 가운데 나의 진로 구상도 구체화되어 갔고 1984년 3월 서울대학교 국사학과 석사과정에 입학하였다.

그러나 나의 대학원 공부는 순탄치 않았다. 1987년 신군부 정권에 맞선 민주화 운동이 거세지면서 대학원 역시 무풍지대일 수가 없었다. 나이가 많다는 이유로 국사학과 대학원 연구회장을 맡은 처지인지라 인문대 대학원생들을 이끌고 명동 거리로 나서야 했고 대통령 선거일 전날 선거공정감시위원으로서 경기도 가평으로 내려가 이틀을 보내야했다. 주제를 선정하고 자료에 천착해야 할 시간을 다 쓰고 있었던 셈이다. 그러나 어쩌랴. 시국이 이런 상황에서 연구에 전념할 수 없었다. 늘 가슴에 와닿았던 마르크 블로흐를 생각하며 어서 빨리 군부독재가 종식되기를 고대할 뿐이었다. 다행스럽게 이 와중에도 망원한국사연구실에서 추진했던 《1862년 농민항쟁》 집필 작업에 참여하였고 이 덕분에 석사 학위 논문의 실마리를 찾아 1990년 2월 석사학위논문을 마무리할 수 있었다. 또한 이 책을 집필하는 과정에서 서울대학교 선배들은 물론 연세대학교 김선경 선배와 오영교 선배로부터 따뜻한 가르침을 받았다. 송암 선생님과의 인연은 이 책과 더불어 시작했다고 해도 지나친 말이 아니다. 훗날 송암 선생님께서 정년을 8개월 앞에 둔 1996년 12월, 〈철종조의 민란발생과 그 지향〉을 《동방학지》 제94집에 발표하면서 각주에 《1862년 농민항쟁》의 공동집필자 이름을 하나하나 거명하셨다. 나로서는 내심 놀라웠다. 사실 이 책의 저자로 '망원한국사연구실'이 표기되었기 때문에 굳이 공동집필자 이름 전부를 밝히지 않아도 무방하였다. 선생님께서는 어떤 마음으로 우리의 이름을 일일이 표기하셨을까. 젊은 후학들에 대한 기대를 담았을까 아니면 학인으로서 엄격하고 꼼꼼한 자세에서 연유했을까.

이즈음 먼저 학위를 받은 강봉룡 군이 나에게 송암 선생님께 석사학위논문을 드리면 어떻겠냐는 제안을 해왔다. 나로서는 반갑기도 하지만 두렵기도 하였다. 선배들의 전언과 주변의 소문에 따르면 선생님께서는 분주한 연구 일정으로 제자들이나 손님들의 연구실 내방을 꺼려한다는 것이다. 그럼에도 어느 날 강군의 이런 제안에 용기를 내어 송암 선생님 연구실을 방문하였다. 우리는 불안한 마음을 가지고 연구실에 들어섰고 수다한 책으로 둘러싸인 연구실을 바라보며 놀라움을 금치 못했다. 앉을 만한 곳이 보이지 않았다. 겨우 자리를 잡고 석사학위 논문을 드리면서 첫 인사를 올렸다. 송암 선생님께서는 우리들의 논문을 잠깐 본 뒤에 강 군에게 한국고대사 연구 동향을 물어보셨다. 강 군이 신라 지방제도를 주제로 석사학위 논문을 집필했기 때문에 질문하시나 보다 했다. 그러나 선생님께서는 송호정의 〈고조선의 위치와 족속문제에 관한 고찰 : 미송리형토기의 분석을 중심으로〉 석사학위논문에 대해 지대한 관심을 보이며 상세하게 질문하셨고 강 군은 당사자가 아니어서 대답하느라 진땀을 흘렸다. 옆에 있는 나는 강 군의 진지한 답변에 그의 성실성을 재삼 확인하면서도 송암 선생님의 미송리형 토기에 대한 연쇄적인 질문에 놀랄 수밖에 없었다. 조선후기 · 한국근현대 사회경제사 연구자로만 알고 있었던 나의 고정 관념을 흔드는 장면이었다. 훗날 송암 선생님의 고대사 관련 글을 보면서 그때 일을 되뇌이곤 한다.

이후 나는 송암 선생님을 좀처럼 찾아 뵙지 못했다. 처음이야 강군의 권유와 석사학위논문을 구실로 찾아뵈었지만 이후에는 엄두를 낼 수 없었기 때문이다. 간혹 몇몇 선생님들이 찾아뵙는다는 소문을 들었으나 나한테는 먼 나라의 이야기였다. 그러나 나에게도 선생님을 찾아뵐 수 있는 기회가 오고 있었다. 1994년 4월 김용섭교수정년논총위원회로부터 논문을 투고해달라는 원고청탁서가 날아든 것이다. 사전에 누군가가 귀띔해 주었지만 막상 원고청탁서를 받아보니 설레이기도 하거니와 부담스럽기도 하였다. 나한테 맡겨진 주제는 '대한제국 국제'였다. 지방재정을 주제로 박사학위 논문을 집필하고 있는 가운데 시간상 모자라기도 하거니와 두 주제는 동떨어진 주제였기 때문이다. 더욱이 대한제국 정치체제를 깊이 공부하지 못한 나로서는 위원회의 기대를 충족할 수 있을까 하는 회의감마저 들었다. 이에 나는 서울대학교 사범대학 역사과 이경식 교수 연구실을 방문하고 관련 자료 수집의 어려움을 호소했다. 이 교수는 송암 선생님을 직접 찾아 뵙고 자료 문제를 말씀드리라고 조언하였다. 나로서는 혼자서 방문해야 했다. 이것은 누구의 도움도 없이 나 혼자 해결해야 할 문제였기 때문이다. 전화로 방문 일정을 여쭈었고 드디어 찾아뵈었다.

그러나 송암 선생님께서는 나의 고충을 들으신 뒤 관련 자료가 없다고 말씀하실 뿐이었다. 나로서는 동아줄을 잡지 못할지언정 지푸라기라도 잡는 심정으로 방문했는데 허망한 마음으로 연구실 문을 나서야 했다. 이때 선생님께서는 나의 실망 어린 눈빛을 보고 측은해 보였는지 당신의 대한제국에 대한 문제의식을 들려주면서 1960, 70년대 학계 연구 분위기를 전해주셨다. 이때 방문은 자료면에서는 커다란 소득이 없었지만 선생님의 문제 의식을 다시 한번 새기는 계기가 되었다. 이후 《승정원일기》와 《고종실록》을 꼼꼼히 읽어가는 가운데 서울대학교 법대도서관에서 헌법 역사와 관련된 책을 탐독했고 규장각 목록을 뒤지며 관련 자료 발굴에 나섰다. 그리하여 내 논문도 다른 연구자들과 함께 《김용섭교수정년기념논총》에 실렸다. 봉정식 당일 송암 선생님께서는 봉정과 축사에 대한 답사에서 한국근현대

농촌과 분단의 기원 문제를 말씀하시면서 목숨을 걸고 공부하라는 결기를 후학들한테 보여주셨다.

이후 연초 때마다 선생님 연구실을 방문하여 세배를 드렸다. 여러 사람이 함께 방문하기도 하였지만 어떤 경우에는 나 홀로 나의 신간을 들고 용감하게 방문하기도 하였다. 이런 세배 자리에서 나는 선생님께 궁금한 점을 여쭈어보았고 선생님께서는 젊은 시절을 회고하시면서 학문의 자세와 방법론을 일러 주셨다. 또 어느 때인가는 역사학계에서 관심을 두지 않았던 재정사학계의 연구 동향을 알려주시면서 관련 논문과 학자를 소개해 주시기도 하였다. 이런 논문들은 내가 재정사 논문을 쓸 때마다 다시 한번 찾아보는 글이 되었다.

특히 선생님께서 풀어놓으신 회고담 가운데 나의 뇌리에서 오랫동안 남아 있는 대화 내용은 가람 이병기 선생과의 만남이다. 당신께서 1956년 1월 신석호 국사편찬위원장의 지시를 받고 가람 이병기 선생댁을 방문한 뒤 《대한계년사》 원고를 받아 서울로 올라오셨다는 내용이다. 덧붙여 당시 전주 시내 분위기라든가 가람 선생댁의 난향기를 말씀하신 듯하다. 나는 그 상황이 너무나 궁금한지라 영풍문고에서 우연히 신구문화사 문고판 《가람일기》를 발견하고는 바로 구입했다. 나로서는 송암 선생님의 회고담을 문헌으로 확인하고 싶었던 것이다. 그러나 선생님의 가람 선생댁 방문 이야기는 기록되지 않았다. 가람일기 원본 가운데 일부만 수록되었기 때문이다. 그러나 나는 실망하지 않았다. 선생님께서 늘 말씀하신 대로 조급해하지 않고 기다리고 있으면 언젠가는 나타날 것이라고. 이윽고 그러한 소원은 이루어졌다. 《가람이병기전집》이 전북대학교출판문화원에서 출간되면서 일기가 원문 그대로 실렸다. 나로서는 당연히 이 일기를 구입했다. 떨리는 심정으로 1956년 해당 내용을 찾기 시작했고 곧이어 1월 16일자 일기에서 송암 선생님의 젊은 시절 한 장면을 찾았다.

일기 구절은 다음과 같다.

> "원고 쓰다. 國史編纂會의 金容燮 君이 와 季年史 8책을 借去. 騎驢隨筆"

젊은 김 군이 가람 선생댁을 내방하여 정교의 《대한계년사》 원고를 전해 받았고 이때 국사편찬위원회에서 갓 발간한 송상도의 《기려수필》을 드렸던 것이다.

어떤 이는 이러한 장면을 대수롭게 여기지 않을 수 있다. 그러나 나는 1950년대 궁핍하고 척박한 현실에서 자료를 발굴하고 그것을 출간하여 학계의 연구성과로 잇고자 했던 여러 선학들의 노고를 확인할 수 있었다. 이 속에서 젊은 후속 연구자가 성장하고 그들은 한국 역사학계의 동량으로 자리 잡아 다시 이후 세대를 키우지 않았던가. 가람 선생은 20대 중반 청년 김 군을 바라보며 무슨 생각을 했을까. 가람 선생 역시 국망 직전인 1910년 4월 15일 한성사범학교 마지막 입학생으로 합격한 뒤 밤이면 주시경 선생을 따라다니며 공부하면서 우리말 공부와 국학 학습에 매진하지 않았던가. 두 분 사이에 어떤 대화가 이루어졌는지 여쭈어보지 못한 게 조금은 아쉽다. 그러나 우리 학문이 끊어질 듯 끊어지지 않고 여기까지 이른 것은 선학에서 후학으로 전수되는 진리의 등불과 우리 역사와 문화에 대한 그칠 줄 모르는 열정의 결과가 아닌가 생각된다.

비록 나는 선생님께 강의를 통해 직접 배울 기회는 없었지만 선생님의 저서를 접하거나 세배 자리에서 선생님의 말씀을 들으며 연구자의 자세와 안목을 배울 수 있었다. 비록 불민하여 선생님의 말씀을 제대로 이해하지 못하는 경우도 더러 있었겠지만 그래도 연구실을 늘 지키시는 자세만이라도 본받아 자강불식하고자 노력하고 있다.

지금도 해방 세대 학자 송암 선생님께서는 연구실을 지키며 후학과 의 만남을 고대하시는 듯하다.

세배 때 찍은 사진 풀향기 식당에서 점심(2008. 1.)

송암 김용섭 선생님을 그리며

이윤갑*

학문의 스승을 찾아서

내가 대학에 입학한 해는 1975년이었다. 인문계열로 입학해 교양 과정을 마치고 국사학과로 진학하게 된 것은 1976년 2학기부터였다. 당시는 송암 선생님이 서울대에서 연세대로 자리를 옮기신 직후였고, 그런 사정 때문인지 서울대 국사학과 교수들은 송암 선생님에 대해서는 일절 언급이 없었다.

내가 대학에 다녔던 시기는 박정희 정권이 유신체제를 수립해 민주주의를 파괴하고, 인혁당 재건위를 조작하여 사법살인을 저지르며 초헌법적인 긴급조치권을 남발하는 등 민주화운동에 대해 무차별적으로 탄압하던 때였다. 박정권은 이를 기반으로 1960년대부터 추진해 온 수출주도형 경제개발계획을 중화학공업화로 확대하고 있었다. 그로 말미암아 빈부격차와 사회 양극화는 더욱 확대되었고, 광범위하게 농민 · 농업이 몰락하고, 저임금 장시간 노동이 강요되고, 공권

* 계명대학교 사학과 교수

력 비호 아래 노동운동에 대한 불법 탄압이 자행되는 등 사회 전반에 걸쳐 사회경제적 모순이 심화되고 있었다. 당시 대학에서는 이를 해결하고 극복하는 것을 절실한 학문적 과제로 삼았고, 나 또한 이러한 문제의식에서 한국사 공부를 시작하였다. 당시 이와 관련해 역사학 분야에서는 민족사학과 사회경제사학에 관심이 쏠렸다.

내가 송암 선생님 연구를 처음 접하게 된 것은 대학 3학년 2학기에 개설된 한국경제사 강의를 통해서였다. 당시 이 강의는 숭실대에서 출강 나오신 이재룡 교수님이 담당하셨는데 송암 선생님의 저서 《조선후기농업사연구》의 주요 논문을 소개하는 방식으로 진행되었다. 이 강의를 통해 송암 선생님의 연구를 처음 접하게 되자 나는 단숨에 그 연구에 매료되었다. 역사 연구를 통해 사회경제적 모순 해결에 기여할 수 있다는 희망을 발견했기 때문이었다. 송암 선생님의 연구를 공부하면서 나는 한국사회경제사를 전공하는 연구자가 되기로 결심하였고, 뜻을 같이하는 동료들과 세미나 그룹을 결성해 그 연구의 학문적 기초가 될 사회과학 고전을 읽기 시작하였다.

대학원에 진학하니 다행히도 첫 학기부터 송암 선생님 강의가 개설되어 있었다. 연세대로 옮기신 후 5년여 동안 서울대 강의는 맡지 않으셨는데 마침 그해에 다시 대학원 강의를 재개하신 것이다. 송암 선생님의 한국사회경제사 강의는 서울대와 연세대 대학원의 통합강의로 진행되었고, 그 강의에는 무려 30여명이 넘는 석 · 박사과정 대학원생이 참여하였다. 그런 사정으로 석사과정 1학기 학생이 직접 송암 선생님께 질문하거나 가르침을 받을 기회는 거의 없었다. 학기 중반을 지나면서 나는 강의만 듣고 이대로 학기를 끝내게 될지도 모른다는 생각이 들어 직접 연구실로 송암 선생님을 찾아갔다.

연구실 문을 두드리고 용건을 말씀드리자 선생님은 웃으시며 들어오라 하시고는 커피를 타 주셨다. 나는 준비해 간 질문을 몇 가지

드렸지만, 선생님은 그 질문에 답하는 대신 나의 공부 전반에 대해 질문하셨다. 나는 국사학과로 진학한 후 사회경제사 연구로 진로를 정하게 된 동기와 공부 과정에 대해 말씀드렸다. 송암 선생님은 내 얘기를 경청하셨지만 별다른 말씀은 하지 않으셨다. 그렇게 한참을 말씀드리고 나니 송구한 마음이 들어 서둘러 연구실을 나오는데 송암 선생님은 문밖까지 나오셔서 다음에 또 오라고 말씀하셨다. 내가 송암 선생님을 평생 학문의 스승으로 모시게 된 만남은 그렇게 시작되었다.

1980년의 민주화운동과 관련한 일화

대학원 3학기가 되었을 때 신군부의 5.17쿠데타가 일어났다. 그와 관련해 작고한 영남대 배영순 교수로부터 전해 들은 일화가 하나 있다. 1980년 이른바 '서울의 봄'으로 불리는 시기에 대학교수들이 연명해 계엄령 철폐와 민주화를 요구하는 성명서를 발표하였다. 송암 선생님도 이 운동에 참여하셨다. 이 서명운동은 1960년 4월 혁명 당시 이승만 정권을 퇴진시킨 대학교수 연합시위의 전통을 계승하는 교수민주화운동이었다.

그러나 신군부는 그해 5월 17일 비상계엄을 전국으로 확대하고 쿠데타를 일으켜 민주화운동에 앞장선 인사들을 대거 검거하고, 고문, 투옥하는 만행을 저질렀다. 사태가 급변하자 주변 분들이 송암 선생님께 서울을 떠나 잠시 피신하실 것을 다급히 요청하였다. 당시 민주화운동을 주도했던 진보 진영이 송암 선생님 연구에 크게 영향을 받고 있었던데다, 송암 선생님도 교수민주화운동에 동참하셨기 때문이다. 송암 선생님은 고민하시다 대구 영남대에 재직하고 있던 배영순 교수에게 연락하셨다. 배영순 교수는 학부 때부터 송암 선생을 따랐던 제자였고, 민청학련사건으로 강제 징집된 적이 있으며, 당시는 서울대 박사과정에서 한국 근대경제사를 전공하면서 송암 선생님의 지도를 받고 있었다. 연락이 닿자 배영순 교수는 바로 송암 선생님을 대구 자택으로 모시고 갔다. 송암 선생님은 대구에서 열흘 정도 머무시다 사태가 진정되자 서울 자택으로 귀가하셨다. 나도 5.17 직후 군부의 검거를 피해 배영순 교수 댁에서 며칠 동안 피신하였다. 내가 배 교수 댁을 나온 다음 날 송암 선생님에게서 연락이 왔다고 한다.

스승의 속 깊은 제자 배려

1982년 봄 나는 석사학위 논문을 썼다. 초고가 완성되자 나는 가장 먼저 송암 선생님을 찾아뵙고 정중히 검토를 요청했다. 18세기 후반 광작(廣作) 문제를 다룬 논문이었다. 두 주일 정도가 지나고 논문지도를 받으러 연구실로 찾아갔다. 송암 선생님은 반갑게 맞아주실 뿐 논문에 대해 별다른 언급이 없으셨다. 석사학위 논문 초고였으니 분명 논지나 자료 이용에서 수정하고 보완할 부분이 많았을 텐데 아무런 언급이 없으셔서 의아했고 불안하기도 했다.

나는 석사논문을 심사받으면서 그렇게 하신 이유를 알게 되었다. 서울대에서 석사학위논문 심사는 순탄치 않았다. 사회경제사 용어나 핵심 논지에 대해 비판이 이어졌고, 다소간의 수정을 거쳐 어렵사리 심사를 통과한 뒤에도 박사과정 진학과 관련해 지도교수로부터 전공 변경을 고려하라는 권고까지 받았다. 송암 선생님은 서울대의 그러한 사정을 훤히 알고 계셨기에 행여 심사가 더 힘들어질까 봐 논문에 대해 일절 언급하지 않았던 것이다. 대신 송암 선생님은 나의 석사논문이 학술지에 발표되자 가장 먼저 참고문헌으로 인용하시는 것으로 그 연구를 격려해주셨다.

석사논문 심사를 거친 후 나는 박사과정을 송암 선생님이 계시는 연세대 사학과로 진학하겠다고 결심했다. 그러나 송암 선생님은 대학원을 옮겨 박사과정을 이수하면 후일 대학에 자리 잡는데 적지 않은 불이익이 있을 것이라 걱정하시며 만류하셨다. 나는 박사과정 진학을 잠시 보류하였는데, 마침 그 무렵 전두환 정권이 민심 회유책으로 대학 졸업정원제를 전격 도입하였다. 갑작스럽게 졸업정원제가 시행되자 대학마다 교수가 부족해 석사학위만 있어도 전임강사로 충원하는 사태가 벌어졌다. 나도 그 와중에 대구에 있는 사립대학에 전임교수로 채용되었다. 그 직후 다시 송암 선생님을 찾아뵙고 박사과정에 지원하겠다고 말씀드리니 그때는 흔쾌히 입학을 허락하셨다.

통일운동에 대한 학문적 열정

송암 선생님은 분단 극복과 통일운동에 대해서는 남다른 관심을 보이시고 역사학자로서 기여하기 위해 노력하셨다. 송암 선생님은 연세대에서 정년퇴직하신 후 연남동 자택 인근에 서재를 마련하셨는데, 그 서재를 방문할 때면 자주 통일정책이나 남북문제 현안에 대해 물으시고 내 소견도 듣고 싶어 하셨다. 그러다가 남북교류가 활발하던 2천년대 중반 서재를 방문했더니 송암 선생님은 활기찬 목소리로 북한의 허종호 교수를 만난 이야기를 들려주셨다. 며칠 전 정부 초청으로 남한을 방문한 북한 고위 인사단 환영행사가 열렸는데 당국의 요청으로 그 행사에 참여해 북한 방문단의 일원으로 온 허종호 교수를 만났다는 것이다.

나는 평소 송암 선생님이 그토록 활기차게 말씀하시는 모습을 뵌 적이 없었다. 그 날따라 왜 그렇게 활기가 넘치셨던 것일까? 그 이유를 생각하다가 문득 그 무렵 송암 선생님이 출간하신 《남북 학술원과 과학원의 발달》(지식산업사, 2005)이 떠올랐다. 이 책은 대한민국학술원이 해방 60주년을 기념해 송암 선생님께 학술원의 역사를 정리해 달라고 요청해 집필된 연구서이다.

송암 선생님은 이 책 서문에서 "분단 속에 살며 통일을 지향"해 온 우리들이 "해방 60주년, 조선학술원 설립 60주년을 기억할 필요" 때문에 이 책을 썼다고 밝혔다. 조선학술원은 해방 직후인 1945년 8월 17일에 창설된 민립 학술기관으로, 대동단결 좌우합작의 정신으로 해방 후 신국가건설에 학술적으로 기여하고자 노력하였다. 송암 선생님은 이 책에서 조선학술원의 창설과 운영의 역사적 의의을 일제하 민족협동운동의 정신을 계승하여 정치적으로 불편부당할 것을 강조하며 "대동단결 좌우합작으로 민족해방, 신국가 건설, 통일국가 수립을 목표로 하는 학술원 운동"으로 전개되었다고 평가하였다.

그럼에도 조선학술원은 미 · 소 군정이 시작되고 분단이 심화되면서 급속히 그 기능을 상실하고 해체되었다. 대신 남북에 적대적인 두 개의 분단 정부가 수립되면서 분단된 국가체제에 부응하는 최고 학술기관 또는 학술총본부로서 국립 학술원과 과학원이 남북에 설립되었다. 송암 선생님 연구에 따르면 남북의 학술원과 과학원은 결국 조선학술원과는 반대로 냉전체제 하에서 적대적인 남북의 정치적, 문화적 이데올로기를 학술적으로 대변하는 학술활동을 전개했다.

그러나 다행히도 1990년대 초반 세계정세가 급변해 동서 냉전체제가 해체되고, 그 영향으로 2000년대 이후 남북관계도 적대적 대립에서 평화공존과 통일을 지향하는 방향으로 전환하고 있다. 송암 선생님은 역사적 전환이 일어나고 있는 이 중대한 시점에 우리에게 필요한 것은 "남과 북의 지식인과 정치권력이 우리의 남북분단을 우리 내부의 문제로서 역사적 · 구조적으로도 인식하고, 서로의 체제를 시대 상황과 관련하여 현실적으로 파악하고 인정하며, 협상을 통한 통일이 가능하도록 문제를 합리적으로 풀어가는 자세"라고 이 책에서 역설하였다.

나아가 보다 구체적으로 송암 선생님은 "분단 속에 살며 통일을 지향"해 온 우리들이 "대동단결 좌우합작으로 민족해방, 신국가 건설, 통일국가 수립을 목표로" 활동한 조선학술원의 역사를 계승하여 분단으로 양분된 남북의 학술원과 과학원을 통일국가의 통합 학술원 · 과학원으로 구성하는 학문분야의 통일운동을 전개하자고 제안하였다.

송암 선생님이 정부 간 공식 행사장에서 허종호 교수를 만난 것은 남북의 학문 분야의 통일운동을 구상하고 공개적으로 제안할 무렵이었다. 두 분 사이에 어떤 대화가 오갔는지 알 수 없지만, 그 대화가 우호적으로 이루어진 것은 분명하고, 송암 선생님은 그 만남을 통일 학문운동의 첫걸음으로 만드시려 애쓰셨던 것 같다. 송암 선생님이 북의 허종호 교수를 만난 이야기를 그토록 활기차게 하셨던 까닭도 아마 거기에 있지 않았을까.

정년 후 더 열심히 연구하라는 당부

돌아가시기 두 해전 송암 선생님이 나에게 연구실로 올라오라고 연락하셨다. 그 즈음 나는 구순 노모가 편찮으시고 집안에 또 다른 우환도 생겨 한동안 송암 선생님을 찾아뵙지 못하고 있었다. 연로하신 선생님이라 평소에도 안부가 걱정되었는데 한번 올라오라고 직접 연락하시니 마음 한편이 불안했다. 서둘러 서울로 올라가 연구실로 찾아갔더니 송암 선생님도 지금 막 나오셨는지 창문을 열어두고 환기를 하며 홀로 앉아 계셨다. 요즘은 몸이 불편해 연구실에 자주 못 나왔다고 하셨다.

송암 선생님은 그날 정년 후 증보판을 내거나 새로 저술한 책 가운데 미처 주지 못한 책이 없는지를 확인하시고 빠진 책들을 챙겨주셨다. 그 날따라 컨디션도 좋으시고 활기 있게 말씀하셔서 아래층 카페로 선생님을 모시고 내려가 한참을 환담하였다. 그러던 중에 송암 선생님이 잠시 정색하고 물었다. "이 선생, 정년이 얼마나 남았어?" 내가 3년 남았다고 말씀드리자, 반색하며 말씀하셨다. "정년이 멀지 않았다니 반가운 소식이네. 내 경험상 연구는 정년하고 나서야 제대로 할 수 있었네. 본격적으로 연구에 매진할 수 있도록 지금부터 잘 준비하게!" 송암 선생님은 말씀하신 대로 그렇게 하셨다. 정년 후 이전에 출판하신 저서들을 전부 증보해 재간행하셨고, 상고시대까지 농업사연구를 확장하여 새로운 연구서들도 출판하셨다. 당신의 연구 경험에 비추어 제자도 그렇게 하라고 성심으로 부촉한 것이다. 그 당부를 새겨듣고 카페를 나와 선생님을 자택까지 모셔드렸다. 그것이 송암 선생님과 마지막 만남이 되었다.

역사학자로서 한결같이 성실하시고, 창의적이고 도전적이시며, 의연하셨던 송암 선생님! 선생님은 제자들에게 늘 이정표였고, 넉넉하게 그늘을 드리우는 크고 푸른 소나무셨습니다. 선생님은 가셨지만 송암의 정신과 업적은 시간이 갈수록 더욱 뚜렷해지고 우뚝해집니다. 존함만 떠올려도 가슴이 먹먹해지고 옷깃을 여미게 되는 우리 선생님! 문득 그립고, 뵙고 싶습니다.

역사 연구의 본령을 일깨우신 선생님

– 김용섭 선생님을 추모하며

김용흠*

김용섭 선생님을 생각하면 내 학부시절 이야기를 빠트릴 수 없다. 무슨 별다른 사건이 있었던 것은 아니지만 이때가 나의 인생 항로를 결정하는 중요한 시기였고, 김용섭 선생님이 결정적 영향을 미쳤기 때문이다.

내가 서울대에 입학할 때는 계열별로 모집하였으므로 1976년 1학년을 인문계열에서 마치고 1977년 2학년 때 국사학과로 진입하였다. 당시에는 박정희 군부독재 정권이 기승을 부리고 있을 때였는데, 나는 대학교에서 학회 활동을 하면서 고등학교 때까지 배운 한국현대사가 역사적 사실과는 동떨어져 있다는 것을 알고 충격을 받았다.

이승만 대통령의 한국전쟁 당시 행적은 물론, 박정희를 비롯한 군부독재 정권의 주요 인물들이 친일파였다는 것은 충격 그 자체였다. 이로 말미암아 일제강점기에 진정으로 민족의 독립을 위해 헌신했던 수많은 인물이 독립운동가로 인정받지 못했으며, 그 대표적인 이유가 사회주의 계열이었기 때문이라는 것도 알게 되었다. 우리가 학창

* 연세대학교 국학연구원 연구교수

시절에 받은 반공 교육은 그야말로 역사 왜곡의 결정판이라는 것을 뼈저리게 느끼게 된 것이다.

국사학과에 진입하고 나서는 이러한 역사 왜곡이 역사 연구에도 결정적인 요인으로 작용하고 있다는 것을 알게 되었다. 해방 이후 우리나라를 주도했던 세력은 자신들의 뿌리를 밝히는 역사 연구를 용납하지 않았으며, 그로 말미암아 우리 역사가 우리의 입장, 즉 민(民)의 입장에서 사실대로 연구되지 못하고 있는 현실을 인식하고 말았던 것이다.

그런데 그 예외가 되는 대표적인 연구자 한 분을 알게 되었다. 바로 김용섭 선생님이었다. 나는 국사학과에 진입한 지 얼마 되지 않아서 김용섭 선생님의 《조선후기농업사연구》 1,2를 청계천 헌책방에서 구입하여 옆구리에 끼고 다녔다. 그렇지만 그 책을 이해하기는 어려웠다. 그래서 선배들이 가지고 있는 《한국근대농업사연구》는 구입할 엄두를 내지 못하고 바라만 볼 수밖에 없었다. 그러면서 우리 역사를 민의 입장이라는 일관된 시각을 갖고 이렇게 연속적으로 저술을 낼 수 있는 선생님께 깊은 경의를 품지 않을 수 없었다.

1978년 3학년이 되어서 더이상 선생님 저술을 품고 다니기만 할 수는 없다는 결론을 내리고 그것을 강제로라도 읽을 수밖에 없는 과목을 수강신청 하기로 작정하였다. 그렇지만 당시 국사학과에서는 그에 적합한 과목을 개설하지 않고 있었다. 그와 가장 유사한 과목이 경제학과의 안병직 선생이 개설한 '한국경제사'였으므로, 그 과목을 수강신청하고 나서 김용섭 선생님의 《조선후기농업사연구》 1,2를 열심히 읽고 보고서를 제출하였다. 나는 내가 들인 노력에 비추어 보아 A학점을 받을 것이라고 믿어 의심하지 않았는데, 나의 이러한 예상은 보기 좋게 빗나갔다. 3학년에 올라와서는 인문대 교지편집장으로 있으면서 여러 가지 학내 행사의 기획에도 참여하였는데, 내가 제안하여 김용섭 선생님의 강연을 듣는 행사를 마련하기로 하였다. 그래서 내가 그 허락을 받으려고 선생님을 직접 찾아뵈었는데, 이것이 내가 선생님을 직접 뵌 첫 만남이었다. 그때 선생님 연구실은 연세대 문과대 본관 2층에 있었다. 행사 취지를 말씀드리니 선생님께서는 너무도 자상하게 대해 주셨지만 강연은 완곡하게 거절하시고 그 대신 고려대의 강만길 선생님을 추천하셨다.

선생님과의 두 번째 만남은 도서출판 돌베개 편집장 시절에 이루어졌다. 당시 나는 선생님의 한국사 연구를 더 많은 사람이 읽을 수 있도록 대중적인 개설서를 출판하면 좋겠다는 생각을 갖고 있었다. 그래서 선생님을 직접 찾아뵙고 기획 취지를 말씀드렸는데, 역시 보기 좋게 퇴짜를 맞았다.

이후 나는 출판사를 그만두고 대학원에 진학하여 공부를 해보기로 결심하였는데, 선생님의 지도를 직접 받고 싶어서 연세대 사학과를 선택하였다. 그래서 다시 선생님을 찾아뵙고 조선시대 사상사를 공부하고 싶다고 말씀드리니 선생님께서는 환영하시면서도 유학 공부를 얼마나 했느냐고 물으셔서 가슴이 뜨끔하였다. 나는 그때 유학 자체를 공부해야 한다는 데까지는 생각이 미치지 않았고, 단지 한문 시험에 대비하기 위해 사서(四書)를 몇 번 읽은 정도에 불과하였기 때문이었다. 그런데 이런 나의 상태를 환히 알고라도 계신 것처럼 선생님께서는 유교 공부를 많이 하지 않았더라도 지금은 그에 대한 연구서가 많이 나와 있으니, 그것을 공부하면 된다고 위로 겸 격려의 말씀을 해 주시어 조금 안도가 되었다.

대학교를 졸업하고 나서 10여 년 뒤에 시작된 대학원 생활은 여러 가지 사정으로 뜻대로 진행되지 못하였다. 그래서 석사 논문 주제를 정하지 못하고 방황하자 선생님께서는 우선 시기를 정하고 그 시기를 연구하다 보면 한국사 전체를 보는 새로운 시야를 얻을 수 있을 것이라고 도움 겸 충고의 말씀을 해 주셨다. 그럼에도 불구하고 논문 제출이 늦어지자 선생님께서는 실망하는 기색이 역력하였다. 당시 개정된 학칙에 따라 정해진 논문 제출 기간인 8학기를 꽉 채우고 서계(西溪) 박세당(朴世堂)을 주제로 겨우 석사과정을 졸업할 수 있었다.

선생님께서는 내가 박사과정에 진학하고 나서 2년 만에 은퇴하셨다. 그래서 지도교수가 김준석(金駿錫) 선생님, 그리고 김도형(金度亨) 선생님으로 바뀌는 오랜 기간이 지나고 나서, 박사과정에 진학한 지 10년이 경과하고서야 겨우 학위논문을 제출할 수 있었다. 당시 선생님께서는 연남동 연구실에서 연구에 매진하고 계셨는데, 내가 인쇄된 학위논문을 드리니, 환하게 웃으시면서도 역사 연구에서 중요한 것은 전근대와 근대를 연속성 위에서 설명하는 것이라고 말씀해 주셨다.

당시 분위기를 돌이켜 보면 내가 학위논문을 완성한 것에 지나치게 도취되어 있다는 것을 눈치채시고 앞으로 할 일이 무엇인지를 짚어주신 것이었다. 전근대와 근대를 연속성 위에서 해명해야 한다는 말씀은 수업시간에도 간간이 들었던 것으로 기억한다. 그렇지만 내 일로 받아들이지는 못하였던 것 같다. 우리 사회가 부딪친 현실적 과제를 해결하기 위해서는 그것이 서양 사상이든 우리 사상이든, 과거와 현재라는 시간적 원근을 떠나서 학습할 수 있고 적용할 수 있다는 생각만을 막연하게 해 왔던 것이 사실이었다.

그런데 선생님께서는 그것을 부정한 것이 아니었다. 연구자가 아닌 일반인이거나 사회학 · 경제학과 같은 사회과학자 입장에서는 그래도 되지만 역사학자는 그래서는 안 된다는 것이었다. 선생님께서는 역사학이라는 학문의 본령이 과거와 현재의 '연속성'을 밝히는 것에 있다는 것에 주의를 환기하여 나의 향후 연구 방향에 대한 지침으로 삼기를 기대하셨던 것으로 생각된다. 아마도 이것은 역사학 연구자라면 당연히 염두에 두고 있는 일인데, 내가 불민하여 스스로가 무슨 일을 하고 있는지를 자각하지 못하고 있었는지도 모른다.

어쨌든 나는 조선후기 당쟁사가 주자학(朱子學)과 실학(實學)의 대립 과정이었다고 정리할 수 있었고, 조선후기 실학의 특징은 양반 지주계급이 스스로의 계급적 특권을 내려놓는 제도 개혁을 주장한 것에 있다고 보았다. 이것은 가깝게는 삼전도의 치욕으로 상징되는 조선왕조 국가의 위기를 배경으로 나온 것이었지만 시야를 넓혀보면 한국사 전체를 관통하는 특징이기도 하였다. 즉 선생님께서 제출하신 '국가재조론(國家再造論)'은 그 방점이 '재조(再造)'에 있었던 것이 아니라 '국가(國家)'에 있었다.

우리 역사에서 주목해야 할 부분은 바로 '국가'였다. 우리가 내세우는 '국가 경영의 유구한 역사와 전통'이란 국가를 통해서 지배계급의 계급적 특권과 횡포를 억제하고 피지배계급을 보호해 온 전통이었다. 중세에 신라에서 고려로, 고려에서 조선으로 왕조국가가 연속적으로 발전한 것은 다른 나라의 역사에서 보기 드문 우리 역사만의 특징이었는데, 그 과정은 바로 피지배계급이 지배계급의 계급지배를 극복해가는 과정이기도 하였던 것이다. 나는 그 연장선 위에서 불교나 유학보다 국가가 우리의 역사적 특징을 더 분명하게 보여준다고 깨닫게 되었다.

일제강점기에 독립운동이 그렇게 끈질기고 강력하게 전개된 이유도 바로 여기에 있었으며 그 지향점에 신국가 건설론이 놓여 있다는 것도 이해할 수 있었다. 즉 우리의 독립운동은 지배계급의 계급적 지배를 조선왕조 국가와는 차원이 다른 국가 건설을 통해서 해소하려는 지향을 갖고 있었으므로 '민주화' 운동의 일환이기도 하였던 것이다.

그렇지만 그것은 서양의 국가 이론만으로는 충족되기 어렵다는 것이 점차로 분명해졌다. 1930년대에 '조선학운동'은 바로 이러한 문제의식에서 나온 것이었다. 따라서 당시의 국학자들이 다산 정약용에 주목한 것은 자연스러운 일이었다. 그것은 우리의 새로운 국가를 전근대 국가와의 연속성 위에서 마련할 필요가 있다는 자각을 반영한 것이었다.

이것은 모든 것을 바쳐 독립운동에 헌신한 독립운동가들의 문제의식을 우리나라 역사에 투영하여 도달한 결론이었다. 결국 개항 이후 우리 근현대사를 가로지르는 숙제였던 신구 학문의 대립과 갈등을 극복하는 계기가 독립운동가들의 희생이라는 값비싼 대가를 치르면서 마련된 것이었지만 분단과 전쟁, 그리고 냉전을 거치면서 연구자들은 물론, 국민 대중에게서도 잊혀지는 결과를 초래하고 말았다.

21세기 들어서 우리나라는 거의 모든 경제적 통계의 지표가 선진국이라고 말하고 있다. 그런데 우리는 아직도 선진국 국민이라는 자부심을 갖지 못하고 있다. 이처럼 변화되는 현실을 따라잡지 못하고 있는 인식의 지체를 해소하는 첩경이 바로 우리 역사 전통에 이어져 온 '연속성'의 해명에 있는 것은 아닐까 생각해 본다. 선생님께서 나에게 제시한 역사 연구의 본령이 혹시 바로 이것이 아니었을까? 이것이 오늘도 내가 부족하여 선생님께 누를 끼치고 있는 것은 아닌지 늘 노심초사할 수밖에 없는 이유이다.

송암 김용섭 선생님을 추모하며

박천우*

선생님과의 만남

송암 김용섭 선생님과의 첫 만남은 연세대학교 대학원에 진학하면서부터였다. 대학시절부터 한말 · 일제하 지주제 연구에 대한 선생님의 명성을 익히 알고 있었고, 대학원 진학을 통해 선생님의 학문적 지도를 본격적으로 받을 수 있게 되었다. 고향이 전남 신안군 암태도인 나로서는 암태도에서 발생한 소작농민항쟁과 지주제 연구는 필연적인 과제였고, 그렇기 때문에 선생님과의 학문적 만남은 거의 운명적이라고 해도 과언이 아니었다.

대학원에 진학하고 나서 선생님의 한국 근대사 관련 학부 강좌를 모두 다시 수강했다. 이 시기에 역사에 대한 정도(正道), 학문을 대하는 자세 등을 새로이 배우고 정립할 수 있는 계기가 되었다. 공휴일이나 명절도 없이 항상 연구실에서 학문 연구에 매진하신 선생님이 계셨기에 언제라도 연구실에 가면 선생님을 뵐 수 있었다. 그래서

* 전 장안대학교 교수, 중부일보 논설위원

연구 중 의문이 생기거나 막힐 때는 언제든지 선생님을 찾아뵙고 질문하면서 방향을 바로 잡아갈 수 있었던 것이다. 그 결과 석사논문 작성 시 선생님의 지도 하에 〈한말 일제하의 지주제 연구–암태도 문씨가의 지주로의 성장과 그 변동〉을 완성할 수 있었다. 선생님의 학문적 사상과 철학, 방법론이 논문 한 줄 한 줄마다 스며들어 있다고 해도 과언이 아니다. 그래서 논문을 볼 때면 그 시기 무수한 수정과 첨삭, 자료 분석에 선생님의 자상하고 예리한 가르침이 고스란히 담겨 있음을 느끼게 된다. 학문에 대한 열정만으로 가득찬 시기, 선생님의 가르침은 거의 한 줄기 빛과 같았던 것이다.

선생님과 함께 한 영암 학파농장 답사

대학원 시절 선생님을 모시고 학우들과 함께 전남 영암 학파농장으로 답사를 갔던 일도 잊지 못할 추억이다. 평소 지주제 자료 수집을 위해 암태도 문씨가, 해남 윤씨가, 나주 박씨가, 영암 현씨가 등 지주가 답사를 꾸준히 해오던 중 영암 현씨가 답사를 통해 현대판 지주제가 존재함을 알게 되었다. 선생님께 이를 알린 것이 계기가 되어 학파농장 답사를 하게 된 것이었다.

영암의 학파농장은 호남최고의 부자 현준호(1889~1950)가 영암 구림 앞의 간척지를 매립해 논을 조성하고 학파농장이라 명명한 데서 비롯됐다. 당시 국내 최대 규모의 이 농지에서 생산된 쌀로 거의 5천여 명이 먹고 살았고 농장 인근에 하나의 면이 생겨날 정도로 영향력이 컸다. 그런데 이 농장에서 높은 소작료를 받으면서 현대판 소작쟁의가 벌어졌다. 학파농장의 소작쟁의는 1994년 소작농들에게 농경지를 유상양도하면서 마무리되었다. 한말 일제강점기 소작농민항쟁이나 지주제에 관한 연구의 연결선상에서 현대에도 이런 지주제가 존재함을 현장에서 직접 확인한 의미 있는 답사였던 것이다.

장안대학교 임용과 시민운동

졸업 후 장안대학교에 전임으로 임용될 때 선생님의 적극적인 추천과 지지가 큰 힘이 되었다. 제자의 임용을 위해 애써 주신 선생님의 마음과 배려를 크게 느낀 시절이었다. 선생님의 가르침과 지지 덕분에 장안대학교에서 한국사, 한국근현대사, 관광문화재의 이해 등을 강의하면서 학문을 대하는 기본자세, 학생들을 가르치는 선생으로서의 마음가짐 등을 올곧이 지켜나갈 수 있었다.

또 하나 잊지 못할 추억은 혼인하게 되었을 때다. 선생님께서 안정된 가정을 이루게 됨을 축하해 주시면서 사모님께서 직접 만드신 청백색의 생활도자기 3점을 선물해 주셨다. 학문의 길과 행복한 가정을 양립할 수 있는 경험담도 들려주시면서 격려와 조언을 아끼지 않으셨다. 지금도 그 접시를 사용할 때마다 자연스럽게 선생님 생각을 하게 되는 것은 당연한 일이다.

교수 활동과 더불어 시민운동에도 주력하였는데 이는 학문적 성과를 사회에 환원하라는 가르침에 따른 것이었다. 수원에서 시민사회 활동을 적극적으로 펼쳐 여러 가시적인 성과를 올렸다. 특히 '수원천되살리기시민운동본부장'을 맡아 수원 화성이 유네스코 세계문화유산으로 등재된 결정적인 이유 가운데 하나였던 수원천 복개를 막은 것이 가장 보람 있는 성과였다.

또한 당시 거주하던 삼환아파트에서 입주자대표회장을 맡아 주민이 주체가 된 아파트 관리비 인하 운동에 적극적으로 나섰다. 이에 전년도 대비 5억 8천만 원을 절감하는 실질적인 성과를 거뒀고, 전국적으로 청렴한 아파트 관리와 주민공동체 문화가 확산되는 계기도 만들었다. 아파트 관리비 절감운동이 더 나아가 지방세 · 국세 절감운동으로 이어지기를 기대했던 것이다.

이러한 모든 활동의 근간에는 연구실이나 책속에만 머문 학문이 아니라 사람과 사회 속으로 걸어 들어간 학문의 현장 구현 실천이 있었던 것이다. 이 모든 활동이 선생님께 배웠던 학문의 기본 철학에서 비롯된 것임은 말할 것도 없다.

선생님과의 마지막 만남

장안대학교에서 33년 근무 후 정년 퇴직을 하였다. 인생 2막을 돌아보면서 그간 모아온 책과 자료, 논문들을 정리하는 일상 속에서 선생님의 근황을 접하게 되었다. 선생님께서 역촌역 부근 요양병원에서 투병 중이라는 소식을 듣고, 2020년 1월 백승철 · 최원규 교수와 함께 선생님을 뵈러 갔다. 반갑게 맞아주신 선생님을 뵈니 만감이 교차했다. 혈액순환이 잘 되지 않아 뒷목이 굳어 불편해 하시는 선생님께 구당 김남수 선생님의 치료 요법으로 어깨와 목을 지압해 드렸다. 선생님께서 너무 아파하셔서 제대로 해드리지는 못했다. 이 지압요법으로 파킨스, 중풍, 통풍, 디스크, 두통, 소화불량 환자들을 치료한 경험과 효과를 말씀 드렸더니 앞으로 더 많은 사람을 치료해주고 봉사하라는 당부의 말씀도 해주셨다. 선생님을 자주 찾아뵙고 치료해 드리지 못한 점이 지금도 가장 아쉽고 마음에 걸리는 부분이다.

오늘 문득 '스승은 산속의 옹달샘과 같다.'는 퇴계 이황 선생님의 말씀이 떠오른다. 퇴계는 스승을 산속의 옹달샘으로 비유하면서 스승은 산속의 샘터와 같아서 제자들이 각기 자신의 양만큼만 물을 마시고 떠나는 터전으로 비유하였다. 따라서 스승과 제자의 관계를 동도(同道)의 길에서 서로의 완성을 도와주는 상보적 관계로 보았던 것이다. 선생님을 회고하며 스승과 제자의 인연으로 만나 학문의 길을 함께 걸었다는 사실만으로도 인생의 큰 행운이 아닐 수 없다.

아, 아… 선생님

박평식*

1.

많은 이들이 그러하였듯이, 필자의 선생님과의 첫 만남은 당신의 저서 《조선후기농업사연구》를 통한 간접의 형식이었다. 1980년대 전반의 대학가, 그것도 광주에서 고교 과정을 이수한 그야말로 시골 출신의 청춘이 직면하였던 그 엄중하고도 뜨거웠던 격동의 시절이, 수많은 방황과 모색 끝에 대학 3학년, 도서관으로 그 방향을 정하면서 선생님의 저서와 비로소 본격 만남을 가지게 되었던 것이다. 물론 신입생 시절부터 여러 동아리 학습 모임이나 사대 역사과의 학회, 그리고 전공 강의를 거치면서 당신의 여러 저작들을 읽어가고는 있었으나, 순연히 내 의지에서 출발하여 그 전권을 통독하여 간 첫 공부였다. 원 사료가 본문에 노출되어 있던 터라 민중서림의 한한대자전을 낱낱이 찾아가며 숙독하였던 그 책은 지금도 연구실 서가의 한 켠에 자리하고 있다.

* 서울대학교 사범대학 역사교육과 교수

그렇게 대학을 마치고 1988년, 서울 시내의 모 중학교에 재직 중이던 그해 5월 경, 학부 지도교수이셨던 이경식 선생님께서 연세대 대학원으로 진학하여 선생님께 직접 수학할 것을 권하셨을 때 조금의 망설임도 없이 그리하였던 데에는, 선생님의 학문과 그 의미에 대한 나름의 지견과 판단 때문었던 것으로 기억된다. 그리하여 입시를 거쳐 그해 7월 무렵, 선생님을 연세대 문과대학의 5층 연구실에서 처음 뵈었을 때 선생님은 그 어려웠던 첫 만남에서 "그래도 명색이 선배인 교수가 재직하고 있는 학과인데, 어찌 한 번 찾아오지도 않고 시험을 치루었느냐?"는 말씀으로 첫 대면의 분위기를 바꾸어 주시기도 하였다. 20대 중반 신출내기 교사 출신의 세상 어리숙함을 안쓰러워하셨던 배려였으리라 짐작해 볼 뿐이다.

2.

이렇게 시작된 연대 사학과 대학원 생활은 연희전문 이래의 연세 학풍을 배경으로 하여, 비로소 선생님의 학문과 삶의 자세를 일상에서 목격해 가면서 당신의 족적을 확인하고 뒤따르는 학인으로서의 기초를 다져가는 시간이었다. 매주 토요일 10시, 고색창연한 스팀슨관에서 점심시간을 자주 넘겨가며 진행된 세미나 형식의 강의에 참여하면서, 우리 역사를 바라보는 당신의 고견과 이해 체계를 비로소 정면으로 접하였고, 현직 교수를 포함해 이 세미나에 참여하였던 많은 선배들의 발표와 토론을 경험하는 가운데 인생에서 가장 여유롭고 행복하였던 시간을 보낼 수 있었다. 특히 오전 8시에 시작되었던 당신의 학부 한국근대사 강의와 교양 한국사 강의의 수업 조교를 자처하여 이들 강의를 빠짐없이 수강하고 정리하는 과정에서, 당신의 그 원대한 학문의 체계 만이 아니라 교육자로서 대학 강의에 임하시는 선생님의 그 엄중한 자세 또한 배워갈 수 있었다.

대학원 석사과정 전업의 공부는 5학기를 끝으로 마무리될 수밖에 없었다. 그때까지도 넉넉하지 못하였던 집안 형편이 선친의 병환과 함께 더욱 나빠지면서 결국 필자의 교직 복직이 불가피하게 되었기 때문이다. 학업에 누구보다 엄격하셨던 선생님께 이를 말씀드려야 하는데, 몇몇 선배들의 걱정도 있고 하여 젊은 필자에게는 참 어려운 난제였다. 고심 끝에 찾아뵌 선생님은 그러나 예상 밖의 말씀으로 안도와 함께 용기를 주셨다. 1950년대 후반 잠시 몸담으셨던 당신의 중등 교단 시절을 회고하시며, 교무실 벽쪽의 외진 자리를 요청하여 책상 양쪽에 《조선왕조실록》을 쌓아 공간을 마련하고 수업 외 시간에 논문에 매진할 것이며, 겸하여 술자리는 한두 번 사양하다 보면 주변 교사들 또한 대학원 학업을 이해하고 협조하게 될 것이라는 말씀이셨다.

선생님의 말씀대로 모두 실천한 것은 아니었지만 교직 복귀 후 1학기 만에 석사학위 논문을 제출하게 되었다. 1991년 5월경으로 기억되는 학위청구논문 발표회 자리에서, 선생님은 〈조선전기의 '회환제'와 유통경제〉라는 제목으로 15~16세기 곡물유통의 한 양상을 양계지방의 군자 확보책의 일환으로 시행된 회환제를 통해 그 특징과 성격을 밝히고자 한 발표를 들으시고 난 후, "3년 전 사대 출신의 교사 경력으로 대학원에 입학하였을 때 우려하였던 바를 극복한 성과이다."라는 평을 주셨던 기억이 새롭다. 학자 양성을 전제로 하는 인문대학이나 문과대학이 아닌 사범대학 출신 필자의 공부에 대한 염려와 애정을 담고 있는 논평으로 새기면서, 당시와 이후 학문 여정에서 큰 격려가 되었던 말씀이셨다.

이후 대학원 동학이었던 이상의와 혼인하여 평생의 반려가 되었고, 중등학교 교단에 이어 서울사대 역사과의 조교직을 병행하며 박사과정을 이수하여 갔다. 이 과정에서 선생님께서 보여 주셨던 그 엄격했던 학문적인 지도의 내용과 함께 여러 일상의 기억들이 이제는 아련한 추억 속에 가득하다. 결혼 직후 선친의 작고에 따라 어쩔 수 없이 맡게 된 가장의 역할에 대해 주셨던 말씀, 1995년 어느 봄날 연세 동산에서 가족 나들이를 겸하여 언제나 그렇듯 연구실에 계신 선생님을 뵈었을 때, 연구실 곳곳을 겁도 없이(?) 돌아다니며 한글로 된 책 제목을 또박또박 소리 내어 읽어가는 아들 녀석을 무척이나 어여삐 바라보시던 당신의 모습이 지금도 눈에 선하다.

선생님께서 1997년 2월 정년을 맞이하셨을 때, 필자는 아직 박사논문을 마무리하지 못하고 있었다. 그리하여 연남동에 처음 마련하신 당신의 송암서재에 조선전기의 상업사를 주제로 한 박사학위 논문의 계획서와 초고, 그리고 이후 논문 심사과정의 수정본을 들고 찾아뵙기를 거듭하였다. 선생님께서는 이 과정에서 지도교수이셨던 하현강 선생님에 대한 존중과 배려를 전제로, 학위논문의 구성과 체계에 대한 여러 말씀을 마다치 않으시고 재직 때와 다름없이 살갑게 그러나 엄정하게 의견으로 주시곤 하였다. 그해 8월 〈조선전기의 상업과 상업정책〉의 제목으로 박사학위 논문이 마무리되자, 연전 선생님의 지도 아래 제출되었던 백승철 선생의 조선후기 상업사에 대한 학위논문과 함께 이로써 그간 연구가 미진하였던 조선 상업에 대한 새로운 구도가 설정되었다면서 흔연해 하시던 모습이 마치 엊그제일 같다.

3.

2001년 청주교대에 부임한 지 얼마 되지 않은 어느 때인가, 송암서재에서 선생님께 교대 한국사 교육의 현황과 함께 현대사까지도 교수 내용에 포함하고 있음을 말씀드리자 선생님은 "권력의 상황은 여반장(如反掌) 같은 것이니 극히 유의하라"는 당부를 거듭하신 적이 있다. 6·25전쟁 이후 격동의 이념 대립 속에서 우리 역사의 내적인 체계와 그 발전 과정을 조선후기에서 근현대, 그리고 다시 중세와 고대를 거슬러 올라가며 농업사를 중심으로 한 사회구성 전반에서 정립하기 위해 고투를 거듭하셨던 당신의 학문이, 현실의 이념 갈등과 정국의 급변 와중에서 마주할 수밖에 없었던 그 많은 위기와 긴장 상황에 대한 말씀은 이때만이 아니라 생전 여러 만남에서 이따금 토로하곤 하셨다. 그리고 그 사정들 가운데 일부를 선생님은 2011년에 간행된 회고록 《역사의 오솔길을 가면서》(지식산업사)에서 가장 당신다운 학문적 방식으로 정리하여 학계와 세상에 공개하시기도 하였다.

팔순을 훌쩍 넘기신 선생님께서 한국 고대 농업사 연구에 진력하시면서 우리 역사의 첫 무대인 요하 일대에 대한 답사 의지를 내비치셨을 때, 필자는 청주 생활을 마치고 서울사대 역사과에 막 부임한 즈음이었다. 그리하여 김광수, 이경식, 김도형, 한창균 선생님을 포함한 총 12명의 학인들이 선생님을 모시고 중국 심양을 거쳐 조양–적봉–능원–객좌 등을 순력하는 답사 일정을 실행한 것은 2013년 5월이었다. 후에 답사 기념 논문 기행집 《요하문명과 고조선》(지식산업사, 2015)에 묶여 실린 이 4박 5일 여정을 선생님과 함께 하면서, 조선후기사에서 시작된 당신의 우리 역사 체계화의 학문 여정에서 그 역사의 첫 출발과 그 무대에 대한 당신의 소회가 얼마나 크고 심중하였는지를 직접 목도할 수 있었다.

과거 당신이 연세대 재직 중 강의실과 연구실에서 그리고 퇴임하신 후 송암서재에서 이어 가셨던, 고조선에서 비롯한 한국 고대사의 시원과 그 이후 삼국으로 이어지는 사적 추이, 역사적 계통과 계승성에 대한 당신의 오래고도 치밀하였던 우리 고대사의 체계에 대한 구상과 말씀을 역사의 현장에서 확인할 수 있었던 벅찬 감동의 경험이었다. 귀국 길 심양의 호텔 로비에 있던 중국식 왕좌 형태의 의자에 앉으셔서 답사 일정 내내 착용하셨던 목장갑에 등산용 지팡이를 들고 찍으신 사진을, 이후 당신이 가장 좋아하셨다는 사모님과 김도형 선생님의 전언을 통해서도 이 여정이 선생님에게 가졌던 크나큰 의미를 또다시 확인하게 된다. 이 사진은 선생님의 마지막 길에도 당신 소원대로 그대로 사용되었다.

4.

2020년 10월 20일, 학계와 세상에 전해진 선생님의 영면 소식은 해방 이후 우리 역사연구의 역사에서 큰 단락이 지어짐을 의미하는 비보였다. 코로나 19라는 미증유의 세계사적 재난 국면에서 당신의 기세(棄世)는 육필로 남기신 마지막 저작의 제목 그대로 "해방세대 학자의 역사의식 역사연구"의 종언이었다. 이는 저 1980년대 한 시골뜨기 대학생으로서 그 격동과 혼돈의 와중에서 당신을 통해서 비로소 우리 역사 연구의 자세와 방법, 그리고 그 체계와 방향성 등을 익히고 추구하는 학문에 입문하였던, 당신의 제자이자 동시에 손제자이기도 하였던 필자에게도 또 다른 의미의 계기였다. 너무도 큰 산이었기에 누구도 그 전모를 볼 수 없었던 선생님, 그리하여 모두가 스스로의 경험과 기억 속에서 당신의 삶과 학문을 각자 구축할 수밖에 없었던 선생님, 당신에게는 추상과 같이 엄격하시면서도 타인의 학문과 삶에는 넉넉하게 여유를 보이셨던 선생님.

선생님은 그렇게 돌아가신 내 어머니께서 오래 계셨던 서울 외곽의 한 병원에서, 그것도 필자 부부의 혼인 기념일이었던 날에, 이제 당신이 지셨던 그 온갖 의무와 사명의 학문의 짐을 후학들에게 남기시고 우리 곁을 조용히 떠나셨다. 선생님의 학문이야 용렬의 필자보다 다른 학인들이 잘 정리하실 것이기에, 노둔한 감각과 솜씨로 선생님과의 인연을 회억하는 것으로 필자의 소임을 여기에서 마무리하고자 한다. 아, 아…선생님.

진정한 학문의 길을 보여주신 선생님을 기리며!

윤정애*

중학교 때부터 역사를 공부하려고 마음먹었던 나는 1976년 연세대학교 사학과에 입학하여 그 꿈을 이루는 출발을 순조롭게 시작하였다. 그러나 학부 시절에는 대학생활의 낭만을 즐긴다는 미명 아래 공부는 뒷전이었고, 축제, 연고전 등에 열정을 불태웠다. 당시가 유신말기 엄혹한 독재시기여서 이러한 상황을 오히려 방조하는 분위기였다. 그래도 항상 공부를 계속하려는 열정이 있어서 전공을 무엇으로 할까 하는 고민을 진지하게 하면서 학점 관리도 신경 쓰는 나름 사학과의 모범생이기도 하였다.

그러한 상황에서 3학년때 김용섭 선생님의 한국근대사 수업을 듣게 되었는데, 첫 시간부터 나의 학문의 길은 바로 여기에 있다고 결심하게 되었고, 대학원도 오로지 김 선생님의 제자가 되겠다는 열망으로 진학하였다.

대학원 석사과정에 입학한 후, 김 선생님을 사부님으로 존경하고, 열심히 학문의 초입 길을 헤쳐 나갔던 열정의 시간을 보냈다. 그때

---

* 서울시립미술관 도슨트.

방기중 선생님이 대학원 입학동기이고, 같은 김 선생님 제자여서 나에겐 방 선생님이 선배, 동학이면서 동시에 '라이벌'이었다. 결과적으로는 내가 박사과정을 중도 포기했고, 방 선생님은 명실상부한 김 선생님의 수제자 가운데 한 분이셨기 때문에 지금 '라이벌'이라고 부르는 것조차도 송구스럽게 생각된다. 김 선생님보다 먼저 세상을 떠나셔서 정말 안타까운 마음뿐이다.

대학원생이 되니 선생님 연구실에도 자주 들어갈 수 있었다. 책들이 사방에 거의 천장까지 있었고, 중간에 있는 책상에서 항상 연구에 정진하셨던 선생님 학문의 산실이었다. 그곳에서 가끔 선생님께서 손수 삼박자커피를 타 주셨다. 그 순서는 정확히 기억나지 않는데, 커피, 설탕, 프림 넣는 순서도 엄격하게 지키시면서 만들어 주신 커피 마실 때의 기억이 떠오른다. 지금 유행하는 믹스커피의 원조였다고 감히 말하고 싶다. 항상 진지하시고, 엄격하시고, 깐깐하셨지만, 커피 타 주시고 같이 커피를 드시면서 매력적인 덧니가 보이게 미소를 지으시곤 하셨던 순간들이 행복한 추억으로 남아 있다.

선생님께서 석사학위 논문의 방향을 정해주시고, 훌륭하신 가르침을 따라 논문을 완성할 수 있었다. 석사학위 논문 심사 때 다른 선생님들의 비판적인 질문에 김 선생님께서 나를 방어해주셔서 정말 감격적이었고, 선생님께서 나를 제자로 지켜주신다고 생각되어 자부심을 느꼈다. 석사학위를 받고 얼마 지나지 않아 같은 사학과 친구와 결혼을 하였고, 박사과정 입학시험을 보았는데, 여러 번 낙방하는 생애 첫 좌절을 맛보았다. 그러한 어려운 상황에서 김 선생님의 격려가 큰 힘이 되었고, 합격하자 선생님께서도 기뻐해 주셨다.

박사과정 중에 선생님께서 지도하시는 전라도 답사를 학부 학생들과 같이 갔었다. 몸이 약하셨던 선생님의 건강이 걱정되어 노심초사했었고, 저녁마다 선배들이 가르쳐준 감기 몸살약을 챙겨드렸던 기억이 난다. 그리고 광주 망월동 묘지를 참배하고 난 뒤, 버스에 올라탄 학생들이 웃으며 이야기하는 모습을 보신 선생님께서 크게 화내시면서 "지금 자네들 이게 무슨 짓인가! 이분들을 생각하면 어떻게 웃을 수가 있어!"라고 하셨던 기억이 선명하다. 그렇게 노하셨던 적은 처음이었다. 진정으로 시대의 아픔과 모순을 가슴 아파하시는 선생님의 올곧은 모습이 그립고, 존경스럽다.

박사과정 중에 나는 결혼한 지 5년이 지나서야 아주 어렵게 아이를 가지게 되었다. 조심하라는 주위의 조언에 따라 잠깐 학업을 쉬려고 김 선생님을 뵙고 말씀드렸더니 "그러면 공부는 어떡할려고 그래…"라고 축하보다는 나의 공부가 끊어질까봐 걱정하셨다. 당시에는 축하해주지 않으시는 김 선생님이 약간 야속하기도 했었다. 그런데 지금 생각해보니 선생님은 나를 진정한 학문적 제자로 여기셨기 때문에 그러셨던 것 같다. 그러한 선생님의 기대에도 불구하고, 결국 나는 박사학위 논문을 쓰지 못하고, 학교를 떠났다. 선생님께 항상 죄송하고, 내 삶에서 가장 안타까운 일이라고 생각한다.

2011년 선생님의 회고록《역사의 오솔길을 가면서》가 출판되었을 때, 몇몇 친한 79학번들과 선생님 책을 사들고, 선생님께서 퇴임 후 공부하시는 연구실로 인사를 갔었다. 여전히 선생님은 책에 둘러싸여 공부하시는 모습이셨고, 변함없이 학문의 길에 정진하시는 선생님을 뵈니 존경하는 마음이 더욱더 커졌다. 그러나 연구실 환경이 썩 좋지는 않아서 조금은 속상하고 가슴 아프기도 했다. 선생님은 우리가 몹시 반가우셨던지 연구실에 있던 아이스와인 한 병을 우리들에게 대접해주셨다. 즐겁게 담소한 뒤, 선생님 책에 서명해 주십사 부탁드리니, 아직 문구를 결정하지 못했다고, 다음에 해 주겠다고 하셨다. 우리는 조금 서운했지만, 선생님의 철저하고 완벽한 성품을 다시 한번 느낄 수 있었다. 선생님의 자호 '송암'이 뜻하듯이 바위처럼 굳건하게 산속의 소나무처럼 살아가시는 선생님을 마지막 뵌 순간이었다. 다시 찾아뵙고 선생님의 서명을 받으려고 마음먹었지만, 결국 그 소망은 이룰 수가 없었다. 그리고 재작년 선생님께서 작고하셨는데 코로나로 말미암아 가시는 길 인사도 못 드려서 지금도 가슴이 아프고, 속상하고, 안타까운 마음뿐이다. 학문의 길의 정도를 보여주시고, 부족한 나를 한때 제자로 품어주시고, 귀한 가르침을 주셔서 내 인생의 가장 자랑스럽고, 의미 있는 시간들을 누릴 수 있게 해주신 김용섭 선생님께 감사와 존경과 사랑을 올려드린다. 지금도 김 선생님은 하늘나라에서 역사의 오솔길을 따라 학문의 길을 가고 계실 것으로 믿는다.

평생 공부, 그리고 두 명의 스승

최윤오*

학문의 길을 두드리다

고인이 되신 지도교수 송암 선생님을 생각할 때면 가장 먼저 떠오르는 일이 석사논문 초고를 제출할 때의 면담이다. 석사논문 주제를 선택하고 작성하는 과정에서 학문의 길을 열고 나아가 평생 공부 방법을 체득하게 되었기 때문이다. 그것은 평생 남을 논문을 작성해야 한다는 선생님의 말씀을 여전히 이해하지 못한 채 석사논문을 쓰고 졸업하던 젊은 시절의 학문에 대한 기억이다.

석사논문 지도를 받던 1985년 어느 날로 기억된다. 그 날도 논문 제목과 목차를 들고 선생님을 찾아뵈려고 전체 자료와 논지를 정리하고 있었다. 그때 사학과 4학년 졸업논문이 문과대 복도에서 발견되었다는 말을 후배로부터 전해 들었다.

학부 졸업논문이 왜 문과대 복도의 시위 현장 속에서 발견되었는

* 전 연세대학교 사학과 교수, 강진다산실학연구원 연구위원장

지는 알 수 없었다. 잠시 1982년에 제출한 '농업고용노동'에 관한 학부 논문이 머리를 스쳐갔다. 학부 때 선생님의 강의를 들으면서 자연스럽게 조선후기 농업 고용노동 문제에 관심이 생겼고 그 결과물로 작성한 것이 이때 발견된 학부논문이다.

당시는 학생운동이 대학가를 휩쓸고 있었고 백양로부터 정문에 이르기까지, 그리고 중앙도서관을 중심으로 최루탄 가스가 그칠 날이 없었다. 학부논문이 발견된 그 날 역시 시위가 끝나고 문과대 곳곳을 정리했던 것으로 보인다.

이때 발견된 학부논문 주제가 평생 연구 주제 가운데 하나로 자리잡게 되었다. 《한국노동운동사》 1권에 게재한 석사논문 이후에도 지금까지 그 주제를 어떻게 마무리할지 생각해 오고 있으니 말이다. 시위 현장 속에서 나뒹굴던 학위논문이 하필 그때 내 눈에 띈 것은 어쩌면 우연이 아니었는지도 모르겠다.

석사논문으로 길을 묻다

1985년 겨울 석사논문 제목과 목차, 그리고 요지를 갖추어 어느 정도 진척되었는지 말씀드렸다. 그러나 선생님은 당시의 논문주제에 대해서 아무런 대꾸도 안 하셨다. 엉뚱하게도 학부 4학년 때 제출한 농업고용노동에 관한 논문은 왜 마무리하지 않느냐고 한마디 하셨다.

나는 학부 때 논문이 석사논문과 무슨 관계가 있는지 의아해서, 멍하니 연구실을 나올 수밖에 없었다. 그때는 무슨 뜻으로 그런 말씀을 하셨는지 잘 몰랐다. 왜 학부 때 쓴 논문을 석사논문으로까지 연장해 발전시켜야 하는지 알 길이 없었다.

다시 주제를 가다듬어 선생님을 찾아 뵙고 토지소유 문제를 석사

논문으로 마무리하고 싶다고 말씀드렸다. 그러나 선생님은 내 생각에 전혀 관심을 보이지 않으셨다. 당시 나는 토지소유 문제를 본격적으로 다뤄보고 싶었던 것이다. 지금 생각해 보면 석사생으로서는 해결하기 어려운 주제이기도 했다. 결국 뒤에 박사 논문으로 토지소유권에 대한 연구를 마무리하게 되었지만 말이다. 선생님은 그저 한 가지 생각 뿐이셨던 것 같다. 초고와 요약문에 대해서는 아예 듣지도 않으시고, '나가 봐'라는 단 한 마디 뿐이었다.

두 번째 면담 후 나는 깊은 고민에 빠졌다. 석사논문을 어떻게 무슨 주제로 선택하여 작성해야 할지 혼란스러웠다.

그리고 1986년 1월 겨울방학 때 정리한 주제를 갖고 선생님을 세 번째 찾아뵈었다. 학부 4학년 때 작성한 농업고용노동에 관한 주제와 연구방법론에 관한 논문계획서였다. 그때 선생님이 하신 말씀이 '써 가지고 와 봐'였다.

이때부터 준비해서 초고를 제출한 것이 그해 8월이었다. 〈조선후기 농업고용노동에 관한 연구〉로 심사를 받으면서 석사논문을 마무리하게 되었다. 약 8개월 만에 석사논문 초고를 제출하면서 당면했던 가장 큰 문제는 자료의 어려움이었다. 농업 분야에서 고용노동 자료를 관찬자료에서 찾는다는 것은 거의 불가능했고, 그때 발견한 것이 〈민장치부책〉 계통의 재판기록이었다. 산발적인 자료였지만 고용노동의 흔적이 여기저기 나타나 있었고 그것을 종합하여 고용노동의 특징을 확인할 수 있었던 것이다.

고용노동을 중심으로 한 석사논문을 제출하면서 선생님의 생각을 알게 되었다. 비록 토지소유권 문제를 본격적으로 연구하고 싶은 열정은 잠시 미루었지만 말이다. 토지소유권에 대한 연구는 이후 박사논문 작성과정에서 진행하게 되었고 이후의 평생 과제로 남게 되었다. 토지문제를 다룰 것인가, 노동문제를 다룰 것인가 하는 문제로서 포기할 수 없는 중요한 두가지 주제였기 때문이다.

평생 공부의 방법을 찾다

석사논문을 심사하시면서 선생님은 각주 인용방법에 대해 한마디만 하셨다. 일제하 자료를 인용할 때는 주의해야 한다는 지도내용이었다. 그리고 다른 석사논문 마무리를 도와주라고 하셨다. 본심사 논문에 도장을 받기 위해 찾아뵙던 날에는 졸업생들과 저녁을 함께 사 먹으라면서 저녁값도 주셨다. 그리고는 학문의 길에 대해 짧게 해주신 말씀이 아직도 기억에 생생하다.

평생 남을 큰 논문을 써야 한다는 말씀과 큰 학자가 되기 위해서는 깊이 있는 주제를 다루어야 한다는 말씀이었다. 그때까지만 해도 그 말이 무슨 뜻인지 어떻게 해야 하는지를 정확히 알지 못했다. 석사논문을 작성하면서 무슨 주제가 크고 작은지 제대로 알지 못했기 때문이었다. 지금 생각해 보면 중세말 근대초의 노동과 토지소유 문제는 결코 작은 주제가 아니었다. 토지문제와 노동을 결합시켜 이해하는 방식을 통해서만 중세 말 농업문제를 제대로 풀어낼 수 있다는 것을 알게 되었다. 평생공부의 방법을 찾아 그 길을 걷게 되었다.

선생님의 이러한 가르침은 이후 내가 석사과정과 박사과정 제자를 지도하는 과정에서 커다란 영향을 미쳤다. 특히 석사과정에서 문제의식과 연구방법론이 박사과정에도 지속적으로 영향을 미치게 된다는 것을 알게 되었기에, 제자들에게 좀 더 뿌리 깊은 주제의 선택과 치밀한 연구 자세를 평생토록 간직하도록 독려하게 되지 않았나 생각한다.

2016년 《한국토지용어사전》의 발간은 사회경제사 연구자들의 염원이었다. 사전이 편찬되기도 전에 소식을 들으신 선생님은 자신의 일처럼 기뻐하셨다. 연구책임자로서 어려움은 없었는지 부족한 것은 없었는지 아낌없이 지원해 주시겠다고까지 하셨다. 사전 편찬이야말로 한국역사연구회 토지대장연구반 중심의 공동연구와 전공 연구자들의 참여가 없었다면 불가능한 일이었을 것이라는 것도 전해 들으셨다. 해방 이후 사회경제사 연구의 결산이길래 선생님의 그러한 기쁨은 평소에 볼 수 없는 것이었다.

선생님께 배운 것을 발전시켜 다시 후학들에게 전해줄 수 있었던 점에서 평생공부의 또 다른 방법론이 되지 않았나 생각한다.

송암, 다산에게 다시 스승의 길을 묻다

나는 올해 8월로 정년퇴임하였다.

평생공부의 길을 걷고 그것을 마무리하는 방법을 찾던 이 시점에서 선생님에 대한 기억 하나를 털어놓게 된 것도 기묘하다. 첫 시작과 끝을 선생님과의 인연으로 정리하게 되리라고는 생각지 못했기 때문이다. 평생공부의 길을 걸었는지 돌아볼 겨를도 없이 빠른 시간이었다.

1982년 사학과 학부과정을 졸업한 후 지금까지 40여 년간의 시간이 쏜살같이 흘러갔다. 사학과 조교실에서 업무를 진행하는 것을 보신 선생님께서 하신 말이 아직도 귀에 생생하다. 이일 저일 벌이고 맡는 것을 보고 하신 말이다. “누군가 해야 하는 일이지만, 자네 말고 할 사람 많으니 나서지 말게!” 온갖 일을 벌이지 말고 모자라는 공부 더하라는 말이다. 돌이켜보니 일도 못했고 글도 많이 못 쓴 상태로 퇴임하게 되었다.

그리고 선생님의 또 한 마디. '자넨 죽지 말게!'라는 말씀에 그저 '네'라고만 답하고 지났던 기억이 새삼스럽게 떠오른다. 먼저 운명을 달리한 제자[방기중, 김준석 교수]들과의 이별을 가슴에 품고 마지막까지 평생 스승의 길을 걸었던 선생님의 얼음 같이 차가운 그 불꽃이 이제야 느껴진다.

2022년 2월강진의 다산초당에 들르면서 정약용 선생을 두 번째 스승으로 모셔야 하겠다는 생각이 들었다. 강진에서 '다산실학연구원' 생활을 통해 다산 정약용을 본격적으로 연구하게 되었기 때문이다. 연세대 국학연구원의 실학연구와 다산학을 더 확장시키고 대중화시키는 일을 맡게 되면서 또 한 분의 스승을 모시게 된 것이다.

문득 다산의 일생을 돌아보면서 재삼 확인할 수 있었던 것은 젊은 시절의 생각이 평생 바뀌지 않고 그것을 말년에 이르러서도 다시 밀어붙이고 가다듬는 학문의 태도이다. 평생공부의 시작과 끝을 어떻게 마무리해야 할지 다산초당에서 다시 한번 배울 수 있게 되었다.

어제의 학문을 돌이켜 보면서, 내일은 어떠한 길을 걸어야 할지 두 분의 스승께 다시 물어보고자 한다.

사자상승(師資相承)

이인재[*]

1.

1994년 여름은 무난히 더웠다. 아내와 어린 딸의 양해 아래 연초부터 9시부터 12시, 14시부터 17시, 19시부터 22시까지 시간을 정해 학위논문 작성에 매진하고 있었다. 새벽에 노원역 옆에 있었던 미도파백화점 수영장을 다녀온 후 딸아이 학교 가는 것을 봐준 후 세 시간을 보냈다. 12시부터 2시간 동안 점심을 먹으면서 시간을 보낼 때 가장 도움을 많은 준 이는 라디오에서 음악프로를 진행하던 30대의 최화정 님이었다. 그리고 다시 세 시간, 아내가 퇴근하고, 아이가 하교하여 바로 아래층에 살던 아이 이모네 집에 있다가 오는 시간이 되면 가족과 함께 저녁을 나누는 호사를 누린 다음, 또 다시 세 시간을 보냈다. 그렇게 시간을 보내는 동안 몸은 점점 비대해져 그 더운 여름이 선사한 땀은 몸 곳곳을 누비고 다녔다.

1984년 가을 학기부터 프랑스 파리로 안식년을 가시면서 1년간

* 연세대학교 역사문화학과 교수

읽어야 할 책을 정해주신 것을 모른 척하고, 1985년 봄 학기에 석사 논문을 제출한 전죄가 있었다. 방송통신대학 학보사에서 월급을 받으면서 대학원 생활을 하던 중, 앞서 조교 활동을 하던 주진오 선배의 요청으로 잘 다니던 학보사도 그만 두고 다시 월급도 없는 조교생활을 하게 되었다. 조교 생활을 하던 첫 학기 아는 사람만 아는 큰 곤욕을 치루고, 두 번째 학기를 조교 생활을 하는 것을 보신 선생님께서, 선생님이 안 계신 1년 동안 어떤 책을 어떻게 읽을 것인지 10분 남짓 말씀해 주신 것이다.

그런 사랑에도 불구하고, 선생님들과 선배, 동료들의 연구 열정과 능력을 보면서, 스스로 자격이 안 되는 사람이라 생각하고, 프랑스에서 돌아오시기 전에 석사 논문을 제출해 버리고, 학교에서 사라져야 한다고 생각하였던 것이다. 그리고 그때는 선생님이 안 계신 덕분에 얼렁뚱땅 졸업할 수 있었으나, 10년 후 그때는 선생님의 논문 심사를 피해 갈 어떤 방법도 없었다.

1994년 9월, 1년여의 결실을《신라 통일기 토지 소유와 조세 수취》라는 제목으로 심사위원 분들께 논문을 제출하였다. 그때만 해도 선생님들이 그렇게 열심히 논문을 읽어 주실 줄은 상상도 못했다. 특히 송암 선생님은 상상 이상이셨다. 예심 전에 이런저런 일로 연구실 내 책장으로 만들어진 골목을 지나 마주 앉으면 선생님 책상 한쪽 곁에 빨간 줄이 난무한 논문 초고가 있었다. 빨간 줄을 볼 때마다 등골이 오싹하였다.

1994년 10월 마침내 예심이 열렸다. 다섯 분의 심사위원 가운데 선생님께서 제일 먼저 말씀을 하셨다. 본심까지의 두 달 동안 수정되지 않을 거라는 말씀이셨다. 그 순간 머리가 하얗게 되면서 곧 맑아졌다. 당연히 아내와 딸아이가 주는 논문 제출에 대한 압박감, 작성

기간 동안 스스로 14층 아파트 복도에서 느꼈던 열등감이나 온몸의 땀띠는 중요 사항이 아니었다. 수십 년간 수백 편의 논문을 쓰시는 동안 수없는 수정 기간을 거쳤던 선생님께서, 초고에 빽빽하게 줄 긋고, 읽어 보신 후에 내린 말씀이라면 당연히 옳은 지적이라고 생각했다. 짧은 기간 생각하다가, 논문 제출 연기를 말씀드렸다. 그리고 나오면서 그해 막 부임한 방기중 교수 연구실에 들른 후 내 결정이 섣부르지 않았다고 생각게 되었다. 그의 손에도 내 논문 초고에 대한 빨간 펜이 들려 있었다. 스승과 상족 제자가 연구 경력이 미천한 논문 제출자의 초고를 보고, 요모조모 나누었을 두 분만의 이야기, 사랑 가득 찬 염려와 기대를 눈치채게 된 것은 그로부터 6개월 후, 〈신라 통일기 토지제도 연구〉를 심사받게 되면서였다.

2.

1977년 2학기 지금은 대학본부로 쓰고 있는 학관(지금의 언더우드관) 13호 강의실에서 송암 선생의 '거관대요(居官大要)' 강독을 수강하였다. 당시 학관 강의실에는 위당 선생을 비롯한 여러 선생들에 대한 낙서가 곳곳에 있었다. 그 학관에서 손보기 교수님과 황원구 교수님께서 영역본 홍길동을 보여주면서 번역해 보라고 해서 혼쭐난 입학 면접을 보고 난 후, 18개월이 지난 후였다. 그때는 조금 정신을 차려 사료 강독을 열심히 하고 싶었다.

지금은 경영대학 건물이 삼켜 버렸지만, 당시에는 중앙도서관인 용재도서관이 있었다. 4월이면 그 언덕에 붉은 진달래가 너무 예뻤던, 그래서 공부보다는 연애에 마음을 더 빼앗길 수밖에 없었던 건물이었다. 그 도서관에 장삼식(張三植) 선생이 펴낸 《대한한사전(大漢

韓辭典)》이 있었다. 한문을 전혀 배워본 적이 없었기 때문에, "거관대요"를 읽으려면 한 자 한 자를 다 사전을 찾아 읽어야 했다. 한 자 한 자뿐만 아니라 한 단어 단어를 다 찾아서 읽지 않으면 안 되었다. 한 단어 한 단어를 확인한 후, 한나절이 다 지나 술어를 찾아 한 문장을 읽어냈을 때의 기쁨은 지금도 잊을 수가 없다. 당시 그 도서관 자리를 하루종일 차지하고 있었던 선배, 동료들이 후일 모두 대학원에서 만나게 된 역사학자들이었다.

40대 후반의 송암 선생은 수강생들에게 한 자 한 자, 한 줄 한 줄 읽히면서 강독을 진행하였고, 강독을 진행하는 과정에서 수강생들은 한문 사전만큼이나 한글 사전이 중요하다는 것을 감지하게 되었다. 특히 신기철, 신용철 선생이 펴낸 《표준국어사전》(1958), 새 《우리말 큰사전》(1974)은 거관대요를 수강하면서 알게 된 공구서였다. 그때부터 시작하여 사전 이용이 연구의 기본이 되었다.

후일 사전 편찬에 참여하면서 사전의 관련 항목 작성자들이 1차 자료와 2차 자료를 얼마나 신중하게 작성하는지도 알게 되었다. 특히 사료로 남겨진 관련 자료의 경우 용례를 정확하게 이해하기 위하여 1자 색인 작성도 불사하게 되었다. 논문과 저서에서 사용된 역사 용어의 경우도 학풍마다 어떻게 다른지도 구별할 수 있게 되었다. 지금도 강의에 사용할 역사 용어들은 고조선부터 최근에 이르기까지 통사로 작성한 송암 선생의 저작집을 뒤져 가면서 정확한 용례를 확인한 후 사용함으로써, 수강생들에게 연세대학교의 뿌리 깊은 한국사 연구의 역사를, 강의자를 통해 전달할 수 있었다. 2022년 역사문화학과 전공 수강생들에게 자료로 보는 한국 역사와 문화를 강의할 수 있다는 강의자의 자신감은, 어쩌면 1977년 가을 송암 선생이 강의한 거관대요 수강에서 시작되었다고 생각하고 있다.

송암 선생은 고조선부터 열국기, 삼국기, 남북국기 사료를 다루는 방법도 남달랐다. 관련된 유물, 유적 사료와 문자, 문헌 사료를 개별적으로 풍부하게 다루면서도, 어느 한 자료도 버리지 않았다. 사회과학적 방법을 구사하는 학자들이 본인이 구축한 가설을 전제로 사료를 취사선택하는 방법을 박사논문 작성하는 과정에서 사용하였을 때, 송암 선생은 슬그머니 한 켠에 미루어 두었던 사료를 여지없이 나만의 연구세계에 들어내서 다루게 하셨다. 서로 다른 사료라도 모두 설명해 낼 수 없는 역사상이라면 역사학자가 취해서는 안 된다는 가르침이셨다. 후일 고조선 관련 여러 사료를 정리해 내시고, 2019년 출간한 저서에 이르기까지 일관성 있게 설명하시는 서술을 보고서야 더욱 더 송암 선생의 앞선 시기 사료 다루는 태도를 손자 제자들에게 전달해야 한다는 사명감에 푹 빠지게 되었다.

3.

2014년 3월 13일 하현강 교수님이 작고하셨다. 그리고 2020년 10월 20일 송암 선생이 작고하시고 빈소를 마련하실 때까지 찾아뵙지 못하였다. 스승께서 작고하고 나서야 스승에게서 배운 바른 가르침을 손자 제자들에게 전달하는 것을 게을리 해서는 안 된다고 생각하게 되었다.

2021년 가을 학기부터 송암 선생의 고대사 3부작인 《동아시아 역사 속의 한국문명의 전환》(2015), 《농업으로 보는 한국통사》(2017), 《한국고대 농업사연구》(2019) 등 세 권의 저서를 기본으로, 연세대학교 미래캠퍼스 역사문화학 전공과목에 '고조선 삼국시대 사람들의 경제생활'이라는 강좌를 2년째 개설하여 운영하고 있다. 퇴직 때가 되어서야 뒤늦게 철이 나려는 걸까? 이제부터라도 송암 선생이 목숨

걸고 연구해 오신 여러 과제 가운데 하나인 고조선사 연구와 교육에 매진해야 할 것이 아닌가 싶다. 그래야만 후일 송암 선생을 뵙더라도 면목이 설 것 같다.

나의 잊지 못할 선생님

오영교*

필자의 학부 졸업논문과 석 · 박사학위 논문의 지도교수가 바로 선생님이셨다. 특히 학부논문의 경우 당시 학계에서 서서히 관심을 갖는 농민항쟁에 대해 써보기로 했다. 1869년 기사년(己巳年) 전라도 '광양민란'에 대한 주제를 설정하였다. 직접 자료가 없어서 학부생임에도 불구하고 《추안급국안》에 나오는 농민항쟁 주모자들의 국문 기록을 살펴보기로 했다. 도저히 원문번역이 힘들어 한문학을 하는 중학교 동창의 소개로 상도동에 거주하시던 노한학자를 직접 방문하여 필요한 부분의 번역을 시도하였다. 그러나 경서에는 물리가 트이신 분이라도 관변문서로서 특정 사실을 적시한 해당 자료를 번역하는데 고민하셨다. 더구나 중간에 섞인 초서체의 부분도 번역이 쉽지 않았다.

이러한 어려운 부분을 모아 선생님의 연구실을 방문하여 그 자리에서 즉시 해결해 주십사 부탁을 드렸다. 난데없이 방문한 학부생의 치기에 놀라셨을 법도 한데 특유의 미소를 지으시면서 차근차근 설명해 주셨다. 당시 구체적인 내용보다는 해당 주제를 대하는 자세와

* 연세대학교 역사문화학과 교수

방법론에 대한 얘기가 주를 이룬 것 같다. 나중《1862년 전국농민항쟁》의 집필과 사회사의 사회변동에 관한 논문을 쓸 때마다 '농민의 시각, 농민의 마음으로'라고 하셨던 선생님의 말씀을 되새겼다. 필자도 상대적으로 한문 번역이 약해 문중을 방문해 획득한 자료의 현장 분석이나 수업시간 대학원생들과 조선후기 원본 자료의 분석 과정에서 식은땀을 흘리곤 했다. 전혀 예고 없이 낯선 자료를 들고 가서 해결을 모색하며 떼를 쓰는 학부생과 당황하셨을 선생님, 이 광경은 두고두고 생각이 난다.

1981년 석사 시절 하현강 교수님이 한국사연구회 회장이 되시면서 조선후기를 전공하는 필자가 학회 서기를 맡게 되었다. 매달 토요일 오후 광화문 한글학회 회관에서 월례발표회가 진행되고 격주로 이사회가 개최되었다. 그 시간 학교에서는 선생님의 대학원 수업이 진행되었다. 학회발표가 끝나고 다시 학교에 가서 그때까지 끝없이 진행되는 선생님의 수업에 뒤늦게 참가하였다. 벌컥 문을 열고 발제문을 챙기며 수업을 방해하는 필자의 모습을 보시며 아무 말도 하지 않으신 채 주시하셨다. 당시 나이 어린 필자는 학구적이라기보다 은근히 후배에게 귀찮은 학회 서기를 미룬 선배들에 대한 무언의 항의가 포함된 행동을 보인 것이기도 했다. 필자의 의도를 다 읽으신 것 같았다. 지금 생각하면 너무 죄송한 일이다.

그 다음 주 월요일 오후 선생님 수업의 발제를 위해 조교실에서 업무를 보며 농학사 관련 논문을 보고 있었다. 굳이 옆으로 오셔서 해당 논문이 급하게 부탁받아 쓴 글이라, 본인의 마음에 들지 않아 재정리하는 중이라고 설명하셨고, 본인께서 한국사연구회 창립시 작성했던 1967년 회의록의 일부 메모를 보여주시면서 학회의 의미와 수행 책임이 막중함을 말씀해 주셨다. 그날 다소 불만이 있는 제자를 하염없이 다독여 주셨다. 필자도 훗날 선생님께서 헌신하셨던 한국사연구회 회장을 역임하였다.

필자가 선생님의 학은으로 박사학위를 받고 연세대학교 미래캠퍼스 문리대학 사학과에 임용되었고 1993년 원주의 주택사정상 발령 전에 미리 식구들과 함께 원주에 이사 와서 거주하였다. 발령 첫해 겨울 12월의 토요일 오후 선생님은 김준석 선생님과 같은 해 신촌캠퍼스의 현대사 담당으로 임용되신 방기중 선생님을 대동하고 원주의 연구실을 방문하셨다. 원주 공동묘원에 있는 월남인을 위한 북향의 묘소를 알아보아 달라고 미리 부탁하셨고 묘원 관리자와 연락하여 현장도 들렀다. 선생님은 필자의 연구실에 앉아 담소를 즐기고 지방살이의 상황과 초임교수 생활을 꼼꼼히 청취하셨다. 특히 이화여고 시절 사모님의 은사이시기도 한 원로부부께서 필자와 같은 아파트에 거주하시는 사실을 알려주시고 우리 아이들에게 할아버지 할머니의 가족처럼 관계를 맺으라는 부탁도 하셨다. 선생님만 드시는 비장의 수입 초콜릿 한 아름을 아이들을 위한 선물로 주셨다. 떠나시기 전 혼자라서 외롭다고 생각하지 말라는 당부를 거듭하셨다. 밖은 몹시 추었지만 너무 따뜻한 연구실의 풍광이었다.

박근혜 정부에서 본격적인 국사교과서 문제가 있기 몇 해 전 교육부심의를 위한 연구자 합숙모임에 검토위원으로 참석한 적이 있다. 우연히 검토 실무 팀에서 필자가 연장자라 회의를 주재하였다. '똥이 새까맣게 탄다'라는 말이 실감될 정도로 격렬한 논쟁이 며칠 동안 전개되었다. 정부의 입장을 대변하는 몇몇 학자들에 대응해서 나름대로 열심히 논변을 하였다. 선생님의 학설이 구체적으로 거론되었기 때문이다. 문제는 해당 모임의 책임자로 참석하신 노교수님의 자세였다. 필자의 논변에 대해 자신은 전통 명문가이고 서울 사대문을 벗어나본 적이 없는 토박이이고 학맥과 직장도 그러했노라고 얘기하며 본인은 일류이고 정통한 학자임을 강조하셨다. 필자와 같은 논변자를 상대화시키는 발언이었다. 심의는 다행히도 검토위원들의 중립적인 자세와 협조로 노교수님의 의도대로 관철되지는 않았다.

차후 선생님을 찾아뵙고 일련의 사항을 말씀드리며 나름 위안을 받고 싶었다. 그러나 필자의 의도와 달리 선생님은 한 시간 가까이 격노하시며 오히려 필자를 나무라셨다. '그분은 일류이고 정통이고 중심이야. 왜 그 점을 인정 못 해' 내내 격정적으로 말씀하셨다. 그리고 '자네가 좀 더 치밀한 논리로 반박하지 못한 것이 문제야. 더욱 단단한 학자가 되어야지' 꾸짖음의 연속이었다. 지금 생각해 보니 필자에게 다그치시는 말씀이자 선생님께서도 자신의 분노를 삭이는 화법이셨던 것 같다. 그동안 해당 그룹에 당한 여러 사안에 몹시 화가 나셨을 선생님의 모습이 지금도 상상되며 가슴이 저려 온다.

필자가 연세대학교 백년사 실무자로 참가하여 책을 발간 한 후 일제 아래 연희대학 동연록을 분석하여 보고서를 작성한 적이 있다. 나름 큰 작업을 마치고 자료를 마음껏 볼 수 있어서 꽤나 신경을 쓴 보고서였다. 그런데 필자의 기대와 달리 선생님께서 호출하신 후 크게 질책하셨다. 문제는 필자가 결론에 동연록에 자주 나온 '해방 이후 신국가 건설은 연희의 손으로'라는 구절을 끼어 넣은 것이 발단이었다. 특정 학맥이 좌지우지할 수 없는 엄혹한 해방정국의 정황을 잘못 묘사하였다는 점과 필자가 혹여 편향성을 지닐 것을 염려하여 소상히 지적해주셨다. 굳이 다 아는 얘기이지만 앞으로 연구과정에서 놓칠 수 있는 실수를 구체적으로 지적해 주셨다. 많이 혼났다.

1988년 손보기 선생님의 정년논총을 간행할 때 역사부분은 김광수 선생님을 도와 필자가 총무로 참여하였다. 원고 수급이 원활하지 않고 발간이 늦어지자 김광수 선생님을 어린 학생 대하듯 크게 나무라시는 자리에 필자도 있었다. 연구실을 나와 학교 마당 벤취에서 김광수 선생님이 하늘을 보고 한숨을 지으며 '내가 이 나이에도 혼이 나네'라는 말씀을 하신 적이 있다. 한편으로 크게 위안을 받았다.

원주에 거주하면서 나름 지역사를 파악하고 규장각에 소장된《수록》을 샅샅이 분석하여 〈18세기 원주목의 행정체계와 운영〉이라는 글을 한국사연구에 발표한 적이 있다. 선생님께서 자신은 구체적인 지방지배의 공적체제를 명확히 알지 못한 채 다산 정약용의《목민심서》류를 통해 지방을 이해했는데 필자의 논문을 통해 구체적인 공적 지배체제의 이해에 도움이 되었노라고 말씀하셨다. 토지 · 경제 관련 주제가 아닌 사회사 분야의 연구로 전환하여 왠지 위축되었던 필자로서 처음이자 마지막 칭찬을 듣고 그날 밤 잠을 이루지 못했다.

2002년 연세학술상을 받고 제일 먼저 선생님께 음식을 대접한 적 있다. 어릴 때 드시던 고향 땅의 황복 요리를 말씀한 적이 있어 홍은동 그랜드호텔 주방장께 부탁하여 임진강 황복 요리를 대접하였다. 그 후로 스승의 날 즈음에 복요리를 몇 번 대접하였는데 그다지 맛있게 드시지는 않았다. 하지만 맛과 상관없이 제자의 정성을 귀히 여겨주셨고, 그 음식은 단지 선생님께 추억이고 고향의 내음이었던 것 같다.

필자의 나이도 이제 정년을 준비해야 하는데 아직도 어떻게 학자의 자세를 견지하며 선생 노릇을 해야 되는지 고민하고 방황할 때가 종종 있다. 나도 또한 배우고 싶고 위로받고 싶다. 그리하여 다시 선생님의 꾸지람을 듣고 싶다.

'자네 왜 그러나? 그러는 것 아니네'
이 밤 선생님을 몹시 뵙고 싶다.

김용섭 선생님과 방기중 그리고 나

이지원*

1980년 5월의 만남

1980년 5월의 한국은 뜨거웠다. 서울의 봄 민주화 열기 속에서 백양로에는 계엄 해제를 요구하는 학생들의 시위가 계속되었고, 새로 문을 연 5층 건물의 중앙도서관은 학생들의 해방구였다. 당시 나는 사학과 3학년으로 김용섭 선생님의 '한국근대사1' 수업을 듣고 있었다. 선생님은 생전 처음 듣는 역사의 구조적 설명으로 한국근대사 강의에 빠져들게 하셨다. 그때 나는 수업을 듣는 한편, 김민기의 노래극 〈공장의 불빛〉을 연습하고 있었다. 〈공장의 불빛〉은 한국 산업화 과정에서 열악한 노동자 인권과 노동환경을 적나라하게 고발하는 내용으로, 문과대 학생회가 5월 축제를 맞아 공연하기로 했다. 탈춤반이 합류해서 연습했고, 당시 도망 중이던 김민기가 와서 연출을 봐주기도 했다. 〈공장의 불빛〉 연습 장소는 지금 연세대 총장실이 있는 본관, 당시는 문과대 건물의 옥탑방과 문과대 뒤 공터였다. 문

* 대림대학교 교수, 아시아평화와 역사교육연대 공동대표

과대 뒤 공간은 주차장이기도 했지만 그때는 차가 별로 없어서 종종 공놀이도 하던 곳이다.

그 문과대 건물 2층에 사학과 학과사무실과 교수님들의 연구실이 있었다. 김용섭 선생님의 연구실은 사학과 사무실 옆 남쪽방이었다. 한국근대사 연구로 학문적 존경을 한 몸에 받는, 그러나 사학과 학생들에게는 공부 이외의 어떠한 것도 용납하지 않는 엄격한 교수님이셨다. 한국근대사1 수업은 사학과 전공과목이었지만, 한국사회에 대한 지적 탐구심이 큰 타과 학생이나 운동권 학생들 모두 이 강의에 열광했다. 수강생이 많아서 문과대 꼭대기층 넓은 옥탑방, 〈공장의 불빛〉을 연습하는 강의실에서 수업하셨다. 문과대에서 가장 큰 강의실이었다.

어느 날 문과대 뒤 공터에서 공연 연습을 하는데, 2층 계단 창문을 열고 안경 쓴 까칠하게 생긴 사람이 '교수님 연구하시는 데 방해되니까 다른 데 가서 하라'고 소리쳤다. 사학과 석사 1학기 김용섭 선생님의 조교 방기중이었다. 공부 잘하는 카리스마로 알려졌지만, 나하고는 말 한마디 해본 적 없는 사람이었다. 김용섭 선생님이 조교 방기중을 시켜 학생들 쫓으라고 하셨던 것이다. 사학과에서 유일하게 출연하는, 그것도 여주인공 역을 맡은 나는 그렇게 사학과 조교와 교수님의 박해(?)를 받으며 연습을 했다. 그러나 5월 중순 학생시위가 거세지는 가운데 〈공장의 불빛〉은 노천극장과 백양로에서 학내 시위의 길잡이 공연이 되었다. 그리고 5월 17일 24시를 기해 계엄령이 전국에 선포되었고 학교에는 휴교령이 내려졌다. 이어서 광주에서는 처절한 피의 항쟁이 벌어졌다.

휴교령으로 수업은 중단되었다. 김용섭 선생님은 리포트를 내라고 하셨다. 학교에는 군인들이 주둔했다. 그러나 순찰 도는 군인의 눈을 피해 세브란스병원 뒤로 해서 음악대학 쪽으로 가면 학교 안에 들어갈 수 있었다. 나는 그렇게 몇 번 학교 안에 들어가 자료들을 구해서 리포트를 썼다. 〈중세사회 해체의 사회경제적 기저에 관하여 –광산업의 발달을 중심으로〉라는 제목의 리포트를 제출했다. 그 후 군인들 몰래 학교 안에 들어갔다가 학생회 선배들 소식을 알기 위해 잠시 학과 사무실에 들렀다. 이때 방 조교 왈 "김용섭 선생님이 너에 대해 묻더라. 선생님께 가 봐." 그렇게 해서 방기중 조교의 안내로 선생님 연구실을 처음 들어가게 됐다. 문을 열자 책이 앞을 막는 신세계의 방이었다. "자네가 이지원군인가?" 리포트를 잘 썼어." 2학기에 '한국근대사2' 수업에서도 〈19세기의 사회변동– 변동의 기저로서 농업문제를 중심으로〉라는 리포트를 A+을 주셨다.

그 후 동기들은 김 선생님께 드릴 말씀이 있으면 나를 앞장세웠고, 근대사 답사 가서는 선생님 옆에서 조석 챙기는 소임을 맡겼다. 그리고 방기중 조교는 김 선생님 연구실에 나를 안내한 이후부터 나를 괴롭혔다. 일본 조선사연구회에서 나온 《조선사입문》을 읽어 와라, 복사하는데 와서 일 좀 도와라 하면서 나를 자꾸 불렀다. 당시 시위하고 감방 가고 노동현장에 가는 친구와 선후배를 배신(?)하는 다른 길로 나를 몰아갔다. 그리고 김용섭 선생님은 그것을 정당화하는 거대한 성역이었다. 방기중 조교는 선배인지 애인인지 어정쩡함으로 내 인생에 밀착되기 시작했고, 노동현장 대신 대학원 가기를 권했다. 나는 그렇게 대학원을 갔다. 1980년 5월 시작된 김용섭 선생님과 선생님의 조교 방기중 선생과의 만남은 내 인생 대반전의 서막을 열었다.

1981년 가을 전라도 답사

1981년 가을 전라도 답사

인삼 커피와 도시락의 가르침

대학원을 다닐 때 연구실에 찾아가면 선생님은 반드시 커피를 타 주셨다. 많은 분들이 선생님이 커피광이시고 단 것을 좋아하셨다는 것을 아실 것이다. 당시 분식집 라면이 50원일 때 학교 앞 독수리다방, 꽃다방의 커피는 100원이었다. 그 비싼 커피를, 그것도 선생님께서 손수 타 주시는 커피를 마신다는 행위는 그 자체로 신성한 의식이었다. 나중에는 선생님과 친숙해져서 내가 직접 타 먹기도 했지만, 커피는 선생님과 나누는 특별한 의식이었다. 옛 사람들이 차를 주며 喫茶去했다면, 선생님은 커피로 끽다거를 하신 셈이다.

끽다거 커피 가운데 최고는 인삼커피였다. 선생님은 장이 안 좋으시고 기력이 없으시다며 늘 인삼, 홍삼을 달고 드셨다. 사모님께서 챙겨주는 선생님의 상용 보약이었다. 당신은 인삼물로 끓이는 커피는 훨씬 더 영양가 있고 좋은 커피라고 생각하셨다. 그래서 어떤 때는 인삼물에 커피를 타주셨다. 아! 그 맛은 참 오묘했으나 그닥 맛있지는 않았다. 그러나 선생님은 인삼커피를 주실 때 눈이 빛나셨다. "맛있지? 이거 좋은 거야" 그리고는 초콜릿과 사탕, 카라멜을 같이 주셨다. 단것을 좋아하셔서 답사갈 때 버스에서 선생님 옆에 앉아 수시로 달달한 사탕을 챙겨드렸던 기억이 난다.

선생님은 장이 안 좋으셔서 외식보다는 사모님이 싸주신 도시락을 드셨다. 그러나 어쩌다 점심 약속이 생기면 그 도시락을 조교들에게 건네주시기도 했다. 나는 석사 때 국학연구원 조교를 해서 사학과 근무를 안 했지만 선생님은 불러서 당신이 싸온 도시락의 처리를 맡기셨다. 선생님의 도시락을 먹어본 사람들, 그리고 사모님이 해주신 밥을 먹어본 사람들을 알겠지만 선생님의 도시락은 요즘 수제 맞춤 도시락 수준 이상으로 맛있고 퀄리티가 있었다. 당시로서는 흔치 않았던 토마토가 들어간 치즈 계란 샌드위치도 있었고, 각종 영양 반찬이 가득한 퓨전 한식 도시락도 있었다. 점심값을 아낀다는 뿌듯함과 선생님과 한솥밥을 먹었다는 우쭐함으로 도시락을 비웠던 기억이 난다.

도시락과 인삼커피를 주시던 시절, 선생님은 공부하는 사람은 글을 읽을 때 다시는 안 볼 것처럼 집중해서 보라고 말씀하셨다. 석사과정생에게 선생님의 공부 팁을 알려주시고 집중력과 기억력을 가지라고 하신 것은 무리한 요구였지만, 그렇게 당신이 가신 正道의 길, 최고의 길을 곧바로 말씀하실 정도로 선생님은 곧고 맑으셨다. 많은 사람들이 선생님을 무섭고 냉담한 사람이라고 했지만, 나에게는 남들에게 말 못 하는 집안 사정도 얘기할 수 있을 정도로 큰 의지가 되어주셨다. 종종 학술원이나 성곡문화재단에 원고 보내는 일 등의 심부름도 시키셨는데, 학술원이 경복궁 안에 있을 때 한국 최고의 학술 전당인 그곳에 들어갈 때는 어깨가 으쓱했었던 기억이 난다. 요즘처럼 학술연구사업으로 연결되어 있지 않았던 당시 대학원생과 지도교수의 관계는 그저 스승이 시키는 일은 다 배우는 즐거움이고 기꺼운 호사로 여겼던 시절이었다. 스승으로부터 배운다는 것은 학문의 내용뿐만 아니라 학문과 삶에 대한 태도를 배우는 수련 과정이었다.

增田四郎에 대한 가르침과 박사과정

석사를 마치고 나는 방기중 선생과 결혼을 했다. 방 선생은 박사과정을 들어간 직후였다. 우리의 신혼시절은 1987년 6월 항쟁과 냉전시대의 막바지에서 시대 전환의 열기가 가득했던 시절이다. 시대의 격랑에서 역사연구자의 길에 대한 고민은 깊어졌고 학술운동이 촉발

되었다. 한국근대사연구회, 망원연구실, 역사문제연구소, 한국역사연구회의 출발은 역사학계의 새로운 모색이었다. 방 선생과 나는 모두 그 한 가운데에 있었다.

결혼생활은 방 선생의 박사과정 졸업이 우선인 삶이 되었다. 방 선생은 역사문제연구소에 연구원 체제를 만들고, 초대 역사문제연구소 연구실장으로 활동하며 박사학위 논문으로 백남운을 연구했다. 한국 근현대 사상사로 연구 분야를 전환하여 분단과 분단 극복의 사상사를 연구하는 새로운 지평을 열었다. 김 선생님의 한국 근현대 국가건설에 대한 사상사적 문제의식을 백남운 연구를 통해 구체화한 것이다. 이 시기 나는 시간강사와 한국역사연구회 상임위원, 출판사 글쓰기 등을 하며 연구자 활동가로서 일했다. 당시 방 선생과 나의 경제적 능력으로는 한 사람만 공부하기도 버거웠다. 결혼 1년 만에 결혼 패물을 팔아 방 선생의 박사과정 등록금으로 썼다. 그것이 하나도 아깝다는 생각이 들지 않았고, 그렇게 할 수 있음을 기뻐했다. 결혼은 사랑만이 아니라 같은 길을 가는 동지적 관계라고 생각했고, 더욱이 당시 역사학이 갈 길은 독립운동 하는 것과 같다는 생각의 짐을 지고 살았던 시절이다. 후배들에게 그 얘기를 하면 이해가 안 간다고 하는 걸 보면 사는 게 그렇게 구식이었던 것 같다.

방 선생의 박사학위논문은 연구사적으로 새로운 평가를 받았으나, 박사학위 취득 후 바로 취직되지는 못했다. 그때 나는 1992년 12월, 동아일보에 난 대림대학교 한국 근 · 현대사 교양 교수 채용 공고를 보았다. 석사 이상이 자격요건이었다. 절벽 끝에서 뭐라도 한다는 절박함으로 서류를 준비했다. 추천서가 필요했다. 지도교수나 사회 저명인사의 추천서였다. 나는 김용섭 선생님께 추천서를 써달라고 말씀드렸다. 신문광고를 잘라 가져 온 나를 보고 선생님은 "자네 이 학교에 아는 사람 있나?"라고 물으시고 내가 없다고 하자 선생님은 어처구니 없어 하시면서도 제자의 절박함을 아셨는지 추천서를 잘 써주셨다. 그리고 또 다른 추천서는 이경식 선생님께서 써주셨다. 나는 한국역사연구회 등의 활동하면서 쓴 글과 활동 경력, 선생님들의 훌륭한 추천서 덕분에 다른 박사학위 소지 응모자들을 제치고 17대 1로 취직자리를 얻었다.

취직의 기쁨을 전달하러 갔을 때 선생님은 평생에 내가 가야 할 학문의 길에 대해 일러 주셨다. 마쓰다 시로우[增田四郎]. 히도츠바시대학 경제사 교수에 대한 말씀이였다. 그 사람의 글이 하도 학문적으로 뛰어나서 경제학과 교수인 줄 알았더니 교양 교수였다고 하시면서 교양과목을 가르치지만 학문적 연구는 계속 발전시켜야 한다고 말씀해 주셨다. 당시 나는 서울서 가깝고 월급도 넉넉한 대학에 취직한 생계형 교수를 생각했는데, 선생님은 각자 처한 위치에서 가야할 학문의 길을 말씀하셨다. 부부가 같이 연세대 사학과 박사과정 다니는 것을 반대하셨고, 나중에 방 선생이 연세대 교수가 된 후에도 내가 연세대 박사과정 들어오는 것을 막으셨지만, 선생님은 내가 학문을 포기하지 않는 길로 가도록 이끄셨다. 11년 전 선생님과 연희동 풀향기에서 식사를 하면서 마쓰다 시로우에 대해 하신 말씀 기억하시냐고 하니까 웃으시면서 고개를 끄덕이셨다. 선생님은 내가 학문적 안목과 성장을 지속하는 가르침을 주셨다.

그리고 그 가르침의 은혜로 나의 박사과정 길을 열어 주셨다. 선생님은 박사과정은 학맥을 따라가야 한다고 하시면서 정창렬 선생님이나 서울대학교 사대 역사과로 가라고 하셨다. 서울대는 내 직장에서도 가깝고, 사대 역사과 박사과정에서는 좀 더 자유롭게 공부할 수 있을 것이라고 하셨다. 연세대 박사과정은 못 들어갔지만, 내가 당신의 학문적 울타리 안에서 공부하도록 이끄셨다. 고맙게도 서울대 역사과에서 이경식 선생님과의 인연은 이렇게 이어졌다. 학부 때부터 친근하게 뵈었고, 우리 부부에게 각별한 애정을 주셨던 이경식 선생님이 나의 박사과정 지도교수가 되신 것이다. 김 선생님의 가르침의 품에서 이경식 선생님의 가르침까지 이어받게 되었다. 나는 그 가르침 덕분에 한국 근대 민족주의 문화 사상과 운동을 주제로 박사학위 논문을 쓰고 2004년 2월 박사과정을 졸업했다. 김 선생님은 나의 연구가 한국 근대국가 건설과정에서 민족정체성 문화건설의 사상과 여러 실천을 구명하는 연구가 되기를 바라셨다. 이 시기 방 선생은 1994년부터 연세대 사학과에서의 학자로서, 스승으로서 대내외적으로 왕성한 활동을 하였다. 연세사학의 발전을 위해, 시대 전환의 한국 역사학계에서 그는 큰 역할을 했고, 존경받는 학자가 되었다. 그러나 방 선생의 몸은 점점 힘들어졌다. 남들에게 말 못 하는 긴장을 안고, 술과 사람 만남이 이어지면서 오래된 간염은 더이상 그에게 건강한 몸을 허용하지 않았다. 그리고 나는 커다란 절망과 슬픔의 나락으로 떨어졌다. 방 선생이 간암으로 세상을 떠난 것이다. 나에게 소중한 사람이었고 만인에게도 소중한 역사학자는 그렇게 허망하게 우리 곁을 떠났다. 2008년 11월의 일이었다.

내 삶을 이끌어주신 사랑과 은혜

방 선생이 세상을 떠나자 선생님은 우셨다. 그 와중에도 김 선생님은 어른으로서 가르침과 사랑을 보여주셨다. 나는 허망하게 떠난 방 선생의 뜻을 기려 사학과에 장학금을 내려고 했다. 그 말씀을 드리러 갔더니 선생님은 나를 울렸다. 돈은 이지원의 삶을 위해 필요한 것이다, 장학금 같은 거는 낼 생각도 말아라, 이지원이 그런 말을 하면 옆에서 말려야지 뭐 했냐 하시며 같이 간 백승철 선생님, 홍성찬 선생님을 나무라셨다. 방 선생이 떠나고 처리해야 할 남은 일들이 너무 많아 정신도 못 차리고 제대로 울지도 못하고 있던 나는 그 자리에서 눈물이 터져버렸다. 제자의 죽음 앞에서 당신도 억장이 무너졌을 텐데 나를 위로하고 보듬어 주셨다. 큰 어른이셨다. 그리고 그 후 더욱 담담하게 학문적으로 대해주셨다. 이청원의 아시아적 생산양식론을 말씀하시며 백남운과 당신이 생각하는 보편성에 대한 것, 고조선에 대한 연구를 주변국과의 문명적 경쟁과 교류 속에서 한국의 주체적 역사상에 대한 문제의식으로 천착하는 것, 무속을 한국 고유 전통문화라고 했던 민속학, 종교학에 대한 비판, 신민족주의의 한계와 의의 등등에 대해 말씀하셨던 것이 기억난다. 혼자 남은 여성 제자에 대한 깊은 사랑과 학문으로 회향하시는 如如함은 지금도 나에게 큰 위로와 힘으로 남아 있다.

코로나 19 팬데믹이 시작되기 직전 선생님은 연세노블병원에 입원하셔서 10개월 정도 병원에 계시다가 돌아가셨다. 2020년 1월 한국학중앙연구원장 안병욱 선생님한테서 전화가 왔다. 한국학중앙연구원에서 한국학 저술상을 시상하는데 그 첫 번째 수상자로 김용섭 선생님이 선정되었다는 것이다. 나도 심사에 참여했었기에 그 상에 대해 알고 있었다. 한국 최고의 고서점으로 유명한 인사동 통문관 창업자 산기 이겸노 선생의 유족들이 상금을 제공하고 한국학중앙연구원이 선정하는 상이었다. 평생의 저작집과 그 책을 출판한 지식산업사에도 시상된다는 것이다. 그런데 김 선생님이 한중연을 예전 정신문화연구원으로 생각하시고 상을 안 받으실까 걱정이 된다고 선생님의 의중을 알고 싶다는 것이었다. 김 선생님이 병원에 계신지 모르고 전화하신 안병욱 선생님께 저간의 상황을 말씀드리고, 우선 사모님과 지식산업사 김경희 사장님께 연락드려 의향을 전달하기로 했다. 사모님은 김 선생님의 뜻을 확인하고 첫 번째 한국학 저술상이라는 점, 지식산업사 출판사에도 도움이 된다는 점에서 수상을 응락하셨다. 그리고 김도형 선생님을 통해 선생님의 친필 사인이 들어간 수상소감을 보내주셨다. 2020년 2월 12일 한국학중앙연구원 소강당에서 열린 시상식에는 김 선생님의 제자들과 학계의 인사들로 가득 찼고, 이만열 심사위원장과 유홍준 한국학중앙연구원 이사의 경과보고, 김경희 사장님의 수상 소감, 김도형 선생님이 대독한 김 선생님의 수상 소감, 산기 이겸노 선생 후손의 인사말, 안병욱 원장님의 인사와 시상이 이어졌다.

시상식이 끝나고 사모님과 통화를 하니 내일 왔으면 좋겠다고 하셨다. 그래서 다음날인 2월 13일 연세노블병원으로 선생님을 찾아뵈었다. 코로나로 인해 노인전문병원에서는 가족들도 하루 1번 면회시간에만 들어갈 수 없었다. 사모님은 당신 대신 내가 들어가는 것으로 해 놓으셨다. 선생님이 기다리고 계신다고. 1인 병실에 간병인과 같이 계시던 선생님은 말끔하게 세수하고 단정하게 머리빗은 맑은 얼굴로 침대에 앉아계셨다. 내가 들어가자 알아보시며 미소 지셨고, 상패를 보여드리며 설명을 드리자 선생님은 상패를 쓰다듬으셨다. 그 장면을 간병인이 찍어서 사진을 보내줬는데, 돌아가시기 전 선생님과 마지막 만남의 시간이었다.

돌이켜보면 1980년 5월의 만남에서 2020년 2월의 만남까지 선생님은 내 인생에서 뭔가 타이밍을 맞춰 상황을 반전시키는 데우스 엑스 마키나(deus ex machina)와도 같은 존재셨다. 요란하지는 않았지만 근원적이고 강력했다. 학부 때 역사학의 신세계로 삶의 선택을 바꾸는 문을 열어 주셨고, 부부의 연을 맺은 방 선생과의 인연도 선생님의 칭찬으로 시작되었다. 대학원 공부를 통한 학문의 길, 학자와 교수로 살아가는 길에도 선생님은 결정적이고 근원적으로 존재하셨다. 내 인생의 판이 바뀌는 중요한 시점마다 이어진 선생님의 사랑과 은혜 덕분에 지금의 내가 있다. 그 사랑과 은혜로 나는 오늘도 선생님을 만나고 있다. 선생님, 감사합니다. 사랑합니다.

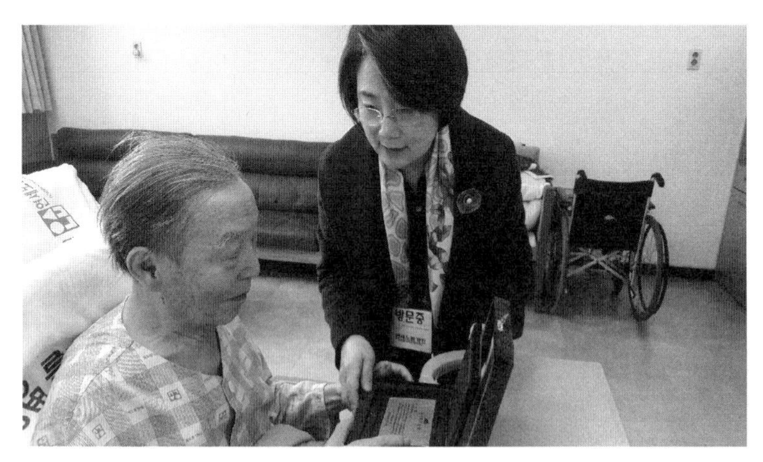

2020. 2.13. 제1회 한국학 학술상패를 받으시며

조선후기 양안 연구의 초지와 연구사 궤적을 선회하며

왕현종[*]

송암 김용섭 선생님의 가르침과 역사 연구를 회고하는 순간에는 즐겁기보다는 항상 괴롭고 어려웠던 추억이 어른거린다. 엄청난 포스를 지닌 사람과의 만남은 그렇듯 중압감과 따끔한 지적만 생각 나는 법이다. 가끔 꿈속에서도 나타나 교시를 주기도 했지만 말이다.

선생과 첫 만남은 1981년 3월 사학과에 진입했을 때였다. 1980년 연세대 문과대학에서 인문계열로 진학하고 2학년 때 전공을 선택하여 올라오는 것을 진입이라고 하였다. 아마 학생회관 어딘가에서 상견례를 하면서 지엄하신 교수님들이 앉아계신 가운데, 자기 소개하는 순서가 있었다. 내 순서가 돌아와 이름을 말하고 나니 곧바로 질문이 들어왔다. “자넨 어디 왕 씨인가?” 난 당연스럽게 “개성 왕 씹니다”라고 했다. 아니 “그게 아니고 고려 왕 씨라고 대답해야 돼” 고려시대를 전공하시는 하현강 선생님과 김용섭 선생님이 동시에 말씀하신 것 같다. 이렇게 통성명하는 순간 나는 흔히 쓰는 본관이 아니라 고려 왕조의 개창자 왕건 태조의 후손이라는 자기정체성을 재

* 연세대학교 역사문화학과 교수

확인할 수 있었다. 그럼에도 불구하고 난 대한제국기를 연구하는 연구자가 되었다. 여전히 조선후기 봉건사회의 해체상을 밝히고 근대사회로의 발전과정을 찾아보려는 한국근대사 전공자이다.

나는 1980~90년대 내내 학부와 대학원생으로 지내면서 오랫동안 학은(學恩)을 받은 사람 가운데 하나일 것이다. 선생은 역사 연구자이자 교육자로서 굉장히 철저하고 고집스러웠던 것 같다. 한국사의 주체적인 발전을 위한 역사 구도 정립을 최우선으로 하여 매진하였으며, 철저한 사료 수집과 비판에 입각한 연구 자세를 견지하였고, 항상 남북 분단 문제의 역사적 원인을 해명하고자 하였다. 지금까지 그에 버금가는 학자를 만나보지는 못했다.

선생이 역사를 대하는 꼿꼿한 자세와 관련하여 기억에 남는 것은 1997년 일본에 방문하기 위해 선생님을 찾아뵈었던 일이다. 그해 7월 어느 날 나는 오래간만에 선생님께 인사를 드리러 송암 서재로 찾아갔다. 일본 도쿄 와세다 대학에서 개최될 아시아민중사 학술심포지엄에 참여를 앞두고 있었다. 일본 방문은 생전 처음이었으므로 기대 반 우려 반의 심정을 가지고 자랑스레 얘기를 나누게 되었던 것 같다. 느닷없이 선생은 자신의 일본 경험을 이야기하기 시작했다. 전에도 대학원 수업시간에 들은 이야기였다. 1984년 안식년으로 유럽에 갈 때, 도쿄 나리타 공항에서 환승할 때도 일본 땅을 밟지 않으려고 비행기 안에 계셨다는 말씀. 그 얘기의 결말은 일본에 가서 너무 흥분하지 말고 그쪽 지식인들을 과신하지 말라는 것이었다. '아차! 이거 뒤통수를 맞고 말았구나!' 이렇게 선생은 가끔 에둘러 호통을 치신다.

그때는 정말 선생은 성년이 되신 뒤 한 번도 일본에 간 경험이 없는 줄 알았다. 나중에 선생님과 둘만의 대화에서 진실을 알게 되었다. 식민 말기 1943년 강원도 통천에서 학생들을 뽑아 일본 방문단을 꾸렸을 때, 강원도 대표로 뽑혀 방문했다는 것이다. 그때 일본의 명승고적과 근대화된 문물을 두루 돌아보았다고 한다. 대한제국 마지막 황태자인 영친왕 사저도 방문했으나 오래 기다렸음에도 사과도 하지 않고 간단한 수인사를 마치고 짧게 끝나버렸다. 어린 마음에 서운한 감정을 가졌다고 한다. 전쟁 말기 일본의 식민지배에 대한 반감과 더불어, 왕조 후예에 대한 안 좋은 추억을 간직하게 되었다는 것이다. 선생은 일찍부터 일제의 식민사학을 비판하고 문헌고증주의 비판과 민족사학의 체계화라는 발상을 갖게 된 배경에는 이런 어린 경험도 자리 잡았음을 확인할 수 있었다.

선생이 평생 동안 추구한 역사 연구에서 빼놓을 수 없는 역작은 역시 《조선후기농업사연구》라고 할 수 있다. 1950년대 말부터 시작하여 50년 이상 양안의 연구에 묻혀 있었다고 해도 과언이 아니다(최초 양안 연구 논문 〈양안의 연구〉 《사학연구》 7 · 8, 1960. 5). 조선후기 양안 연구를 통해 농업생산력의 발전과 지주와 농민의 토지소유와 경영, 그리고 농민층 분해의 역사상을 밝혔다. 이로써 양안의 연구는 조선후기 봉건사회의 해체상을 전개한 자본주의 맹아론의 이론적 토대를 이루었고 내재적 발전론이라는 거시적인 역사 담론으로 풀어냈다. 이후 반제 반봉건 민족운동의 계급적 성격, 나아가 남북 분단의 역사적 원인 규명에까지 나아가게 되었다. 이렇듯 양안 연구는 선생의 역사 연구의 출발점이자 필생의 업적이 되었다.

나는 개인적으로 학부 시절부터 선생의 양안 연구를 흠모하고 있었다. 학부 3학년 때 전공책으로 《한국근대농업사연구》(일조각, 1975)를 처음 구입한 것으로 기억한다. 또한 도서관에서 조선후기 농업사연구 시리즈 책 몇 권을 빌려 잘 몰랐던 한자 원문을 옥편으로 찾아가면서 중요 부분은 줄을 쳐가면서 읽었다. 그런 가운데 대한제국의 지세와 토지제도의 개혁에 관심을 갖게 되었고 석사논문의 주제로 삼은 것도 그 책의 구입에서 비롯되었으리라. 그럼에도 불구하고 스스로 내 연구의 첫 출발점으로 한국역사연구회에서 1894년 농민전쟁 공동연구 시리즈를 시작할 때 첫권에 실렸던 〈19세기말 호남지역 지주제의 발달과 토지문제〉(《1894년 농민전쟁연구(1)》 역사비평사, 1991)를 꼽고 있지만 말이다.

또 하나 선생의 양안 작업과 관련된 일화로는 1994년 선생의 조선후기 농업사연구 증보판을 준비할 때였다(《조선후기농업사연구》 일조각, 1970 ; 《증보판 조선후기농업사연구》〔I〕 지식산업사, 1994). 1994년 두 방학 내내 다른 대학원생과 함께 선생의 양안 데이터 입력에 동원되어 작업하면서 조선후기 양안의 기록양식과 분석방법론에 대해 관심을 갖게 되었다. 당시 선생은 양안의 연구를 보완하면서 종래 전라 · 경상 · 충청의 사례를 비교하려고 했으나 충청도 회인의 양안을 찾을 수 없다면서 대구 조암면 양안으로 대체한 일이 있었다(《역사의 오솔길을 가면서(김용섭 회고록)》 지식산업사, 2011, 166~167쪽). 초기 〈양안의 연구〉에서는 회인현 양안이 경자양전(1720) 이전에 갑술양전(1634)에서 작성된 것으로 보았고, 이에 따라 조선후기 최고(最古) 양안이라고 추정하고 있었던 때였다.

이후 나는 한국역사연구회 토지대장반에서 연구한 광무양전사업 공동연구를 수행하였다. 이어 서울대학교 한국문화연구소 특별연구원으로 있으면서 규장각에 소장된 조선후기 양안을 찾아보기도 하였다. 그때 우연히 국사편찬위원회에 소장된 《전답등별기》라는 자료를 열람하게 되었다. 마침내 그토록 선생이 찾고자 했던 회인현 양안을 재발견한 것이다. 책의 표지에 연필로 쓴 선생의 글씨도 확인할 수 있었다. 지금은 표지에서 지워졌지만 말이다.

2001년 나는 충북 보은군 회인면 소재 어느 여인숙에 숙박하면서 회인현 관련 자료와 등재된 가문의 후손들을 탐문하였다. 그리하여 양안과 족보의 상관성과 양안의 연대측정 등을 새롭게 밝혀낼 수 있었다. 그 결과 회인 양안은 현종년간에 만들어진 것이 아니라 정조년간(1891년)에 작성된 것으로 추정할 수 있었다(〈18세기 후반 양전의 변화와 '時主'의 성격-충청도 懷仁縣 사례를 중심으로-〉《역사와현실》 41, 2001.9 ; 《한국근대 토지제도의 형성과 양안-지주와 농민의 등재기록과 변화》 혜안, 2016, 재수록). 그리하여 선생의 학술적 탐구의 뒷자락을 따라가 조선후기 양안 기록의 변화에 주목하였고, 토지소유자의 권리 강화를 보여주는 것으로 '기주(起主)→시(時)→시주(時主)'라는 토지 소유권의 발전 가설을 세우기도 하였다. 이후 회인 양안은 규장각한국학연구원에서 추진한 조선후기 양안의 재수집과 해제 작업에서도 주목받는 자료이기도 했고, 또한 회인 양안의 해석을 둘러싸고 조선후기 소유권 발달과 관련된 학설사 논쟁의 초점이 되기도 하였다.

이렇게 조선후기 양안 연구는 1960년대 이래 내재적 발전론과 자본주의 맹아론의 가설을 유지해온 실증적 근거로 작동해 왔지만, 1980년대 중반 이후 호적과 양안 연구의 양쪽에서 실증 비판이 이루어졌다. 여기에 식민지근대화론의 입장에서 이론적 비판과 계량적 해석 등이 가해졌다. 이에 따라 양안을 근거로 조선후기 해체상을 구하는 것은 더이상 유효하지 않다는 문제 제기도 있었다.

그럼에도 나는 2020년 연세사학연구회에서 펴낸 《학림》 특집호에 실린 광무양전사업 연구사에서 선생의 양안 연구 의미를 되새겼다(〈광무 양전 · 지계사업 연구사와 토지소유권 논쟁〉《學林》 46, 2020.9.). 앞으로는 조선후기 양안과 내재적 발전론에 대한 본격 비평을 정리해 보려고 한다. 양안의 연구는 선생의 문제의식처럼 토지소유자의 권리뿐만 아니라 경작권자인 작인의 권리 발달이라는 측면에서의 연구가 이루어져야 한다고 생각한다. 이렇게 지주와 작인이라는 수백년간의 길항 · 대립이라는 장기 역사는 조선후기 · 한말 · 일제하를 거쳐 해방 후 토지개혁에 이르는 시기, 그리고 통일의 국면까지도 포함하고 있다. 언젠가 사회경제사의 기초자료로서 양안의 의미를 총체적으로 반성해 보고, 거시적인 역사발전 담론의 근거로서 새롭게 정립할 수 있으리라 기대해 본다.

그동안 선생을 멀리서 지켜봤고, 오랜 정신적인 유대를 가져왔음에도 선생의 유지(遺志)를 제대로 본받지 못하고 있는 제자로서 송구함을 금할 수 없다. 식민사학 비판에 대한 선생의 견결한 자세뿐만 아니라, 한민족 역사를 내재적 발전의 체계화로 보려는 선생의 초지를 항상 명심하지 않으면 안 된다고 다짐해본다. 마지막으로는 송암 선생이 돌아가실 때까지도 남북이 통일되는 그 날을 기원하고 계셨다는 것을 기억할 필요가 있다.

어느덧 우리에게 분단은 100주년으로 다가오고 있다.

러시아에 가봐야 하네

김성보[*]

편하게 국내 자료로 학위논문을 쓰려던 구상은 선생님 말씀 한마디에 무너졌다. 소련 자료도 보지 않고 어떻게 북한 현대사로 박사학위를 받으려 하는가 하는 질책이셨다. 내재적 발전의 시각을 중시하는 선생님이 굳이 러시아에 가서 소련 자료를 보아야 한다고 강조하실 줄은 몰랐다. 곰곰이 생각해 보니 틀린 말씀은 아니었다. 북한의 국가 건설에 미친 소련의 지대한 영향력을 고려할 때, 소련 자료를 전혀 보지 않고 논문을 쓴다면 사물의 반쪽만 보고 전체를 평가하는 오류를 범할 수 있을 터이다.

많은 연구자들이 선생님의 '내재적 발전' 시각을 잘못 이해한다. '내재적 발전'이란 국제사회의 영향력을 무시하고 오직 한민족 자체의 역량으로 한국사가 발전해왔음을 해명하는 일국사적 역사관이라는 오해이다. 사실 나 자신도 그런 편향이 있었다. 소련은 미국만큼이나 한반도의 분단에 책임이 있는 외세였다. 북한은 그런 소련의 외압을 점차 이겨내고 주체의 길로 나아간 나라라는 선입견을 가지고 있었

* 연세대학교 사학과 교수

다. 소련의 영향력보다는 북한의 내적 역량에만 관심이 있었다.

그렇기는 하지만 남한이건 북한이건 이 작은 한반도에서 어찌 국제사회의 영향 없이 홀로 발전해올 수 있었겠나? 국제사회의 변화를 간과했다가는 뒤처지고 나라가 무너짐이 냉정한 역사의 교훈이다. 소련과의 교류 없이 오늘의 북한은 있을 수 없었다. 다만 중요한 점은 미국과 소련의 영향력 속에서 이를 한반도 주민이 어떻게 대응하고 수용하며 자신의 것으로 만들었는가 하는 점이었다. 이를 알기 위해서는 우선 러시아에 가서 소련의 북한 외교자료를 찾아봐야 했다.

러시아어 실력은 형편없고 경제적으로 여유도 없었지만 무턱대고 러시아행을 준비했다. 다행히 모스크바의 동방학연구소로 유학을 간 전현수의 도움을 받아, 1993년 3월에 출국을 했다. 태어난 지 한 달도 안 된 딸과 네 살 아들, 그리고 산후조리에, 시부모를 모셔야 하는 아내를 놔두고 혼자 집을 떠나려니 내가 참 못났구나, 그래도 졸업을 해야 하니 어쩌겠나 스스로를 합리화하며 내 나름의 대장정에 들어갔다.

처음 몇 달은 모스크바의 레닌국립도서관에서 북한 문헌들을 조사하며 보내다가 여름이 다가오며 외무성문서보관소 자료를 볼 수 있게 되었다. 그 많은 자료 더미 속에서 드디어 1946년 북한 토지개혁 과정에 소련 외무성과 국방성이 어떻게 관여했는지를 보여주는 자료를 찾아냈다. 그때 선생님이 내 마음속에 불쑥 나타나셨다. 흐뭇하게 미소를 짓는 모습이셨다.

귀국한 뒤에 본격적으로 선생님의 지도를 받으며 북한의 토지개혁과 농업협동화를 주제로 해서 논문을 쓰기 시작했다. 선생님은 퇴임이 가까워 오자 논문 준비를 하는 제자들을 위해 각자의 논문 주제로 대학원 수업을 진행하셨다. 주진오 선배의 주제인 독립협회 연구, 그리고 백승철 선배를 위해서는 조선후기 상업사 연구로 수업을 하셨고, 과분하게도 북한 현대사를 주제로 한 수업도 개설해 주셨다. 대학원 수업은 너무나도 큰 도움이 되었다. 동유럽의 인민민주주의 사를 원생들과 함께 정리하고 토론하였고, 논문 일부를 발표하여 미리 매를 맞을 수도 있었다.

논문을 쓰며 가장 고민이 되었던 부분은 북한의 역사를 한국사의 거시적인 내재적 발전의 관점에서 정리하면서도 그 과정에서 드러난 문제점들을 어디까지 비판적으로 기술할 것인가 하는 점이었다. 긍정과 비판의 양자 사이에서 갈피를 잡지 못하는 어리석은 제자에게 선생님은 이번에도 딱 한마디로 정리해 주셨다. "정부는 비판해도 인민을 비판하지는 말게". 이 말씀은 나한테 평생 북한 현대사 연구의 지침이 되었다.

선생님의 강의와 논저를 접하며, 그 복잡한 사안들을 어찌 그리 냉철히 간결하게 정리하시는지 언제나 감탄하고는 한다. 내 박사논문은 선생님의 한마디 말씀으로 시작해서 다른 한마디 말씀으로 끝을 맺었다. 그저 감사할 따름이다.

엄격하고 단정하시기만 하던 선생님은 여러 번 눈물을 보이셨다. 그토록 아끼던 제자이자 동료 교수였던 연세대 사학과의 김준석 · 방기중 선생이 암으로 투병하다 세상을 먼저 떠날 때 서글피 통곡하던 모습이 지금도 눈앞에 어른거린다. 선생님은 소리 내어 울기보다 그저 조용히 눈시울을 적시는 경우가 더 많으셨다. 북녘 고향에 두고 온 형제들이 그리울 때 유난히 그러셨다. 고구려 · 발해 유적 답사를 하면서 잠시 두만강 기슭에서 휴식을 취할 때, 그때도 선생님은 북녘 땅을 바라보며 하염없이 상념에 젖으셨다. 그런 속마음을 제자들은 미처 헤아리지 못했었다.

이제는 어느 정도 선생님의 마음을 알 것 같다. 인민을 비판하지는 말라는 말씀은 단지 역사의 주체로서 추상화된 인민을 말함이 아니라 이 땅 위의 민초들, 휴전선이 그어져 만날 수 없게 된 고향의 이웃, 친척 한 사람 한 사람임을.

2020년 설날 연휴에 선생님은 위당 정인보 선생의 사진을 크게 뽑아 가져오라고 하셨다. 매사에 기억이 흐릿해지면서 그분의 얼굴조차 잊어버릴까 염려된다고 하시면서 당부하셨다. 그 사진을 전달한 일이 선생님께 제자로서 한 마지막 일이 될 줄 미처 몰랐다. 코로나19 때문에 병원에 계시는 선생님을 오랫동안 면회하지 못해 많은 분이 가슴 아파하고 있던 차에, 그만 당신은 세상을 홀연히 떠나셨다.

선생님 앞에만 서면, 선생님만 생각하면 나는 언제나 초라하기만 하다. 그렇지만 선생님과 함께할 수 있었고 지금도 동행하고 있어 든든하다.

선생님을 그리워하며

도현철[*]

학교에 도보로 출근하는 길은 서대문구 남가좌2동 집에서 연희동을 거쳐 연세대 서문을 지나 외솔관으로 가는 길이다. 가끔은 김용섭 선생님이 외솔관을 나와 서문으로 향하던 뒷모습을 떠올린다. 명절이나 휴일에도 변함없이 매일 아침 일찍 정해진 시간에 출근하고 저녁 무렵 퇴근하시는 모습에서 하루하루의 일정을 마치고 차곡차곡 쌓아 학문적 성과를 거두는 모습이 연상된다. 나는 언제부터인가 매일 학교에 나오며 선생님을 흉내 내고 있는 나 자신을 발견한다.

1.

내가 선생님을 처음 뵌 것은 1982년 3월 사학과 진입한 때로 생각된다. 1981년 3월 연세대학교 문과대학 역사 · 철학 계열로 입학한 나는 2학년이 되자 사학과로 진로를 결정하고 사학과의 일원이 되었

* 연세대학교 사학과 교수

는데, 사학과 학생회 주최로 학생회관 4층 무악극장에서 진입식을 했고 사학과 재직 선생님들이 참석하였을 때였다. 그때 선생님은 명성이 갖는 큰 체구의 풍채 좋은 모습이 아닌 작은 키의 근엄한 인상을 주었다. 선생님께서 하신 말씀을 기억은 안 나는데 웃음을 잊지 않으시려고 하셨던 것 같다.

선생님을 직접 뵌 것은 1982년 2학년 2학기 사학과 정기 답사 때였다. 사학과에서는 매 학기 고적 답사를 갔는데, 그해 김용섭 선생님의 지도 아래 전라도 지역에 가기로 결정되었다. 그런데 답사는 사학과 3학년만 가는 것으로 정한 바 있었는데, 2학년들이 같이 가자는데 의견을 모으고, 2학년 학생 몇몇이 선생님 연구실을 찾아갔을 때 나도 끼었다. 그때 선생님은 여러 이유를 들어 3학년만 가는 것을 말씀하셨다. 하지만 답사 출발 당일에 2학년 가운데 나와 김정현, 장윤재는 차에 올랐다. 차가 학교 문을 나서는 순간 선생님이 아시게 되었는데, 긴장감이 흘렀던 기억이 있다. 2학년은 모두 내리게 하라는 말이 나올 수 있었던 상황이었는데, 이렇게 된 거 그냥 가자고 하신 것으로 기억된다. 이때 전라도 지역을 두루 답사하며, 사학과의 분위기와 선후배 특히 같이 간 근대사 전공 대학원생과 많은 이야기를 나누며 사학과 답사의 맛을 느꼈다.

1985년에 대학원에 진학하고 1987년 2학기에 사학과 조교장이 되었다. 그해 10월의 사학과 고적 답사의 지도교수는 김용섭 선생님이었고, 전라남북도가 답사 지역이 되었다. 조교장으로 85학번 학생들과 함께 답사를 준비하는데, 이미 1982년에 선생님과 같이 이 지역의 답사 경험이 있었다고 말씀드리니 미소를 머금으신 기억이 난다. 가장 인상 깊은 것은 김제의 벽골제 위에서 선생님이 독일의 사학자 칼 A.비트포겔(Karl A. Wittfogel)이 동양 사회가 국가적 치수 사업을 행하게 되어 전제(專制) 왕권과 관료제가 발달하여 동양 사회가 정체되었다는 동양적 전제주의(Oriental despotism)를 말씀하시면서 이를 비판하셨던 점이다. 우리나라의 곡창 평야 지대인 전라북도의 넓은 들에서 유럽의 밭농사와 중국, 한국의 논농사를 비교하면서 유럽의 정체성론을 비판하신 것은 35년이 지난 지금에도 새롭다.

1985년 3월에 대학원 사학과 지도교수인 이종영 선생님이 국학연구원 원장이 되시고 나는 국학연구원의 조교와 《동방학지》 편집원(1990.3.~1995.2.)이 되어, 선생님과 자주 만날 기회를 가졌다. 선생님께서는 이종영 선생님을 통하여 《동방학지》에 자주 투고하도록 하셨고, 《동방학지》 교정 편집원인 나는 선생님의 투고된 교정지를 들고 연구실에 자주 찾아뵈었다. 교정 작업을 하면서 대학자의 학문 연구, 그리고 그 성과물로 나온 최종 글을 정리하여 하나의 논문과 한 권의 책을 만드는 것이 얼마나 지난한 과정인지를 알게 되었다. 한 번은 중앙도서관 5층 국학연구원에서 선생님의 전화를 받았다. 목소리에 노기가 느껴졌다. “여보세요?” “나 김용섭이야.” “네 선생님.” “올라오게” 하여, 연구실로 올라가니 교정을 잘못 보았다는 질책이셨다. 교정의 일은 계속되었고 오히려 늘어났다. 비록 직접 지도받는 학생은 아니었지만 선생님 글을 직접 교정하는 것에 대한 뿌듯함을 느꼈다. 이 무렵 선생님은 예전에 쓰신 책을 증보하는 작업을 하셨는데, 그 일의 교정을 맡기셨다. 1989년 10월 간행의 《증보 조선후기농업사연구》〔Ⅱ〕, 1992년 1월의 《한국근현대농업사연구》, 1995년 10월의 《증보 조선후기 농업사연구》〔Ⅰ〕, 2000년 3월의 《한국중세농업사연구》의 교정을 맡았다. 선생님의 저작집 가운데 4권을 교정본 셈이다. 선생님을 종종 뵙고 교정 작업을 하면서 선생님의 학문 세계와 연구자로서의 자세를 조금이나마 이해할 수 있었고, 학문하는 학자의 자세를 마음으로 느낄 수 있었다. 시간이 지나고 나니 후학, 제자를 길러내는 본보기를 사표로서 보여주신 것이라는 생각이 들었다. 어느 때는 선생님과 택시를 타고 종로에 있던 일조각에 들러 2층에서 마지막 최종 교정을 보고, 일조각의 최재유 전무와 세 사람이 근처에 있던 이문(里門) 설농탕에서 맛있게 식사하던 기억이 난다.

나는 1991년 12월에 대학원 사학과 입학시험을 보았는데, 한국근대사 시험 문제가 내가 교정을 본 책에서 나왔다. 선생님의 출제 의도는 알 수 없지만 교정자를 위한 배려라고 생각했다. 4번 떨어지고 5번째만에 합격하였다. 당시에는 사학과 박사과정에 배정된 정원이 한두 명이라 경쟁이 심했는데 용케 합격하였다.

1989년 1월에 결혼을 하게 되고 아내와 같이 인사하러 갔다. 연세대 대학원 철학과 박사과정이었던 아내가 독일 철학자 헤겔을 박사논문 주제로 한다는 말에 1950년에는 헤겔을 논문 주제로 쓴다면 이상하게 보았다는 말씀을 하시면서 격려하여 주었다. 찾아뵌 지 얼마 뒤 부르셔서 찾아뵈니 축의금 봉투를 건네주셨다. 지도 학생도 아닌데 교정 일을 시키는 것에 대한 마음의 표현이라고 생각했다. 30년이 지난 지금까지도 친필로 쓰신 봉투를 소중히 간직하는 이유

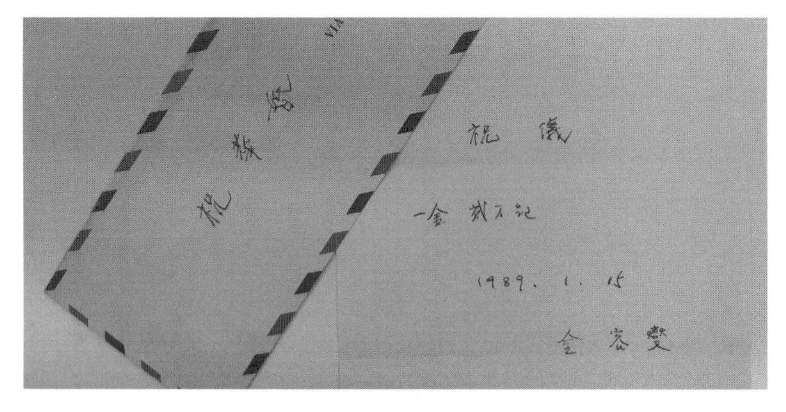

김용섭 선생님이 건네주신 축의금 봉투

는 선생님께서 미혹한 제자에게 보여주신 따뜻한 배려를 평생 간직하고 싶기 때문이다.

선생님은 1996년 5월에 정년퇴직에 앞서 그 전해부터 쓰신 논문 지역의 현장 답사를 계획하셨다. 경상북도의 의성 지역에 이어 충청남도 부여군 임천면과 논산시 연산면 지역을 답사하고자 하셨다. 김준석 선생님이 김용섭 선생님의 답사 계획을 말씀하시고 동행하자고 하였다. 김준석 선생님이 안내하고 선생님과 사모님, 대학원생 김옥수가 참여하였다. 나는 1990년부터 대전에 있는 목원대학에서 시간강사를 하였는데, 그날 강의를 마치고 대전 근처의 논산 지역을 안내하기로 하였다. 김준석 선생님의 말씀을 듣고, 목원대 학생 중에 차가 있는 학생에게 부탁하여 돈암서원과 김장생 묘의 지리를 미리 익혔다. 오후 무렵 논산시 연산면의 돈암 서원에서 선생님을 만나기로 하여 서원을 둘러보고 서원에서 얼마 떨어지지 않은 김장생 묘를 안내했다, 선생님은 절을 두 번 하시고 김준석 선생님과 나, 김옥수에

돈암서원에서 – 왼쪽부터 김옥수, 김준석, 김용섭, 도현철

게 차례로 절을 하도록 하였다. 광산 김씨의 선조이자 조선시대 대학자에 대한 예의를 표시한 것으로 이해했다. 이어 근처에 있는 연산 향교와 고향 연산면 관동리 집을 둘러보았다. 꽃이 흩날리는 날에 집 앞의 텃밭 의자에서 따뜻한 차를 마시던 선생님의 모습이 생생하다. 그때 조모가 서울에서 교수님이 오신다는 말씀을 듣고 단정히 하시고 선생님을 맞이하던 기억이 새롭다. 그날 저녁 대전에서 차상철 선생님을 비롯한 동문들과 저녁을 함께 하고 그 다음날 서울로 올라왔다.

1997년 2월에 이색과 정도전 사상 비교 연구로 박사학위를 받았다. 고려에서 조선으로의 왕조 교체를 둘러싸고 왕조를 유지하려는 대표자인 이색과 새로이 왕조를 개창하려는 대표자인 정도전의 사상을 비교한 연구였다. 이에 대하여 선생님은 기왕에는 이색과 정도전을 개별적으로 보아 이색은 절의, 정도전은 개혁을 상징하였는데, 이 두 사람을 비교해 놓고 보니 왕조교체기의 또 다른 역사상이 제시되었다고 말씀하셨다. 은연 중에 개혁에 의해 조선왕조 건국의 역사적 의미를 보여주는 글로 평가하신 것으로 생각하였다.

이때 선생님은 논문 작성 과정에서 기왕의 연구를 들추어서 틀렸다고 직접적으로 지적하기보다는 담담하게 자신의 주장만 하면 된다고 하셨다. 자기 글을 쓰다 보면 똑같은 주제가 다른 논문과 차별화되고 자연스럽게 논지가 드러난다는 말씀이셨다. 학자의 글쓰기는 간접적인 방법으로 주장을 드러내는 것으로 생각하게 되었다. 1998년 무렵 동료의 석사논문이 모 대학 정치외교학과의 박사학위 논문에 20쪽 정도 그대로 전제된 것이 알려졌다. 지금처럼 표절에 대한 기준과 검증에 엄격하지 않았지만, 선생님은 학자로서 기본 도의에 어긋나는 일로 생각하셨다. 이에 이를 시정하기 위하여 원래의 석사학위 논문을 전문학술지에 그대로 수록함으로써 박사학위 논문에 표절된 내용이 있었음을 알리는 방법을 택하셨다. 비록 이 방법이 실현되지는 않았지만, 이 역시 학자의 주장은 간접적으로 드러내는 것임을 보여주는 것이라고 하겠다.

2.

나는 2001년 3월에 연세대학교 사학과 교수로 부임하였다. 그 다음해 5월에 김준석 선생님이 돌아가셨다. 영결식이 진행되고 조사(弔辭)를 내가 맡았는데, 영결식 당일에 조사를 들으신 선생님이 수고했다고 하셨다. 선생님이 공들여 키워 내신 덕에 좋은 학자로 성장한 애제자의 죽음을 누구보다도 안타까워하셨고, 제자의 학문이 올바르게 평가받기를 원하셨던 것 같다. 선생님이 어떤 대목에서 인상이 깊었을까 생각해 보았다. 조사에서 김준석 선생님은 "연세대학교의 건학 정신을 기독교라는 울타리 안에서 민족교육, 국학 연구로 파악하시고, 연희 학문의 지도자들이 근대세계의 인식 논리와 학문 방법을 통해서 조선후기 이래의 실학과 그 전통을 재발견하여 당대 한국의 장래를 모색하는 학문 전통을 세우려고 했던 점을 염두에 두었다는 부분과, 박사 학위 논문이 조선후기 사회변동에 대응하는 보수개량과 진보 개혁의 논리를 밝혀, 조선후기 실학사상의 역사적 성격을 분명히 제시하였고, 개항 이후 식민지와 분단에 이르는 한국근현대사의 역사적 흐름을 정치사상사적 관점에서 명쾌히 조망할 수 있는 방법론적 · 인식론적 틀을 세웠다"라는 부분에 대한 평가에 동의하신 것으로 생각하였다. 또한 김준석 선생님이 조선시기 전 역사를, 연세 사학 · 연세 국학의 정신과 방법론을 근거로 일관되게 볼 수 있는 방법과 방향을, 곧 한국사학계의 연구성과를 연세의 조선시대사 연구 속으로 어떻게 하면 온전히 소화하여 재해석할 것인가 하는 문제를 궁구하셨다고 하였다. 선생님은 이 점에도 공감하는 바가 있었을 것으로 생각하였다. 이 조사는 김준석 선생님의 박사 학위 논문의 지도를 받았던 동기인 정호훈 선생의 도움을 받아 작성하였다.

되돌아보니 나는 대학원 수업 시간에 한백겸의 기전론(箕田論)을 발표하였는데, 서론에서 계통을 달리하는 대농(大農)과 소농(小農) 중심의 경제사를 사상사에서도 성리학과 실학이라는 두 갈래로 이해할 수 있다고 발표하였다. 선생님이 그 내용을 다음 주 대학원 시간에 언급하시며 그렇게 볼 수 있다고 하시며 여러 대학원생에게 상기시킨 것도 생각난다.

연세대 사학과의 학부와 대학원의 석 박사과정 그리고 사학과 교수가 되어서 선생님을 뵐 기회가 종종 있었다. 1991년에 선생님이 중앙문화대상 학술상을 수상하셨을 때 참석하였는데, 심사위원장인 박용구 선생이 심사 선정 사유를 말하는 가운데 수상자는 농민들을 따뜻한 눈으로 바라보면서 농촌 농민에 관한 연구를 하셨다는 내용이었다. 며칠 후 뵈었을 때 그 이야기를 말씀드렸더니 생각에 잠기셨다. 농부인 할아버지와 대목장인인 아버지가 어려운 사람을 보면 그냥 지나치지 않는다는 말씀을 들었는데, 역사가는 그런 조그마한 것에 신경 쓰지 말고 한국 역사를 거시적인 안목에서 보아야 한다고 하셨다.

2014년 8월 말에 나는 국학연구원장의 발령을 받고 선생님을 찾았다. 학교 당국에서 한국학 전통 연구의 활성화를 위하여 문과대 원로 교수와 학장님의 추천으로 선배 교수가 있지만, 젊은 나이에 원장이 되었다고 말씀드렸다. 선생님은 근간의 국학연구원 사정을 알고 계셨고 "당당하게 소신껏 해라, 미안해할 것 없다"는 말씀이 계셨다. 큰 힘이 되었다. 대학원 학생으로 조교 때부터 보아왔던 이종영 원장님의 분투와 역대 원장님을 업적을 상기하면서 해야 할 일을 정리하고 실행하고자 하였다.

2017년 11월 무렵에 사학과의 김성보, 최윤오 교수와 연남동 선생님 연구실을 방문하였을 때, 환담이 오고 가다가, 갑자기 나를 보시면서 "자네가 쓴 《삼국유사》에 대하여 서문을 읽고 본문을 읽지 않았다"는 말씀을 하셨다. 이 글의 서문에서 "괴력난신이나 비합리적인 서술을 경계하는 유학의 역사관이나, 조선의 독자성을 강조하는 단군 인식과 기자를 존중하면서 사대 외교를 지향하는 조선의 외교 정책 사이에는 모순되는 측면이 있기 때문에, 《삼국유사》의 간행은 이례적이라는 내용이었다"라는 내용이 있었는데 선생님은 마땅하지 않으셨던 것이다. 아마 선생님은 조선 건국의 주체들이 《삼국유사》를 간행한 것은 단군으로 상징되는 조선 역사의 유구성과 독자성을 강조하는 문제의식 있기를 원하셨던 것으로 생각되었다. 논문의 본문에는 태조 3년에 개국공신 심효생 등 조선 건국 주체들이 역사의식을 가지고 《삼국유사》를 간행했다고 하였다. 한국 고대사를 전공하는 한 학자는 나에게 조선초기 《삼국유사》 간행에 개국공신이 간행한 사실을 흥미롭게 읽었다는 말을 하기도 하였다. 선생님이 6 · 25전쟁의 역사적 배경을 농업사에 찾는 연구를 진행하였다면, 그 무렵에는 한국 문화의 연원이 되는 요하 문명, 단군 조선 등 고대국가의 형성 등에 관심을 가지셨고, 연로하시고 기운이 떨어지면서도 후배 교수 · 제자와 함께 중국 만주 지역을 여러 차례 답사하셨다. 그런 점에서 볼 때 내가 쓴 논문의 서문에서 《삼국유사》를 조선초기에 간행한 사실을 한국 역사의 시원과 문명의 관점에서 거시적인 안목으로 서술하기를 원하셨다고 생각되었다. 여말선초 사상사 연구자로서 자부함이 많았던 나로서는 다시 한번 나의 연구를 되돌아볼 기회를 가졌다.

선생님은 나의 여말선초 사상사 연구와 관련해서 크게 두 가지를 반복하여 말씀하셨다. 하나는 한국 역사를 두 계통의 흐름으로 이해를 하되, 두 흐름의 절충(折衷), 극적인 타협을 중시하였던 것으로 보인다. 그런 점에서 고려말의 현실 대응의 두 입장이 조선 건국 후에 어떻게 조정되고 합치되는가를 설명하기를 원하셨다. 또 하나는 한국 중세 사상사 연구에서 주자학에 빠지지 말라는 것이었다. 주자 개인은 뛰어난 학자일지라도 주자학이 이데올로기가 되어 조선의 지배 체제를 유지하는 이데올로기로 변화한 사실을 절대 잊지 말 것을 누누이 강조하셨다. 이 점은 항상 새기며 잊지 않으려 하고 있다

이제 선생님을 뵙지는 못하지만 그분의 학문과 연구자로서의 삶은 나에게 고스란히 녹아있다. 매일 학교 연구실에 나가고 한국 역사를 거시적인 문제의식으로 보려는 것이 그런 점이다. 선생님의 역사 연구의 문제의식과 연구 방법과 연구자, 교육자로서의 선생님의 자취를 연상하며 역사학 연구자로서의 삶은 어떠하여야 하는지 늘 생각하게 한다.

조선시기 사상사 연구와 송암 선생님의 가르침

정호훈*

아담한 방이었다. 정면에는 머리가 허연 노인이, 오른쪽 벽 앞으로는 송암 선생님이 앉아 계셨다. 노인께 큰절을 올리고 논문을 드렸다. 선생님께서 이번에 석사를 졸업한 사람이라고 노인께 소개하셨다. 그러고는 잠에서 깨어났다. 꿈이었다. 〈백호(白湖) 윤휴(尹鑴)의 경학사상(經學思想)과 정치사회개혁론〉으로 석사 논문을 쓰고 난 뒤 얼마 지나지 않은 때였다. 꿈에 백호 선생을 만난 것이다. 긴 시간 걸려 우여곡절 끝에 논문을 마무리했기에 나 스스로 기쁨이 엄청났던 모양이다. 꿈에 논문의 주인공을 만나다니. 백호 선생과 김용섭 선생님이 앉아 계시던 그 장면은 지금도 생생하다.

석사학위 논문의 주제로 윤휴의 사상을 정리하겠다고 결심한 시점은 석사 2학기 마치고 나서였다. 그 학기 수업 주제가 '17-18세기 사회변동과 정치사상계의 대응책'이었다. 양란 이후 조선이 당면했던 여러 문제를 '국가(國家) 재조(再造)'의 차원에서 다룬 수업 내용은 당시로는 생경하기 그지없었고 충격의 연속이었다. 어려움 또한

* 서울대학교 규장각한국학연구원 HK교수

말로 할 수 없을 정도였다. 수업 중간에 '백호 윤휴의 학문과 사상'을 주제로 팀을 짜 발표를 하면서 윤휴의 존재를 알았지만 그의 사상은 이빨도 들어가지 않을 정도로 어려웠다. 언감생심 나로서는 도전하기 어려운 장벽이었다. 그럼에도 기말 보고서를 제출한 뒤, 선생님께 백호 윤휴의 사상을 주제로 논문을 작성하고 이어 조선후기 사상사로 계속 공부하겠다고 말씀드렸다. 대학원에 진학하면서 가졌던 계획을 바꾼 셈이었다. 선생님은 크게 놀라워하셨다.

본래는 사회경제사를 하겠다는 마음으로 대학원에 들어왔었다. 사회경제사를 전공으로 하시는 분이 지도교수로 계시거니와 토대 연구야말로 역사 연구의 본령이라는 생각을 했었기 때문이었다. 이것은 이전의 분잡했던 삶의 방식을 정리하고 대학원 진학을 뒤늦게 결심하면서 스스로 세운 명분이었다. 대학원 면접 시험 후 연구실을 찾아뵌 자리에서도 선생님께 사회경제사를 공부하겠다고 말씀 드렸었다. 1989년 2월, 설 며칠 지나서였다. 좁디좁은 연구실에서 손수 커피를 타주셨던 선생님은 환한 안색으로 그렇다면 신분제 연구를 하면 좋겠다고 제안하셨다(커피를 타주시던 모습은 그때 처음 접했지만, 선생님은 연구실을 찾아오는 제자 누구에게나 그러셨고, 퇴직 후에도 연남동 연구실로 찾아뵈면 그렇게 커피를 타 주셨다). 신분제 속에서 농민의 변화를 엮어서 살피면 좋은 연구를 하게 될 거라는 말씀이셨다. 선생님은 주제 영역을 정해 주는 게 걸리셨는지 아니면 선생님 지도 방식이 그렇다는 점을 말씀하시기 위해서였는지 모르겠지만, 민두기 교수는 제자들의 전공을 적절히 안배해서 서로 충돌이 일어나지 않도록 한다는 말씀을 하셨다. 그때는 민두기 교수와 선생님이 어떤 관계인지 전혀 모른 상태였다. 나중에 민두기 교수의 《중국근대사연구》 머리말에서 '송암(松巖) 선생'을 언급하는 모습을 보고 두 분이 매우 친하다는 사실을 알았다.

뒤늦게 공부하겠다고 마음 내어 찾아온 사람이 사회경제사를 전공하겠다고 하므로 선생님께서는 매우 반가우셨던 모양이다. 알고 보니 그 무렵 선생님 밑에서 공부하는 제자 중에 조선후기 신분제를 전공하는 사람은 없었다. 내심 누군가 이 주제를 밝혀주기를 바라던 차에 '사회경제사를 하겠습니다.' 하는 학생이 나타난 것이다. 선생님은 이 당시 방기중 선생에게 이것저것 챙겨보라고 말씀하셨던 모양이다. 방기중 선생은 어린 후배에게 신촌 로타리 근처 다방에서 대학원 생활에 필요한 조언을 해주기도 했다. 그러던 사람이 사상사로 전공을 바꾸겠다고 하니 선생님은 실망 반 걱정 반이셨다. '사상사가 얼마나 어려운데. 공부를 제대로 하지도 않은 사람이…', 그런 표정 끝에 중국과 일본의 사상사를 두루 섭렵하여 익히고 이들 지역에서의 사상의 흐름에 대해 자신의 견해를 세울 때까지 실력을 쌓으라고 일러 주셨다.

서울대 문리대 시절 겪었던 윤휴에 얽힌 일화도 말씀해 주셨다. 한우근 교수가 강의 시간에 윤휴를 거론하면서 윤휴가 남긴 자료가 발견되어야 윤휴의 진면목을 알 수 있다고 하시자, 수업을 듣던 학생이 일어나 '우리 집에 그 자료가 많이 있습니다.'라고 해서 학과의 여러 선생님과 함께 칠곡으로 찾아갔었다는 말씀, 한우근 교수가 연구한 내용을 발표하는데 발표장 가득 머리 허연 노인들이 찾아와 엄숙한 표정으로 경청했다는 말씀 등등이었다. 수업 중에 일어났던 그 학생은 윤휴의 후손으로, 경북대학교 고고인류학과 교수로 퇴직한 윤용진 교수이다. 석사 졸업 후 이분을 몇 번 뵌 적이 있는데, 윤용진 교수님은 김용섭 선생님이 칠곡에 찾아간 사실도 기억하고 계셨다.

윤휴 사상으로 공부해야겠다고 마음 먹은 건 주희와는 다른 견지에서 경서를 해석하고 주자학자들과는 다른 방식으로 국가를 경영하고자 했던 그 모습에 매료되어서였다. 실상 대학원에서 공부하기 전에는 조선의 사상과 문화에 대해서는 지식도 얕았거니와 주자학은 봉건의 사상, 타도해야 할 사상이라는 엄청난 선입견, 편견을 가지고 있었다. 사상사를 주 전공으로 하고 싶은 마음은 전혀 없었다. 그런데 17~18세기 조선 사회의 변화를 다룬 수업을 듣는 한 학기 동안 이 생각이 완전히 바뀌었다.

양란 후, 조선 최대의 과제가 국가를 '재조'하는 일이었고, 이를 둘러싸고 조선의 정치사상계가 주자학과 반주자학 진영으로 나뉘어 격렬하게 대립했다는 수업의 내용은 충격 그 자체였다. 주자학 진영은 지주제를 기반으로 부세제도 이정(釐整)의 방식으로 국가 위기를 수습하고자 했고 반주자학 진영에서는 토지제도의 개혁에 기초하여 조선을 완전히 새로운 국가로 만들고자 했다는 사실, 주자학자들은 그들 나름으로 주자학 연구에 매진했고 이를 비판하는 사람들은 또 주희의 경서 해석을 넘어서는 성과를 만들어내었다는 사실을 이 수업을 통해 익혔다. 조선후기 '실학'이 이러한 과정과 경로 위에서 형성되었다는 점 또한 배웠다. 조선 사회가 근대로 오는 과정에서 다양한 형태의 국가 사상을 배태하고 또 실현하려고 했던 움직임 또한 이 시기의 정치 · 사상 전통과 연관이 있다는 점 또한 조망할 수 있었다.

학부 시절 이런저런 책을 읽고 많은 사상을 접했지만, 이렇게 놀란 적은 없었다. 특히 주자학자들의 열띤 노력 반대편의 움직임, 주희와는 다른 방식으로 경서를 해석하고 이를 토대로 새로운 정치사상을 이끌어 낸 윤휴의 행동은 가히 혁명적이었고 창의적이었기에 엄청난 흥분을 안겨 주었다. 신세계가 따로 없었다. 능력은 따져보지도 않은 채, 윤휴의 경학 연구, 그 연구로부터 만들어내는 정치사상의 실체를 밝혀보자는 생각에 사로잡혔다. 몇몇 선행 연구를 확인해 본 결과로는 얼마든지 새로운 이야기를 펼칠 수 있다는 자신감도 생겼다.

선생님은 한 주제를 적어도 10년은 검토해야 좋은 논문을 쓸 수 있다고, 수업 시간이든 개별 만남에서든, 늘 말씀하셨다. 석사 논문의 주제를 박사 논문으로도 확장하고 심화시켜야 제대로 된 연구가 가능하다는 게 지론이셨다. 박사과정에서도 선생님은 윤휴를 주제로 논문을 완성하라고 말씀하셨다. '백호 윤휴의 정치사상 연구'가 선생님이 정해 주신 주제였다. 나 스스로도 그렇게 해야 한다고 생각했다. 석사 논문은 윤휴의 그 방대한 사유 세계를 겨우 문을 열고 맛본 정도일 뿐이었다.

하지만 박사 논문은 그렇게 진행하지 못했다. 여건이 바뀌었기 때문이다. 학위 논문은 김준석 교수의 지도로 윤휴가 활동하던 시기를 전후한 사상계의 움직임을 정리하여 작성했다. 김준석 교수님은 연구의 폭을 더 넓혀서 논문을 쓰기를 기대하셨다. 〈17세기 북인계 남인학자의 정치사상〉은 그 성과물이다.

선생님 생전에 '백호 윤휴의 정치사상 연구'를 마무리해야겠다는 계획을 오랜 시간 가지고 있었다. 규장각에 취직하고 정서적으로 안정을 찾으면서 이 마음은 더 굳어졌다. 여러 연구 과제와 일거리를 맡아 시간을 보내면서도 이 결심을 내려 놓지는 않았다. 그렇지만 그 구상은 결국 이루지 못했다. 윤휴의 학문과 사상을 주제로 여러 편의 논문을 작성하고 이를 확장하여 연구서로 완결하려고도 했지만 미진한 점이 너무 많았다.

선생님 돌아가시기 전, 윤휴의 생애와 사상을 정리하는 3년 기한의 과제를 시작하며 이 일이 끝나면 선생님을 뵐 수 있겠구나 생각했다. 이제 그 다짐은 묘소를 찾아 뵙고 보고해야 할 미래의 일이 돼버렸다. 과제를 완료하면 비로소 30년 전 선생님께 약속했던 숙제를 끝내게 될 것이다.

선생님이 세우신 조선후기사의 학술 체계 속에서 사상사를 공부할 수 있게 된 사실은 엄청난 도전이자 행운이었다. 그 세계 속에서 자란 또 다른 스승과 동료, 후배를 만날 수 있었음도 복된 일이었다. 사상과 학술의 시대성, 역사성을 신분과 계급의 구조와 연관하여 살피는 방법을 익혔고, 조선의 역사에서 정치사상이 기능하는 구조와 성격을 이해할 수 있는 안목을 길렀으며, 한국의 중세가 근대로 이행하는 과정에서 행해졌던 주요한 움직임이 '국가'의 문제로 귀착된다는 점을 확인했다. 남은 연구년 동안, 선생님의 가르침을 보완하고 확장하며 조선의 정치사상사를 알차게 이해하고 체계화한 성과를 내려고 마음먹고 있다.

선생님이 퇴직하신 뒤, 1년에 한두 번 찾아뵐 때마다 이야기 주제, 말씀하시는 방식은 한결같았다. 우리 역사 이야기 외 다른 신변 이야기는 거의 들어보지 못했다. 당신의 선친 이야기, 학창 시절 이야기, 스승 손보기 교수님의 가르침에 대해서도 간혹 말씀하셨지만, 늘 역사학자로서의 의식은 일관했다. 묶으면 한 권의 연구서가 될 수 있도록 체계를 잡아두고, 한 편, 한 편 글을 작성하라는 말씀도 자주 하셨다. 유념하면서도 그렇게 하지 못한 미련함을 절감한다. 긴장하며 날을 세워 선생님을 뵙던 시간이 그립다.

김용섭 선생님을 추모하며

윤덕영*

저와 김용섭 선생님과의 인연은 학부 2학년 때, 선생님이 저의 학생 지도교수를 맡으면서부터입니다. 그렇지만 학부 때는 열심히 공부하지도, 열심히 운동하지도 않을 때라, 선생님과 인연이 별로 없었고, 영향도 크게 받지 않았습니다. 대학원에 진학해서 한국현대사를 전공하고 나름 열심히 공부하면서 선생님의 영향을 받기 시작했지만, 80년대 사회 분위기 속에서 제 생각과 활동은 학문적 틀을 벗어나 부유하고 있었습니다.

우여곡절 끝에 석사를 마치지 못하고 군대에 갔다 왔는데, 방위를 마치는 기간 중인 1989년 상반기, 김 선생님 대학원 수업에서 한국현대사 수업을 하셨습니다. 방위 말년이라 시간도 되고, 석사논문을 써야 하는 입장이라 선생님께 청강을 허락받아 수업에 참여했습니다. 수업을 통해서, 또한 제 발제에 대한 선생님의 엄정한 교시를 통해서 그동안 운동으로서 한국현대사를 바라보던 입장에 대해 다시 생각하는 계기가 되었습니다. 학문연구자로서 사료에 대한 접근 및

* 국사편찬위원회 편사연구관

엄밀성, 연구방법론과 연구자세, 역사적 상황에 대한 평가의 객관성 등등 많은 것을 다시 바로잡는 계기가 되었습니다.

제가 석사논문을 쓰던 1989년에서 1990년에는 해방전후사의 연구 열풍이 불던 시기였습니다. 저는 처음에는 해방 전후 지역운동사로 석사논문을 쓰려는 구상을 하였습니다. 해방5년사의 기본적 흐름이 정리되었다고 보고, 더 구체적인 역사현장을 탐구해야 하겠다는 문제의식의 발로이기도 했습니다.

1989년 2학기 복학 후 얼마 지나, 선생님께 해방 전후 지역운동사로 구상한 석사논문 계획서를 가져갔습니다. 그때 선생님께서는 지역의 운동사도 중요하지만, 그를 위해서는 먼저 전체적인 운동사의 흐름과 내용이 거시적으로 파악되어야 한다. 해방 직후 운동사 연구가 붐을 이루고 있지만, 학문적 엄밀성과 객관성을 가진 거시적 연구는 찾아보기 어렵고, 이념적이고 정치적 입장만 표출되고 있다. 역사학 분야에서는 보다 차분하게 실증에 근거해서 거시적 차원에서 당시의 운동사를 정리할 필요가 있다. 이 부분이 먼저 되어야 한다고 말씀하셨습니다. 선생님의 말씀을 들으면서 준비해 간 논문계획서가 좌절되었다는 실망보다는 내심으로는 잘되었다는 생각이 들었습니다. 사실 지역사를 준비하면서도, 중앙의 운동사가 아직 제대로 정리되어 있지 않다는 생각을 많이 하면서 갈등하고 있었기 때문입니다. 어찌 보면 제가 그동안 공부하던 해방 직후 사회운동사 연구의 학문적 심화를 말씀하신 것이기 때문에 그 필요성을 저도 공감하고 있었다고 할 수 있습니다.

바로 해방 직후 사회주의 세력의 이념과 운동에 연구 주제를 두고 당시의 관련 사료를 찾아서 두루 보기 시작했습니다. 당시에는 국립중앙도서관이나 종로도서관 등에서 해방 직후 신문과 잡지들을 아무 제한 없이 열람 · 복사할 수 있던 시절이라 한참을 다녔던 기억이 납니다. 사료정리가 대충 되자 그해 말쯤 1945년~1946년 시기 사회주의세력의 노선과 활동을 전체적으로 정리하는 논문계획서를 작성해 선생님을 찾아뵈었습니다. 선생님은 주제를 잘 잡았다고 하시면서도, 사회주의 운동사를 연구할 때 가져야 할 학문적 객관성과 엄밀성 등에 대해 많은 주의와 당부를 하셨습니다.

당시 빨리 졸업하겠다는 생각에서 다음 학기에 바로 석사논문을 제출했지만, 선생님께서는 더 보충하고 다듬어야 한다면서 한 학기 더할 것을 말씀하셨습니다. 그 결과로 그다음 학기에 〈8.15직후 사회주의 세력의 국가건설운동에 관한 연구〉로 석사학위논문을 받게 되었습니다. 그 직전 학과 내 여러 선생님과 학생들 앞에서 석사논문 통과하기 전에 하던 발표회 때, 선생님께서 말씀하시기를 한 한기만에 그렇게 논문을 써 올 줄을 몰랐다면서, 잘 쓰기는 했는데 가다듬을 것이 많아 한 학기 더 쓰게 했다고 말씀하였습니다. 그리고 사회주의 운동사라는 주제에 대한 다른 선생님의 문제 제기에는 적극 방어해 주셨습니다. 한 학기를 더한 결과 많은 것을 고치고 다듬을 수 있었고, 나중에 석사논문의 내용을 3편 정도로 나누어 학술지 등에 발표할 수 있게 되었습니다.

1989년에서 90년은 제가 김 선생님의 지도 아래 한국근현대사 연구자로서 뒤늦게 재탄생하는 기간이었습니다. 80년대는 연구와 운동의 경계가 모호하고, 이념과 정치가 과잉되던 격동기 시절이었습니다. 저는 대학원에 들어왔음에도 연구자로의 훈련과 학문적 방법론을 충분히 정립하지 못한 채, 또한 한국 근현대사 전공에 대한 전문성을 갖지 못한 채, 사회과학 사상과 이론, 세계운동사와 정치사 등의 관심과 탐구에 머물러 있었고, 실증적 근거 없이 섣부르게 한국 근현대 운동사, 사상사에 접근하고 있었습니다. 석사논문을 쓰는 과정을 통해 저는 비로소 한국 근현대 연구자로서 정립할 수 있게 되었고, 한국

근현대 정치사상사를 보는 연구자로서의 안목을 어느 정도나마 가지게 되었습니다. 김 선생님의 지도 덕분이라 할 수 있습니다.

현실 소련사회주의가 붕괴하면서 사회주의 연구주제에 대한 심각한 고뇌를 하게 되고, 그 와중에 국사편찬위원회에 들어가게 되면서 학문연구에 상당한 지체기간이 있게 되었습니다. 때문에 기대하셨던 선생님께 실망을 안겨드렸습니다. 이 점은 항상 아쉽고 반성되는 점이기도 합니다. 후에 연구주제도 바뀌고 뒤늦게 대학원 박사과정을 마쳤지만, 여전히 미흡한 제자임을 느끼게 됩니다. 나중에 선생님께서는 국편에 잘 들어갔다고 말씀해주셨지만, 국편을 핑계로 열심히 연구하지 않은 사실은 두고두고 죄송할 따름입니다. 항상 연구에 전념하시던 선생님의 모습을 떠올릴 때면 연구자의 길과 삶의 태도를 다시금 생각하게 됩니다.

부족한 제자가 선생님을 회상하며.

두 번의 답사

이경란*

첫 번째 답사-1987년 가을

1986년 가을 학기에 석사과정에 들어온 나의 3학기째였다. 나는 1985학번들의 전라도 답사에 인솔 교수인 김용섭 선생님의 조교로 합류했다. 혹시나 하고 찾아본 사학과 홈페이지에 가지런히 정리된 각 해의 답사보고서 속에 1987년 가을의 전라도 답사 보고서는 없었다. 몇 번의 이사를 하는 동안 정리를 해두지 않은 탓에 당시의 사진도 없어 자세한 일정이나 내용을 정리하기는 어렵다. 하지만 김 선생님의 옆자리에 앉아서 보낸 이 답사는 내가 연구자로서 살아가는데 큰 이정표가 된 시간이었다.

전라도 답사 코스 자체가 큰 배움의 자리였지만, 이 답사에서 가장 기억에 남는 건 버스 안의 분위기였다. 답사 기간 내내 맨 앞자리 양측에 선생님과 내가 한 자리씩 차지하고 앉았다. 그 앞 보조 좌석에는 안내를 위해 최용찬(현 아주대 교수)이 앉았다. 답사 내내 최용

* 공동육아와공동체교육, 교육연구원 부원장

찬은 길 안내를 하며 기사님을 돕는 동시에 그 수려한 목소리로 노래를 불렀다. 어찌나 노래가 좋던지. 김 선생님과 나는 바로 뒤에서 그 노래를 즐겼다. 차 안에서 김 선생님께서 고개를 번쩍 돌리면서 '저 친구 누구야?' 하는 순간이 있었다. 군산 초입이었다. 늘 가던 구마모토 농장에 다가가기 전, 뒤쪽 자리가 어수선하더니 설혜심(현 연세대 교수)이 마이크를 들었다. 뭐 하는 거지? 설혜심은 '오송회 사건'을 이야기하기 시작했다. 1982년 군산제일고 전,현직 교사 9명을 경찰이 이적단체 조직과 간첩행위 등으로 구속한 사건이었다. 그 사건의 내용과 그것이 조작된 사건이었음을 분명하게 정리해 주었다. 앞만 보고 가시던 선생님께서 고개를 돌려 어떻게 그런 걸 알게 되었냐고 물으시면서 기뻐하셨다. 그는 군산 출신이었고, 그날 숙소에 부모님께서도 방문하셔서 선생님과 인사를 나누기도 했다. 그 순간부터 선생님께서는 답사에 참여한 85학번들을 매우 흐뭇하게 보셨던 것 같다. 얼굴이 피었다고나 할까? 한말과 일제하에 머물 뻔했던 전북지역의 역사가 현재와 연결되었다. 또 그 이야기를 학생의 목소리로 듣는 즐거움이 컸던 것 같다. 그 답사 버스의 뒷자리는 늘 무언가 홍성거리는 분위기였다. 박종린(현 한남대 교수)을 비롯한 몇몇은 뒷자리에서 사회구성에 관한 토론을 하면서 밤의 술자리까지 그 이야기를 이어가기도 했다.

전북을 떠나 전남 쪽으로 이동하던 늦은 오후, 나는 선생님께 일제하 지주제로 논문을 쓰면 어떻겠냐고 조심스럽게 여쭸다. 선생님은 날 쳐다보면서 지주제의 의미를 다시 이야기하시면서 논문주제로 좋겠다고 하셨다. 그 무렵 나는 농민운동사와 수리조합이라는 두 주제를 놓고 고민하고 있었다. 석사과정에 들어온 후 최원규 선배(당시 박사과정/전 부산대 교수)를 중심으로 일제하 연구모임이 구성되었고, 당시 일본에서 논의되던 지역사나 인민투쟁사 등을 공부하고, 일제

시기 연구들을 검토하면서, 각자 연구하고 싶은 주제들을 꺼내고 생각해보는 시간을 가졌다. 이 모임은 지역사연구로 방향을 잡고, 지역자료를 수집하기로 했다. 인연이 닿아 익산에 사시는 나의 작은 어머니 소개로 전북농지개량조합을 방문했고, 그곳에 방치되어 있던 자료를 정리해주면서 복사 수집할 수 있었다. 우리나라 최초의 옥구서부수리조합부터 일본인 지주들이 만든 대규모의 익옥수리조합, 태평양전쟁기 수리조합의 통폐합과 해방후까지 내부 운영자료들이 고스란히 남아 있었다. 이 자료를 수집하고 정리하면서 이 자료를 어떻게 활용할 것인지, 전북지역 지역사 연구를 어떻게 분담할지 논의하였다. 학부 때부터 농민운동사에 관심을 갖던 나는 지역사와 인민투쟁사를 공부하면서 지역의 농민운동을 연구하고 싶다는 마음도 있었다. 하지만 팀 내에서 농민운동사를 하겠다는 사람이 있어, 나는 수리조합과 지주제로 관심을 전환하기 시작할 무렵이었다. 김 선생님과 전라북도를 돌아보는 답사의 시간 동안 수리조합자료를 활용해서 전북의 지주제를 연구하는 것이 갖는 의미를 마음으로 받아들일 수 있었다. 왜 지주제를 연구하고 왜 사회경제사를 연구해야 하는지 갈피가 잡혔다.

그 후 전북농지개량조합의 원자료를 정리하면서 석사논문으로 '일제하 옥구 익산지역 수리조합과 농장지주제'를 제출했다. 논문심사 때가 생각난다. 김용섭 선생님은 내 논문에 대해 '수채화 같다'라는 평을 하셨다. 이 평에 대해 주변 동료들의 해석은 분분했다. '수채화 좋잖아?'에서부터 '선명한 유화를 기대했는데 뭔가 밋밋한 글이 나왔다'는 해석까지. 나는 그 말을 들으면서 내 글이 그 시대와 주제를 선명하게 설명하지 못하고 있구나 하는 생각을 했다. 당시 부심이시던 하현강 선생님께서는 이런 사례연구가 참 좋다고 칭찬해주셨다. 하 선생님의 말씀에 위로를 받았지만, 수채화 같다는 평은 어떻게 주제를 접근하고 어떤 문제의식을 선명하게 드러낼 것인지 유념해야 한다는 평생 질문이 되었다. 이제는 나라는 사람의 글쓰기와 문제의식과 생각법이 어떠한지 그래도 파악하고 있다. 여전히 나는 유화는 잘 못 그린다. 하지만 전체를 조망하며 그리는 건 비교적 잘하는 것 같다. 아마 아직도 수채화를 그리는가 보다. 역시 선생님이 사람을 파악하는 눈은 예리했다.

두번째 답사-1996년 가을

김용섭 선생님께서 퇴임을 앞두고 박사과정생들과 답사를 가자고 제안하셨다. 진주로. 11월초 백승철, 최윤오, 왕현종, 김용흠, 정호훈, 이상의, 구만옥, 이재윤, 원재린, 그리고 내가 답사에 참가했다. 현지에서 경상대의 김준형 교수, 장상환 교수가 합류해서 안내를 맡아주셨다. 진주 일대를 돌아다닌 그 모든 일정을 세세하게 기억하지

1996년 박사과정 진주답사 남명 조식의 산천재에서

못한다. 나는 다섯 살, 두 살의 두 아이를 놔두고 '공식적'인 답사에 참여한다는 즐거움에 들떠있었다. 비슷한 처지인 이상의와 나는 답사를 간다는 것만으로 너무 좋았다. 그런 기분 상태로 출발한 진주 답사는 즐거웠고, 또 지식인은 어떻게 살아야 하는가를 이야기하시는 선생님을 내 기억에 남겼다. 덕천강변에서 진주농민항쟁의 터를 보며 본격적인 답사를 시작했다. 거기에는 '우리 고장의 역사와 문화를 바르게 배우고 가르칠려는 교사들의 모임'이 세운 "1862. 2. 6. 농민항쟁을 결의하기 위하여 이틀 동안 농민회의가 열렸던 곳"이란 나무팻말이 있었다. 그 주변에 장이 섰었다는 이야기, 경남에서 동학농민항쟁은 어떻게 진행되었는지로 이야기는 이어졌다. 진주성과 진주시내 중앙시장, 남명 조식 선생의 자리를 따라간 남명선생 묘소, 덕천서원, 산천재와 함께 가을이 짙어지는 아름답던 지리산의 대원사계곡과 유평의 가랑잎국민학교까지. 특히 나는 이 답사를 남명답사로 기억한다. 덕천서원과 산천재를 돌아보며 퇴계 이황과 남명 조식의 서신 교류, 당색이 달라도 서로 교류했던 사람들을 이야기할 때 김선생님은 어딘가 아련하면서도 가슴이 들끓는 듯이 보였다. 남명은 의와 경을 높이고 실천궁행을 강조하며 제자를 길러냈고, 그 제자들은 왜란 때 의병에 뛰어들었다. 세상을 바꾸고 싶으나 약한 몸 때문에 선뜻 앞장서서 나서지 못하는 자신이 재야에서 제자들을 가르치는데 전력을 쏟았던 남명의 모습에 투사되지는 않았을까? 그래서 진주로, 남명을 만나는 자리를 대학의 마지막 답사로 잡으신 건 아닐까?

나는 그때 대학자 김용섭의 내면을 엿본 듯했다. 그동안 궁금했었다. 선생님은 실학적 사고에서 왜 퇴계를 중시할까? 율곡이 더 실천적이지 않았을까? 그런 궁금증에 대한 나름의 답을 이 답사에서 발견한 듯했다. 퇴계의 사유법을 통해 사회와 생각의 근본을 뒤집을 때 사회의 진정한 변화를 이룰 수 있다고 인식하면서, 세상을 바꾸고 변화시키는 실천을 놓지 않기 위해서 남명을 가슴에 담았던 것을 아닐까. 선생님께서 조선 후기와 한말과 일제하 농업의 구조변동과 개혁론을 연구하는 것, 사랑스러운 눈빛으로 다산을 이야기할 때, 왜 토지개혁론이 중요한지 강조할 때, 그것이 어떤 마음에서 비롯되는지 조금이나마 느껴졌다.

2011년 국학연구원 HK연구교수로 있으면서 〈사회인문학의 시각으로 본 잡지〉 국제학술대회의 실무를 맡고, 글까지 써야 했을 때가 있었다. 나는 '1950~70년대 역사학계와 잡지-역사연구의 사회적 소통을 중심으로-'라는 글을 발표했다. 사상계와 청맥과 창비의 역사연구를 주제로 삼아 역사연구자들이 자신의 역사연구를 통해 사회개혁의 담론을 만들어가는 과정을 살펴보았다. 한국사연구회의 등장과 창비를 통한 '내재적 발전론'의 사회담론화과정 속에 김용섭 선생님이 계셨다. 역사담론이 사회화되는 과정은 학술지에 연구성과를 발표하는 것만으로 되지 않았음을. 연구를 많이 이들이 읽을 수 있도록 가공해서 잡지로 보내고, 사람들과 함께 공동의 목소리를 만드는 조직을 만들어 발언하는 실천을 하고 계셨다. 그리고 평생을 함께 할 동료들과 공동의 목소리를 냈다. 그 당시 나는 내 생각의 뿌리를 탐사한다는 생각이 컸다. 그 속에는 김용섭 강만길 정창렬 등 내가 사랑했던 선생님들이 갖고 있던 뜨거운 마음과 치열한 연구와 실천이 있었다. 그래 나는 이런 분들에게 배웠구나. 지금 나는 이분들이 가졌던 사고체계 그대로 가지고 살지는 않는다. 그렇더라도 여전히 이분들이 보여주신 열정과 자신을 세우려는 노력을 안고 살고 싶다.

가끔 선생님께서 하셨던 말씀이 생각난다.

"젊을 때 영화를 많이 봤어. 이 장면과 저 장면을 자연스럽게 연결하려면 어떻게 해야 할까 고민했거든. 영화에서 장면들을 이어가는 것을 배울 수 있었지." 사료와 사료를 연결하고, 사건과 사건의 맥락을 찾아 연결하기. 어느샌가 나도 그렇게 세상을 보는 게 당연하다고 말한다.

"요새는 아침에 잠에서 깨면 누운 채로 조금씩 몸을 움직이며 운동을 하고 일어나." 그때는 그냥 그렇게 운동하시나 보다 생각했다. 하지만 이제는 그 말을 온몸으로 이해한다. 나도 그런 나이가 되었다.

대원사 계곡의 미소

이상의*

1.

정년을 앞두신 선생님의 마지막 학기 수업에서는 진주지역 답사를 계획하였다. 진주는 선생님께서 1956년 〈哲宗朝 民亂發生에 對한 試考〉(《歷史敎育》 1)라는 논문을 쓰신 배경 지역이 된 곳이다. 1996년 10월 말일, 선생님의 박사과정 제자들인 백승철, 최윤오, 김용흠, 왕현종, 정호훈, 이상의, 이경란, 구만옥, 원재린, 이재윤 10명의 일행이 차량 3대로 출발하였다. 멀미가 심하신 선생님은 비행기 편으로 이동해 합류하셨다.

진주에 도착하자 경상대학교 경제학과의 장상환 선생, 역사교육과의 김준형 선생 등이 선생님을 뵙고자 일행을 기다리고 있었다. 그분들은 답사 과정 내내 일행의 여정을 살뜰히 보살펴 주셨다. 그 중에도 김준형 선생은 덕천강 일대의 농민항쟁지와 수몰을 앞둔 유계춘 생가를 비롯한 농민항쟁의 흔적을 안내하면서 상세히 설명해

* 인천대학교 기초교육원 초빙교수

주셨다.

진주 일대를 답사한 일행은 지리산 자락을 굽이굽이 돌아 산청의 대원사 계곡으로 들어갔다. 늦가을 지리산의 투명한 단풍과 계곡 바위의 기막힌 조화에 다들 넋을 놓고 있는데, 선생님이 갑자기 계곡으로 내려가셨다. 그리고는 물에 손을 담그셨다. 아, 물이 차네. 그렇게 환하게 웃으시는 모습은 처음 뵈었다. 평소 움직임이 적은 분이라 다들 여느 때와 다른 선생님의 모습에 놀랐다. 폐교가 된 가랑잎초등학교의 맞은 편 숙소에서 저녁을 마친 후 별 구경 가자는 제자들의 제안에도 선뜻 나선 선생님은 '아, 참 좋네'라는 짧은 말씀으로 감동을 전하시면서 늦도록 대화에 함께하셨다. 춥지 않으냐는 말씀에, '모처럼 답사를 와서 추운 줄도 모르겠어요'라고 말씀드리자 '아, 젊네'하고 받아주셨다.

남명 조식이 말년에 학문을 하던 山天齋와 그를 기리는 德川書院도 답사지에 포함되었다. 산천재에 들렀을 때 선생님은 남명의 사상과 서부경남 지역의 정서에 대한 말씀을 길게 하셨다. 개혁을 생각하는 학자에 대해 설명하시는 선생님의 목소리에는 힘이 들어가 있었고, 허리는 더 꼿꼿해 보였다.

2박 3일의 짧은 답사를 마치고 선생님은 그해 12월 〈哲宗朝의 民亂發生과 그 指向-晋州民亂 按覈文件의 分析〉(《東方學志》 94)이라는 논문을 발표하셨다. 1956년에 쓰신 논문을 40년만에 개고하면서 답사를 다녀오신 것이다.

그 학기 선생님의 수업은 1981년 이래 유인물처럼 복사되어 제자들 사이에 귀중본으로 간직되던 〈土地制度의 史的 推移〉로 진행되었다. 수업 시작에 앞서 북쪽에 있는 역사학자 허종호의 저서 《조선토지제도 발달사》(백산자료원, 1995)가 영인되어 나왔다고 말씀드리자 그 책을 구해 오라고 하시고, 그 앞부분을 발제하라고 하셨다. 몇 주에 걸쳐 농업공동체에 대해 강독하듯 꼼꼼하게 점검하고 코멘트를 하셨다. 내용보다 깊은 인상을 남긴 것은 당신과 같은 학자로서 허종호를 인정하고 오랜 친분이 있는 사람처럼 그를 만나고 싶어 하시는 것이었다. 나중에 듣기로는, 2002년 서울에서 진행된 남북역사학자 회담에서 결국은 그를 만났고 원하던 학담을 나누셨다고 한다. 그렇게 시작된 수업의 내용은 《한국중세농업사연구》(지식산업사, 2000)에 다시 정리하여 발표하셨다. 아, 선생님은 다 계획이 있으셨구나.

1996년 11월 2일 대원사 계곡 옆 가랑잎초등학교 교정의 답사 일행. 앞줄 왼쪽부터 구만옥, 이재윤, 원재린, 이상의, 뒷줄 왼쪽부터 최윤오, 왕현종, 김준형, 장상환, 김용섭, 백승철, 이경란, 정호훈

2.

1989년 석사과정 1학기 수업의 주제는 '조선 봉건왕조의 국가재조 문제와 실학'이었다. 선생님의 수업에는 기라성 같은 선배들과 외부에서 청강하러 오시는 선생님들도 함께 있었다. 학기별로 팀을 나누어 이수일, 박평식, 정호훈, 이상의 4명에게 맡겨진 발제 주제는 반계 유형원의 개혁론이었다. 2년여 민족문화추진회에 다니면서 한문 공부를 해 온 터라 《磻溪隨錄》을 직접 읽고 발제하자는 팀의 당돌한 발의에 동의했지만, 욕심을 채우기 위해서는 이후 한 달간 극도로 긴장된 시간을 보내야 했다. 하늘색 줄이 쳐진 사학과의 발제 용지에 내용을 채우고 다시 쓰고 하면서 완성한 발제문을 배에 힘을 주면서 목소리 높여 읽어갈 때, 한 줄 읽으면 선생님께서 코멘트를 하시고 또 한 문단 읽으면 선생님께서 코멘트를 해주셨다. 첫 발제가 다행히 불통은 아니었다. 그때의 기억으로 이후 논문을 쓰고 나면 혼자 소리 내어 읽으면서 교정하는 습관이 생겼다. 선생님이 듣고 계신다면 어떻게 코멘트를 하실까 하는 생각으로.

하늘이 노랗다는 말이 실감 났다. 선생님이 여제자들이 결혼하는 걸 싫어하신다는 소문을 들은 바 있었다. 그래도 당당히 가서 말씀드리고 싶었다. 축하한다는 말씀은 기대하기 어렵겠지만, 내심 기뻐해주시리라 생각했다. 남편이 될 사람과 함께 청첩장을 전해드렸다. 남편에게 축하인사를 건네주셨다. 그런데 내게 들린 다음 말씀은 예상한 걱정의 수준이 아니었다. "자네는 이제 공부는 다 했네. 좋은 남편 만난 것으로 만족하게." 짧고 냉담한 말씀에 갑자기 앞이 캄캄해졌다. 드릴 말씀도 준비했는데 입 밖으로 나오질 않았다. "열심히 하겠습니다"라는 판에 박힌 말씀만 남기고 연구실을 나왔다. 나의 지도교수가 어떻게 내게 그런 말씀을 하실 수가 있어. 절망감에 다리에 힘이 빠져 백양로 긴 길을 걷는 내내 허공을 헤매는 듯 아무 감각도 없었다.

선생님의 예상대로 결혼 후 논문을 쓰기까지 한동안 시간이 필요했다. 노동력 이동에 관심이 있던 필자가 만주지역으로의 조선인 이주정책 초고를 작성해 선생님을 뵈었을 때 선생님은 몹시 노하셨다. "자네가 왜 일본을 대변하나, 자네가 왜 일본의 정책을 쓰나." '선생님, 정책사 연구도 의미가 있을 겁니다' 속으로만 되뇌이다 결국은 논문을 완전히 새로 쓰게 되었다. 노동력 이동의 범주도 국내로 바꾸었다. 그렇게 시작한 일제하 노동사에 대한 연구를 박사학위 논문으로 제출했을 때, 선생님은 '노동력 동원 체제'라는 표현에 흡족해 하셨다. 문제의식이 흐려지지 않도록 경계하는 자세를 선생님께 배우고, 그로 말미암아 지금도 어려운 방법으로 꾸준히 글을 쓰고 있다. 선생님의 단련 방식 덕분인지, 한 번도 포기할 생각 없이 연구자의 삶을 이어오고 있으니, 아, 선생님은 다 계획이 있으셨구나.

3.

선생님은 질문을 자주 하셨다. 다른 이들의 말씀을 진지하게 들으셨고, 당신과 다른 분야를 전공하고 있는 이들의 말씀에도 관심이 많으셨다. 하지만 선생님은 말씀하기를 더 좋아하셨다. 말씀의 줄기는 동서고금을 아우르며 장황하게 펼쳐졌지만, 반드시 원점으로 돌아와 문제 제기에 대한 답을 찾으셨다. 당신이 다시 역사 공부를 하면 중국사나 한국 고대사를 하고 싶다고, 넓게 보고 구조적으로 사고

하라고 수시로 말씀하셨다.

선생님의 연구에 자극받은 많은 이들은 사회경제사 연구를 진행했고, 그들 대부분은 농업사 관련 연구를 진행하여 의미있는 성과를 내었다. 대학원에서도 농업사는 늘 화두가 되는 데 비해 노동사 연구에 대한 고민은 아직 널리 공유되지 않았다. 함께 세미나를 하고 관련 지역을 답사할 때면, 노동문제에 관심이 있어 함께 문제의식을 나눌 사람이 있으면 좋겠다는 바람이 컸다. 언제부터인가 머리 속이 복잡해지면 선생님을 찾아뵙고 말씀드렸다. 선생님은 학문의 과정에서 고민 보따리를 안고 가는 제자를 언제든 반기고 여러 말씀을 전해주셨다. 슬쩍 돌려서 말씀드리면 고민의 내용을 먼저 짐작해 주시기도 했다. 선생님의 말씀을 듣고 있노라면 어느새 얽힌 실타래가 술술 풀려 나가면서 상황이 일목요연해지고 마음이 후련해졌다.

선생님을 곁에서 보필한 사람도 있고, 뵙지는 못한 채 글로만 배운 사람도 있을 것이다. 선생님께 학문을 배우고, 생각이 얽힐 때면 찾아가 여쭈어보고, 가끔은 덕이네 설렁탕에서, 풀향기에서 선생님을 모시고 점심을 하면서 일상적인 자세에 대한 가르침까지 받을 수 있었으니, 내가 얻은 행운이 참으로 크다.

사시사철 중 여름을 제외하고는, 비 내리는 날이면 여름에도 켜져 있던 선생님 연구실의 곤로 모양의 난로에서 비치던 주홍색 불빛. 그 따스함으로 선생님은 지금도 격려해 주고 계신다. 그래, 그렇게 고민해 봐. 그렇게 해결책을 찾아봐. 아, 이제 나만의 계획이 필요하구나.

1981년 김용섭 교수님의 교양 한국사 회고

이은희*

저는 삼엄했던 1981년 김용섭 교수님의 '교양 한국사' 수업이 가장 먼저 떠오릅니다. 당시 문과대학교 1학년은 계열별로 입학했고, 2학기 때 한국사 수업이 개설되었습니다. 당시 교수님께서는 국·중문, 그리고 영·독·불문 계열 1학년 학생의 한국사 수업을 맡으셨고, 김준석 선생님이 역사·철학, 도서관·사회학·심리학 계열을 가르치셨습니다. 역사·철학 계열이면서 같은 동아리 친구였던 저와 이인숙, 정양균 3명은 강제 배정된 김준석 선생님 수업 대신 임의로 수강 변경을 하여 김용섭 교수님의 수업을 들었습니다. 강의는 성암관 1층 대형강의실에서 열렸습니다.

첫 시간, 교수님께서는 마르신 체구로 특유의 카랑카랑한 목소리로 시대구분에 대해 말씀하셨습니다. 한참 강의를 하시다가 갑자기 교실이 떠나갈 정도로 커다랗게 한 사람을 꾸짖기 시작하셨습니다. 녹음하지 말라고. 당시 조교는 백승철 선생님이었습니다. 백승철 선생님은 강의실 뒤쪽에서 부랴부랴 내려와 그 사람을 교실 밖으로 내

* 가천대학교 강사

보냈습니다. 사복경찰이 교수님 수업에 들어와 수업을 녹음하고 있었던 것입니다. 교수님은 교양강의까지 감시당하고 있었습니다. 이 수업은 함께 수강했던 친구 가운데 한 명인 정양균이 갑자기 군대에 끌려가서 더 기억에 남습니다. 그해 11월 25일 교내시위 중에 백양로에서 현장 검거되어 곧바로 강제 징집되었기 때문입니다.

2010년쯤 교수님께서는 그 당시 정보기관에서 교수님을 계속 사찰했고, 정기적으로 면담까지 했다고 회고하셨습니다. 캠퍼스 곳곳마다 사복경찰이 앉아 있던 그 엄혹한 시절, 교수님께서 얼마나 큰 압박 속에서 연구하셨을지 지금도 그때를 생각하면 가슴이 아립니다. 어려운 시절 후학들의 사표가 되어주신 교수님께 깊이 감사드립니다.

자넨 뭐 하는 녀석인가?

박종린[*]

1.

가물가물하지만 1990년 1학기 때 선생님께서는 '사적 해제'란 과목을 새롭게 개설하셨다. 나도 학부 때 듣지 못했던 강의였는데, 사학사를 중심으로 주요 사료를 직접 보여주시는 방법으로 진행되었다. 선생님의 조교를 맡고 있었던 나는 수업 전에 항상 강의에 필요한 자료나 책을 선생님께 받아서 챙겼고, 강의가 마무리되면 인문관 110호에서 수강생들에게 실물을 보여주고 간단한 설명을 하곤 했다.

그 학기 '사적 해제'의 기말고사 시간은 9시였다. 신촌 지하철역에 내린 나는 인문관까지 부지런히 발걸음을 재촉하였고, 한참 걸어 인문관 4층에 도착한 시각은 8시 55분. 그런데 선생님께서는 연구실 문 앞에 나와 계셨다. 인사를 드리는데, 내 머리 위로 "자넨 뭐 하는 녀석인가?, 지금 몇 시야?, 시험지는?"이라는 선생님의 호통 소리가 쏟아졌다. 학부 때부터 한 번도 들은 적 없던 선생님의 호통 소리에

* 한남대학교 역사교육과 교수

당황한 나는 "8시 55분입니다. 시험지는 합동연구실 제 자리에 두었습니다."라고 얼떨결에 대답하였다.

그리고 시험지를 챙기기 위해 후다닥 합동연구실로 뛰어 갔다. 합동연구실에서 나왔을 때, 이미 연구실 문 앞에 선생님 모습은 보이지 않았다. 나는 급히 기말고사 장소인 인문관 3층으로 내려갔고, 선생님께선 칠판에 시험 문제를 직접 판서하고 계셨다. 나를 보신 선생님께서는 시험이 마무리되면 답안지를 정리해서 연구실로 오라는 말씀을 남기시고 바로 나가셨다.

시험 감독을 하던 50분은 너무도 느리게 흘러 마치 시간이 정지된 느낌이었다. 또한 감독하는 내내 별별 생각들이 내 머리를 스쳤다. 특히 '이젠 대학원 생활을 마무리해야 하는 것은 아닐까?'라는 걱정과 '늦게 온 것도 아닌데 왜 호통을 치신 것일까?'라는 원망이 교차하였다.

시험 감독을 마치고 걱정스러운 마음에 몇몇 선배에게 그 일을 이야기하자, 대학원 생활을 마무리해야 할 것 같다는 반응이 주류였다. 그런 반응에 더욱 불안해진 나는 답안지를 정리해서 선생님 연구실로 향했다. 선생님께서는 나를 보시곤 "백승철, 정호훈 군이랑 같이 다시 오게."라는 딱 한 말씀만 하셨다. 연구실에서 나오면서, 선배들을 불러오라는 선생님의 말씀에 마음은 더욱 불안하였다.

두 선배와 함께 선생님 연구실로 간 나는 제일 뒤쪽에 머리를 푹 숙이고 앉았다. 그때 선생님께서는 우리 셋에게 기말고사 세 문제를 각각 채점하라고 말씀하셨다. 그리고 두 선배를 향해 내가 학부 때부터 지금까지 잘해왔는데 오늘 기말고사 감독에 늦었다며, "집이 멀면 시험 감독을 위해 학교 근처 여관에서 자고 일찍 와야지."라고 말씀하셨다. 뒤에서 긴장하고 있던 나는 안도감과 함께 갑작스럽게 터져 나오는 웃음을 참느라 입을 막았다.

2.

선생님과의 첫 만남은 1987년 1학기 한국근대사 수업이었다. 요일은 정확하지 않지만 수업시간은 무려 '0.1교시'와 '1교시'였다. 그것도 그 해는 서머 타임이 실시되고 있었다. 인문관 110호의 지정 좌석, 첫 줄 오른쪽 끝이 내 자리였다. 자의 반, 타의 반으로 강의실보다 실외의 곳곳에서 3학년의 삶을 보내고 있었던 뜨거웠던 87년, 그래도 선생님 수업은 가능하면 빠지지 않으려 노력하였다.

그 학기에 선생님께서는 기말 과제로 주제보고서를 내주셨다. 난 평안도 농민전쟁으로 주제를 정했고, 정신없는 가운데 짬짬이 보고서를 작성하였다. 그 과정에서 지금도 기억나는 것은 홍희유라는 연구자와의 만남이었다. 일본 연구논문에 인용된 그의 논지에 호감을 느꼈던 나는 한국인인 줄 알았던 그의 저작을 도서관에서 도저히 구할 수 없었다. 고민 끝에 조선후기를 전공하던 대학원 선배에게 사정을 이야기했는데, 다행히 그 선배는 홍희유가 북의 연구자라는 사실과 함께 자신이 가지고 있던 《1811~1812년 평안도 농민전쟁과 그 성격》의 복사본을 빌려주었다.

이후 대학원에 진학했을 때, 선생님께서는 가끔 술 냄새 풍기면서도 지정 좌석에 앉아서 졸기도 했던 나의 모습과 내가 제출했던 평안도 농민전쟁에 대한 보고서, 그리고 2학기 답사를 준비하던 나의 모습에 대해, 즉 87년 나에 대한 당신의 기억을 말씀하시곤 하셨다.

3.

2학년 때까지 나의 활동 중심은 교외의 연합 서클이었다. 그러다가 2학년 말 우리 학번이 학생회를 맡으면서 동기들의 권유로 학생회 활동을 병행하게 되었다. 당시 '대중화'의 열기 속에서 우리는 기존 학회를 한국사연구반, 동양사연구반, 서양사연구반 등과 같이 다소 촌스러운 이름으로 개편하였다. 그리고 나는 그 가운데 '한국사연구반'의 장을 맡았다.

한국사연구반을 맡은 뒤 가장 큰 문제는 답사였다. 우리는 답사를 대중화의 계기로 삼기로 하고, 한국사연구반에서 준비를 담당하기로 하였다. 그런데 나는 1, 2학년 때 한 번도 답사에 참여하지 않은 학생이었다. 지금은 어떤지 모르겠지만, 당시 답사는 차량 1대에 지도교수 1명과 3학년 가운데 신청자가 참여하는 방식이었다. 거기에 지도교수 전공의 대학원생 일부와 좌석이 허락하는 3학년 이외 학생 가운데 신청자가 참여하였다.

대중화를 위한 첫 번째 작업은 답사 형식의 변화에 대한 건의였다. 나는 3학년이 아닌 희망하는 모든 학생이 참여할 수 있도록 답사 형식을 변경하자는 건의서를 작성해서 학과장이셨던 박영재 선생님께 제출하였다. 이후 이 건으로 학과 교수회의가 열렸다. 그러나 결론은 차량이 늘어나면 위험 부담도 배가된다는 이유로 답사는 기존처럼 진행한다는 것이었다. 이 일과 처음 하는 답사라는 중압감으로 말미암아 하현강 선생님과 함께했던 87년 1학기 경상도 답사는 내겐 무척이나 힘들었던 기억으로 남아 있다.

선생님과의 본격적인 만남은 1987년 2학기 답사가 계기가 되었다. 2학기 답사는 갑오농민전쟁과 조선후기 실학파, 식민지 지주제와 민족해방운동이 주제였던 전라도 답사였다. 1학기 답사 준비를 했던 경험으로 말미암아 2학기 답사를 훨씬 수월하게 준비한 나는 몇 가지 아이디어를 제시하였다. 내가 좋아했던 김남주 시인의 시를 갑오농민전쟁과 조선후기 실학파와 관련된 유적지로 가는 길에 낭송하는 것과 정읍에서 해방춤을 추는 것이 그것이었다.

학교를 출발한 우리는 마포나루와 옛 강경 포구를 보고 군산의 옛 구마모토 농장과 발산초등학교 등을 답사하였다. 그리고 백산과 정읍 등 전북의 갑오농민전쟁 관련 유적지를 보고, 조선후기 실학파와 관련하여 강진의 다산초당 등을 답사하였다. 마지막 날엔 광주에서 광주학생운동 관련 유적을 보고 귀경하는 3박 4일의 일정이었다.

정읍의 갑오동학혁명기념탑으로 가는 도중에 목소리 좋은 복학생 선배에게 김남주 시인의《나의 칼 나의 피》에 수록된 시 〈황토현에 부치는 노래〉의 낭송을 부탁하였다. 기념탑 앞에 내린 우리들 모두는 함께 해방춤을 신명나게 추었다. 강진의 다산초당 가는 길에선 〈茶山이여 茶山이여〉를 낭송하여 분위기를 돋우었다.

답사를 마치고 귀경하는 날 일정은 광주학생운동과 관련하여 광주일고에 있는 광주학생독립기념탑을 답사하는 것이었다. 아침 일찍 나는 기사분께 광주일고가 아닌 망월동으로 코스를 변경했다고 말씀을 드렸다. 그러자 전체 일정을 숙지하고 있었던 기사분은 어리둥절하셨다. 나는 그렇게 하시면 된다는 말만 되풀이하였다.

아침 식사를 마치고, 버스는 망월동으로 향하였다. 그러자 좌측 첫 번째 좌석에 앉아 계셨던 선생님께서 통로 건너편 우측 첫 번째 좌석에 앉아 있던 내게 "박 군! 지금 어디로 가는 건가? 광주일고 가는 길이 아닌 것 같은데."라고 물으셨다. 나는 꾸중 들을 각오를 하고 그제야 사실을 말씀드렸다. 광주까지 왔는데 광주민중항쟁과 관련되었고 몇 달 전 조성한 이한열의 묘도 있는 망월동을 참배하지 않는다는 것이 도저히 용납되지 않아, 선생님께 말씀드리지 않고 아침에 기사분께 코스 변경을 요구했다고. 그때 선생님께서는 아무 말 없이 날 쳐다보셨다. 선생님의 그 눈길은 분명 꾸중보다는 대견함이라고 지금도 생각하고 있다.

우린 망월동으로 향했고, 이한열과 마주하였다. 선생님을 포함한 모든 답사 참여자들이 묘 앞에서 오랜 시간 묵념하였다. 몇 달 전 뜨거웠던 6월이 주마등처럼 지나갔다. 명동성당에서의 농성, 세브란스에서의 철야, 이한열 장례식 때 문익환 목사의 울부짖음과 시청광장까지의 행진, 그날 쫓겨 들어갔던 성공회 본당과 그곳에서 난입한 백골단을 피해 영국대사관으로 뛰어 넘어가려 했던 기억들. 그날 망월동 이한열의 묘 앞에서 본 선생님의 눈시울도 분명 붉어져 있었다.

선생님을 두 번 울린 사연

이하나*

김선생님의 열두 제자??

2018년의 일이다. 서울의 모 대학에 특강을 갔었는데 그곳 사학과의 젊은 교수님 가운데 한 분이 나를 1990년대 중반부터 알고 있었다는 얘기를 꺼냈었다. 그분이 출신 학교도 다른 데다가 서양사 전공이었기 때문에 좀 뜻밖이었는데, 더 놀란 것은 그 다음이었다. 나의 석사논문이 당시 학생들 사이에서 어찌어찌 좀 알려졌던 모양인데, 내가 "김용섭 선생님의 열두 제자 가운데 한 명"이라는 소문이 돌았다는 것이다. 선생님에게 '열두 제자'가 있다는 건 지금껏 듣도 보도 못한 얘기지만, 헛소문일지언정 내가 한때나마 선생님의 애제자(?)로 거론된 적이 있었다는 것이 무척 영광으로 느껴졌다. 하지만 또 한편으로는 그 얘기를 왜 20여 년이 지나서야 듣게 되었는지 한스러운 마음도 들었다. 그도 그럴 것이 나는 당시 공들여 쓴 석사논문에 대한 평가가 별로라고 생각한 나머지, 전혀 다른 분야로 외도를 시도

* 연세대학교 매체와예술연구소 전문연구원

하게 되었기 때문이다. 결과적으로 보면 그때의 외도는 외도가 아닌 내가 하고 싶은 공부를 찾아가는 과정이었지만, 나의 전공 관련 마음 고생(?)의 시작은 그때부터였다. 생각해 보면 나는 선생님에게 愛제자는커녕 哀제자였던 것 같다.

학부 3학년 때 선생님 수업시간에 발표를 한 적이 있었다. 지주전호제와 전주전객제의 차이를 설명하고 있는데 갑자기 마이크가 나갔다. 외솔관 1층의 계단식 강의실은 한 시간마다 저절로 마이크가 나간다는 걸 이미 알고 있었기에 나는 태연스레 마이크 스위치를 올리고 발표를 계속했다. 내가 과연 이 어려운 개념을 제대로 설명할 수 있을지 잔뜩 신경이 곤두선 채로 집중하던 터라 발표를 겨우 마치고 자리로 돌아갔는데, 수업이 끝난 선생님이 만면에 웃음을 띠고 내게 다가오셨다. 내심 칭찬을 해주시려나 하고 살짝 기대하고 있던 나에게 선생님은 이렇게 말씀하셨다. "아니 어떻게 마이크 켜는 걸 알았어요?" 선생님은 어린 여학생이 당황하지 않고 침착하게 대처한 것을 신기하게 여기셨다. 이후 나는 뭔가 신문물(?)에 밝은 이미지로 선생님과 선배들에게 알려진 모양이다. 나는 까맣게 잊고 있었는데 얼마 전 구만옥 선배에게 들은 얘기로는 내가 수업시간에 선생님의 양안 작업을 컴퓨터 데이터베이스로 정리하는 방법이 있다고 알려드리는 바람에 양안의 전산화 작업이 시작되었다고 한다. 작업에 투입된 선배들이야 나를 원망했겠지만 선생님의 작업에 도움이 된 것이 하나라도 있었다는 것이 지금 나에게 큰 위안이 된다.

아무튼 그때의 일을 계기로 선생님께서는 나를 기억하시고 늘 인자한 미소로 반겨주셨다. 석사과정 중에 선배들에게 무수히 들었던 '추상 같이 엄격하고 인정사정없이 질책하시는' 무서운 선생님의 이미지와는 달리 나는 걱정 한 번 듣지 않고 대학원 생활을 할 수 있었다. 나중에 알고 보니 그건 선생님이 나를 특별히 총애해서가 아니라, 그때까지 여성 박사를 키워내지 못했다는 자책과 아쉬움 때문에 여학생을 심하게 야단치지 않기로 전략(?)을 바꾸신 탓이었다. 연대 사학과에 전설처럼 내려오는 뛰어나고 명민한 여선배들의 곤경과 좌절과 눈물의 수혜를 내가 오롯이 받았던 결과였을 것이다.

一以貫之한 대학자와 이상한 제자

내게 큰 소리 한 번 내지 않으셨던 선생님을 내가 노하시게 한 적이 있었다. 2013년 여름, 서울에 방문한 캠브리지 대학의 마크 모리스(Mark Morris) 선생과 함께 길을 걷던 중에 갑자기 선생님께 전화가 왔다. 비가 추적추적 오는 종로의 길모퉁이에서 어리둥절해하는 마크를 길가에 세워두고 거의 20분을 쩔쩔매며 전화기 너머 선생님의 노한 음성을 들어야 했다. 선생님께서 나의 첫 번째 저서인 《국가와 영화》의 서문을 읽으시다가 '보수적인 사학과' 운운하는 대목에 그만 화가 나셨던 거다. 물론 내가 '보수적'이라고 한 것은 정치적 보수성을 의미한 것이 아니었고, '그럼에도 불구하고' 김용섭 선생님의 은혜 덕분에 무사히 논문을 쓸 수 있었다는 취지였지만, 선생님께는 변명이 되지 않았다. '네가 그럴 줄 몰랐다, 네가 어떻게 이럴 수 있냐'던 선생님의 책망을 통해, 나는 내가 무심히 쓴 하나의 단어가 그동안 베풀어 주신 선생님의 사랑과 은혜에 대한 배신으로 다가갔다는 것을 깨닫고 식은땀을 흘렸다. 다음날 부랴부랴 송암서재로 찾아뵈었더니 그새 선생님께서는 책을 대충 훑어보시고 "흠, 그래도 공부는 많이 했구만."이라고 하시고는 마음을 좀 누그러뜨리셨다.

생각해 보면 나는 선생님께 참 말 안 듣는 이상한 제자였을 것이다. 석사논문 주제도 선생님이 권하신 조선시대가 아니라 일제시기를 선택했고, 연대 사학과라면 으레 연상되는 사회경제사나 사상사가 아닌 당시로는 드물었던 사회사, 정책사로 방향을 잡았다. 당연히 선생님은 탐탁해하지 않으셨다. 학위논문의 지도교수 난에 도장을 찍으시면서 "그 주제로 더이상 잘 쓰긴 힘들었겠지."라고 말씀하셨는데, 이건 논문을 열심히 썼다는 칭찬이 아니라 주제가 마음에 안 드신다는 걸 다시 한번 강조하신 거였다.

거기에 한 술 더 떠서 박사논문은 아예 사회문화사, 그것도 영화를 소재로 썼으니 선생님이 반길 리가 없었다. 선생님께서 마지막으로 본 영화가 1969년에 개봉한 〈사운드 오브 뮤직(Sound of Music)〉이라고 하니, 영화라는 것이 훌륭한 사료가 된다고 아무리 설명해봤자 무슨 소용이 있었겠는가. 하지만, 다행스러운 것은 선생님께서 끝까지 내 연구를 이해는 못 하셨을지언정 그래도 인정은 해주신다는 걸 느끼게 되었다는 거다. 영화 매니아로 알려진 이경식 선생님께 나를 소개하시면서 "이 사람이 영화로 박사논문을 썼어."라고 하시며 은근히 자랑(?)하기도 하시고, 추천서를 써주시면서는 "서양의 역사방법론을 한국사에 적용했다."고 하시면서 내게 심리학과 인류학을 공부할 것을 권하기도 하셨다. 선생님께서 연세대학교에 부임해 처음 맡은 과목이 '한국문화사'였다고 하시면서 '문화사'에 대한 견해를 말씀하셨는데, 그것이 내가 한국사학계에서 들어본 문화사에 대한 가장 큰 상찬이었다.

내가 선생님에 대해 늘 감탄했던 것은 좁은 연구실에서 말년까지 연구에 매진하시면서도 늘 세상 돌아가는 것과 현재의 문제를 항상 정확하게 짚고 계신다는 거였다. 정치학을 전공한 남편과 몇 번 선생님을 찾아뵈었었는데, 그때마다 선생님은 남북관계, 국제관계에 대해 상세히 물으시며 호기심 어린 눈을 빛내셨다. 한 분야에 일가를 이룬 대학자가 어떻게 하나의 이치로 세상을 꿰뚫는 혜안을 가지게 되는지 나는 선생님을 통해 생생히 알 수 있었다. 내가 선생님께 배운 가장 소중한 것은 아무리 사소하고 작은 싹이라도 그것이 시대의 일면을 비추고 다가올 미래를 예견하는 것이라면 충분히 주목할 가치가 있다는 것이다. 선생님의 학문을 쉽게 재단하는 말들이 많지만, 나는 결국 그것이 선생님이 남기신 참뜻이라고 내 멋대로 생각하곤 한다. 나는 선생님의 學恩을 입은 마지막 세대로서, 선생님의 학문과 앞으로의 학문을 연결하는 첫 세대가 진정 되고 싶었다. 턱없이 부족한 능력으로는 요원한 꿈이지만 이 꿈은 지금도 변함이 없다.

선생님을 두 번 울린 사연

말년에 선생님은 갈수록 눈물이 부쩍 많아지셨다. 내가 오랜 외도를 끝내고 박사과정에 복귀하여 논문을 준비하고 있을 때, 몇 년 만에 찾아뵌 선생님께 영화 DVD를 선물로 드렸다. 아마 그 DVD를 직접 보실 리는 없을 테지만, 내가 기획 프로듀서로 참여한 영화이고 개봉 당시 흥행기록을 세운 영화였기에 기념품으로 가져간 것이었다. 선생님은 영화의 내용에 대해 물으셨다. '한국전쟁 때 헤어진 형제의 이야기'라고 간단히 말씀드렸는데, 뜻밖에 선생님은 더 자세한 이야기는 들어보시지도 않고 눈물을 흘리기 시작하셨다. 선생님은 6 · 25 때 북한에 두고 온 동생이 있다고 하시면서 그 동생이 너무나 그립고 미안하다고 하셨다. 선생님의 눈물에 당황한 나는 그 사연을 들으면서 같이 울었다. 그 전까지 어렵기만 했던 선생님이 처음으로 스승이나 학자가 아닌 역사 속의 아픔을 지닌 한 인간으로 다가왔다. 그 이후로 선생님은 종종 해방 후에서 전쟁기에 걸친 개인적인 경험이나 한국사연구회를 처음 만들었을 때의 이야기 같은 학계의 뒷얘기 등등을 들려주셨다. 무슨 대화 끝에 나의 할아버지가 평안북도 정주 출신이라는 걸 들으시고는, 해방 후 만주에서 기차를 타고 들어와 처음으로 내린 곳이 정주였는데 그곳 사람들이 너무 친절하게 잘 대해주어 지금껏 좋은 추억으로 남아있다고 아주 반가워하시기도 했다. 선생님이 건강하실 때 진작에 선생님이 겪으신 삶과 시대에 대해 더 자세히 여쭤보았더라면 좋았을 것을, 학자도 학자이기 전에 한 인간이라는 것을 우린 너무 자주, 반복적으로 잊곤 한다.

내가 또 한 번 선생님을 울린 건 선생님께서 마지막으로 병원에 들어가시기 얼마 전이었다. 많이 수척해지신 선생님이 즐겨 가시던 연남동의 카페에서 차와 케이크를 먹었다. 뭔 직감이었는지 그 날 나는 오랫동안 마음에 품고 있던 말씀을 드렸다. "제가 선생님의 제자라는 것이 늘 자랑스러웠고 영광이었습니다. 앞으로도 감사한 마음 잊지 않겠습니다. 다만 선생님께 좋은 소식으로 보답하지 못해 너무너무 죄송하고 면목이 없습니다." 선생님께서는 날 물끄러미 보시더니 "뭘 그런 소리를 해." 하고 말끝을 흐리시면서 갑자기 눈시울을 붉히셨다. 나는 끝까지 선생님의 마음을 아프게 해드린 불효자가 된 심정으로 선생님의 손을 잡아드렸다. 나뭇가지처럼 마르고 버석한 손이었다. 그것이 선생님과의 마지막이었다. 나는 선생님이 병원에 계실 때 한 번 더 선생님을 뵙고 싶었지만 찾아가지 않았다. 선생님의 마지막 모습을 병상에 누워계신 모습으로 기억하고 싶지 않았다. 지금도 사진 속에서 웃고 계신 선생님의 미소로 선생님을 기억하고 싶다. 일 년 삼백육십오일 휴일도 명절도 없이 불이 켜져 있던 선생님의 연구실, 밤늦은 합동연구실에 삐걱 문을 열고 들어와 격려해 주시고, 연구실에 가면 늘 손녀딸 대하듯이 "하나 왔어?" 하며 사탕이나 초콜릿 같은 단 것을 주시던 선생님의 모습을 영원히 잊지 못할 것이다. 한국사학계에 한 획을 그은 대학자나 큰 스승으로서보다는 그저 한 사람의 성실한 연구자, 존경하고 흠모할 수 있는 한 인간으로서 김용섭 선생님을 기억하고 싶다.

2018년 8월 31일 송암서재에서 저서에 낙관을 찍고 계신 모습

오랜 인연과 기억의 편린

정진아*

김용섭 선생님은 아버지의 스승이자 지도교수님의 스승이며 나의 스승님이다. 어렸을 때부터 아버지가 김용섭 선생님에 대해 말씀하시는 걸 듣고 자라서 그런지 선생님의 존재는 우리 가족의 대화의 일부, 삶의 일부처럼 느껴지기도 한다. 연세대학교 대학원에 진학한 이유도 선생님께 지도받고 싶어서였지만 그 바람은 이루어지지 못했다. 정년을 앞둔 선생님은 더이상 지도학생을 받지 않으셨을 뿐 아니라 한 학기만 석사과정에게 수업을 열어주시고, 퇴직 때까지 박사과정 수업만 하셨기 때문이다. 그런 의미에서 이 글은 선생님과의 학문적인 추억을 거의 갖지 못한 내가 선생님과의 다층적인 인연 때문에 다른 사람들과 다른 결에서 선생님을 만나고, 이야기를 들으면서 느끼게 된 기억의 편린들, 다섯 개의 장면들이다.

* 건국대학교 교수

선생님의 일상

1995년 대학원에 진학했을 때 나를 가장 긴장시켰던 건 선생님이 보여주시는 일상이었다. 연구자가 되기 위해서는 저런 일상을 살아야 하는 걸까? 김용섭 선생님은 매일 아침 6시 반에 문과대 수위아저씨를 깨워서 "나 왔네. 문 열어주게." 하면서 연구실에 들어가셨고, 4시 반에 퇴근하셨다. 주말에도 예외는 없었다. 우리는 민간정부가 들어서도 크게 변하지 않는 세상에 대한 비판과 연구자의 길에 대한 불안과 빽빽한 수업에 대한 힘겨움을 토로하느라 술과 함께 밤을 지새우고 늦잠을 자기 일쑤였다. 이 때문에 절대 김용섭 선생님의 출근 시간을 따라잡을 수 없었는데 다들 내면에는 선생님보다 한 번은 일찍 학교에 가고 싶다는 치기 어린 생각이 있었나 보다.

당시 나는 방학 때 기숙사 신청을 해서 기숙사 생활을 하고 있었는데 같이 기숙사에 살던 정수헌 선배, 박미선 후배와 묘안을 냈다. "그래! 우리가 평소엔 선생님보다 일찍 학교에 갈 수 없지만, 1년에 딱 두 번. 명절에 집에 안 내려가고 학교에 간다면 가능하지 않을까?" 우리는 1997년 설에 집에 내려가지 않기로 작당을 하고, 우리만 합동연구실에 나와 있는 상황을 상상하면서 득의양양하게 합동연구실로 향했다.

우리의 의기양양한 발걸음은 문과대 앞에서 끝나고 말았다. 김용섭 선생님, 정창렬 선생님, 지식산업사의 김경희 사장님이 내려오고 계셨다. 명절이면 차례만 지내고 출근해서 오랜 학문적 지기들과 만남을 갖는 것도 선생님의 오래된 습관이자 일상이라는 것을 안 것도 그때였다. 우리는 끝내 선생님을 이길 수는 없었지만 연구자는 학문적인 자질뿐 아니라 축적된 시간과 일상을 통해서 성장해간다는 걸 알게 된 순간이었다.

내가 마지막으로 본 영화는 〈사운드오브뮤직〉

김대중정권이 들어서면서 햇볕정책이 추진되고 남북관계를 소재로 한 영화가 대중적으로 큰 인기를 끌 때였다. 분단문제를 늘 염두에 두고 연구를 해 오셨기 때문에 선생님을 찾아뵌 제자들은 선생님이 이런 영화를 보셨을지 궁금했다.

"선생님 최근에 무슨 영화 보셨어요? 혹시 〈JSA〉라는 영화 보셨어요?"

"내가 영화를 본 게…아마 1968년에 본 〈사운드오브뮤직〉이 마지막이었던 같군. 아주 흥미로운 영화였네."

선생님이 마지막으로 보신 영화가 30여 년 전의 사운드 오브 뮤직이라는 것도 놀라웠지만, 그것이 아주 흥미로운 영화라니! 사운드 오브 뮤직이 재미있는 영화라는 건 분명한 사실이지만, 어떤 대목이 그렇게 선생님의 흥미를 끌었던 걸까. 우리는 선생님의 관전 포인트가 갑자기 궁금해졌다.

"선생님 어떤 대목이 그렇게 재미있으셨어요?"

"음악경연대회에 참가하는 장면이 나오잖아. 그다음 장면을 기억하나? 온 가족이 알프스산을 넘는 장면이었어. 음악경연대회 장면 뒤에 산을 오르는 장면이 나왔는데 하나도 어색하지 않았지. 우리가 논문을 쓸 때 서로 다른 것 같지만 맥락적으로 연결되는 내용을 서술할 때가 있지 않나. 그럴 때 어떻게 서술해야 독자들이 서로 다른 내용이 깊은 연관성을 가진다는 나의 생각에 동의해줄까 고민이었는데 두 장면은 완전히 다른 내용임에도 불구하고 이질적인 느낌이 전혀 없더군."

'천상 학자'란 건 이럴 때 하는 말일까? 선생님은 영화를 보면서도 논문의 구성방식을 생각하고 계셨다. 접붙이기하듯 이질적인 내용을 하나의 논지로 일관되게 서술해야 할 때 어떻게 구성해야 설득력을 가질 수 있을까? 가끔 논문이 막힐 때마다 생각한다. 나의 장면 전환은 얼마나 효과적으로, 설득력 있게 이루어지고 있는 걸까?

자네는 과학을 한다는 사람이

2000년대 초의 어느 날이었다. 꿈에 김 선생님을 뵈었다. 깨고 나서는 정확히 어떤 꿈인지 생각나지는 않았지만 왠지 불길한 느낌이 들었다. 얼른 선생님께 안부전화를 드렸다.

"선생님 진아예요."

"응, 그래. 오랜만이네. 무슨 일인가?"

"제가 지난밤에 꿈을 꾸었는데요. 선생님이 꿈에 나오셨는데 안색이 안 좋으셔서요. 선생님 건강이 안 좋으신 건 아닌지 걱정돼서 전화 드렸어요."

"꿈? 자네는 과학을 한다는 사람이 어떻게 그런 미신적인 걸 믿나?"

돌아온 답변에 나는 적잖이 당황했다. 내가 기대했던 건 '고맙네. 자네가 내 건강을 그렇게 생각해주는 줄 몰랐네.' 정도의 수사였다. 뒤통수를 맞은 것 같았다. 죄송하다는 말을 연발하면서 겨우 전화를 끊었지만 뇌리에 깊이 남는 대화였다. 나는 나름대로 합리적인 사고와 생활방식을 갖고 있다고 생각했지만 아니었다. 실제로는 근거 없는 낭설과 억측에 쉽게 흔들렸고, 미신에도 취약한 존재였다. 인문학자 역시 과학자이기 때문에 사고뿐 아니라 생활방식까지 합리적일 수 있도록 노력해가야 한다는 걸 그때 선생님께 배웠다.

이제는 자네가 보관하는 게 좋겠네

별세하시기 2, 3년 전쯤의 일이다. 어느 날 선생님이 전화를 하셨다.

"줄 게 있으니 다녀가게."

연구실에 갔더니 문건을 하나 내어주셨다.

"60년대 후반인 걸로 기억하는데 아버지가 대학원들생이 세미나를 하고 있다면서 내게 준 문건인데 이제는 자네가 보관하게."

문건에는《연사회보》라는 제목이 붙어 있었다. '연사회'는 서울대학교 국사학과 대학원생들의 세미나 모임이었다. 연사회에는 사학과의 정창렬, 이성무, 송찬식, 정석종, 이겸주, 한영우을 비롯해서 10여 명 안팎의 회원이 있었다. 국문과의 조동일도 연사회의 회원이었다. 회원들은 매월 모여서 공부한 주제를 발표하고 토론하는 한편, 북한과 일본을 비롯해서 해외에서 발행한 역사 관련 주요 저작을 꼼꼼히 검토해서 한국사 연구에 반영하고자 했다. 내재적 발전론, 조선후기 자본주의 맹아론, 실학에 대한 재검토 모두 이 세미나에서 검토된 내용이었다.

이때까지만 해도 김용섭 선생님의 연구와 연사회의 작업은 별개로 진행되고 있었다고 한다. 이후 김용섭 선생님과 정창렬, 정석종 등 연사회의 구성원들이 각각 성숙시켜오던 문제의식을 나누면서 학계의 주요한 논제들을 심층적으로 해명하는 작업에 몰두했다. 이렇듯 연사회가 학계에서 차지하는 의미는 적지 않았다. 나는 김용섭 선생님께 건네받은 문건을 통해 발견한 '연사회'의 학문적 족적을 활자로 남겨놓아야겠다고 생각했다. 마침 아버지 20주기 추모문집을 기획하던 시기였다. 연사회에 대한 기록은《정석종, 그의 삶과 역사학》(역사비평사, 2020)에 수록된 한영우 선생님의 회고로 정리되었다.

나를 잊지 않으면 돼

김용섭 선생님은 대학원생들에게는 매우 엄격하고 무서운 분이지만, 우리 가족들에게는 넘치는 애정을 보여주신 분이기도 하다. 아버지가 위독하실 때 대구에 병문안을 오셨는데 동네 아주머니가 어떤 영감님이 대문을 닫고 한참을 울다 가시더라는 말씀을 전해주시기도 했다. 두 분의 돈독한 관계는 우리 자매들에게 내리사랑으로 이어졌다. 아버지가 돌아가신 후, 선생님은 나에게 자매들의 안부를 물으시고는, 아이들을 데리고 다녀가라고 하셨다. 언니 가족, 동생 가족들을 불러 밥을 사주시고, 아이들에게는 꼬깃꼬깃 접어둔 용돈을 건네주시기도 했는데 한두 번으로 그치지 않았다. 어느 날 선생님께 늘 우리 자매들까지 챙겨주셔서 감사하다고 말씀드렸더니,

"나 잊지 마. 그러면 돼."

라고 하셨던 말씀이 떠오른다. 자매들 모두에게 이 말은 깊이 각인되어 있다. 아버지에 대한 사랑을 우리 자매들에게까지 길어 올려주신 선생님. 선생님께 마지막으로 감사하다는 말씀과 늘 잊지 않고 살고 있다는 말씀을 드리고 싶다.

송암 선생님과 고조선을 생각하며

박준형*

2년 전 10월 20일, 그날도 역시 신문 기사를 검색하면서 하루 일과를 시작했다. 그런데 송암 선생님의 부고가 올라와 있지 않던가! 당시 코로나19로 인해 일과 후 군부대 밖의 사적인 이동까지도 제한했던 상황에서 문상은 엄두도 못 냈다. 그저 부고 기사에 실린 선생님의 사진을 보면서 울기만 했다. 다음 날 저녁, 필자의 사정을 잘 아는 지인이 문상을 다녀온 뒤 빈소 사진을 보내주었다. 선생님의 마지막 가시는 길의 영정은 부고 기사에 실린 그 사진이었다(옆 사진). 빈소 사진을 보고 또다시 울었다. 그 사진은 2013년 5월 선생님을 모시고 중국 요령지역으로 고조선 답사 갔을 때 아침 식사 뒤 호텔 로비에서 필자가 찍어드렸던 것이다. 답사 후

* 해군사관학교 박물관장 겸 군사전략학과 부교수

선생님께 사진첩을 만들어 드렸는데 선생님께서는 그 사진을 제일 좋아하셨다. 선생님께서는 미소를 지으시면서 필자에게 "박 선생, 이 사진 좀 크게 뽑아줘. 갈 때 쓸려고"라고 하셨다. 처음에는 그 뜻을 알아듣지 못했다가 잠시 후 영정사진으로 쓰고 싶다는 의미를 알아차렸다. 송암서재를 나오자마자 눈물이 나왔다. 그 후 선생님께서는 지면에 항상 그 사진을 쓰셨다. 아마 선생님께서는 정장을 입으신 말끔한 사진보다는 생전에 마지막으로 학문적 열정을 쏟아부으셨던 고조선, 그 역사의 현장을 몸소 체험하시던 그 모습을 오래 간직하고 싶으셨던 것 같다. 결국 당신이 원하시던 그대로 마지막 길을 가셨다.

학부 때 송암 선생님과의 인연은 '한국근대사(1 · 2)' 수업을 1년간 수강했던 것이 전부였다. 석사과정 때는 박사과정생만을 대상으로 한 당신의 마지막 대학원 수업을 청강했다. 수업 주제가 '한국토지제도발달사'였는데 종강 때까지 고대시기를 간신히 마쳤던 기억이 난다. 원시공동체사회에서 고대국가로의 전환과정을 토지제도[농업문제] 측면에서 검토하는 명강의였다. 지금 생각해 보면 정년 이후 저술하신 《동아시아 역사 속의 한국문명의 전환—충격, 대응, 통합의 문명으로—》(2008, 신정증보: 2015), 《농업으로 보는 한국통사》(2017), 《한국고대농업사연구—고조선의 농업환경과 국가건설, 국가재건—》(2019)는 정년 이전 갖고 계셨던 문제의식을 이론적으로 확대 · 발전시킨 것으로 생각된다.

송암 선생님과의 본격적인 인연은 필자가 2012년 고조선을 주제로 박사학위 논문을 쓰고 난 이후부터이다. 선생님과 가장 깊은 추억이라면 중국 요령지역 고조선 답사를 잊을 수가 없다. 2013년 5월

16~20일에 서울대학교 역사교육과와 연세대학교 박물관이 주축이 되어 선생님을 모시고 심양 · 조양 · 적봉 · 능원 · 객좌 지역 홍산문화와 고조선 관련 유적을 답사하게 되었다. 당시 답사 코스와 유적을 선정하고 답사지를 직접 작성하는 것은 이제 갓 고조선으로 박사학위를 받은 필자의 몫이었다. 선생님을 모시고 가는 답사에 누가 되지 않기 위해 발굴보고서와 논문을 다시 읽으면서 답사지를 작성하고 각종 지도를 모아 두툼하게 附圖集까지 만들었던 기억이 지금도 생생하다.

일과를 마친 후 저녁식사 자리는 선생님의 만주에서 유년시절 회고와 함께 고조선에 대한 학담으로 이어졌다. 답사 4일째 저녁이었던가. 송암 선생님께서 현직 교수 여러 명이 고조선 답사를 왔는데 그냥 이대로 끝낼 수는 없다고 하시면서 각자 전공과 연계하여 고조선 관련 글 한 편씩을 써서 책으로 출판하자고 제안하셨다. 그리고 귀국 후 가장 먼저 송암 선생님께서 원고를 제출하셨다. 그래서 나온 결과물이 《(요하 · 홍산 답사기행) 요하문명과 고조선》(2015)이었다. 당시 동북공정과 관련하여 많은 연구자들이 중국 동북지역 답사를 다녀왔지만 그 성과를 대중들과 함께 하려는 노력은 매우 드물었다. 답사의 여정과 감흥을 학문적으로 검토하고 적어 낸 진정한 '紀行'이라는 점에서 이 책이 갖는 의미는 적지 않다고 본다.

박사 졸업 후부터는 논문이 나올 때마다 송암 선생님을 찾아뵈었다. 필자는 학위논문의 일부를 떼어내 발표하면서도 새로운 자료를 발굴하여 논문을 쓰는 행운까지 얻었기에 선생님을 찾아뵈는 일이 잦아졌다. 그중 하나가 1914년에 단재 신채호가 쓴 《大東歷史(古代史)》 필사본(연세대학교 도서관 소장)을 안동대 김종복 선생님과 함께 발굴하여 쓴 〈《대동역사(고대사)》를 통해 본 신채호의 초기 역사학〉

(《동방학지》 162, 2013)이었다. 이 책은 신채호 자신이 저술했다고 밝혔던 《大東帝國史》·《大東四千年史》에 해당되는 것이었다.

송암 선생님은 1960~70년대 한국 근대역사학의 계보를 정리하셨던 경험이 있으셨기에 《대동역사》가 갖는 사학사적 의미를 누구보다도 잘 알고 계셨다. 그래서 신채호의 미발견 저작을 발굴한 필자에 대한 격려를 아끼지 않으셨다. 또한 송암 선생님은 근대사학사 연구로 인해 필자의 신상이 위험해질 수도 있으니 조심하라는 당부의 말씀도 해 주셨다. 당신이 사학사를 정리하실 때 동료 연구자들로부터 받았던 압박으로 말미암아 연세대학교 사학과로 오실 수밖에 없었던 경험 때문이었다. 그날 선생님께서는 평소와 다른 경직된 어조로 말씀하셨던 기억을 잊을 수가 없다.

2017년 5월 필자에게 또 한 번의 행운이 찾아왔다. 중국에서 리지린의 박사학위 논문인 《古朝鮮的研究》와 그 연구계획서인 《古朝鮮研究-摘要-》를 한꺼번에 입수하게 된 것이다. 리지린은 1961년 9월 북경대학에서 고힐강의 지도로 박사학위를 받고 귀국 후 1963년 2월 그 유명한 《고조선연구》(과학원출판사)를 출판하였다. 이후 많은 연구자들이 그의 박사학위 논문을 찾으려고 시도했으나 결국 그 행운이 필자에게 왔다. 그는 중국 심사위원들을 의식해서 썼던 학위논문의 서언과 결론을 북한학계의 현실에 맞게끔 대폭 수정하여 《고조선연구》로 출판하였다. 1993년 단군릉이 발굴되기 이전까지 그의 견해는 고조선에 대한 북한학계의 공식적인 입장이 되었다.

자료 발굴의 기쁨을 제대로 누리기도 전에 2017년 7월 1일 해군사관학교 박물관장으로 부임하게 되었다. 새로운 환경에 적응하는 과정에서 리지린의 박사학위 논문은 점점 멀어져만 갔다. 2018년 봄, 논문 작성을 더 이상 미루면 안 될 것 같았다. 그래서 억지로 선생님을 찾아뵙고 새로 발굴한 자료를 보여드리며 논문을 쓰고 영인본을 발행하겠다고 선생님께 약속했다. 그래야만 그 약속을 지키기 위해서라도 논문을 쓸 수 있을 것 같았다.

선생님께서는 신채호의 《대동역사》에 이어 리지린의 박사학위 논문을 발굴한 필자의 두 손을 꼭 잡아주셨다. 그리고 고대사 연구자가 자기정체성을 확립해 나가는 과정에서 근대사학사에 대한 인식이 얼마나 중요한지를 말씀해 주셨다. 또한 리지린을 제대로 이해하기 위해서는 김석형의 고대사인식에 대해서도 주목해야 한다는 당부의 말씀도 잊지 않으셨다.

진해로 돌아온 이후 논문 진도는 잘 나가지 않았다. 결국 선생님과 약속한 지 2년이 지난 2020년 4월, 〈리지린의 북경대학 박사학위 논문 《古朝鮮的硏究》의 발견과 검토〉(《선사와 고대》 62)라는 논문을 게재하게 되었다. 그리고 2021년 2월 그의 박사학위 논문을 《고조선적연구》로 영인 · 출판하게 되었다. 그 사이 송암 선생님께서 영면하셨다. 이로써 선생님과의 마지막 약속을 지키게 되었다.

2021년 4월 다시 한 번 행운이 찾아왔다. 1945년 11월 간도에서 발행된 저자 불명의 《우리國史》(3책)를 입수하게 된 것이다. 처음에는 단순히 해방 직후 간도에서 발행된 국사교과서라고만 생각했다. 그런데 분석해 보니 1913년 계봉우가 간민교육회에서 북간도 중등학교용으로 저술한 《최신동국사》와 《우리국사》의 내용이 일치하였다. 해방 직후 북간도에서 역사교육을 정상화하기 위해 교과서가 필요하게 되자 일제시기 가장 많이 활용되었던 계봉우의 《최신동국사》를 《우리국사》로 제목을 바꾸어 등사 · 발행했던 것이다. 이 책은 간도뿐만 아니라 상해 임시정부와 연해주에서도 교과서로 쓰였다. 서간도에 박은식과 신채호가 있었다면 북간도에는 계봉우가 있었다.

그러나 북우의 한국사 인식은 백암 · 단재와 지향을 같이 하면서도 그 결이 서로 달랐다. 아마도 일제시기 민족주의사학 계열에서 저술한 역사서 가운데 통사로서 한국사 전체를 다룬 것은 계봉우의 《최신동국사》가 유일한 듯하다.

2021년 9월 《우리국사》에 대한 연구 결과를 〈해방 직후 간도에서 발행된 《우리국사》의 체재와 한국사 인식–계봉우의 《최신동국사》에서 《우리국사》로–〉(《역사교육》 159)라는 논문을 발표하였다. 이어서 2022년 8월 《우리국사》의 영인본을 《계봉우의 국사– 《최신동국사》에서 《우리국사》로–》(서경문화사)로 출판하게 되었다. 송암 선생님께서 살아계셨다면 얼마나 기뻐하셨을까? 생전에 선생님께서는 고조선 연구뿐만 아니라 민족주의사학 계열의 역사서를 발굴하여 근대사학사를 정리하는 필자에게 '역사의 필연이자 숙명'이라고 말씀하셨던 것이 기억난다. 필자의 이런 모습이 과연 고조선 연구자로서 필연이자 숙명일까? 이번 기일에는 선생님의 묘소에 가서 직접 여쭈어봐야겠다.

김용섭 선생님을 생각하며

이현희*

김용섭. 학부시절 수없이 들었던 선생님의 이름은 제게 '교과서' 그 이상도, 그 이하의 의미도 아니었습니다. 내재적 발전론, 자본주의 맹아 등등의 개념들과 함께 나왔던 그분을 개인적으로는 전혀 알지 못했기 때문입니다.

선생님의 모습이 제게 살아 있는 인물로서 다가온 것은 대학원 진학 이후였습니다. 방기중 선생님의 수업과 뒷풀이, 또 여러 선배들에서 듣게 된 김용섭 선생님의 일화들은 호랑이 선생님 김용섭으로 제 머리에 자리잡았습니다. 박사학위 논문을 검토받고자 연구실로 갔다가, "나라면 이렇게 쓰지 않겠네!"라고 말씀하시며 원고를 당신 책상에 던져 놓으셨다는 방기중 선생님의 이야기가 가장 인상 깊었죠. 또 주말은 물론이고 명절도 빼놓지 않고 사모님의 도시락을 가지고 출근하셨다는 이야기도 생각납니다. 그때까지 한 번도 선생님을 뵙지 못하고, 당연히 수업은 듣지 못한 나로서는 그 하나하나가 조각처럼 김용섭 선생님이라는 분의 모습을 맞춰가는 퍼즐 같았습니다.

* 국립대한민국임시정부기념관 학예연구사

선생님을 처음 뵙게 된 것은 2006년 가을이었습니다. 방기중 선생님의 조교였던 나는 방 선생님과 함께 처음으로 연희동 연구실에 찾아갔습니다. 선생님께서 필요하신 책들을 가져가 드리고, 또 다 읽으신 책들을 학교 도서관에 반납했습니다. 그럴 때면 선생님은 때론 10만 원, 때론 30만 원씩 용돈을 주시며 책 사 읽고 공부 열심히 하라고 하셨죠. 자주 가시던 식당 '풀향기'에서 늘 드시던 식사를 같이 먹자고 권하시고, 복분자술을 한 잔 하시며 인자하고 따뜻하게 말씀하셨습니다. 그래서 호랑이 선생님이라는 선배들의 평가와 엇갈리는 모습에 한동안 헷갈렸죠. 아마 제자의 제자, 손주와 같은 20대의 대학원생이라 그렇게 귀여워해 주신 것이 아닐까 싶습니다. 선생님의 수업을 들은 진짜 제자였다면 상상할 수 없는 일이겠지만요.

그러다 2008년 늦가을 방기중 선생님이 돌아가시고, 루스채플에서 열린 영결식에서 지팡이에 기댄 채 맨 마지막에 들어오신 선생님의 모습을 생각하면 지금도 가슴이 아플 정도입니다. 더욱이 -당시에는 군 생활 중이라 뒤늦게 알았지만- 2002년에 돌아가신 김준석 선생님까지 두 분의 제자를 먼저 떠나 보낸 선생님의 심정을 어찌 제가 이해할 수 있겠습니까만은, 노구를 이끌고 헌화하신 선생님을 보며 펑펑 흐느끼던 그 날의 모습은 지금까지도 제게 강렬하게 남아 있습니다.

이후 김도형 선생님과 함께 선생님의 연구실을 찾아가게 되었습니다. 2010년 이후의 이 시기, 나는 연희동 연구실의 연남동 이사를 조금이나마 돕고 《동아시아 역사 속의 한국문명의 전환》 집필과 관련하여 선생님의 말씀을 들으며 선생님과의 만남을 이어갔습니다. 특히 기억나는 것은 연구실을 옮기실 때의 한 장면입니다. 소장하고 계시던 많은 책과 자료들을 학교 도서관에 기증하신 선생님은 그 많은 책들이 빠지고 휑하니 비워진 연구실을 보시며, 섭섭함을 표정에 감추시지 못하셨습니다. 그런 선생님을 김도형, 백승철, 홍성찬 선생님 등등이 위로하시며 식사하시던 모습도 기억이 나고요. '아, 스승과 제자의 모습이 저런 것이구나' 라고 생각하며, 참 아름답다고 생각하였습니다.

또 하나 생각나는 장면은 《환단고기》와 관련된 일화입니다. 당시 한참 이른바 《환단고기》를 둘러싼 재야사학의 목소리는 점점 커져갔는데, 이들은 김용섭 선생님을 비롯한 여러 선생님의 답사기인 《요하문명과 고조선》, 그리고 선생님의 책 《한국문명의 전환》이 자신들이 이야기하는 바를 뒷받침한다고 주장하기도 하였습니다. 그래서 어느 날 선생님을 뵌 자리에서 이 이야기를 전해드렸습니다. 《한국문명의 전환》에서 쓰신 그 내용이 《환단고기》를 이야기하는 사람들과 비슷한 맥락에서 이해할 수 있는 것이냐고요. 지금도 그 날을 떠올리면 말씀을 드리면서도 과연 질문해도 되는 것을 하는 것인지 확신이 들지 않아, 조바심을 냈던 제 모습이 떠오릅니다. 하지만 선생님께서는, 《한국문명의 전환》에서 한(韓) 민족의 모습이 황화문명을 중심으로 한 중국인들과는 다르다는 것을 이야기했고, 이를 뒷받침하는 사료로서 신화와 설화 속에서 나오는 농경의 모습에서 이야기한 것일 뿐, 《환단고기》를 이야기하는 사람들과 같은 내용을 말하는 것이 아니라며, 차분하면서도 명확하게 본인의 생각을 말씀하셨습니다. 선생님들과 선배들이 말씀하셨던, 공부에 있어서 엄격하셨던 선생님의 모습을 뵌 것은 아마 그때가 처음이자, 또 마지막이었던 것 같습니다. 그리고 그때까지 과연 선생님의 책을 어떻게 받아들여야 하는지 고민했던 나의 걱정도 깔끔하게 정리될 수 있었습니다.

마침, 그날 선생님을 뵙고 나누었던 이야기, 또 선생님의 사진을 제 페이스북에 올렸습니다. 막내 제자의 입장에서 바라본 선생님의 모습이라는 점에서, 그날의 기록을 그대로 옮겨보고자 합니다.

2015년 11월 5일
감기 기운에 병원에 갔다가, 도서관을 거쳐 합동연구실에서 자료를 찾은 뒤, 삼거리로 내려오다가 낯익은 뒷모습을 보았다. 앞으로 돌아가 확인했더니, 김용섭 선생님. 도서관 오신 거냐고 여쭈었더니, 국학자료실 김영원 실장님을 뵈러 오셨다고 한다. 중국 25史를 대출했는데, 양서가 없어서 다시 빌리러 오셨다고.
국학자료실까지 모시고 가면서 박물관에서 의사학과로의 이직을 비롯한 이런저런 이야기를 나누다가 돌아갈 길을 걱정하시길래 모시고 가겠다고 말씀드렸다. 사무실에 돌아와 대출한 책고 자료를 놓고, 차를 끌고 도서관으로 갔다(사진은 그때 김영원 실장님과 양서에 나와 있는 위구태 이야기를 하시는 모습).
차로 모시고 가면서 다시 학교사 이야기, 또 지난 여름과 가을의 발표에 대해 말씀을 드렸다. 또 연구실로 올라가 의사학과에서 나온 주요 도서들을 드리고, 《동방학지》와 논문 별쇄본도 드렸다. 그리고 한 1시간 반 정도 말씀을 나누었다.
여전하시다는 느낌. 지금도 공부하고 계시고, 또 논문을 발표하려고 하신다면서 어떻게 해야 하는지 여쭤보는 모습. 현 시국과는 맞지 않는 태평한 이야기일 수도 있지만, 그렇게 선생님은 여전히 당신의 모습으로 남아계셨다.
허나, 몸 상태는 좀 더 안 좋아보였다. 지팡이 짚으시고 몇걸음 가시다가 쉬시길 여러 번. 계단에서는 부축하지 않으면 많이 힘들어 하셨다. 앞으로 10년은 더 공부하고 싶다고 하셨는데.
선생님, 건강히, 앞으로 10년 넘게 공부해주세요. (끝)

하지만 2년 후 연구실을 정리하신 선생님은 제 바람과는 달리 지난 2020년 10월, 세상을 떠나셨습니다. 하지만 나는 슬픔보다, 오랫동안 가까이에서 선생님을 모시지는 못했지만, 김용섭 선생님이라는 분을 조금이나마 알게 되어 정말 다행이다는 생각을 갖게 되었습니다. 위대한 역사학자, 엄격한 선생님, 여러 논문과 책 속에서 박제되어 있는 김용섭을 지식으로서 아는 것이 아니라, 아주 작고 사소한 부분일지라도 제가 직접 만나 뵙고 경험한 김용섭 선생님을 알게 되어 행복했습니다. 그래서 공부하던 연구자로서는 선생님 앞에서 한없이 부끄러울지라도, 선생님의 곁에서 직접 말씀을 듣고 당신의 생각을 배울 수 있었던 한 사람으로서 선생님의 빈소에서 절을 올리며 편안히 쉬시기를 기도드릴 수 있었습니다.

국학자료실에서 김용섭 선생님과 김영원 실장

선생님, 지난 15여 년, 잠시나마 선생님을 뵙고 말씀을 드릴 수 있어서 정말 행복했습니다. 평생을 함께하셨던 그 공부, 이제 먼저 가신 여러 선생님들과 함께 나누시고 계신가요? 선생님의 삶과 학문이 기억될 수 있도록 남기는 이 글이 선생님의 모습을 기억하는데 조금이나마 도움이 되길 바랄 뿐입니다. 선생님, 편히 쉬십시오.

할아버지 선생님, 김용섭 선생님을 생각하며

고태우*

2002년 초 학부 1학년을 마친 뒤 겨울방학 때쯤이었다. 같은 사학과 선배의 권유로 김용섭 선생님의 글을 처음 읽게 되었다. 《증보판 한국근현대농업사연구》(지식산업사, 2000)에 실린 글이었다. 이 책에 실린 〈근대화과정에서의 농업개혁의 두 방향〉, 〈일제강점기의 농업문제와 그 타개방안〉이라든가, 강화 김씨, 고부 김씨 등 지주 가문에 관한 논문을 밑줄을 치고, 의문 나는 대목에는 물음표와 메모를 남기며 읽었다. '농업사를 중심으로 한국 근대사에서의 개혁 방안과 계급문제, 분단체제의 기원을 이렇게 명확하게 드러낼 수 있구나' 하는 생각이 들었다. 그리고 2학년이 되어 시대사 강의를 들으면서 한국역사연구회에서 엮어낸 《한국역사입문》을 보았을 때, 각각의 연구사 정리 글마다 김용섭 선생님의 저작이 빠짐없이 등장했던 장면도 떠오른다. 선생님의 업적에 놀라움을 금치 못했다. 물론 2000년대 초에는 이미 김용섭 선생님의 연구와 이른바 '내재적 발전론'에 대한 비판적인 견해가 계속 제기되고 있었다. 나 역시 그러한 비판적인

* 서울대학교 국사학과 교수

연구가 일정하게 타당성이 있다고 보았던 터였기에 한편으로는 '선생님의 연구도 이제는 곧 사학사적인 영역으로 접어들겠구나' 하는 생각도 동시에 있었다.

이렇게 선생님 연구에 대한 경외감을 가지고 한편으로는 역사학도로서, 후학으로서 선생님 연구에 대한 비판적인 견해들도 공부하던 차에 2009년 7월 선생님을 직접 뵙게 되었다. 선생님의 연남동 연구실 서적을 연세대 학술정보원(현 학술문화처 도서관)으로 옮기게 되어, 이관 전 작업으로서 연구실 서가 목록을 작성하게 된 것이다. 이미 나는 전 해인 2008년에 방기중 선생님께서 돌아가신 뒤 그 서가 목록 작업에도 참가했던 터였다. 방기중 선생님 서가 작업은 갑자기 돌아가신 선생님을 그리워하며 사명감에서 작업하여 별로 힘들지 않았지만, 다시 또 지난한 목록작업에 참여해야 하는 생각에 공부 시간을 너무 빼앗기는 것이 아닐까 하는 불만도 있었다. 아마도 전해 작

업에 참가한 경험도 반영되어 김용섭 선생님 서가 작업에도 가담하게 되었지 않았을까 한다. 나는 '김용섭선생문고'(가칭) 목록작업 지침을 만들어 작업반장 역할을 하면서 김윤정, 노상균, 오상미 등 동학들과 함께 한 달여 엑셀에 서지사항을 입력했다. 선생님께서 미안해하시면서 '고 반장'이라고 불러주셨던 기억이 새록새록 하다.

저서만도 7,500권에 달하는 선생님의 서가를 훑어보면서 뜻하지 않은 경험도 하였다. 조선시대와 근현대시기를 중심으로 한 각종 자료와 문집, 공구서, 동서양의 각종 역사서 및 이론서 등 서가의 방대함에 새삼 선생님 공부의 깊이를 가늠해 볼 수 있었다. 컴퓨터가 막 보급될 무렵인 1980년대에 작성되었을 것으로 보이는 양안 입력 자료 등을 보면서 선생님의 자료를 대하는 꼼꼼함을 추정해보기도 하였다. 선생님께서 우스갯소리로 '책 때문에 건물이 무너지지 않을까 걱정'이라는 말씀도 기억난다.

이후 2010년 회고록 출판 때 옛 원고 입력 작업에도 참여했고, 2017년 3월《한국고대농업사연구》저서 작업을 위해서 남겨 둔 일부 책과 자료를 연세대 학술정보원으로 이관할 때도 선생님을 옆에서 뵈었다. 그 인연으로 목록작업을 함께한 동학들과 이따금 선생님의 연구실로 문안 인사를 드리러 가곤 하였다. 김 선생님께 직접 가르침을 받았던 분들께는 선생님의 불호령을 내리시는 무서운 인상을 많이 들었지만, 1931년생으로 나의 할머니와 동갑이셨던 선생님은 나에게는 할아버지 선생님으로서의 친근했던 모습도 많이 남아있다. 손자 손녀뻘 되는 이제 막 연구를 시작하는 이들의 관심사를 차분히 들어주시면서 조언을 아끼지 않으셨다. 인터넷도 하지 않는 분이 사회를 꿰뚫어 보는 날카로운 시선을 지닌 것에 적지않이 놀랐다. 한편으로 말년에 당신께서 고조선 이야기를 들려주시고 고대사 관련 글을 쓰실 때마다 근거가 부족한 측면들을 과도하게 부각하는 것은 아닐까 하며 외람되게나마 우려의 감정이 교차했던 순간들도 있었다. 그 우려가 이제는 해방세대에게 민족이란 무엇일지, 한 시대를 풍미한 이른바 '내적 발전론'의 귀결은 무엇일지 등의 생각과 함께 차분히 거리를 두며 선생님의 업적을 바라볼 필요가 있겠다는 생각으로 바뀌고 있다.

불경한 줄 알지만 진지하게는 '숨은 신', 농담이 섞인 버전으로 '金子' 등 선생님을 지칭하는 표현이 있었다. 한 시대에 많은 이들에게 읽히고 다음 세대에 비판받는 연구는 진정 훌륭한 연구일 것이다. 그 말에 송암 선생님이 맞아떨어질지 모르겠으나, 적어도 한 시대에 많은 이들에게 그의 글이 읽히고 큰 영향을 주신 것만은 틀림없다. 선생님(나아가 그 세대)의 학문에 대해서는 비판적 접근과 차분한 정리가 필요하겠으나, 건강이 허락하셨던 날까지 펜을 놓지 않으신 모습에 존경심을 숨길 필요는 없을 것이다. 그리고 나 자신의 나태함을 돌이켜 본다.

식사 자리에서 한두 잔 찾으시던 포도주와 복분자주를 삼가 올리면서 선생님의 명복을 빈다.

선생님의 어린 제자

오상미*

영정사진을 보는 순간 눈물이 터졌다. 아마 상주분은 갸웃했을지도 모른다. 저 어디서 듣도 보도 못한, 제자라고 하기에는 좀 연소한, 저 친구는 고인을 대체 언제 어떻게 알았다고 저렇게 우나.

정작 선생님의 진짜 제자들인 나의 선생님들이 조용하고 의연하게 고인을 추모하고 계시는 빈소에, 뜬금없이 내가 엉엉 울면서 나타나자, 선생님들은 당황하셨고 나는 민망해졌다.

너희들이 김용섭 선생님 수업을 들었던가?

아뇨.

아 그래.

당황하신 선생님들은 고개를 끄덕이셨다. 지도교수님(김도형)은 아마 남들이 보면 어디 숨겨 키운 손녀쯤 되는 줄 알 거라며 웃으셨다. 민망함에도 불구하고 나는 장례식장에서 한참 울었다.

---

* 한국조지메이슨대학교 조교수

*

김용섭 선생님을 처음 뵌 건 2009년 7월이었다. 유달리 매미 소리가 시끄럽고 툭하면 소나기가 내렸던 그 해 여름, 나는 세 명의 다른 대학원생들(고태우, 노상균, 김윤정)과 함께 매일 연남동 김용섭 선생님의 서재로 출근했다. 당시 김용섭 선생님은 서재의 책들을 정리해 도서관에 기증하려고 하셨고 그러려면 서가 목록을 정리할 일손이 필요했기 때문이다. 김도형 교수님의 지시였다.

우리 세대에게 김용섭 선생님은 전설 속의 존재였다. 그러니까 책이나 이야기로만 접한, 마치 전설 속의 기린이나 용과 같은 존재 말이다. 전설 속의 존재들이 흔히 그렇듯 우리는 선생님과 관련한 무시무시한 이야기들을 구전으로 접했다. 학생운동에 참여하느라 지각한 학생들을 가차 없이 교실에서 내쫓으셨다거나, 출석이 모자란다고 F를 주셨다거나 하는 이야기들 말이다. 이야기 속의 선생님은 제자들에게 엄격한 스승이자, 60년대에 식민사학에 도전한 용감한 학자였다. 용이나 기린에 관한 이야기들이 그렇듯 그런 이야기들에는 도전할 수 없는 어떤 위엄이 서려 있었다. 그렇기에 막상 연남동, 책 먼지 냄새 풀풀 날리는 작은 서재에 도착해 선생님을 만났을 때는 사뭇 당황스러웠다. 우리를 맞아준 것은 기린이나 용이 아니라, 해맑은 웃음을 만면에 띄고 있는 그냥 어느 할아버지였기 때문이다.

선생님은 우리가 도착하면 뜨거운 물을 끓이고 커다란 머그잔에 커피믹스를 잔뜩 부은 후 그 위에 커피가루를 더 넣어, 미처 녹지 않은 커피 가루가 둥둥 떠 있는, 어디서 듣도 보도 못한 레시피의 커피를 손수 타 주셨다. "저희가 직접 타 마실게요"라고 해도 한사코 듣지 않으시고, 꼭 손수 커피를 타 주시는 것이었다. 그러면서 어제

누구누구 선생이 서재에 오면서 가져왔다고 고급과자들을 바리바리 꺼내와 먹으라고 주셨다. 우리는 당시 저 멀리 큰 바위 얼굴처럼 우러러 보이던 우리의 선생님들이 '기린' 드시라고 갖다 드린 고급 과자를, 우리 같은 대학원생 나부랭이들이 축내도 되는 것인가 하는 일말의 죄책감을 느꼈다. 그러나 늘 배고픈 대학원생이었던 우리는 단 한 번도 사양하지 않고 선생님이 주시는 과자를 넙죽넙죽 잘 받아먹었다. 선생님은 잘 먹는 우리를 보며 마냥 흐뭇해 하셨다. 농업사 전공자답게 선생님은 그것을 "참"이라고 부르셨다.

우리는 매일 연남동에 도착하면 약 한 시간 정도 선생님과 "참"을 먹고 마시는 시간을 가졌는데, 그 "참"의 시간에 선생님으로부터 기린의 시대에 관한 흥미진진한 이야기들을 들을 수 있었다. 예를 들면 유신정권 시절 선생님이 강의를 하시는데 사복경찰들이 들어와 수업에서 혹시라도 "불손한" 이야기를 하지는 않나 하고 앉아 있다가 수업이 끝나면 슬그머니 강의실을 빠져나가곤 했다는 이야기 같은 것들 말이다. 당시 나는 일기에 간혹 그런 이야기들을 적어놓곤 했는데, 그중에는 상당히 귀여운 이야기들도 있었다. 그런 가운데 하나, 96년 한총련 사태 때 학생들이 인문대 건물을 점거하고 농성을 했는데, 농성이 끝나고 돌아와보니 선생님 연구실에 있던 꿀단지(!) 속의 꿀이 하나도 남아있지 않더란다. 대신 거기에는 "선생님, 죄송합니다. 너무 배가 고파서 선생님 꿀을 다 먹어버리고 말았습니다"라는 쪽지를 붙여 놓았더라는 것이었다. 나는 연구실에 꿀단지를 갖고 계신 선생님도 뭔가 귀여우시고, 농성을 하면서 배가 고파서 꿀을 다 먹어버리고는 죄송해서 쪽지를 붙여 놓은 학생들도 귀엽게 느껴져서 그 얘기를 들으면서 한참을 웃었다. 마냥 진지하고 심각하게만 느껴졌던 학생운동사의 이면에 꿀단지를 공유했던 선생님과 학생들이 있었다는 게 뭔가 인간적으로 느껴졌던 것 같다. 아무튼 당시 우리와 선생님과의 만남은 도무지 학문적인 것은 아니었다. 뒤늦게 구술자료라도 채록해 놓을 걸 그랬다는 생각이 들기는 했지만.

*

'오 군'. 선생님은 나를 그렇게 부르셨다. '오 군'인 나는 김 군, 고 군, 노 군과 함께 2인 1조로 나누어 아침과 오후에 서가목록을 정리했다. 마치 작은 도서관처럼 책이 가득한 서재에서, 우리는 먼지 투성이 바닥에 얼굴을 붙이고 중국어 간체자로 된 책 제목을 읽거나, 혹은 소파 뒤로 기어들어가 휴대폰 손전등을 켜고 책 제목을 알아내며, 그렇게 여름을 보냈다.

그해 여름 나는 석사과정을 마치고 졸업했고, 무려 기린에게 석사논문을 직접 드리는 영광을 얻을 수 있었다. 우리가 석사논문을 가져가자 선생님은 매우 기뻐하시며 요즘은 '여류 석사'가 많아지니 이 얼마나 멋지냐며 상당히 할아버지같은 표현으로 축하해 주셨다. 선생님은 석사 할 때의 석자는 '클 석'자라고 하시면서, 그러니 아주 대견한 일을 해낸 거라고 칭찬도 해 주셨다. 생각해 보면 기린에게 석사학위 같은 건 아무 것도 아니었겠지만, 어린 대학원생들의 작은 성취를 크게 축하해주고 싶으셨던 것 같다. 중요한 것은 그 날 이후 호칭을 '오 석사'와 '김 석사'로 승급시켜 주셨다는 것이다. 안타깝게도 '고 군'과 '노 군'은 그때까지 석사 졸업을 하지 못했으므로 끝까지 '고 군'과 '노 군'으로 남을 수밖에 없었다.

미국으로 유학을 간다고 말씀드렸을 때 선생님은, 미국에 가면 너무 "그 사람들이 듣기 싫어하는 소리"를 논문에 쓰지 말라고 당부하셨다. 그러다가 졸업이 늦어지거나 취업이 어려워질 수 있다고 하셨다. 저는 그런 사람이 아니라고 말씀드렸지만 계속해서 걱정을 하셨다. 선생님 당신께서 60년대에 '듣기 싫은 소리'를 쓰셨다 고생하셔서, 괜시리 걱정이 되셨던 건지도 모르겠다.

*

당시 내 눈에 비친 선생님의 삶은 마치 아주 오래된 아날로그 시계 같았다. 선생님의 하루는 매일 똑같았다. 아침에 서재에 나와서 글을 쓰시고, 점심을 드신 후에 우리와 '참'을 드시고, 짧게 낮잠을 주무시고, 다시 일어나 글을 쓰시다가 늦은 오후에는 퇴근하셨다. 그것은 마치 평생의 시간에 걸쳐 몸에 밴 오래된 습관이자 관성의 법칙 같았다. 선생님은 여태까지 살아온 것처럼 매일 서재에 나와 무언가를 연구하거나 쓰면서 적적한 하루하루를 보내셨고, 거기엔 마치 그렇게 하지 않으면 세상이 멈춰버릴 것 같은 아주 고요한 절박감이 항상 서려 있었다.

나는 그런 선생님을 보면서 학자로서의 삶 이후의 시간에 대해 생각했다. 그 시간은 나의 선생님들이, 그리고 내가 언젠가 경험하게 될 시간이었다. 고작 석사논문을 겨우 썼던 그 시절의 내게, 학자로서의 삶 이후의 삶에 대한 생각은 종종 묘한 기분을 느끼게 했다. 석사학위를 받고, 박사학위를 받고, 직장을 얻고, 수많은 논문을 쓰고, 학생들을 가르치고, 퇴직한 이후, 그 뒤에는 어떻게 되는 것일까. 걸어온 여정을 돌아보며 무슨 생각을 하게 될까. 과연 무엇에서 어떤 의미를 찾으며 살게 되는 것일까 하고. 노년의 선생님은 그렇게 시계처럼 움직이면서 매일 무언가를 끊임없이 쓰셨고, 그 일상성에서 하루하루의 의미를 찾고 계시는 것 같다고 생각했다.

그러나 그 일상은 대개 고요했고 적적했고 조금쯤은 쓸쓸하게 느껴졌다. 그해 여름, 나는 가끔씩 서재를 돌아보며 쓸쓸한 눈빛을 하고 계신 선생님을 목격하곤 했다. 아마도 정들었던 책들을 떠나 보내기 위해 서재를 정리하시던 시절이었기 때문에 더욱 그랬을 것이다. 나는 그런 선생님의 눈빛을 볼 때마다 약간의 허망함과 외로움을 느끼곤 했다. 이미 여기저기 주요 대학의 중견 교수였던 제자분들이 가끔씩 찾아와 인사를 드리러 왔다 가시곤 했지만, 내가 아는 선생님의 시간에는 대개 아무 일도 일어나지 않았다.

그랬기에 그 여름, 어린 대학원생들이 정신없이 서재를 들락거리며 '선생님— 선생님—' 하고 눈 앞에서 알짱거렸던 게 선생님께는 작은 위안이 되었을 거라고 나는 생각했다. 선생님은 우리가 들이닥칠 때마다 눈을 반짝이며 맞아 주셨고 우리를 한참 붙잡고 온갖 이야기를 해 주셨는데, 그럴 때의 선생님은 꽤 즐거워 보이셨기 때문이다. 그 여름 우리는 어쩌다 보니 그렇게 선생님의 어린 제자들 같은 것이 되어 선생님의 뒤를 졸졸 따라다녔다. 선생님은 종종 연희동의 풀향기라는 식당에 우리를 데리고 가셔서 이 집 들깨 맛이 좋다며 밥을 사 주셨다. 풀향기에서 들은 이야기 중 기억에 남았던 것은, 예전에 선생님이 프랑스에 계실 때 조금씩 마셨던 와인이 그렇게 속이 편하고 좋았는데, 언젠가 누구누구 선생이 프랑스에 다녀오며 그 와인을 선물이라고 사다 줬다는 이야기였다. 누구에게 받은 선물이라고 하셨는지 잘 기억은 안 나지만, 나는 그때 선생님 얼굴에 떠올라 있는 기쁜 웃음을 보면서 막연히 그분께 조금 감사했던 것 같다. 그 와인은 며칠간 선생님의 일상에서 가장 반짝거리는, 소소하지만 즐거운 이야깃거리였기 때문이다.

유학 첫해에 읽었던 여러 논문 중에는, 선생님 논문의 번역본이 있었는데, 그래서였는지 나는 여전히 고즈넉하고 고요하고 조금 쓸쓸한 서재에 매일 나와 글을 쓰고 계실 선생님을 가끔씩 떠올리곤 했다. 박사과정 첫 학기를 마치고 근처 미술관에 갔을 때 나는 엽서를 한 장 샀고, 짧은 안부를 적어 선생님의 서재로 보냈다. 유학기간 동안 부모님께도 안 썼던 엽서를 선생님께 보낸 이유는 무엇이었을까. 아마도 누구누구 선생이 와인을 챙겨줬다고 자랑하시던 선생님의 얼굴이 떠올랐기 때문일 것이다. 작은 엽서 한 장이라도 도착하면, 책먼지 가득한 서재 구석에 뒀다가, 누가 찾아오면 또 만면에 웃음을 띄고 자랑하면서 어린 제자 하나가 이렇게 엽서를 보냈노라고 며칠 소소한 이야깃거리로 삼으실 것 같았다. 그러면 그 오래된 아날로그 시계와 같은 일상 속에서 며칠 또 즐거워하실 것 같았다. 나중에 "김석사"로부터 선생님이 엽서를 받고 좋아하셨다는 이야기를 전해 들었다. 가끔 "오석사"는 잘 있냐며 지도교수님께 묻기도 하셨단다. 그때는 한국 가면 꼭 한번 찾아 뵈어야겠다고 생각했다. 그러나 정작 귀국 후에는 나 자신의 삶 하나를 추스리기에도 벅차 차일피일 미루다 결국 선생님을 뵈러 가지 못했다. 선생님이 요양병원에 계신데 건강상태가 좋지 않다는 이야기를 지도교수님께 전해들은 건 부고를 듣기 바로 며칠 전의 일이었다.

*

장례식장에는 '김 석사'와 '고 군' 아니, '김 박사'와 '고 교수'가 차례로 도착했다. '김 박사'는 또 다시 등장한 숨겨둔 손녀처럼 울음을 터트려 또 한번 여러 선생님들을 당황하게 만들었고, 나는 조금 전 내 모습이 얼마나 민망한 것이었는지를 생생하게 느낄 수 있었다. 선생님들의 진짜 제자분들로 가득한 장례식장 구석에 앉아서 우리는 남들은 잘 모르는 그 여름과 선생님과의 만남을 추억했고, 선생님 노년의 한 자락을 함께할 수 있었던 것을 감사했다.

긴 유학 기간 동안 한 번 정도 더 엽서를 보냈어도 좋았을 것이다. 귀국 후 박사논문을 들고 찾아가 이제 호칭을 '오 박사'로 승급시켜 달라고 했어도 좋았을 것이다. 가끔 예전 서가목록 정리 멤버들과 마주칠 때면, 언제 한번 같이 선생님을 뵈러 가자고 얘기하곤 했는데, 그랬으면 좋았을 것이다. 내가 예전에 다 먹어버린 고급 과자를 이제는 내가 사 들고 가서, 기린의 예지력인지 취업이 잘되지 않는다고 하소연도 하고 그랬으면 좋았을 텐데. 장례식장에서 눈물이 터진 건 아마도 너무 늦게야 찾아온 그런 죄송함 때문이었을 것이다.

선생님, 그해 여름 선생님의 어린 제자가 될 수 있어서 영광이었습니다. 소중한 추억을 만들어 주셔서 감사했어요. 선생님, 이제 편히 쉬세요.

'손주 제자'의 선생님에 대한 기억

김윤정*

연세대학교 사학과를 입학하는 학생이면 모두가 선생님과 인연을 맺게 되듯이 나 역시 사학과 수업을 들으며 선생님과의 인연이 시작되었다고 할 수 있다. 고대사~근현대사 수업 그 어디에서도 늘 선생님의 연구업적은 언급되었고 학습의 대상이었기 때문이다. 수업 준비를 할 때 읽었던 선생님의 논문들과 저서들은 한자 까막눈이던 시절의 우리들에게 '국한문혼용체'를 방불케 했기에, 동기와 선후배들 사이에서 사회경제사 발제는 모두가 기피하는 주제이기도 하였다.

이러한 선생님과의 직접적인 인연은 2009년 석사를 졸업할 무렵부터였다. 당시 선생님께서 연남동(동교로 239-1)에 있던 송암서재의 서적들을 연세대학교 도서관에 기증하고자 하셨고, 이를 위해 서적 목록을 작성할 대학원생의 도움이 필요하셨다. 오상미 선배와 나, 그리고 석사생이었던 고태우와 후배 노상균이 선생님의 서재를 정리하며 기증도서 목록을 작성하기 시작하였다. 주 2~3회 우리는 노트북을 짊어지고 2009년 여름 내내 선생님의 서재로 출근 아닌 출근을

* 서울역사편찬원 전임연구원

했다.

목록을 작성하는 작업의 기간은 우리의 예상보다 더 길어졌다. 우리의 작업속도가 생각보다 빠르지 않은 탓도 있었으나, 우리의 하루 작업 시간이 생각보다 짧았다. 우리가 오전에 연구실에 들어서면 선생님께서는 늘 웃으며 반겨주시고, 가방을 풀고 작업을 시작하려하면 뭐가 그리 급하냐 하시며 늘 손수 믹스커피를 한 잔씩 타주셨다. 그러면 그때부터 선생님과의 소소한 담소가 이어졌다. 요즘 학교의 경관이 바뀐 것, 학과 선생님들과 선후배들의 소식, 최근에 관심있는 주제 및 보고 있는 책 등등을 이야기하다 보면 어느덧 점심시간이 되었다. 평소 점심에 도시락을 드시던 선생님도 우리가 오는 날이면 근처의 중국집 · 국밥집 · 한정식집 등에 함께 식사를 하셨다. 식사 후에 선생님께서 오수에 드실 무렵부터 그제서야 작업을 시작하였고, 선생님께서 4시 무렵 더 늦기 전에 가라고 하시며 손에 소금사탕을 쥐여주시면 부랴부랴 짐을 챙겨 연구실을 나섰으니, 우리가 하루 중 실제 작업하는 시간은 2시간 정도였다.

이제 막 공부를 시작하는 대학원생들에게 저서와 논문에서 접한 연구자를 직접 만나는 것은 마치 TV에서 보던 연예인을 접하는 것과도 같았다. 더욱이 평생에 걸쳐 선생님께서 보셨던 책들의 목록을 직접 정리하면서, 그 방대한 스펙트럼에 감탄할 수밖에 없었다. 책장 가득 꽂혀있던 동서양의 역사와 철학, 사회과학 등 다양한 분야 걸친 연구서들에는 선생님의 연구 흔적들이 가득하였고 가끔 보이는 간지와 메모를 발견할 때면 마치 보물이라도 발견한 것 마냥 서로를 불러서 같이 머리모아 읽곤 하였다. 또한 전국에서 수집한 양안자료들과 수많은 자료를 읽고 정리하신 사료카드를 보며 내 스스로 연구자로서의 자질과 태도에 반성을 하기도 하였다.

'손주 제자'라고 불린 우리에게 선생님은 '인간적인 인문학자'로 기억된다. 점심식사 때 복분자주를 한 잔씩 하며 가끔 우리가 물어보는 질문에 선생님께서는 어린시절 한문을 공부하신 이야기와 홀로 남한에 내려오신 과정, 어떻게 학문의 길로 들어서게 됐으며 역사를 공부하시게 되었는지 등을 편하게 이야기해주셨다(물론 당시 가장 재미있는 이야기는 학교 교수님들의 학생시절 이야기였다). 평생 함께하셨던 책들이 연세대학교 도서관으로 이관되던 날에 책을 보내며 눈물을 흘리시던 모습과, 이후에도 가끔 전화하셔서 시간 되면 학교 도서관 혹은 학술원에 함께 가자고 하시고는 맛있는 케이크나 샌드위치를 사주시며 즐거워하시는 모습은 그의 저서에서는 읽을 수 없던 모습들이었다.

하지만 한 시대를 풍미했던 역사학자이기도 했기에, 공부할 때 전공하는 시기와 관심 있는 주제 이외에 다양한 분야에 관심을 가지고 두루 섭렵해야 큰 시대상을 그릴 수 있다는 것, 연구할 때는 치열하게 생각하고 고민해야 함을 늘 강조하셨다. 그러면서도 지나칠 경우 건강을 해칠 수도 있다고, 먼저 세상을 떠난 제자분들(김준석선생과 방기중선생)을 이야기하며 당신께서 너무 공부를 혹독하게 시켜서 그리된 것 같아 후회되니 건강을 잘 챙기라는 당부도 잊지 않으셨다. 나와 고태우 교수, 미국 UCLA로 박사 진학을 했던 오상미 교수의 박사논문 주제 혹은 학회 발표 · 토론 등을 이야기할 때면 전시대를 관통할 수 있는 문제의식과 한국사 연구자로서의 위치를 당부하시면서도, 젊은 패기에 다른 연구자에게 지나치게 날을 세우지 말 것을 경계시키시기도 하였다.

우리는 선생님의 강의를 직접 듣지는 못한 세대였다. 소위 밀레니엄 학번으로 불리던 2000년대 이후 학번의 우리들이 입학하였을 때는 이미 선생님께선 정년퇴임을 하셨고, 학과 초청 특강, 학술원 발표 등 단편적인 강연을 통해서만 강단에 서 계신 선생님을 볼 수 있을 뿐이었다. 그렇기에 나에게 있어 선생님은 나의 스승들이 기억하는 '호랑이 선생님'이라기 보다는, 석사를 마치고 박사를 진학하며 학업에 대한 갈등의 기로에 서 있던 어린 연구자에게 용기를 북돋아 주시고 따뜻하게 학문의 길로 안내해 주시는 분이었다. '여류박사'라며 늘 반겨주시던 선생님은 마지막까지 연구자셨고, 그런 선생님과의 인연은 학문을 통해 즐거움과 보람을 느끼는 계기가 되었다. 선생님께 깊이 감사드린다.

송암 김용섭 선생 연보

생몰 및 가족

1930년 1월 17일 강원도 통천에서 출생

1959년 11월 19일 김현옥 여사와 결혼

1960년 8월 3일 아들 기중 출생

1964년 12월 3일 딸 소연 출생

2020년 10월 20일 별세

학력

1951~1955년 서울대학교 사범대학 역사교육학과

1957년 고려대학교 대학원 사학과 문학석사

1983년 연세대학교 사학과 문학박사

경력

1958~1959년 이화여고 교사

1959~1966년 서울대학교 사범대학 역사교육학과 교수

1967~1975년 서울대학교 문리과대학 사학과, 국사학과 교수

1975~1997년 연세대학교 문과대학 사학과 교수

1977~1979년 한국사연구회 대표간사

1984~1985년 프랑스 파리 7대학 방문교수

2000~2020년 대한민국 학술원 회원

수상

1970년 제11회 한국출판문화상(조선후기 농업사 연구, 한국일보사)
1977년 연세학술상(연세대학교)
1984년 제1회 치암학술상(치암 신석호 박사 기념사업회)
1991년 제17회 중앙문화대상 학술부문(중앙일보사)
1997년 국민훈장 동백장
2002년 제17회 성곡학술문화상(성곡학술문화재단)
2009년 제15회 용재학술상(연세대학교 국학연구원)
2018년 제1회 위당 정인보상 학술연구분야(연세대학교 사학과 동문회)
2020년 제1회 한국학 저술상(한국학 중앙연구원)